DIE DIMENSION DER TIEFE

JOSHUA TREE

DIE DIMENSION DER TIEFE

Von Joshua Tree

»Um alles zu verstehen, ist es notwendig, alles zu vergessen.«

— SIDDHARTHA GAUTAMA / BUDDHA (563 V. CHR. - 483 V. CHR.)

1

Xander Fisher stand in der offenen Tür zum Gemeinschaftsraum. Die Arme hatte er vor der Brust verschränkt, mit der rechten Schulter lehnte er am Türrahmen. Sein Blick war auf sein Führungsteam gerichtet, das in der kleinen Sitzecke zusammenhockte und auf den Fernseher starrte.

»*... bereits vor zweitausendfünfhundert Jahren die Erde passiert*«, sagte ein adrett gekleideter Nachrichtensprecher gerade. Hier draußen im Gelben Meer bekamen sie aus unerklärlichen Gründen lediglich »Aljazeera« herein. Vielleicht lag es aber auch daran, dass Usain sich wieder einmal erfolglos als Techniker versucht und dabei die Antenne falsch ausgerichtet hatte.

»*Experten der NASA gehen davon aus, dass es sich um ein Objekt aus dem Kuipergürtel handelt, das in einer langen Ellipse um die Sonne kreist und dessen Bahn an den sonnennächsten Punkten für starke Ausgasungen sorgt, die ihm einen langen, rötlichen Schweif verleihen*«, fuhr der Nachrichtensprecher fort. »*Nach seinen Bahnberechnungen glauben viele chinesische Astronomen, dass es sich um die Wiederkehr des ›Roten Drachen‹ handeln könnte, einem Kometen, dessen Auftauchen von Gelehrten der chinesischen Zhou-Dynastie um fünfhundert vor Christus in Schriften und Zeichnungen festgehalten wurde. Während sich die meisten Menschen über den mystischen Anblick am Himmel freuen, rätseln Experten nach wie vor über die seltsamen Eigenschaften des Himmelskör-*

pers.« Der Mann im Anzug drehte sich zur Seite und das Bild zoomte heraus. Neben ihm saß ein sehr professoral wirkender Gast mit Tweedjacke und einer Wolke aus weißen Haaren, die seinen kahlen Scheitel umwehte. *»Wie bereits angekündigt, begrüße ich dazu jetzt unseren Gast der heutigen Sondersendung, den Astrophysiker Professor Luigi Donato vom Lehrstuhl für Astronomie am King's College in London. Herzlich willkommen, Professor.«*

»Danke für die Einladung«, erwiderte der Gast mit einem Nicken.

»Professor, besonders Hobbyastronomen sind ganz aus dem Häuschen wegen unseres Besuchers, während in vielen Ländern Besorgnis herrscht, seit der rote Strich am Himmel aufgetaucht ist. Können Sie uns sagen, warum ›Roter Drache‹ seine charakteristische Farbe hat und ob eine Gefahr für die Erde besteht?«

»Also zunächst einmal gibt es dazu lediglich Hypothesen, da es sich um den ersten beobachteten Kometen handelt, der solch eine Färbung aufweist«, setzte Donato mit getragener Stimme zur Erklärung an. *»Aber wie so oft heißt das nicht, dass es sich um eine Gefahr handelt, oder wir in Aberglauben verfallen sollten. Ein Kometenschweif entsteht durch Ausgasungen aus seinem Körper, hervorgerufen durch seine Nähe zur Sonne und die dadurch herrschende Wärme. Meistens handelt es sich um Eis und Staub. Sie können sich so einen Besucher wie einen sehr schmutzigen Schneeball vorstellen. Ihre Erscheinungen sind dann eher weiß oder leicht gelblich. Ein Ionenschweif dagegen entsteht durch die Ionisation von Gasen im Kometen durch UV-Strahlung. Da sehen wir dann einen bläulichen Schweif aufgrund der ionisierten Gasmoleküle.«*

»Aber dieser hier ist ja rot«, erinnerte der Nachrichtensprecher seinen Gast an die Ursprungsfrage, ehe es für die Zuschauer zu ausschweifend wurde.

»Genau. Eine mögliche Erklärung könnte sein, dass es sich um längerkettige Kohlenwasserstoffmoleküle oder komplexere organische Verbindungen handelt. Solche wurden auf Asteroiden bereits nachgewiesen und ein Komet ist nichts anderes, als ein Asteroid, der auf seiner Bahn der Sonne so nahe kommt, dass er ausgast. Wenn Sonnenstrahlung solche Moleküle aufbricht, könnten sie durch sogenannte photodissoziative Rekombination rotes Licht emittieren. Das klingt kompliziert, heißt aber im Prinzip nur, dass die organischen Moleküle die Sonnenenergie absorbieren und dann in einen angeregten Zustand übergehen. Wenn das

vorbei ist und sie in ihren Grundzustand zurückkehren, müssen sie die Energie quasi wieder loswerden und tun das in Form von Photonen – Licht. Seine spezifischen Wellenlängen erscheinen für unsere menschlichen Augen rot.«

»Es gibt also eine wissenschaftliche Erklärung«, fasste der Nachrichtensprecher zusammen. *»Kein Grund zur Sorge.«*

»Nein. Und schon gar keiner für Aberglauben.« Der Professor setzte ein überlegenes Lächeln auf.

»Aber es gibt Ihnen und Ihren Kollegen doch Rätsel auf, dass wir den Schweif nicht vorher sehen konnten, sondern erst jetzt, so nahe an der Erde.«

»Das ist richtig. Für einen Kometen ist es etwas ungewöhnlich, so nahe an der Erde noch so eine starke Koma aufzuweisen, weil er sich bereits wieder von der Sonne entfernt. Was uns aber wirklich ins Staunen versetzt, ist die Tatsache, dass sich sein Schweif umgedreht hat. Er weist in die falsche Richtung. Normalerweise zieht ein Komet ihn hinter sich her. Hier scheint es einen Effekt zu geben, der dafür sorgt, dass er nach vorne zeigt.«

»Und dafür gibt es eine Erklärung?«, fragte der Nachrichtensprecher.

»Nein, noch nicht. Aber ich kann Ihnen versichern, dass wir ›Roter Drache‹ ganz genau beobachten und analysieren werden. Für meinen Berufsstand ist das sehr aufregend. Aber ich möchte betonen, dass dies ein normaler wissenschaftlicher Prozess ist. Phänomene sind immer so lange erstaunlich und vielleicht sogar scheinbar mysteriös, bis wir sie untersucht und die Erklärung gefunden haben. So mehren wir unser Wissen.«

»Vielen Dank, Professor.« Der Sprecher in seinem adretten Nadelstreifenanzug wandte sich wieder direkt an die Hauptkamera. Hinter ihm tauchte ein Teleskopbild des roten Kometen auf, das bereits mehrfach zu sehen gewesen und vom James Webb Teleskop aufgenommen worden war. Es sah aus wie eine erstaunlich regelmäßige rote Flamme vor schwarzem Hintergrund. *»Wir machen jetzt eine kurze Pause und sprechen dann weiter mit unserem heutigen Gast der Sondersendung, Professor Luigi Donato vom King's College London, zu unserem Thema ›Besuch aus den Tiefen des Alls; was die Wiederkehr des Roten Drachen bedeutet.‹«*

Xander entflocht seine Arme und trat ein, bewusst auf die zweite

Holzdiele, die so charakteristisch knarzte, dass seine Kameraden sich erschrocken umdrehten.

Olivier Haby, sein Bordingenieur, war noch das Bier vom Vorabend anzusehen. Obwohl der Franzose sonst ein hübscher Kerl war, sahen seine Augen gerötet und das kurze Haar zerzaust aus, als wäre er gerade aufgestanden.

Monica Hatfield, sein Erster Offizier und Navigatorin, hatte sich das blonde Haar hochgesteckt und fein frisiert, sah wie immer aus, als wäre sie auf eine Abendgala vorbereitet. Selbst ihr blauer Bordoverall mit der Aufschrift »Medusa Science« wirkte mit den hochgekrempelten Ärmeln wie ein Fashion Statement.

Lucas Foreman, Wartungstechniker und zwangsweise ihr Koch, seit Fonzy sie verlassen hatte, sah dagegen wie das genaue Gegenteil aus: Mit wuchtigem Bauch und speckiger Haarmähne hätte er auch direkt aus einer Suppenküche in San Francisco stammen können.

Usain Hartmann, ein uzbekisch-deutscher Riese von einem Kerl und ehemaliger KSK-Soldat, war Xanders Sicherheitsoffizier und erst seit drei Jahren Teil des Teams, hatte sich aber als verschwiegen und loyal erwiesen. Außerdem machte er ihrer indonesischen Besatzung Angst, was sehr praktisch war, da es die Natur ihrer Fahrten so wollte, dass sie spurten und keine Fragen stellten. Dabei half, dass Xander sie so ausgewählt hatte, dass sie kein Englisch sprachen – abgesehen von ihrem Sprecher Suparman. Da sie überdurchschnittlich gut bezahlt wurden, blieb es auch dabei.

»Genug geglotzt«, sagte er laut und deutete auf den Fernseher. Olli nahm die Fernbedienung und schaltete ihn aus. »Wir nähern uns bald den Untiefen und sollten dafür wach und fokussiert sein.«

»Boss, denkst du, dass wir Zeit haben, uns das Ding mal anzugucken?«, fragte Lucas mit seinem gediegenen britischen Akzent, der so gar nicht zu seinem Obdachlosenaussehen passte.

»Einen verkackten Kometen?« Xander schnaubte und verdrehte die Augen. »Wir fahren gerade durch das flachste Meer der Welt, um unbehelligt das sanktionierteste und meistgehasste Land der Welt anzusteuern, und du willst Hobbyastronom spielen?«

»Na ja ...«

»Darf ich dich daran erinnern, dass wir eine Anzahlung von zweihundert Millionen Dollar bekommen haben? Und dass zehn

Millionen davon auf deine Konten verteilt sind?«, fuhr er dem Wartungstechniker dazwischen. »Wir müssen nur noch diesen einen Job durchziehen, dann bekommt jeder von euch noch einmal die gleiche Menge und kann sich mit endlos Caipirinhas an irgendeinem beschissenen Sandstrand zur Ruhe setzen. Scheiß auf irgendeinen Kometen.«

»Er hat recht«, sagte Monica seufzend und zwängte sich aus der Sitzecke heraus, um ihren Overall glatt zu streichen. »Wir bekommen nicht so viel Geld, weil es ein Spaziergang ist, sondern weil es der gefährlichste und schwierigste Job ist. Sie werden alle hinter uns her sein, wenn wir auch nur den kleinsten Fehler begehen. CIA, Mossad, MI6, selbst die Chinesen. Lassen wir uns also nicht ablenken.«

Xander nickte ihr zu und bedeutete ihr mit einem Wink, ihm zu folgen.

Sie verließen den Gemeinschaftsraum, der gleichzeitig als Offiziersmesse diente, und gingen durch die verschlungenen engen Gänge zwei Decks nach oben zur Brücke. Dort wartete Suparman auf sie, der Sprecher und Anführer ihrer dreißigköpfigen Mannschaft. Er war einen Kopf kleiner als Xander und schmächtig, aber ein hart arbeitender, extrem zäher Knochen von einem Mann, den er respektierte.

Was nicht häufig vorkam.

»Alles ruhig, Boss-man«, sagte der Indonesier und trat von der vorderen Fensterreihe weg. Den Feldstecher mit Nachtsichtfunktion stellte er auf der Navigationskonsole ab.

»Danke. Sag den Jungs, dass es Zeit ist, zu schlafen.«

Suparman nickte und verließ die Brücke. »Schlafen« war ihr Codewort dafür, dass die Besatzung ihre Quartiere nicht verlassen durfte, außer es ertönte ein Alarm. Es war besser, wenn sie von ihrer Schmuggelarbeit nichts mitbekamen. Sollten sie irgendwann einmal geschnappt werden, würden sie weder etwas gehört noch etwas gesehen haben, das sie den Behörden verraten konnten. Was natürlich nur funktionieren konnte, wenn es zu keinem Notfall kam und sie gebraucht wurden.

Es war vier Uhr morgens und dementsprechend noch dunkel. Das Gelbe Meer lag wie ein endloser Ozean aus schwarzem Obsidian vor ihnen, das im fahlen Mondlicht schimmerte. Von Westen zogen Wolken auf, die wie schmutzige graue Watte aussahen.

»In einer Stunde sollten wir nordkoreanische Gewässer erreichen«, sagte er zu Monica, die bereits an den Navigationstisch trat. Er folgte ihr und starrte auf die digitale Seekarte. Sie zeigte das Gelbe Meer zwischen China und der koreanischen Halbinsel, das einen tiefen Busen bildete, schlammig und flach, mit einer Menge Untiefen, die glücklicherweise heutzutage sämtlich verzeichnet waren.

»Von Westen kommt der Sturm doch schneller als erwartet«, sagte sie nachdenklich und deutete hinaus auf die Wolkenfront aus Westen. Sie bildete eine scharfe Kante zwischen dem vom Mondlicht erhellten Nachthimmel und der absoluten Finsternis dahinter. »Wenn wir ihm ausweichen, könnten wir nahe an südkoreanische Gewässer kommen. Sehen die gar nicht gern.«

»Ich weiß. Wir nehmen es lieber mit dem Sturm auf als mit der südkoreanischen Küstenwache«, murmelte er mit Blick auf die Karte. »Wenn wir Glück haben, zieht er noch nach Norden ab.«

»Auf Glück sollten wir uns nie verlassen«, entgegnete Monica und sah zu ihm auf. Im reflektierten Licht des Navigationstisches wirkte sie blass, ihre Wangen eingefallen und ihre Augenhöhlen tief wie bei einem Skelett. »Das hat mir ein berüchtigter Schmuggler beigebracht.«

»Aye.« Xander nickte. »Wir halten vorerst den Kurs. Geh mit Suparman noch mal über das Schiff und sieh nach, dass alles wetterfest ist und die neue Farbe nirgendwo abblättert. Immerhin sind wir jetzt ein Forschungsschiff.«

2

Mit den ersten Strahlen der Morgensonne konnte Xander bereits die namensgebende gelbliche Färbung des Gelben Meeres erkennen. Er stand auf dem rechten Ausleger neben der Brücke und suchte den Horizont mit seinem Fernstecher ab. Die exklusiven Wirtschaftszonen der Anrainerstaaten – in diesem Fall das mächtige China, sein Verbündeter Nordkorea und das offiziell mit seinem nördlichen Nachbarn noch immer im Krieg befindliche Südkorea – grenzten hier direkt aneinander. Dementsprechend waren eine Menge Fischerboote unterwegs, die ihr Glück in den frühen Morgenstunden versuchten. Zwischen ihnen musste er mögliche Schiffe der Küstenwache ausmachen können, die teilweise nicht größer waren als einige der größeren Trawler.

Er war nervös.

Das kam nicht oft vor und er liebte und hasste das Gefühl gleichermaßen. Was er liebte, war der Reiz des Verbotenen, der Kühnheit, ohne die er gar nicht hier wäre und natürlich den Nervenkitzel einer Herausforderung. Was er dagegen hasste, waren die körperlichen Empfindungen, die das mit sich brachte: feuchte Hände, ein Gefühl, als würde er innerlich zittern und fahrige Gedanken, die ihm davonzugaloppieren drohten, wenn er nicht aufpasste. Zeiten wie diese waren von höchster Konzentration geprägt – aus Notwendigkeit, klar, aber auch zum Selbstschutz. Gegenüber seiner Crew gab er sich gelassen und routiniert, versuchte, als gutes Beispiel voranzugehen. Seine Erfahrung bei der Navy und zehn Jahre im Waffenschmuggel halfen dabei sicherlich.

Aber wenn alles, was sie bislang erreicht hatten, die erste Liga des internationalen Schmuggels war, dann konnte das hier nur der Griff nach der Weltmeisterschaft sein.

»Wie sieht es aus?«, fragte Monica über Funk.

»Bislang alles ruhig«, antwortete er durch sein Headset. Der Wind hatte etwas zugenommen und zerrte an dem kurzen Mikrofonbügel an seiner Wange.

Seine Augen strichen von den Gläsern verstärkt über den Horizont mit seinen scheinbar endlosen Wellen. Ein Fischerboot, klein, unbedeutend. Ein größerer Trawler mit ausgefahrenen Netzauslegern. Dann ein mächtiger Tanker, vermutlich unterwegs nach Incheon in Südkorea oder Dalian in China, wo es größere Hafenterminals gab. Im Hintergrund war mit etwas Fantasie die Silhouette des koreanischen Festlands zu sehen wie ein zweiter Horizont. Er war kaum zu erkennen, hätte auch eine tiefstehende Wolkenformation oder ein Streich sein können, den ihm sein Auge spielte.

»Ich habe hier einen Radarkontakt«, sagte Monica. Das Tosen des Windes, das sich um die Ecken des Brückenaufbaus der *Medusa* bildete, trug ihre Worte beinahe fort, obwohl sie direkt in seinen Kopfhörer sprach.

»Wo?«

»Steuerbord. Fünf Uhr.«

Er drehte sich nach hinten und suchte in den dunkelblauen Wellen mit ihrem gelblichen Farbstich nach Monicas Radarkontakt. Zuerst fand er nichts, doch dann glitten seine Augen über eine gräuliche Silhouette, die beinahe mit dem Meer verschwommen war.

»Verdammt«, fluchte Xander und kniff die Augen zusammen. Aufbau und Farbe erinnerten tatsächlich an ein Schiff der Marine oder Küstenwache. Es kam aus dem Osten, also vermutlich südkoreanisch.

Nicht gut.

»Geschwindigkeit und Richtung?«, fragte er, ohne den Feldstecher von den Augen zu nehmen.

»Der Bordrechner hat dreißig Knoten berechnet anhand der

letzten vier Radarkontakte«, antwortete sie mit einer Ruhe in der Stimme, die ihm einmal mehr zeigte, weshalb sie seine Stellvertreterin war und wie viel sie schon zusammen durchgemacht hatten. »Kurs Nord-Nordwest.«

»Also kommen sie direkt auf uns zu.«

»Ja. Wenn sie dabei bleiben, sind sie in zwanzig Minuten hier. Was sollen wir machen?«

»Wir ändern den Kurs. Aber nur eine leichte Anpassung. Sechs Grad Nord-Ost«, befahl er.

»Chinesischer Fischtrawler?«, fragte sie.

»Ja.«

»Was, wenn sie uns nicht rufen?«

»Das werden sie«, versicherte er ihr und setzte den Feldstecher ab.

Ihre neue Bemalung wies sie als Forschungsschiff aus. Zuvor waren sie ein Prospektorenschiff gewesen. Wenn die Südkoreaner nahe genug kamen, um das kleine »Science« unter dem Schiffsnamen »Medusa« am Bug zu lesen, hätten sie ein Problem, wenn sie sich über Funk als chinesischer Fischtrawler ausgaben. Sie setzten also alles auf eine Karte: dass sie abdrehen würden, wenn sie in die chinesische Exklusivzone einschwenkten. Zwischen China und Südkorea kam es seit Jahren immer wieder zu Zusammenstößen zwischen Fischern, die im jeweils anderen Land wilderten. Schon mehrfach hatte das dazu geführt, dass Kriegsschiffe ausgelaufen waren, um sich zu belauern. Doch seit einigen Monaten hatten beide Länder sich diplomatisch angenähert und vereinbart, auf See abzurüsten und dafür zu sorgen, dass die eigenen Schiffe blieben, wo sie waren.

Diesen Umstand konnten sie vielleicht ausnutzen, bevor die Südkoreaner zu nahe kamen. Sie mussten nur hoffen, dass die Chinesen sie nicht wiederum für Südkoreaner hielten.

Aber manchmal musste man eben auf sein Glück vertrauen. Außerdem waren sie dann hoffentlich bereits nahe genug an nordkoreanische Gewässer herangekommen, sodass es keine Rolle spielte. Mit der atomar bewaffneten Diktatur im Norden der Halbinsel wollte sich schließlich niemand anlegen.

»Haben sie uns mittlerweile gerufen?«, fragte er.

»Nein. Was komisch ist. Eigentlich ... warte.« Die Verbindung brach ab und er öffnete die Tür zur Brücke. Monica saß auf ihrem Sessel und hatte das Funkgerät von der Armatur über ihrem Kopf heruntergenommen. Die Spiralkordel hing von der Decke wie eine aufgerollte Schlange. Aus den Lautsprechern dröhnte eine kratzige Stimme.

»Unbekanntes Schiff mit Kurs Nord-Nord-Ost, identifizieren Sie sich. Hier spricht Captain Suk-Yeol von dem Marineschiff *Handu*. Dies sind Gewässer der exklusiven Wirtschaftszone der Republik Korea.« Der Sprecher klang streng und sein Englisch war von einem starken Akzent geprägt, der es Xander fast unmöglich machte, ihn zu verstehen. »Sie fahren mit deaktiviertem Transponder, was gegen internationales Seerecht verstößt. Identifizieren Sie sich.«

Monica sah zu ihm.

»Lass deinen Charme spielen, du kannst doch Koreanisch«, sagte er. »Schaffst du es, einen chinesischen Akzent vorzugaukeln?«

»Mal sehen.« Sie hielt das Funkgerät vor ihren Mund und drückte mit dem Daumen den Sendeknopf. »Yeogi Yeontae-e deungrokdoen eoseon Opal-ibnida. Uri-neun hanghae munjega isseossgo bulpyeon-eul kkeunyeo deuryeo joesonghabnida. Hyeonjae eob-eob hwaldong-eul hago issji anh-eumyeo imi hanglo-leul sujeonghaessseubnida. Dasi hanbeon sagwadeuribnida.«

Xander warf ihr einen anerkennenden Blick von der Seite zu und schaute mit dem Feldstecher nach dem südkoreanischen Marineschiff. Die Buggischt war noch immer klar zu erkennen. Sie hielten noch auf sie zu. »Was hast du denen gesagt?«

»Dass wir ein verirrtes Fischerboot aus Yantai sind und ein Navigationsproblem haben«, erwiderte sie. »Ganz viele Entschuldigungen und so, falls es nicht reicht, dass ich ihre Sprache spreche.«

Er nickte stumm. Es dauerte eine Weile, bis die Antwort kam.

»Hangroeul jikigo bijido mara. Uri-neun dangsin-eul uri dokjeog gyeongje guyeogeseo baeeonaegessseubnida«, ertönte schließlich wieder die Stimme des südkoreanischen Captains.

Xander sah fragend zu Monica, die kurz das Funkgerät vor ihren Mund hielt und etwas sagte.

»Wir sollen den Kurs beibehalten. Sie werden uns *begleiten*, bis wir aus ihrer exklusiven Wirtschaftszone hinaus sind.«

»Schön waren noch die Zeiten, als internationale Gewässer internationale Gewässer waren«, brummte er. »Eigentlich haben die hier gar nichts zu sagen.«

»Nein, aber es gibt auch keine Gesetze, die ihnen verbieten, hier draußen den Macker zu spielen«, gab sie achselzuckend zurück. »Die haben die Knarren an Bord. Also haben sie das Sagen, schätze ich.«

»Das Gesetz der Tauben und Falken«, sagte Xander und nickte erneut. »Wir gehen auf volle Fahrt. Ich will nicht, dass sie uns kurz vor unserem Ziel doch noch entern, um unsere Papiere zu checken.«

»Könnte das nicht gerade für Aufsehen sorgen?«, fragte Monica.

»Vielleicht.« Er deutete auf den Radarschirm. »Aber zwanzig Meilen vor uns haben wir einen fetten Radarkontakt. Ich möchte wetten, dass das ein nordkoreanisches Schiff ist. Sobald die auch nur riechen, dass sich eins vom verfeindeten südlichen Nachbarn nähert, schicken die ihre eigenen Leute los, um auf dicke Hose zu machen. Sollten wir uns zunutze machen.«

Er trat an sein Steuerpult und machte die entsprechenden Eingaben, die sie auf ihre Maximalgeschwindigkeit von zweiundzwanzig Knoten beschleunigen würden. Zwar hatte er im Laufe der Jahre einige Veränderungen an der *Medusa* vorgenommen, sodass sie durchaus schneller sein konnte, doch das wäre verdächtig gewesen. Zweiundzwanzig war für einen Großtrawler bereits äußerst schnell, aber gerade noch glaubwürdig. Ihre Höchstgeschwindigkeit würde er ausschließlich in einem Notfall zeigen wollen.

Gespannt warteten sie ab, ob eine Reaktion folgen würde, doch das Radio blieb stumm. Rein rechtlich konnte der südkoreanische Captain ihnen nicht vorschreiben, wie schnell oder langsam oder auf welchem Kurs sie zu fahren hatten. Internationales Seerecht ermöglichte jedem Schiff, das nicht in kriminelle Handlungen verstrickt war, freie Fahrt in internationalem Gewässer. Aber es war auch, wie Monica gesagt hatte: Wer die Waffen hatte, hatte das Sagen. In der Hinsicht waren die Weltmeere noch ein wenig wie der Wilde Westen.

Eine halbe Stunde später hatten sie es geschafft. Das Marineschiff drehte ab, als am Horizont bereits der Zerstörer der Nordkoreaner zu sehen war, dessen Radarsignatur Xander gesehen hatte.

»Was jetzt, Boss?«, fragte Monica.

Er antwortete nicht gleich. Stattdessen betrachtete er das Wetterradar und glich es mit den Wetterdaten auf seiner Kommandokonsole ab.

»Wir machen uns jetzt auf direktem Weg auf in Richtung Treffpunkt«, entschied er.

»Was ist mit dem Zerstörer vor uns?«

»Funk sie an und identifizier dich als *Medusa*. Schalte den Transponder ein. Ich halte den Kurs.«

»Und wenn denen das nicht reicht?«

»Das wird es. Wo wir jetzt hinfahren, weiß der Diktator *alles* und ich bin mir sicher, dass niemand auch nur in Sichtweite unseres Treffpunkts und des Kurses dahin *nicht* von uns weiß.«

»Dein Wort in Gottes Ohr«, erwiderte sie und griff erneut nach dem Funkgerät in der Halterung über ihrem Kopf. Kurz darauf begann sie, auf Koreanisch zu sprechen.

Xanders Fingerkuppen taten weh. Ihm war gar nicht aufgefallen, dass er an ihnen herumgekratzt hatte. Noch heute wäre es so weit. Dann würde sich sein Leben für immer verändern. Entweder zum Besten oder zum Schlimmsten.

3

Nachdem der Zerstörer sie ohne viele Worte aufgefordert hatte, ihre Fahrt auf fünf Knoten zu drosseln und ihnen dann per Morsecode ihres Frontscheinwerfers über eine Stunde lang eine Nachricht zugesendet hatte, waren sie bereits einen halben Tag unterwegs.

Die Nachricht hatte aus exakten Kursanweisungen bestanden, die sie – anders als geplant – am äußersten Rand der nordkoreanischen Hoheitsgewässer entlangführte.

»Was soll das?«, fragte Lucas, als sich das Führungsteam auf der Brücke versammelte. Mittlerweile war es beinahe neun Uhr und Xander knurrte der Magen.

»Denkt ihr, da ist was dazwischengekommen?«, wollte Usain wissen. Die Stimme des mächtigen Hünen klang, als würde jemand eine Dose mit rostigen Eisennägeln schütteln. Sein deutscher Akzent machte es nicht gerade besser.

Xander rieb sich über das Kinn. »Nein, das glaube ich nicht. Sonst hätten sie uns abgewiesen, statt so viel Mühe aufzuwenden, um uns unerkannt umzuleiten.« Er schüttelte den Kopf.

»Vielleicht verzögert sich die Lieferung«, schlug Monica vor.

»Ungeprüfte Annahmen können tödlich sein«, widersprach Lucas und kratzte sich im fettigen Haar. »Sagt der Boss doch immer.«

»Darum folgen wir den Anweisungen und halten an unserem Plan fest.« Xander deutete auf das Hauptdisplay, auf dem die neuesten Daten des Wetterradars zu sehen waren. »Der Sturm hat sich etwas abgeschwächt und die Wolken breiten sich von Westen her nach Osten aus. Ich schätze, sie wollen warten, bis wir schlechtes Wetter haben und uns niemand beobachten kann.«

»In den Gewässern der Nordkoreaner schwimmt doch eh nichts rum, das da nicht hingehört«, meinte Usain. »Wer soll da schon gucken.«

»Satelliten, mein Freund«, erklärte Xander und deutete nach oben. »Die Amis sehen so ziemlich *alles,* was auf der Erde los ist. Die Chinesen mittlerweile vermutlich auch eine ganze Menge. Aber durch Wolken gucken, können die noch nicht, so weit ich weiß.«

»Bist du sicher?«, fragte Usain. Seine Frage mochte etwas dümmlich wirken, aber Xander kannte seinen Sicherheitsoffizier gut genug, um zu wissen, dass sein grobschlächtiger Anblick täuschte und für den ehemaligen KSK-Soldaten eine ganz eigene Waffe war.

»Ja.« Das war eine Lüge. Wer wusste schon, was die moderne Weltraum-Tech des Pentagons zu leisten im Stande war. Aber sein Team musste jetzt funktionieren und ein neues Level der Paranoia zu erreichen, würde ihnen dabei ganz sicher nicht helfen. »Wir bleiben jetzt auf Kurs. Monica, Usain, ihr geht zuerst essen. Ich bleibe mit Olli und Lucas hier und halte die Stellung. In einer Stunde löst ihr uns ab.«

»Geht klar.« Monica zog den Zipper ihres Overalls hoch und rutschte von ihrem Stuhl. Als sie mit Usain die Brücke verlassen hatte, lehnte Xander sich demonstrativ zurück, drehte den Kommandostuhl und schaltete den Fernseher an der Rückwand ein. »Lucas, halt die Augen auf den Horizont gerichtet. Ich mache den Fernseher laut genug.«

Die Nachrichten waren voll von dem ›Roten Drachen‹. Immer noch. Offenbar kam er der Erde doch näher als erwartet, in etwa im Abstand des Mondes, was nah klang, aber offenbar doch ganz schön weit war, so als würde man einen Fußball vierhundert Meter am Tor vorbeischießen. Eine etwas merkwürdige Metapher, aber die Berichte waren voll davon. Es wurde spekuliert über Größe und Form, da sich der Asteroid selbst nicht auf Bildern einfangen ließ.

Offenbar war er zu dunkel oder zu klein. Jedenfalls rätselte die Fachwelt weiter und Xander war es schlicht egal. Was interessierte ihn schon ein Steinklumpen am Himmel, wenn es hier unten darum ging, ein verdammtes Vermögen zu machen?

Irgendwann schaltete er ab und wandte sich an Olli, der nachdenklich aus dem Fenster starrte, vorbei an Lucas, der mit dem Feldstecher den Horizont absuchte.

»Was denkst du, *Copain*?«, fragte er seinen französischen Freund.

»Ganz ehrlich? Ich frage mich, ob wir das Richtige tun«, antwortete der Bordingenieur, ohne den Blick von der Ferne abzuwenden.

»Komische Frage für einen Schmuggler.«

»Dir ist schon klar, wo wir das Zeug hinbringen werden, oder?«

»Ich bin nicht dumm«, entgegnete Xander etwas schärfer als beabsichtigt.

»Klar, aber wenn Iran einen eigenen roten Knopf hat, dann wird die Welt auf einen Schlag viel gefährlicher sein.« Olivier wirkte tatsächlich bedrückt.

»Ach.« Xander wischte den Einwand mit einer unwirschen Geste fort. »Das haben sie bei Nordkorea auch gesagt. Und was ist passiert? Nichts. Die angeblich ›Verrückten‹ sind am Ende doch deutlich rationaler, als alle glauben. Auch der verrückteste Diktator will am Ende an der Macht bleiben, dicke Autos fahren und die schönsten Frauen flachlegen. Die sind alle gleich hirnlos, wenn du mich fragst. Aber nicht selbstzerstörerisch. Die wollen weiter am Nektar lutschen, ganz klar. Auch Iran wird da keine Ausnahme sein. Der ganze religiöse Überbau ist doch nur Fassade. Am Ende sind die gleichen Typen am Drücker: Machtgeile Drecksäcke mit aufgeblasenem Ego ohne Empathie.«

»Und denen liefern wir die Waffen.«

»Nordkorea wollten sie jahrzehntelang von der Bombe abhalten. Hat es was genutzt? Nö. Es ist nur eine Frage der Zeit«, sagte Xander achselzuckend. »Mir ist es lieber, ich verdiene mir am ohnehin Unausweichlichen eine goldene Nase, als an der Seitenlinie zu stehen. Wenn wir das hier durchziehen, schreiben wir verdammte Geschichte.«

»Aber wir stehen vielleicht auf der falschen Seite«, beharrte Olivier.

»Geschichte wählt sich ihren eigenen Weg. Aber eines kann ich dir sagen: Wir werden verdammte Schmuggler-Legenden werden.«

»Namenlose Legenden. Sonst hätten wir etwas falsch gemacht.«

»Das ist der Preis unseres Berufszweigs«, sagte Xander. »Für uns gibt es keinen Ruhm. Aber wenn du mich fragst, nehme ich lieber jedes Geld der Welt als jeden Ruhm der Welt. Von letzterem kannst du dir schließlich nichts kaufen.«

»Ich hoffe, du hast recht.«

»Sei nicht so ein Miesepeter.«

»Ich bin Franzose.«

»Ich weiß.« Xander seufzte. »Sei nicht so ein Franzose.«

»Abwarten«, entgegnete der Bordingenieur.

Kurz darauf kamen Monica und Usain zurück und lösten sie ab. Sie gingen in die Messe und aßen ein einfaches Frühstück aus Rührei und Porridge mit gefrorenen Früchten, ehe sie sich wieder auf der Brücke trafen und sporadisch immer wieder ihren vielfältigen Aufgaben an Bord der riesigen *Medusa* nachgingen. Xander überprüfte mit Olivier dreimal die *Triton,* ihr Tauchboot, das verhüllt auf dem Heck stand. Suparman patrouillierte unablässig überall, um sicherzustellen, dass keine Probleme auftauchten, die die Hilfe der Mannschaft erforderlich machten.

Nach geschlagenen zwölf Stunden erhielten sie endlich eine Nachricht in Form einer verschlüsselten E-Mail.

»Die Koordinaten sind bestätigt«, sagte Monica, die gerade am Laptop in der Sitzecke am Rand der Brücke saß.

»Und?«, fragte Xander schneller als beabsichtigt.

»Sonst nichts. Nur dass wir unsere Parkposition halten sollen.«

»Hmpf.« Er schaute durch die Fensterfront der Brücke, hinein in das mittlerweile miese Wetter. In ein paar Stunden würde die Sonne untergehen, doch es wirkte bereits, als hätte die Dämmerung eingesetzt. Vom Regen schwere Wolken versperrten den Horizont in jede Richtung, die Tropfen fielen in dichten Schleiern, angepeitscht durch einen zwar nicht stürmischen, aber unerbittlichen Wind von Westen. Ihr Prasseln war bereits seit Stunden ein monotoner Begleiter ihrer Brückenwache.

»Das sind zwölf Kilometer, die ich mit der *Triton* zurücklegen muss.«

»*Wir*«, korrigierte sie ihn.

»Ich gehe allein. Viel zu gefährlich.«

»Auf keinen Fall. Du bist vielleicht der Boss, aber du hast immer gesagt: *Wenn ich was Dummes mache, haltet mich auf.* Allein zum Treffpunkt zu fahren, ist dumm.«

»Meine eigenen Leute hören nicht mehr auf mich. Geht ja schon gut los«, murrte er. »Die *Triton* kann das schaffen, aber wir müssen einen Tank mitnehmen und werden mindestens zwei Stunden brauchen.«

»Die sollen uns Treibstoff an den Treffpunkt mitbringen«, schlug sie vor.

»Gute Idee. Antworte ihnen. Sage ihnen, dass wir ...«, er lugte auf das Navigationsdisplay, »... in fünf Stunden da sind. Dann ist es auch dunkel.«

»Egal, was das Pentagon hat oder nicht hat, durch die hässliche Suppe da draußen können die ganz sicher nicht durchgucken.«

»Schaden kann die Dunkelheit trotzdem nicht«, gab er zurück und winkte ab. »Wir überstürzen nichts. Daraus ist noch nie was Gutes entstanden. Also, schick die E-Mail ab.«

»Geht klar, Boss.« Er konnte hören, wie ihre Finger über die Tastatur tippten.

Als sie zehn Minuten später eine Antwort in Form eines simplen »OK« erhalten hatten, bereiteten sie die vorerst finale Phase ihres ersten Missionsabschnitts vor: das Produkt holen. Zusammen mit Lucas überprüfte er ein letztes Mal die *Triton* und nahm letzte Systemchecks im aktivierten Cockpit vor. Dann machte er es sich mit Monica so bequem wie möglich.

»Pilot an Brücke, Beginn der Start-Checkliste für Tauchgang. Empfang bestätigen«, sagte er in sein Headset. Xander saß auf dem Pilotensitz, Monika schräg hinter ihm auf dem Klappsitz, der bei kleinen High-Tech-Booten wie diesem normalerweise dem jeweiligen Chefforscher vorbehalten war.

»Bestätige«, antwortete Olivier. »Höre dich klar und deutlich, *Triton*.«

»Mir wäre immer noch lieber, wenn du da oben das Sagen hättest«, meinte Xander.

»Die müssen einfach nur hier vor Anker bleiben. Der Zerstörer ist ganz in der Nähe und passt auf, dass keine neugierigen Chinesen, Amis oder Südkoreaner vorbeikommen«, erwiderte sie hinter ihm. »Außerdem bringe ich Olli den ganzen Scheiß schon lange bei und er könnte die *Medusa* auch selbstständig steuern, wenn es sein muss.«

»Ich hoffe, du hast recht.«

»Selbst wenn nicht, gibt es keine andere Option. Du weißt, dass du Rückendeckung brauchst und ich die Einzige bin, die mit sowas Erfahrung hat.«

»Usain ...«

»... ist ein ehemaliger Elitesoldat. Ein Breitschwert und kein Skalpell. Diplomatisches Fingerspitzengefühl ist ja nun wohl so gar nicht sein Ding.«

Xander seufzte. Sie hatte recht. Trotzdem gefiel es ihm nicht.

»Pre-Start-Check kann weitergehen.«

»Überprüfe Lebenserhaltungssysteme ... Lebenserhaltungssysteme grün. Überprüfe Energieversorgung und Batteriestatus ... Energieversorgung stabil, Batterien voll geladen. Überprüfe Antriebssysteme ... Antriebssysteme operativ. Überprüfe Navigationssysteme ... Navigationssysteme grün.« Xander hörte hinter sich das Kratzen von Monicas Stift auf dem Papier der Liste, während er die jeweiligen Systeme abfragte und digital bestätigte. Er ging zu den Sicherheitssystemen über. »Überprüfe Kommunikationssysteme ... Interne und externe Kommunikation funktionsfähig. Überprüfe Notfallsysteme ... Notfallsysteme einsatzbereit. Überprüfe Schottentüren und Dichtungen ... Alle Schotten dicht und gesichert.«

»Tauchbereitschaft?«

»Ballasttanks-Check ... Ballasttanks bereit zum Fluten. Überprüfe Trimmung ... Trimmung für den Tauchgang eingestellt. Überprüfe externe Sensoren und Kameras ... Sensoren und Kameras operativ. An Brücke, bitte letzte Wetter- und Meeresbedingungen bestätigen.«

»Sieht alles gut aus von hier«, bestätigte Olivier. Er klang konzentriert. Gut.

»Brücke, dies ist der Pilot. Die Start-Checkliste für den Tauchgang ist abgeschlossen«, sagte Xander.

»Bereit fürs Zuwasserlassen«, meldete sich Olivier wieder zu Wort.

»Bestätigt.«

Ein Ruck ging durch die *Triton*, als der Kran von der Brücke aus gesteuert das kleine Forschungs-Tauchboot anhob und über die Reling hievte. In der Fischtank-Glocke des Cockpits sah er, wie sich das flache Achterdeck, auf dem zwei Helikopter nebeneinander Platz gefunden hätten, langsam nach links entfernte und sie kurz darauf über den Wellen zu schweben schienen. Das Meer war aufgewühlt, doch die Gischt klein. Ausreichend gute Verhältnisse für eine Tauchfahrt, zumal sie nur wenige Meter tief tauchen würden. Da das Gelbe Meer an den meisten Stellen nur wenige Dutzend Meter tief war, hätten sie ohnehin nicht weiter runtergehen können und sparten so eine Menge Sauerstoff und Energie – ganz zu schweigen von der Wartung des sündhaftteuren Gefährts, das er erst vor zwei Jahren erstanden hatte als eins von weltweit fünf Exemplaren.

Als sie die Wasseroberfläche berührten, schwankte die *Triton* kurz, dann bildete sich ein Rand aus Wasser auf der Glasglocke vor ihm, der immer weiter nach oben wanderte und die Welt zu verschlucken schien. Xander sah immer weniger vom grauen Himmel und der mächtigen Silhouette der *Medusa,* ehe er ihren dunklen Rumpf unterhalb der Wasserlinie sah wie den Schatten eines riesigen Urzeitmonsters.

»Also gut«, sagte er, als sie zwei Meter unter der Oberfläche waren und auf seine Eingaben hin ihre Position hielten. »Dann machen wir uns mal auf zum Treffpunkt. Viel kann ja nicht mehr schiefgehen.«

»Außer dass sich alles als eine Finte der CIA herausstellt und wir von einem Spezialkommando erschossen werden.«

»Toll, wie in den entscheidenden Momenten dein Optimismus durchscheint.«

4

Die Fahrt dauerte exakt fünf Stunden und elf Minuten. Die meiste Zeit über schwiegen sie, hingen ihren eigenen Gedanken nach. Xander stellte sich vor, wie die Übergabe vonstattengehen würde, so wie er es immer tat, kurz bevor ihm die heiße Ware übergeben wurde.

Und diesmal war sie so heiß wie noch nie.

Fakt war, dass es ganz anders sein würde, als er es sich jetzt vorstellte, das zeigte die Erfahrung. Aber so sehr er auch versuchte, seine Gedanken zu beruhigen, wurde es doch bloß schlimmer. So fühlten sich die fünf Stunden an wie ein halber Tag, zumal es rein gar nichts zu sehen gab. Sie fuhren ausschließlich mit Sonarunterstützung, ohne eingeschaltete Frontscheinwerfer. Er wollte keine noch so kleine Spur hinterlassen, die neugierige Beobachter auf sie aufmerksam machen konnten. Zwar hätten selbst Spionageflugzeuge der Air Force im Tiefflug in nordkoreanischem Luftraum unterwegs sein müssen, um die Scheinwerfer der *Triton* zu sehen, aber diese Fahrt war auch ein Testlauf für das, was dem anstehenden Treffen folgen würde: die schlimmsten Wochen ihres Lebens. Die ganze Welt würde hinter ihnen her sein, denn er war Profi genug, um zu wissen, dass so ein Deal nicht vonstattenging, ohne dass die großen Geheimdienste zumindest ein paar Krumen aufgesammelt hatten und jetzt wie wilde Hunde nach dem Ofen suchten.

»Fünfzig Meter«, sagte er, als das Sonar anschlug und anzeigte, dass das Wasser immer flacher wurde – bald so sehr, dass sie auftauchen mussten. Die *Triton* besaß ein Kufensystem, mit dem sie relativ weit kommen würden, allerdings nicht trockenen Fußes.

Hinter sich hörte er, wie Monica eine Pistole durchlud.

»Ich glaube nicht, dass die dir nutzen wird«, meinte er.

»Lieber haben und nicht brauchen …«

»Schon klar. Versteck sie aber gut.«

»Ich bin mir sicher, dass die beleidigt wären, wenn wir nicht zumindest zeigen würden, dass wir Zähne haben.«

»Keine Ahnung, mit denen habe ich noch nie zusammengearbeitet«, erwiderte Xander. »Weil sie *nie* mit Leuten wie uns zusammenarbeiten. Die haben immer eigene Leute.«

»Tja, diesmal konnten ihre eigenen es scheinbar nicht.«

Er steuerte die *Triton* auf den Strand zu. Kurz darauf drückte sich das verglaste Cockpit aus dem Wasser und zwischen abperlenden Tropfen und Rinnsalen sah er die dunklen Silhouetten niedriger Berge, die sich zu einer Schlucht öffneten, die an ihrer breitesten Stelle den Strand bildete und sich nach hinten verjüngte in einem finsteren Waldstück.

Das Tauchboot begann, protestierend aufzuheulen, als es sich in den Sand grub und nicht weiterkam. Er schaltete per Kippschalter die Positionsautomatik ein, woraufhin die Schraube im Leerlauf drehte und sie mit leichtem Druck gegen den Strand an Ort und Stelle hielt. Dann kletterte er an Monica vorbei, zog seinen olivgrünen Parker über und öffnete die Dachluke. Mit geübten Handgriffen zog er die kurze Leiter herunter und stieg hinauf in die kalte Nachtluft.

Es regnete nicht mehr, doch die Feuchtigkeit war so stark, dass ihm sofort kalt wurde. Wenige Dutzend Meter über seinem Kopf hatte sich eine dicke Nebelschicht gebildet, die das letzte Dämmerlicht der gerade gesunkenen Sonne aussperrte. Das, was noch übrig blieb, erinnerte an eine fahle Mondnacht.

Xander kletterte nach vorne, rutschte über die Panzerglasscheibe des Cockpits und landete bis über die Knöchel im Wasser der sanften Brandung. Dort wartete er und bot Monica eine Hand an. Sie kam direkt neben ihm auf. Es machte *platsch*. Als sie seine Geste bemerkte, zog sie bloß eine Augenbraue hoch, als hätte er einen schlechten Witz erzählt.

Sie gingen an den Strand. Seine Füße wurden kalt, weil Wasser in die Schuhe gelaufen war. Doch ihn fröstelte es nicht wegen der Kälte. Der Strand war in Zwielicht getaucht, dunkler Sand, der in eine dunkle Wiese überging, die sich in zwanzig Metern in einen dichten Wald verwandelte, in dem tiefe Schatten herrschten.

Xander sah, dass Monica in ihre Jacke greifen wollte, schüttelte jedoch den Kopf und sie ließ die Hand wieder sinken.

»Wo sind die?«, flüsterte sie. »Sollten die nicht hier auf uns warten?«

»Eigentlich schon.« Er suchte nach etwas – irgendetwas. Doch bis auf die Schatten, denen sein Verstand ein Eigenleben anzudichten versuchte, weil das Adrenalin in seinen Adern rauschte, sah er nichts. Keine roten Lichter, keine Reflexionen von Nachtsichtgeräten, kein Schimmern von versteckten Waffen.

»Vielleicht warten sie in dem Wald da vorne.«

»Vielleicht«, wiederholte er und zückte sein Handy. »Kein Empfang.«

»Natürlich nicht.«

Er öffnete die Schnittstellen-APP für die *Triton* und schaltete die Frontscheinwerfer über dem Cockpit ein. Augenblicklich wurde es taghell vor ihnen. Da sich die für Unterwasserumgebungen optimierten Lampen hinter ihnen befanden, warfen ihre Körper bizarre Schatten mit langen Gliedern auf dem Gras.

»Da«, sagte er leise und nickte in Richtung Wald. Er hatte Reflexionen gesehen. Kurz nur, aber er war sich sicher genug, um Sehstörungen durch seine Aufregung auszuschließen. Mit dem Ellenbogen stieß er Monica an und sie gingen gemessenen Schrittes auf die Bäume zu.

Bei ihnen angekommen, erstarrten sie gleichzeitig, als eine Stimme die Stille zerstörte: »Das ist nahe genug.«

Der Akzent war schwer. Unüberhörbar Koreanisch.

»Um Geschäfte zu machen, müssen wir etwas sehen können«, erwiderte er.

»Licht ausschalten. Zu hell.« Diese Stimme gehörte jemand anders. Weiter rechts.

Xander zögerte kurz, dann hob er ganz vorsichtig sein Handy, damit diejenigen, die ihn sahen, aber nicht umgekehrt, keine falschen Schlüsse ziehen und ihn über den Haufen schießen konnten.

Per Daumendruck schaltete er die Scheinwerfer wieder aus. Schlagartig wurde es stockfinster. Schien plötzlich dunkler zu sein als noch bei ihrer Ankunft. Doch es waren bloß ihre Augen, die sich nicht so schnell an die wechselnden Lichtverhältnisse gewöhnen konnten.

»Wir sind hier wie verabredet.«

»Näher kommen«, befahl ihnen jemand. Er hätte schwören können, dass es sich um eine dritte Stimme handelte. Nachdem er einen Seitenblick mit Monica gewechselt hatte, gingen sie zwischen den vorderen beiden Bäumen hindurch, wo sie im letzten Moment einen kleinen Waldpfad zwischen den dichtwachsenden Büschen entdeckten.

Xander ging vor. Das Gestrüpp streifte seine Beine. Es war hart und knorrig, hätte auf nackter Haut Striemen hinterlassen. Nach wenigen Metern erreichten sie einen kleinen, freien Bereich, der jedoch komplett vom Blätterdach der umstehenden Bäume bedeckt war.

Wie auf einen Knopfdruck gingen rings um sie herum rote Laternen an, die er von seiner Zeit bei der Navy kannte. Passivlicht für Nachteinsätze.

Jetzt sah er das Schimmern von Nachtsichtgeräten ringsherum in der Dunkelheit des Waldes. Mindestens vier, vermutlich mehr.

»Warten«, kam die nächste Anweisung.

Er atmete tief ein und tat nichts. Monica trat neben ihn und schwieg ebenfalls. Nach sich endlos anfühlenden Minuten kam jemand auf sie zu. Eine einzelne Gestalt in einfacher grauer Kleidung, die vor lauter Regentropfen im diffusen roten Licht schimmerte, als wäre sie diamantbesetzt. Es handelte sich um eine Frau, wie er kurze Zeit später erkannte. Markante Wangenknochen, kleine, berechnende Augen. Sie kam ihm irgendwie bekannt vor.

Ob es die mächtige Schwester des Diktators war? Ihr Ruf als

harter Knochen eilte ihr voraus. Angeblich leitete sie einige Schattenoperationen zur Finanzierung des nordkoreanischen Atomprogramms.

»Hallo«, sagte Xander, als sie lediglich gemustert wurden und sonst nichts passierte. Zweifellos waren gerade nicht wenige Waffen auf ihn und Monica gerichtet, also hatte er wenig Lust, dieses Treffen länger hinauszuzögern, als es sein musste. »Ware?«

Die Frau antwortete nicht, hob aber die Hand und machte einen Wink, woraufhin zwei weitere Gestalten in Overalls herbeikamen und eine simple militärische Transportkiste herbrachten. Sie war nicht größer als eine etwas dickere Laptoptasche, aber aus Metall. So weit er sehen konnte, besaß sie keinerlei Aufschrift oder Schloss, abgesehen von einem simplen Doppelverschluss in Form von Bügeln.

»Der Inhalt wiegt exakt elf Komma zwei Kilogramm«, sagte die Frau in erstaunlich akzentfreiem Englisch. Ihre Stimme schnitt durch die Dunkelheit wie eine heiße Klinge. Es hätte ihn nicht gewundert, wenn er die Tropfen an den umliegenden Bäumen hätte zischen hören können, weil sie spontan verdampften. »Exakt elf Komma zwei Kilogramm werden bei den Käufern ankommen oder wir haben ein Problem.«

»Machen Sie sich keine Sorgen. Wir haben noch nie versagt«, antwortete Xander und sah zu, wie die beiden Helfer die Transportbox vor ihnen abstellten und sich wieder zurückzogen. Die Frau blieb stehen, wo sie war. Da sie keine Anstalten zu machen schien, etwas zu sagen, räusperte er sich. »Was ist mit dem Rest der Anzahlung?«

»Die restlichen einhundert Millionen Dollar wurden in Form von Monero auf einer digitalen Wallet gespeichert. Die Zugangsdaten sind verschlüsselt. Nur Sie können darauf zugreifen«, erklärte die Frau und hielt ihm ein Smartphone hin. »Wählen Sie einen PIN-Code. Der wird freigeschaltet, sobald Sie die Straße von Hormus passieren und dem Ziel nahe sind.«

Tatsächlich Iran, genau wie vermutet, dachte er. »Das war nicht abgemacht.«

»Sie haben bereits zweihundert Millionen US-Dollar erhalten. Bringen Sie das Geschäft zu Ende und Sie erhalten die weiteren einhundert Millionen, plus weitere einhundert Millionen.« Sie hielt das Smartphone demonstrativ etwas weiter nach vorne. Xander trat vor und gab einen achtstelligen PIN ein. Er hatte in dieser Situation keinerlei Verhandlungsmacht, das war sowohl ihm als auch der Frau mit dem kalten Gesichtsausdruck vollkommen klar. Nur Amateure hätten jetzt so zu tun versucht, als verhielte es sich auch nur ansatzweise anders.

Sie nickte und ließ das Telefon los.

»Behalten Sie es. Wir werden darüber Kontakt aufnehmen, wenn es nötig ist. Einmal täglich müssen Sie einen Code eingeben: Eins, eins, zwei, acht, sieben, fünf. Wenn Sie das nicht tun, ein einziges Mal vergessen, wird der Speicher überschrieben. Haben Sie das verstanden?«

»Ja.« Er nickte.

»Gut.« Sie drehte sich um und verschwand im dunklen Wald wie ein Geist, der seine physische Form aufgelöst hatte. Das rote Licht blieb an, sodass er die Kiste nehmen konnte. Als Monica ihm helfen wollte, schüttelte er stumm den Kopf und bedeutete ihr, vorzugehen.

Erst als sie wieder nahe an der sanften Gischt waren, die auf den Strand rollte und zurückfloss, sah er sich einmal über die Schulter und atmete hörbar aus. Das rote Licht war verschwunden und der Wald lag wieder da wie bei ihrer Ankunft. Kein Zeichen von irgendwelchen Menschen.

»Das war's?«, fragte Monica leise.

»Was hast du erwartet?«

»Keine Ahnung. Irgendwie *mehr* als das. Schließlich schmuggeln wir hier die gefährlichste High-Tech der Welt.«

»Genau deswegen lief es anders, als du erwartet hast«, erklärte er, drückte ihr die Box in die Hand und watete bis zu den Knien in das kalte Wasser der Brandung, ehe er die kleine Leiter an der Steuerbordseite der *Triton* hinaufkletterte. Oben angekommen beugte er sich hinab und nahm die Ware, die dem Käufer vermutlich weit über eine Milliarde Dollar wert war, von Monica entgegen. Im Tauchboot angekommen verstaute er sie in der Lagerlakune, wo normalerweise Speicherlaufwerke gelagert wurden. Er vergewisserte sich mehrfach, dass das Haltenetz korrekt eingehakt war, und nichts wackelte oder sich lösen konnte, dann bedeutete er Monica, die Luke zu verriegeln, und machte sich mit ihr auf den Rückweg.

Zumindest dieser Teil war gut gegangen. Aber es war auch der leichteste, denn ab jetzt würden sie *alle* hinter ihnen her sein.

Die nächsten zwei Stunden schwiegen sie erneut, versuchten die kurzen Eindrücke zu verarbeiten, die sie von ihren Auftraggebern gesammelt hatten. Es war professionell abgelaufen, so viel stand fest. Das gab Xander Hoffnung, dass zumindest die immer präsente Gefahr von menschlicher Dummheit relativ gering war.

Zurück bei der *Medusa* warteten sie eine halbe Stunde, bis Suparman den Kran ausgerichtet und angebracht hatte, um sie aus dem Wasser zu ziehen. Das Wetter hatte sich deutlich verschlechtert und die Dünung war gestiegen, sodass die Bergung der *Triton* deutlich anspruchsvoller war, als sie es noch vor vier Stunden gewesen wäre.

»Wo willst du das *Ding* verstecken?«, fragte Monica, während sie aus dem Wasser gezogen wurden wie ein triefender Metallkadaver.

»Das verrate ich dir nicht«, sagte er und fügte hinzu: *»Keinem* von euch. Ist besser so.«

»Falls was passiert, willst du nicht, dass jemand von der Crew was verraten kann.«

»Das auch. Aber ich will euch schützen. Es gibt keinen Grund, dass mehr als einer untergehen muss, wenn was passiert. So könnt ihr selbst mit einem Lügendetektor glaubhaft machen, dass ihr nichts davon wusstet. Die CIA wird nur interessieren, wo die Ladung ist. Nichts anderes.« Seine Worte waren nicht gelogen. Doch was er ihr nicht sagte, sie aber sicher verstand, weil sie äußerst scharfsinnig war: Er traute niemandem zu einhundert Prozent. Nicht einmal sich selbst. Es ging um sehr viel Geld und zweifellos würden die Geheimdienste im Zweifelsfall alles versuchen, um ihrer Ladung habhaft zu werden. Auch Deals mit Straffreiheit und einer fürstlichen Bezahlung waren nicht auszuschließen. Niemals so viel, wie sie jetzt verdienen konnten, aber selbst eine Million wirkte umso süßer, wenn sie mit Freiheit und ohne den Zwang, sich über die Schulter blicken zu müssen, unterfüttert war.

Monica sah ihn schweigend an, nickte dann und machte sich als erste an den Ausstieg, als die *Triton* wieder in ihrer Sicherungsfassung auf dem Achterdeck platziert war.

»Ich sammle das Team ein und schließe uns im Gemeinschaftsraum ein«, sagte sie mit den Händen an der Leiter.

»Danke«, entgegnete er und nickte ihr zu.

Ohne ein weiteres Wort ging sie hinaus. Er konnte sehen, wie sie mit gegen den Wind hochgezogenem Kragen auf die Aufbauten der *Medusa* zulief und in der Tür zum Mitteldeck verschwand. Er wartete noch ein paar Minuten, dann nahm er den Geigerzähler aus einem der Fracht-Compartments, die er vorbereitet hatte. Kurz hielt er ihn an die Box, und das kleine Gerät schlug leicht aus. Das charakteristische kratzende Geräusch ertönte nur ganz leise und beinahe zaghaft, aber es war hörbar.

Danach löste er ihre heikle Fracht aus dem Sicherungsnetz und stellte sie vor sich auf den Boden. Vorsichtig öffnete er die beiden Verschlussschnallen und drückte den Deckel hoch. Im Inneren lag ein simpler grauer Stahlzylinder ohne Aufschrift, ohne Fugen oder Schweißnähte. Wieder hielt er den Geigerzähler daran. Das Geräusch war identisch oder zumindest so ähnlich, dass er keinen Unterschied hören konnte. Also besaß die Box keinerlei Abschirmung.

Xander legte den Geigerzähler beiseite und fasste vorsichtig beide Enden des Zylinders, ehe er ihn aus seiner Schaumstofffassung nahm und nach kurzem Überlegen auf dem geriffelten Metallboden abstellte. Nun fummelte er den Schaumstoff aus der Box, indem er mit immer rabiateren Handgriffen das Material von dem Klebstoff löste, der es in der Box hielt. Als er damit fertig war – überrascht von dem halbwegs guten Ergebnis –, drehte er sich zu seinem Pilotensitz um und öffnete mithilfe eines Akkuschraubers die Schrauben der Abdeckung, unter der sich der Notfallakku der *Triton* befand.

Letzteren baute er aus, was keine fünf Minuten dauerte, da es sich um einen bewusst schnell austauschbaren Lithiumionen-Akku mit zehn Kilowattstunden handelte. In dem freigewordenen Fach platzierte er den Schaumstoff aus der Box und schnitt ihn zehn Minuten lang mit einem Cutter zurecht, damit alles halbwegs passte. Dann legte er das waffenfähige Plutonium in seinem Sicherheitsbehälter in die Fassung und drückte hier und da, bis er mit dem Sitz zufrieden war.

Zuletzt legte er die übriggebliebenen Schaumstoffreste obendrauf und drückte die Abdeckplatte wieder zu, ehe er die Schrauben einlegte und festdrehte. Die Box verschloss er wieder, entfernte sämtliche Zeugnisse seiner Arbeit in einer Mülltüte und verstaute das Werkzeug.

Mitsamt der Box verließ er schließlich die *Triton* und verriegelte die Luke. Suparman, in eine dicke Winterregenjacke gehüllt, nickte ihm zu, als er über das Achterdeck eilte, und machte sich an die Abdeckung des Tauchboots, während Xander sich auf den Weg zu seiner Kabine machte. Sie befand sich drei Decks tiefer im vorderen Bauch der *Medusa*.

Dort angekommen öffnete er die Box, legte eine seiner Hanteln hinein und verschloss sie wieder, ehe er sie in das riesige Geheimfach unter seinem Bett legte.

5

Sie blieben keine Minute länger so nahe an nordkoreanischen Gewässern als nötig. Xander klopfte an den Gemeinschaftsraum und bedeutete seinem Team, ihn auf die Brücke zu begleiten. Auf dem Weg funkte er Suparman an und trug ihm auf, die Mannschaft zu wecken und aus ihren Quartieren zu lassen.

Die *Medusa* musste schnellstmöglich das Gelbe Meer verlassen. Ironischerweise gab es hier schlicht zu wenig Verkehr. Zwar mochte das wie ein Vorteil wirken, weil weniger Augen auf ihnen ruhten, aber das Gegenteil war der Fall: Mehr andere Schiffe bedeutete, dass sie besser zwischen ihnen verschwinden konnten. Eine Seestraße, auf der hunderte Schiffe am Tag hin und her fuhren, wurde zwar überwacht, aber nur selten wurde eines stichprobenartig angehalten und geentert. Genau genommen kam das so gut wie gar nicht vor, wenn nicht ein starker Schmuggelverdacht verbotener Ware bestand.

Doch selbst dann passierte häufig nichts, weil die Schiffe unter der Flagge mächtiger Akteure fuhren oder unter der eines Landes, das man aufgrund aktueller geopolitischer Spannungen nicht verärgern durfte oder wollte.

Es dauerte eine halbe Stunde, bis die Mannschaft komplett angetreten war und über sein Schiff huschte wie eine Meute geschäftiger Ameisen. Dann machten sie sich auch schon auf den Weg in Richtung Süden. Tiefer in die internationalen Gewässer der großen Wirtschaftszonen Chinas und Nord- und Südkoreas. Da es mitten in der Nacht war, trafen sie nur auf wenige Fischtrawler, von denen sich ausschließlich die ganz großen so weit raus wagten. Diejenigen, die auf dem Radar auftauchten, blieben stationär, bereiteten vermutlich gerade die Netze vor, um sie in den frühen Morgenstunden auszuwerfen.

Die ersten sechs Stunden hielt er mit Olli die Wache, dann wurden sie abgelöst durch Monica und Lucas. Xander begab sich mit seinem Bordingenieur in die Messe und aß vollkommen übermüdet einen matschigen Burrito, ehe er sich ohne viele Worte verabschiedete und in seine Kabine ging. Dort duschte er kurz, ließ eine Weile kaltes Wasser über sein Gesicht laufen – es lenkte ihn angenehm von seinen Gedanken ab – und putzte sich die Zähne.

Als er sich auf sein Bett legte, schlief er sofort ein, obwohl er befürchtet hatte, noch lange wachzuliegen und zu grübeln. Offenbar siegten seine Erfahrung und Abgeklärtheit am Ende doch.

Er wurde geweckt. Nicht vom Schrillen eines Weckers, wie er erwartet hatte, sondern von Monica, die über ihn gebeugt dastand. Das Kabinenlicht war eingeschaltet. Er blinzelte irritiert und hielt sich schützend eine Hand vors Gesicht.

»Scheiße«, murmelte er schlaftrunken. In seinem Mund herrschte ein Geschmack, als hätte er an einer verwesenden Ratte geleckt. »Was ist denn los?«

»Wir haben ein Problem«, antwortete sie. »Du musst auf die Brücke kommen.«

Xander sah auf seine Armbanduhr. Er hatte fünf Stunden geschlafen, fühlte sich aber, als sei es nicht einmal eine gewesen.

»Falls wir nicht die US Navy am Arsch haben und ...«

»Es sind die Südkoreaner. Genau genommen die *Handu*«, schnitt sie ihm das Wort ab.

Schlagartig war er wach. Seine verklebten Augen lösten sich und sein Verstand begann wieder, zu rotieren. »Die *Handu?*«

»Ja. Hängt an uns dran. Zehn Seemeilen und sie kommen schnell näher. Ich habe überlegt, einen Gang hochzuschalten, aber ich weiß, dass du diesen Trumpf nur ungern ausspielst.«

»Ganz richtig.« Er schälte sich aus seiner Decke und suchte nach seinem Bordoverall. Monica warf ihn ihm zu. Schnell schlüpfte er hinein und folgte ihr auf die Brücke. Dort angekommen, reichte Lucas ihm einen Kaffee. Er sah unglücklich aus.

»Ist fast, als hätten die uns aufgelauert«, sagte Monica. »Waren hier, sobald wir eine Stunde in ihrer exklusiven Wirtschaftszone gefahren sind.«

Xander antwortete nicht und sah auf die Radaranzeige. Der Kontakt war stabil. Näherte sich von acht Uhr backbord. »Habt ihr visuell bestätigt?«

»Ja. Die leuchten wie ein Weihnachtsbaum, geben sich keine Mühe, heimlich zu sein.«

»Natürlich nicht, das ist die Marine, die sind an Gesetze gebunden und haben schiss, sich irgendeinen Zwischenfall mit den Chinesen oder Nordkoreanern einzuhandeln.« Er betrachtete weiter das Radar, sah nach Westen. Einer der Kontakte war beschriftet mit einer Transponderzahlenfolge. Der Bordcomputer identifizierte sie als Marineschiff der Volksbefreiungsarmee. »Nach Westen ausweichen ist diesmal nicht, so viel steht fest.«

»Ja, deshalb habe ich dich geweckt«, meinte Monica. »Was sollen wir machen?«

Xander starrte auf den Navigationsschirm. Sie befanden sich auf Höhe von Gunsan in Südkorea, einhundert Meilen von der Küste entfernt. Die *Handu* musste auf sie gewartet haben. Oder es handelte sich um einen Zufall, was er beim besten Willen nicht glauben konnte. Er hätte den Kurs näher an China setzen sollen. Noch zweihundert Seemeilen und sie würden ins ostchinesische Meer vordringen, wo deutlich mehr Verkehr herrschte. Doch so schnell, wie das Marineschiff war, handelte es sich vermutlich um eine Korvette. Das bedeutete, dass sie schneller war als die *Medusa.* Vielleicht sogar mit ihren Upgrades der Schiffsmotoren.

Er schaute auf das Radardisplay und betrachtete die anderen Schiffe um sie herum. Im Umkreis von dreißig Meilen befanden sich insgesamt einunddreißig Stück. Zwölf Containerschiffe, vier Tanker, neun große Fischtrawler und sechzehn Privatschiffe, die keinen gewerblichen Transpondercode aufwiesen. Der letzte Kontakt gehörte der *Handu*, die vom Bordcomputer gespeichert worden war.

»Keine anderen Marineschiffe in der Nähe«, stellte er fest und deutete auf Usain. »Bereite mit Suparman die Mannschaft vor. Sie sollen sich darauf vorbereiten, die *Medusa* umzulackieren.«

»Schon wieder?«

»Ja. Schick Suparman danach zum Achterdeck. Monica, du hast die Brücke. Sorg dafür, dass sie uns von sechs Uhr aus anfahren müssen. Sie sollen immer hinter dem Heck bleiben, klar?«, befahl er seinem Ersten Offizier. Sie nickte.

»Hast du vor, was ich glaube, dass du es vorhast?«

»Wir haben keine andere Wahl. Die haben es offenbar auf uns abgesehen. Entweder sie wissen etwas, oder sie sind angepisst, weil wir ihnen gestern entkommen sind und wir verdächtig gewirkt haben. Beides wäre schlecht für uns«, erklärte er.

»Aber wir haben nichts zu verbergen. Also zumindest nichts Offensichtliches«, meinte Lucas. »Wieso lassen wir sie nicht ihre Schikane durchziehen und fahren dann weiter. Sie können uns ja nicht in einen Hafen zwingen und auseinandernehmen.«

»Sicher?«

»Relativ.«

»*Relativ* reicht mir nicht«, entgegnete Xander kopfschüttelnd. »Bei jeder Entscheidung musst du dich fragen, ob du mit dem negativsten Ergebnis leben kannst. Wenn die Antwort *nein* ist, dann musst du eine andere Entscheidung treffen.«

»Und was ist das negativste Ergebnis für deinen Plan?«

»Dass sie auf uns schießen.«

Die anderen sahen ihn mit fassungslosen Blicken an.

»Was? Die werden ganz sicher kein Zivilschiff in internationalen Gewässern versenken. Wir würden Mayday schicken und alle wüssten Bescheid. Vor allem seit jedes zweite Schiff eine Starlink-Schüssel auf dem Dach hat, wäre diesem Captain-irgendwas sofort klar, dass seine Aktionen publik werden.« Xander schüttelte den Kopf. »Die werden maximal Warnschüsse abfeuern. Da knicken alle anderen ein. Wir aber nicht.«

Die Funkanlage piepte. Kurz darauf ertönte die Stimme des südkoreanischen Captains, die ihm leidlich vertraut war: »Hier spricht Captain Suk-Yeol von dem Marineschiff *Handu.* Dies sind Gewässer der exklusiven Wirtschaftszone der Republik Korea.« Es war wie ein Déjà-vu. Der Marinekapitän sprach auf Englisch. Das war verdächtig. Er wusste doch, dass sie Koreanisch sprechen konnten. »*Opal,* drosseln Sie Ihre Fahrt und bereiten Sie sich darauf vor, von einem Sicherheitsteam überprüft zu werden.«

»*Handu, Handu,* hier *Opal*«, antwortete Xander mit einem gefakten chinesischen Akzent, nachdem er das Funkgerät aus seiner Fassung gezogen hatte. Mit der linken Hand zog er an der Spiralkordel. »Bitte nennen Sie den Grund für Ihre Aktionen. Wir sind an keinen Fischereiaktionen beteiligt und auf dem Weg ins ostchinesische Meer.«

Ihm war klar, dass es eine dünne Erklärung war, schließlich wäre die Seeroute näher am chinesischen Festland kürzer gewesen, da sie kaum in Richtung Japan fahren würden zum Fischen. Aber dies waren immer noch internationale Gewässer.

»*Medusa, Medusa,* hier *Handu,* drosseln Sie Ihre Fahrt auf fünf Knoten und halten Sie sich bereit, um von einem Sicherheitsteam inspiziert zu werden«, kam die unbeeindruckte Antwort von Captain Suk-Yeol. Es war, als hätte Xander gar nichts gesagt.

»Negativ«, sagte er schlicht. »Wir zeichnen dieses Gespräch auf und werden Ihre feindlichen Aktionen der chinesischen Seebehörde melden.«

Er hängte das Funkgerät zurück in seine Fassung und sah seine Crew an. Sie wirkten besorgt.

»Es ist verdächtig«, gab er zu.

»Boss, er hat *Medusa* gesagt. Er kennt den Namen unseres Schiffs«, erwiderte Monica ernst.

»Ja.« Er zuckte mit den Achseln, musste jetzt routiniert und als Herr der Lage wirken. »Vielleicht waren sie letztes Mal nahe genug dran, dass sie den Namen am Bug mit dem Fernstecher sehen konnten. Dass wir einen falschen Namen angemeldet haben und *Science* auf dem Rumpf stand, könnte uns verdächtig gemacht haben. Ich will wetten, dass Sie uns für Schmuggler von Waffen oder Computerchips halten, die das nordkoreanische Regime beliefern, trotz der internationalen Sanktionen.«

»Das wäre nicht gerade besser«, wandte Olivier ein.

»Besser, als wenn sie Geheimdienstinformationen über unsere wirkliche Fracht hätten«, sagte Xander und zeigte auf Monica und Usain. »Ihr habt eure Befehle. Sie sind nur noch fünf Meilen entfernt, also los. Lucas, du gehst mit dem Fernglas raus, Olli, bleib hier bei Monica.«

Ohne eine Antwort abzuwarten, ging er hinaus und lief die Treppen hinunter und nach hinten, bis ganz hinab zum flachen Achterdeck. Der Wind blies kräftig aus Südwest mit leichtem Nieselregen. Die Sonne war bereits aufgegangen, aber noch halb hinter dem verdeckten Horizont versunken, wodurch ein mattes Zwielicht herrschte, als hätte Gott einen Dimmer heruntergeregelt.

In der Ferne konnte er mit bloßem Auge die Silhouette der sie verfolgenden *Handu* erkennen; ein grauer Hügel in den grauen Wellen der See, vor einem dunklen Hintergrund, da die Sonne in der entgegengesetzten Richtung im Osten aufging.

Rasch lief er zu der großen Steuerbordkiste, drei Meter lang und einen Meter tief. Seine Finger wurden schnell kalt und das Metall der Schnappbügel, die er nach und nach hochklappte, fühlte sich an, als würde es in sein Fleisch schneiden.

Als er den schweren Deckel endlich angehoben hatte, schaute er auf den Inhalt der Kiste: ein armdickes Tau, das zu drei Türmen aufgerollt war wie eine mächtige Schlange. Es handelte sich um Polypropylen mit in das Material gesponnenen Metallfäden, die im ersten Morgenlicht schimmerten.

Xander suchte das Ende und zog es hinaus und auf die Öffnung am Heck zu, durch die normalerweise bei starken Wellen das Spritzwasser ablaufen konnte, wenn es über die Reling spülte.

»Boss-man?« Die Stimme gehörte Suparman. Der Indonesier stand in seiner Regenkluft hinter ihm.

»Hol mir den Sauganker«, befahl Xander dem alten Seemann, der daraufhin nickte und wieder verschwand. Zwei Minuten später tauchte er wieder auf mit etwas, das wie ein kleiner, offener Ballon aussah. Xander befestigte ihn am Ende des Taus und schob es dann durch die Öffnung. Der Ballon füllte sich durch den Vortrieb der *Medusa* sofort mit Wasser und zog so das Tau mit sich. Die Schlange wurde rasch abgerollt und er trat einige Schritte zurück. Wenn seine

Hand dazwischen kam, würde das dicke Seil sie glatt abreißen, mit solch einer Wucht wurde es ins Meer gezogen.

Es dauerte keine Minute und sie zogen ein einhundert Meter langes Tau hinter sich her, das durch den Auffangballon knapp unterhalb der Wasseroberfläche blieb. Xander hatte mit Olli lange an der Perfektion ihrer Trailline gearbeitet, schließlich waren sie so schon einigen Problemen entkommen.

Wieder spähte er hinaus zur *Handu.* Das Marineschiff war deutlich näher gekommen. Mittlerweile waren die Aufbauten klar erkennbar, die Brückenfenster reflektierten das frühe Tageslicht wie die Augen eines Raubtiers. Die Gischt am Bug war als weißer Schaum zu erkennen.

»Suparman«, sagte er zu seinem Chief und deutete auf den dicken Poller mit dem Kreuzverschluss an der Oberseite, in dem das Ende des verstärkten Taus in Form einer Schlaufe befestigt war. »Wenn ich dir über Funk den Befehl gebe, ziehst du diesen Sicherungsbolzen heraus und das Stahlkreuz ab.«

»Klar, Boss-man. Ist ja nicht das erste Mal«, bestätigte Suparman und nickte ernst.

»Ja, klar. Sieh zu, dass du dann schnell wegkommst. Könnte auch sein, dass es etwas ungemütlich wird, weil wir ein paar Manöver fahren.«

»Marine, hm? Kein Problem.« Der Indonesier lächelte, wobei sein linker Goldzahn glänzte wie ein Sonnenstrahl.

»Guter Mann.« Xander klopfte ihm auf die Schulter und lief zurück zur Brücke.

»Die sind echt angepisst«, begrüßte Monica ihn vom Ruder aus.

»Warum?«

»Die haben gesehen, dass du was zu Wasser gelassen hast.«

»*Medusa, Medusa,* drosseln Sie sofort Ihre Fahrt!«, dröhnte eine harte Stimme aus den Lautsprechern. Sie gehörte nicht mehr dem Captain. Das Englisch war etwas akzentfreier und leichter zu verstehen.

Xander zückte das Funkgerät und hielt es sich vor den Mund. Mit dem Daumen betätigte er den »Senden«-Knopf.

»*Handu, Handu,* wir haben eine Köderleine im Wasser, die wir nicht einholen können, weil die Winde beschädigt ist. Wir versichern aber, dass sich kein Netz daran befindet und wir in keine illegalen Fangaktivitäten verwickelt sind«, sagte er und drosselte ihre Fahrt um fünf Knoten. Das Radar zeigte an, dass sie noch drei Meilen von dem Marineschiff trennten. Die *Medusa* fuhr jetzt mit fünfzehn Knoten, die Korvette mit dreiunddreißig. Der Abstand schmolz dahin.

»*Medusa, Medusa.* Drosseln Sie Ihre Fahrt. Dies ist eine Warnung.«

»*Handu, Handu,* wir zeichnen dieses Gespräch auf und streamen es direkt an die chinesischen Behörden. Dies ist ein aggressiver Akt gegen ein chinesisches Zivilschiff in internationalen Gewässern«, gab er über Funk zurück. Ihr gekaufter Transpondercode der vor drei Wochen verschollenen *Opal* würde sie zumindest als chinesisch ausweisen, insofern würde es mindestens eine Woche dauern, bis die Behörden in China auf eine koreanische Anfrage hin feststellten, dass die *Opal* gar nicht mehr existierte, da sie offiziell noch bis Ende des Monats auf einem Fischereitrip im Pazifik unterwegs war.

Eine Weile blieb es ruhig.

»Ich will, dass die Mannschaft in den Innenräumen bleibt und sich nicht zeigt. Je weniger wir von unserer Kleidung zeigen, desto weniger kann wiedererkannt werden«, befahl er.

Usain nickte und verschwand von der Brücke.

»Lucas?«, fragte er über Funk.

»Eine Meile«, antwortete der Wartungstechniker, der draußen auf dem Seitenausleger im Nieselregen stand und mit dem Feldstecher nach hinten schaute. Über einen Kameraschirm konnte Xander über das Heck gucken und sah auf dem körnigen Bild die immer größer werdende Silhouette der Korvette. Als sie nur noch fünfhundert Meter trennten, beschleunigte er die *Medusa* wieder auf zweiundzwanzig Knoten.

»*Medusa, Medusa,* wir haben Aufzeichnungen von Ihrer Bugbemalung angefertigt. Sie fahren unter falschem Namen oder falschem Transpondercode und verstoßen damit gegen internationales Seerecht«, ertönte wieder die scharfe Stimme des koreanischen Offiziers aus den Lautsprechern. »Drosseln Sie Ihre Fahrt!«

»*Handu, Handu,* negativ. Wir fühlen uns bedroht. Wenn Sie nicht von uns ablassen, sehen wir uns gezwungen, dies als ungerechtfertigten Angriff auf ein chinesisches Zivilschiff zu sehen und *Mayday* zu senden.« Xander hängte das Funkgerät zurück in seine Fassung. Darauf sollten sie erst einmal kauen. Bei einem Mayday wäre jedes Schiff in der Nähe verpflichtet, Hilfe zu leisten. Das beinhaltete natürlich, zu ihnen zu kommen und dadurch zu Zeugen zu werden. Jetzt würde sich herausstellen, wie sehr der koreanische Captain es darauf anlegte. Genug, um einen diplomatischen Zwischenfall mit China zu riskieren, nachdem sich beide Länder gerade erst zaghaft angenähert hatten?

Es blieb ruhig im Funk.

Auf dem Kamerabild sah er, dass die *Handu* ganz nahe war, zweihundert Meter vielleicht. Gischt spritzte zornig von ihrem Bug, als sie über die Wellen jagte und nach rechts auszubrechen versuchte, um sie steuerbords zu überholen.

»Monica«, sagte er. »Schalte die Zusatzmotoren ein. Wir brauchen mehr Fahrt.«

»Verstanden.« Sie ging zur Hauptkonsole, öffnete die vordere Abdeckung und betätigte die versteckten Kippschalter darunter. Xander beschleunigte um weitere zehn Knoten, womit sie nur einen Knoten langsamer waren als die *Handu.* Dann wartete er ab, bis das Marineschiff nur noch fünfzig Meter schräg hinter ihnen war und drehte am Steuerrad. Die anderen hielten sich an den Armaturen und Sitzen fest, um wegen der plötzlichen Neigung ihres Manövers nicht umzufallen.

Ein lautes Dröhnen war zu hören, als die *Handu* ihre Signalhörner aktivierte. Die Fensterscheiben auf der Brücke begannen, zu klirren, so laut war es. Xander sah auf die Neigungsdaten und blickte in die Heckkamera. Sie zogen knapp vor dem Bug der Korvette vorbei, die sie beinahe rammte.

»Suparman!«, rief er in sein Headset. »JETZT!«

Er zählte bis fünf und betätigte dann den Schalter für den Poller am Heck, an dem die Schlaufe des Taus befestigt war. Der Metallzylinder fuhr jetzt in seine Fassung zurück. Auf der Heckkamera konnte er sehen, wie das Ende der Trailline ins Wasser platschte.

Die Korvette, viel zu schnell, um noch abbremsen oder ausweichen zu können, fuhr frontal über das quer liegende Tau, das sich unter den Rumpf schob, als würde ein Schlittschuhläufer über ein Seil fahren.

Xander korrigierte seinen Kurs, indem er hart backbord steuerte und mit voller Fahrt in Richtung Südwesten fuhr. Immer wieder sah er auf die Bilder der Heckkameras. Die *Handu* fuhr ihnen hinterher. Der Frontturm setzte einen Schuss ab, der zwanzig Meter vor dem Bug der *Medusa* ins Wasser klatschte und eine mächtige Fontäne aufwarf.

»Oh putain!«, entfuhr es Olivier.

»FUCK!«, rief Lucas. »Die haben auf uns geschossen.«

»Nur ein Warnschuss«, beruhigte Xander sie mit gesenkter Stimme, obwohl ihm der Puls bis in den Hals schlug.

Warum werden die nicht langsamer, verdammt!

Er gab einen weiteren Ruderimpuls, um die *Handu* daran zu hindern, sie backbords zu überholen.

»Da!«, entfuhr es Lucas von draußen. Im Funk schepperte seine Stimme, als hätte er Alufolie vor dem Mikrofon zerknüllt.

Xanders Blick ruckte auf den Kameraschirm. Tatsächlich: Die Korvette der Südkoreaner verlor deutlich an Fahrt und lag kurz darauf bewegungslos im Wasser.

»Ja, verdammt!«, rief Olivier triumphierend. »Bordel de merde! C'est comme ça que ça se règle!«

Xander gestattete sich ein dünnes Lächeln. Es hatte funktioniert. Die *Handu* war über ihre Trailline gefahren, bis sie den Propeller erreicht hatte. Da der sich schnell drehte, verhedderte sich das verstärkte Tau nach kurzer Zeit darin und blockierte ihn schließlich. Jetzt würden sie Taucher runterschicken müssen, um es in mühsamer Kleinstarbeit zu zerschneiden und sich wieder zu befreien. Bis dahin wären sie längst über alle Berge.

»Du hast ein Kriegsschiff ausgeschaltet. Ohne Waffen«, meinte Monica.

»Man nutzt die Werkzeuge, die man hat«, sagte er mit gespielter Zurückhaltung.

»Das war kein verfluchtes Lob«, fuhr sie ihn an. »Die werden gerade alles und jeden rufen, um uns aufzubringen.«

»Ich weiß«, gab er zurück. »Darum müssen wir uns schnell an die Arbeit machen. Ruf Suparman. Ich will die Mannschaft in einer halben Stunde mit den Farbeimern draußen sehen. Die *Medusa* wird umlackiert und kriegt einen neuen Namen.«

»Damit wird es nicht getan sein.«

»Nein. Wir brauchen auch einen neuen Transponder.«

»Irgendeine Idee?«

Er sah auf die Karte. »Ja. Wir reißen unsere Sendeanlage ab und sagen, dass es sich um einen Sturmschaden handelt. Dann steuern wir den Hafen von Ningbo an, südlich von Shanghai. Da können wir in zwanzig Stunden sein. Ich kenne da eine Werft, die uns unkompliziert helfen kann und wenig Fragen stellt.«

»Was ist mit den Behörden?«, fragte Monica.

»Was soll mit denen sein? Wir sind in Mauritius registriert, hissen gleich die Fahne. Bis wir da sind, ist der Name geändert und der Farbstreifen auch. Dann sind wir ein privater Schatzsucher.«

»Denkst du nicht, dass die genauer gucken, wenn wir ohne Transponder kommen, nachdem Südkorea eine internationale Fahndung herausgegeben hat?«

»Vielleicht. Aber weißt du, wie viel Seeverkehr um Shanghai herum herrscht? Da verstecken wir uns in der Masse. Wenn wir früh ein Problem mit der Sendeanlage melden und unsere Registrierungsnummer im internationalen Schifffahrtsregister angeben, dann kommt im allerschlimmsten Fall der Hafenlotse an Bord, bevor wir anlegen, um alles zu überprüfen. Nichts, was uns Sorgen machen sollte«, versicherte er ihr. »Außerdem wäre ich mir gar nicht mal so sicher, dass der Captain der *Handu* den Vorfall meldet.«

Monica hob eine Braue.

»Gesichtsverlust ist eine große Sache bei denen. Selbst bei uns wäre es ein Karrierekiller, wenn sich ein Korvettenkapitän von einem Forschungsschiff schachmatt setzen lässt – mit einem Tau.«

»Du bist der Boss.« Sie seufzte.

»Keine Sorge, das wird schon«. Xander hoffte sehr, dass er recht hatte und die Geheimdienste nicht längst auf ihrer Fährte waren.

6

Die Fahrt nach Ningbo verlief angenehm ereignislos. Trotz der schwierigen Umstände verunglückte niemand von der Mannschaft bei den Bemühungen, die *Medusa* bei voller Fahrt umzulackieren. Die See war glücklicherweise äußerst ruhig und so wackelten sie wenig umher in ihren Geschirren. Wie Ameisen im Korsett hingen die Mitglieder von Suparmans Team an der Hülle und verwandelten den roten Streifen auf Blau in einen schwarzen. Sie änderten den Namen *Medusa* zu *Gulliver,* entsprechend einer ihrer Fake-Registrierungen in Mauritius.

Die gesamte Aktion dauerte acht Stunden, da sie sich bewusst Zeit ließen. Andere Schiffe auf dem Radar umfuhr Xander dabei großzügig, um möglichst niemanden sehen zu lassen, was sie gerade taten. Zwar kam es vor, dass Reparaturen auf See durchgeführt wurden, jedoch nur in Ausnahmefällen und Umlackierungen schon gar nicht.

Monica und er wechselten sich mit dem Wachdienst auf der Brücke ab, jeweils in Begleitung eines anderen Mitglieds ihres Teams. Dazwischen aßen sie in der Messe, spielten Karten im Gemeinschaftsraum und schliefen.

Als sie in chinesische Gewässer einfuhren, unterhielt er sich auf Englisch mit der Küstenwache und erklärte ihnen, dass die Sendeanlage im Sturm Schäden davongetragen hatte. Er sandte per E-Mail ein Bild mit, das die Antenne nach Usains Demolierung zeigte. Er bat um Erlaubnis, den Hafen von Ningbo anzufahren, um die Anlage reparieren oder austauschen zu lassen, und erhielt eine Viertelstunde später – nachdem ihre Registrierung überprüft worden war – auch schon die Genehmigung.

Weder wurden sie angehalten noch kam jemand an Bord. Also fuhren sie unbehelligt auf die riesige Stadt am Horizont zu. Der Hafen von Ningbo, genauer genommen »Ningbo-Zhoushan« war gigantisch. Es handelte sich um den drittgrößten Containerhafen der Welt mit über dreißig Millionen 20-Fuß-Containern, die hier im Jahr umgeschlagen wurden. Ein Terminal von zig Kilometern war in Form eines langen Kais mit wuchtigen Roboterkränen der Küste vorgelagert, zu der alle zweihundert Meter eine Brücke führte. Am Festland stapelten sich zigtausende Container unterschiedlichster Farben, so weit das Auge reichte. Sie sahen beinahe aus wie brasilianische Favelas. Gabelstapler und LKWs fuhren zwischen den Türmen hin und her, aus der Ferne sahen sie aus wie winzige Insekten in einem Termitenbau.

Der Hafen für nicht-kommerzielle Schiffe befand sich einige Meilen südlich davon in einer kleinen Bucht. Xander holte weit aus, um nicht mit den Routen der Frachtriesen in Konflikt zu geraten. Die Bucht sah aus wie ein altes Piratenversteck, die Mole heruntergekommen und von Algen übersät, wo sich dicke Risse im Beton gebildet hatten. Auf einer Seite stapelten sich halb verrottete Jachten, auf der anderen neuere auf einem abgesperrten Wartungsgelände für Motor- und Segelboote. Ein einziger großer Tiefseekai in der Mitte stach aus den kleineren Stegen heraus, an denen vor allem Fischtrawler angelegt hatten.

Der Hafenlotse wies ihn mit gebrochenem Englisch ein, damit er die Einfahrrinne traf und korrekt wendete, um mit der Steuerbordseite anlegen zu können. Die *Medusa* war groß mit ihren zehn Decks und neunzig Metern Länge, aber nicht so groß, dass der Lotse selbst an Bord kommen und das Steuer übernehmen musste wie in vielen anderen Häfen.

Als die Mannschaft sie mithilfe der Hafenmeisterei vertäut hatte, fuhr er die Motoren herunter. Strom bekamen sie jetzt von Land.

»Kümmerst du dich um die Formalitäten?«, bat er Monica und

sie nickte, ehe sie die Brücke verließ und aus einem der Schränke ihre Registrierungspapiere hervorholte. »Es soll immer jemand bei den Typen sein, die uns die Anlage reparieren.«

»Schon klar.«

Xander atmete tief durch und ging hinunter in den Gemeinschaftsraum, um sich einen Kaffee zu machen. Usain wartete dort bereits mit einer Tasse und einer großen Kanne. Im Hintergrund lief der Fernseher. Der Ton war so leise, dass er nichts verstehen konnte, aber er sah wieder Bilder von dem roten Kometen.

»Immer noch derselbe Scheiß?«, fragte er und holte sich eine eigene Tasse aus dem Regal. Er musste sie leicht kippen, um sie an dem Sicherungsbügel für hohen Wellengang vorbeizubekommen.

»Jo«, sagte Usain. Sein eigener Becher sah in seinen Pranken aus wie ein Spielzeug. »Kommt früher als erwartet und sein Schweif wird kleiner.«

»Kleiner?« Xander interessierte sich nicht wirklich für den Himmelskörper, aber ein bisschen Smalltalk war jetzt genau das Richtige, um abzuschalten. Er war übermüdet und das Adrenalin der letzten Tage forderte seinen Tribut.

»Jo. Keine Ahnung wieso, weiß auch keiner von den Eierköpfen, so wie es aussieht. In ein paar Tagen fliegt das Ding an uns vorbei, ganz nah. Können ja mal das Teleskop rausholen«, schlug der Deutsche vor und schenkte ihm Kaffee ein, als er seine Tasse hinhielt.

»Danke.« Xander hatte ganz vergessen, dass sie immer noch das Teleskop an Bord hatten, das er vor drei Jahren Monicas Sohn Robbie zu seinem sechsten Geburtstag hatte schenken wollen. Doch Robbie war bei einem Autounfall gestorben, bevor es dazu kommen konnte, und seither lag es in Geschenkpapier gewickelt im Lagerraum. Monica wollte es nicht sehen, wahrscheinlich wegen der Glückwunschkarte, auf der Robbies Name stand. Die schwerste Zeit war zwar vorbei, aber sie litt noch immer darunter, egal wie gut sie ihre Gefühle verbarg. »Vielleicht.«

Usain nickte bloß.

»Wie ist die Mannschaft drauf?«

»Fanden sie nicht geil, das mit der Umlackierung. Und sie wissen natürlich, dass was faul ist.«

»Konnten wir diesmal nicht verhindern. Wir wechseln sie aus, sobald wir weiter im Süden sind. Vielleicht in Medan, da kennt Suparman doch Leute«, sagte Xander.

»Jo. Sumatra. Das dauert aber noch nen Weilchen.«

»Ich weiß, mir wäre es anders auch lieber, aber es ist jetzt so, wie es ist. Ab jetzt können wir uns immer nur noch um ein Problem nach dem anderen kümmern. Anders geht es nicht.«

»Du bist der Boss.« Usain zuckte mit seinen mächtigen Schultern.

Er unterdrückte ein Seufzen. Seit er die Navy verlassen hatte, war alles besser gelaufen, als er sich in seinen kühnsten Träumen erhofft hatte. Dass die Nordkoreaner ihn kontaktiert hatten, war kein Wunder: Noch nie war er gescheitert, seit er dieses selbstständige Business aufgezogen hatte. Schmuggel lag ihm im Blut, weil er bei der Navy über zehn Jahre lang genau gegen solche Leute wie sich selbst vorgegangen war. Er kannte die Verfahren, die Vorgehensweisen und Taktiken, hatte mit Geheimdienstoffizieren gearbeitet und wusste, wie sie dachten und handelten. Es war der perfekte Jobwechsel gewesen für jemanden wie ihn, der sich im Stich gelassen fühlte mit einer mickrigen Entschädigung, weil man ihn wegen angeblicher Verfahrensfehler frühzeitig aus dem Dienst suspendiert hatte. Betrug war das und mit Betrug zahlte er es ihnen seither heim. Es tat ihm nicht leid und das würde es auch nie, da das viele Geld auf dem Konto durchaus dabei half, die positiven Seiten eines kriminellen Lebens zu genießen.

Klar, das Meiste war in die *Medusa* geflossen, die heute ein stattliches Schiff mit modernster Ausrüstung war, auch wenn sie von außen bewusst etwas schäbig aussah. Aber wie bei jedem guten Schmuggler täuschte der äußere Eindruck. Schon oft hatte er sich gefragt, was er mit dem vielen Geld von diesem Job machen würde. Zur Ruhe setzen, klar, weil sein Team genau das wollte und er keine weiteren x Jahre aufwenden wollte, um wieder Menschen um sich zu scharen, denen er wirklich traute. Aber was dann? Wäre er wirklich zufrieden? Ohne die grenzenlose Freiheit auf See? Ohne den Nervenkitzel und das Gefühl, lebendig zu sein, weil er wusste, dass sie alle hinter ihm her waren und er ständig mit einem Bein im Knast stand?

»Boss?«

»Hm?« Er wandte sich zu Usain, der auf seine Hosentasche deutete. Es war sein Handy, das vibrierte. Er hatte es gar nicht bemerkt. »Ja?«

»Hier ist Monica. Du musst mal unterschreiben für die Reparatur. Die sind echt regelversessen, kann ich dir sagen«, erklärte seine Stellvertreterin am Telefon.

»Ich komme raus«, erwiderte er und zwängte sich aus der Sitzecke. Den letzten Rest Kaffee leerte er in einem Zug und nickte Usain zu, ehe er hinausging.

Er unterschrieb ein paar Sachen für den Hafenmeister, der mit zwei Mitarbeitern am Ende des Kais vor der kurzen Gangway stand, die Schiff und Hafen miteinander verband, und gab ihm einen Kostenvoranschlag. Zwölftausend Dollar waren eine Menge Holz und die Tatsache, dass der Beamte selbst das Angebot erstellt und in US-Dollar ausgegeben hatte, ließ keinen Zweifel daran, dass er selbst kräftig daran verdiente.

Trotzdem stimmte Xander sofort zu und unterschrieb mit einem unleserlichen Gekrakel, das er sich ausgedacht hatte. Er liebte Korruption, bedeutete sie doch, dass der Typ vor ihm ganz sicher dafür sorgen würde, dass der ganze Vorgang unter Verschluss blieb. Korrupte Beamte hatten es nicht gern, wenn man in ihren Angelegenheiten herumpfuschte, dementsprechend war der Kerl ihm eine große Hilfe.

»Zwei Tage«, sagte der Hafenmeister mit so starkem Akzent, dass er kaum zu verstehen war.

»Ich gebe Ihnen achttausend, wenn sie es in einem machen.«

»Nicht möglich.« Sein Gegenüber schüttelte den Kopf. »Importware.«

»Klar.« Sie schüttelten sich die Hände und dann gingen sie wieder ihrer Wege. Zurück im Gemeinschaftsraum gab sein Handy einen kurzen Ton von sich. Es war seine verschlüsselte Messenger-App.

Die Nachricht stammte von Tony, einem seiner Kontakte beim US Pacific Command. Früher mal ein Freund, heute ein Geschäftspartner, der ihm schon mehrere Deals besorgt hatte.

. . .

Hey, X. Ich habe jemanden in Vietnam, der einen Transport benötigt. Der Kunde ist mir bekannt und vertrauenswürdig. Es geht um eine Kiste von der Größe eines Sargs. Frisst eine Kilowattstunde Strom pro Stunde, wahrscheinlich irgendwas Tiefgefrorenes.

»Hm«, machte er und tippte eine Antwort. Die Nachricht von Tony hatte sich bereits wieder gelöscht und war von dem Kryptomessenger ins Daten-Nirwana geschreddert worden.

Schön, von dir zu hören, T. Leider keine Zeit.

»Alles in Ordnung?«, fragte Monica. Er sah auf und nickte.

»Ja. Alles gut. Nervt mich, dass wir zwei Tage hier festsitzen, aber immerhin kann sich die Lage in Südkorea bis dahin etwas beruhigen.«

»Da fällt mir was ein«, meldete sich Olivier zu Wort, der sich offenbar hereingeschlichen hatte und am Kaffeeautomaten stand. Der Franzose drehte sich zu ihnen und gestikulierte mit einer dampfenden Tasse. »Was haltet ihr davon, wenn wir uns einen kleinen Hangar für die *Triton* basteln lassen?«

»Einen Hangar?« Monica runzelte die Stirn.

»Gar nicht so dumm«, meinte Xander. »Die *Handu* hat die Plane ganz sicher gesehen und wird nach etwas in der Art suchen. Wenn wir den Hangaraufbau schön groß machen, könnte sich alles darunter befinden. Am besten so, dass auch der eingefahrene Kran darin Platz hat. Würde gleich etwas von unserem Profil verändern.« Er nickte. »Gute Idee, Olli. Sprich mit dem Hafenmeister. Wenn, dann muss es schnell gehen. Eine simple Konstruktion. Wind- und wetterfest, aber nichts, was uns eine Woche kostet. Wir können keine Zeit verschwenden. Zwei Tage Maximum.«

»Oui, geht klar.« Der Bordingenieur ließ seine Tasse stehen und verließ den Gemeinschaftsraum.

Wieder zirpte Xanders Handy.

100 Millionen Anzahlung sofort. Die doppelte Summe nach Abgabe. T.

Xander blinzelte und betrachtete die Summe erneut.

Auftraggeber? Route?

Vietnam lag auf dem Weg nach Süden – entlang ihrer Route auf dem Weg zur Straße von Hormus. Wann boten sich schon einmal zwei derart lukrative Aufträge zur selben Zeit entlang derselben Route? Aber er durfte auch nicht gierig werden. Gier führte zu Fehlern und Fehler führten direkt ins Gefängnis.

Mein Kontakt ist ziviler Mitarbeiter des Western Pacific Command. Logistik. Du kennst das Business: Wir können nicht sicher sein. Bezahlung über Kryptowährung deiner Wahl auf Wallet deiner Wahl. Sie würden die Transaktion sofort einleiten.

»Navy«, murmelte er.

»Was?«

Er sah auf und in Monicas fragendes Gesicht. Sie waren mittlerweile allein im Gemeinschaftsraum. Er ging zur Tür und schloss sie ab.

»Tony hat sich gemeldet. Ein Auftraggeber – offensichtlich die Navy – will am Gesetz vorbei etwas aus Vietnam in die Staaten schmuggeln«, erklärte er.

»Hmmm«, machte sie bloß.

»Einhundert Millionen Vorschuss. Krypto. Sofort auf Wallet unserer Wahl.«

»Einfach so?«

»Einfach so. Tony hat einen guten Ruf und er vertraut uns. Da ist sowas möglich – siehe dieser Job mit Nordkorea.« Er zuckte mit den Schultern.

»Nordkorea hat den Vorschuss gezahlt, weil sie uns hundert pro einfach umgelegt hätten sonst und sie wussten, dass wir es wissen.«

»Vielleicht. Vielleicht auch nicht.« Xander schüttelte den Kopf. »Ich sage ihm ab.«

»Wieso?« Als er ihre Frage hörte, sah er mit gerunzelter Stirn auf.

»Was meinst du damit, *wieso?*«

»Vietnam liegt auf dem Weg. Und was ist überhaupt der Zeitrahmen?«, wollte sie wissen.

»Keine Ahnung. Ich habe nicht nachgefragt. Hundert Millionen heißt, dass es irgendein krasser Scheiß ist. Ein politischer Gefangener oder ein Staatsgeheimnis, Monarchenschatz ...«

»Vietnam hat keine Monarchen.«

»Was weiß ich denn. Irgendwas, das der Navy ein paar hundert Millionen aus ihren Schattenetats wert ist. Bei der Höhe wahrscheinlich ihr gesamtes schwarzes Budget dieses Jahres«, brauste er auf. »Zwei der schlimmsten Schmuggelgüter überhaupt auf einmal ist mir doch ein bisschen zu heiß.«

»Wieso?«, wiederholte sie mit provokanter Stimme. »Wenn du die Kutsche des Königs ausgeraubt hast, macht es auch keinen Unterschied, ob du auch eine zweite Kutsche ausraubst. Die Höchststrafe steht ja eh schon fest. Mit diesem Job setzen wir alles auf eine Karte. Maximales Risiko für maximalen Gewinn. Da kommt es nicht darauf an, wie hoch unser Einsatz ist. Ob höher oder nicht, es ist das Maximum. Wir fahren die Strecke ohnehin und wenn wir sie kombinieren können, steigt der potentielle Gewinn gleich mit.«

Xander setzte zu einer barschen Erwiderung an, zögerte jedoch. Eine Stimme in seinem Hinterkopf flehte ihn an, dass er ablehnen sollte, doch sein Mund gehorchte nicht: »Da hast du schon recht.«

Zeitrahmen?, tippte er in seine Krypto-App.

Sechs Wochen. Abgabe in Norfolk.

»Norfolk, sechs Wochen«, las er die Antwort von Tony vor. In der App konnte er sehen, wie ihre Nachrichten nach und nach verschwanden.

»In der größten Marinebasis der Welt«, brummte sie. »Aber niemand hat gesagt, dass wir persönlich die Übergabe machen müssen, richtig?«

»Richtig.«

Sie zuckte mit den Schultern. »Meine Meinung kennst du. Wenn wir einen Fehler machen, haben wir ohnehin jeden Geheimdienst der Welt am Arsch, wenn das nicht jetzt schon längst der Fall ist.«

Damit ging sie an ihm vorbei, schloss die Tür auf und verschwand im Korridor.

Gier ist kein guter Ratgeber, dachte er. *Aber sie hat recht.* Es gab keinen rationalen Grund, abzulehnen. Allerdings war das Timing ein wenig merkwürdig. Als würde Tony wissen, dass sie ohnehin an Vietnam vorbeifuhren.

»Er weiß davon«, sagte er leise. »Weil wir vor drei Wochen telefoniert haben, als wir gerade in Bangkok vor Anker waren.«

100 Millionen, tippte er und kopierte den ID-Code seiner Krypto-Wallet. *Monero. Welcher Hafen?*

Tony sandte ihm Koordinaten. Xander lud sie in seine Navigationsapp und fand eine unbewohnte Bucht im Norden Vietnams. Bei der Erinnerung an die letzte Bucht in Nordkorea überkam ihn ein Frösteln. Er schätzte die Distanz ab.

Eine Woche, dann sind wir da.

Sehr gut, X. Denk an meine 20 Prozent. Ich schicke dir noch die genaue Uhrzeit. Ihr müsst die Kiste mit einem Zodiac an Bord holen. Nimm dir ein paar starke Arme mit, antwortete Tony.

Xander sperrte die App und atmete tief durch. Ein schauriges Gefühl lief durch seinen Körper. Als hätte er gerade die beste Dummheit seines Lebens begangen.

7

Die folgenden beiden Tage passierte nichts und doch alles gleichzeitig. Olivier arbeitete unermüdlich und rund um die Uhr mit einigen handwerklich geschickten Mitgliedern von Suparmans Mannschaft und Mitarbeitern eines lokalen Schiffsbauunternehmens an dem Hangar für die *Triton* und den Kran.

Da Xander zwei linke Daumen hatte, wenn es um Handwerkliches ging, war er von keiner großen Hilfe. Die *Triton* und damit die versteckte Lieferung für den Iran so dicht an herumwuselnden Menschen zu wissen, bereitete ihm Kopfschmerzen, also versuchte er, sich krampfhaft abzulenken. Schlafen funktionierte nur bedingt, Gespräche mit Monica auch nicht, da sie – typisch – damit beschäftigt war, ihre geplante Route immer wieder durchzugehen und mögliche Gefahrenquellen aufzudecken. Unablässig überprüfte sie die Registereinträge ihrer Fake-Registrierungen und Transponder, um sicherzustellen, dass sie noch da waren und Überprüfungen standhalten würden – zumindest einfachen. Sollte jemand auf die Idee kommen, nach Mauritius zu fliegen und im dortigen Schifffahrtsamt mit eigenen Augen nachzusehen, war das eine andere Sache.

Aber so weit würde es nicht kommen. Nicht nach seiner Erfahrung. Wenn er in dieser Phase jedoch zu viel Zeit mit Monica verbrachte, würde sie es noch schaffen, ihn vom Gegenteil zu überzeugen.

Also las er, schaute Filme und zu viel Nachrichten. Wie sich herausstellte, war der Komet doch kein Komet, denn sein rötlicher Schweif hatte sich etwa eine Million Kilometer von der Erde entfernt einfach aufgelöst von einem auf den anderen Augenblick. Außerdem wurde er langsamer, was laut einhelliger Meinung von allerlei Experten in den Sondersendungen dagegen sprach, dass es sich um einen normalen Himmelskörper handelte.

Und das war auch schon das Problem. Nach einem Dutzend dieser Sondersendungen und viereckigen Augen stellte Xander fest, dass die eingeladenen Physiker und Raumfahrtexperten sich auffällig viel Mühe gaben, die im Internet sprießenden Theorien, dass es sich um ein außerirdisches Raumschiff handeln könnte, zu widerlegen. Unermüdlich betonten sie, dass für bislang unbekannte Phänomene, zu denen auch die Verhaltensweisen von Himmelskörpern gehörten, letztendlich noch immer naturwissenschaftliche Erklärungen gefunden werden konnten. Das jüngste Beispiel war Oumuamua, von dem ein Harvard-Professor behauptet hatte, dass es sich um eine außerirdische Sonde handeln würde. Letztendlich aber war die wissenschaftliche Gemeinde zu dem Schluss gekommen, dass es sich lediglich um einen ungewöhnlich geformten Asteroiden von außerhalb des Sonnensystems handeln musste. Zu schnell, um seine Geschwindigkeit mit der Gravitation der Sonne erklären zu können, aber erklärbar durch Ausgasungen und andere Materialveränderungen in seinem Inneren.

Noch ein Tag mehr an Spezialsendungen, Themenschwerpunkten und Talks, und er wäre zu einem verdammten Hobbyastronomen geworden. Es war fürchterlich. Mittlerweile hoffte er beinahe, dass es sich um eine außerirdische Invasionsflotte handelte, damit die Geheimdienste der Welt in eine andere Richtung schauten und sich nicht mehr für Schmuggelbarone wie ihn interessierten, die gefährliche Kontrabande über den Indischen Ozean schippern wollten.

An Mitternacht des letzten Tages waren die Arbeiten abgeschlossen, die *Medusa* – jetzt *Gulliver* – aufgetankt und die *Triton* unter einem festen Hangar versteckt, der sich zu beiden Seiten öffnen ließ wie die Blüten einer Blume, damit der Kran ausfahren und das Tauchboot nach oben herausheben konnte.

Sie verließen noch in der Nacht den Hafen und machten sich auf nach Süden, nachdem sie auf kürzestem Weg die chinesischen Gewässer der Zwölfmeilenzone hinter sich gelassen hatten. Allerdings blieb er dicht dran, nur zwei Meilen entfernt, damit er im Zweifelsfall zurückkehren konnte. Sollte die US-Navy oder jemand anders unerwarteterweise versuchen, sie aufzubringen, konnten sie immer noch in den Schutz der Arme des roten Riesen zurückkehren. Das würde zwar seine ganz eigenen Probleme mit sich bringen, aber im Zweifel war der Feind des Feindes nun einmal ein Freund und diese beiden Parteien wechselten in seinem Geschäft ständig die Seiten.

Ich bin wirklich paranoid, dachte er zufrieden.

»Die Alien-Scheiße gehört?«, fragte Usain, der mit ihm die Brückenwache innehatte. Sie hatten gerade vor drei Stunden den Hafen verlassen. Das ostchinesische Meer lag vor ihnen wie eine endlose Weite aus schwarzem Öl, auf dem sich das glitzernde Licht der Sterne spiegelte.

»Sind keine Aliens, Kumpel«, erwiderte Xander. Seine rechte Hand ruhte lässig auf dem antiken Steuerrad, das er auf einer Versteigerung in London für satte fünfzigtausend Euro erstanden hatte. Wenn schon ein modernes Piratenleben führen, dann mit Stil.

»Sagst du. Aber im Internet habe ich gelesen ...«

»Im Internet?« Er schnaubte verächtlich. »Komm schon, Großer, da steht auch, dass Obama ein Echsenmensch ist, Demokraten Kinderblut trinken, die Mondlandung inszeniert war, die CIA die Terroranschläge vom 11. September geplant hat, die Erde flach ist wie eine verdammte Scheibe und Bill Gates uns allen mit Impfungen Mikrochips einpflanzen will – soll ich weitermachen?«

»Na ja, Alex Jones wurde auch als Vollidiot verteufelt, weil er gesagt hat, dass es in der Karibik eine Pädophileninsel gibt, auf der ein reicher Kerl die Mächtigen der Welt zu sich lädt, um Kinder zu missbrauchen. Der Mistkerl hieß Jeffrey Epstein und wurde im Knast ermordet. Ach ne, *Suizid*, schon klar.«

»Nur weil ein Irrer einmal recht hatte, heißt das nicht, dass er mit jedem Quatsch richtig liegt«, konterte Xander. »Klar, es geht viel Scheiße ab auf der Welt, aber Aliens? Komm schon.«

Usain zuckte mit den Schultern. »Hab da halt nur so ein paar Dinge gelesen.«

Er erwiderte nichts darauf und ließ es gut sein. Die nächsten Stunden schwiegen sie, wie es nur echte Seeleute konnten. Den Blick auf das dunkle, vom Mondschein glitzernde Meer gerichtet. Ab und zu zogen die Lichter von riesigen Containerschiffen oder Tankern vorbei, einmal passierten sie ein Kreuzfahrtschiff. Aber es blieb ruhig. Aus den Lautsprechern der Funkanlage ertönte hier und da mal ein Funkspruch, der nicht für sie bestimmt war, doch das war es auch schon.

Im Hintergrund ließen sie leise Musik laufen. ABBA, eine Schwäche von ihm, für die er sich nicht schämte. Irgendwann tauchten dann Monica und Lucas in den frühen Morgenstunden auf und übernahmen.

»Schlaf gut, Boss.«

»Danke.« Er zog sich zurück und ging mit Usain etwas essen. Sie sprachen kurz über seine Familie daheim in Deutschland und über ein paar Details ihrer Flucht aus Usbekistan, als er vier Jahre alt gewesen war, die er noch nicht kannte. Es war merkwürdig mit einem Ex-Elite-Soldaten zu sprechen, der vermutlich schon eine Menge Menschen getötet und an den gefährlichsten Orten der Welt operiert hatte. Jetzt saß er hier und war einfach nur ein Kollege und Freund mit einer harten Kindheit, der irgendwie verletzlich wirkte, trotz seines ehrfurchtgebietenden Äußeren.

Obwohl er Momente wie diesen genoss, verabschiedete er sich nach einer halben Stunde ins Bett. Er war hundemüde. Seit er die Vierzig überschritten hatte, fiel ihm die Nachtschicht nicht mehr so leicht wie früher.

Bald kann ich ein verdammtes Rentnerleben mit Angestellten führen, war sein letzter Gedanke, bevor sein Kopf das Kissen berührte, und er auch schon einschlief.

8

»Boss? Boss!«

»Wäääh«, machte Xander schlaftrunken und wedelte schwach mit einer Hand vor seinen geschlossenen Augen, um das störende Geräusch zu vertreiben. Er lief durch eine Graslandschaft aus Geldscheinen. Zuerst war er ein wenig traurig gewesen, weil Grashalme zu klein sind, um Banknoten sein zu können, aber ein Teil von ihm wusste, dass sie sich schon bald in kleine Vögel verwandeln würden – Vögel, die immer für ihn da waren, statt eines langweiligen Bankkontos. Die Wiese befand sich auf den westlichen mexikanischen Inseln. Sonnenschein das ganze Jahr, Ladys an einer Strandbar, die ihm zuzwinkerten, eine kubanische Zigarre zwischen seinen Fingern und ein Mojito in der linken Hand. Die sanften Wellen glätteten sich seufzend am feinen Sand seiner Insel und ...

»BOSS!«

»WAS!«, rief er wütend und riss die Augen auf. Der Traum zerplatzte wie ein Luftballon und mit ihm die Wärme der Sonne, der Strand, die Ladys. Es war Monica, die neben seinem Bett stand.

»Wir haben ein Problem«, sagte sie mit ernster Miene.

»Na toll, was für ein beschissenes Déjà-vu!« Xander grunzte und warf die Decke beiseite. »Wie spät ist es?«

»Zwölf Uhr dreißig.«

»Scheiße, ich sollte noch mindestens drei Stunden pennen

dürfen. Verfolgt uns die US-Navy?«

»Nein, aber …«

»Die Chinesen?«

»Nein, das ist es nicht …«

»Ein merkwürdig aussehendes Boot, das zivil sein könnte, aber gerade so abgefuckt aussieht, dass es sich um ein getarntes Schiff von CIA-Agenten handeln könnte, die verdächtig lange auf derselben Position hinter uns fahren?«, fragte er und rieb sich die Augen.

»Nein, es ist …«

»Was ist es dann?«

»Wenn du mich verwichst noch mal ausreden lassen würdest, dann könnte ich dir …«

»*Verwichst?*«, wiederholte er und schüttelte den Kopf. »Mann, Monica, wir müssen wirklich an deinen Flüchen arbeiten. *Verwichst* …« Er schüttelte wieder den Kopf.

»Aliens.«

»Was, Aliens?«

»Mehr als ein Wort lässt du mich ja scheinbar nicht sagen«, sagte sie und brummte missmutig. Dann blinzelte sie, als sie realisierte, dass das ein ganzer Satz gewesen war. »Der Komet, das Ding. Roter Drache. Du weißt schon.«

»Sag nicht, dass die ganzen Spinner recht hatten.«

»Guck es dir selbst an«, schlug sie vor und warf ihm seinen Overall zu. »Du hast übrigens einen Ständer.«

»Was?«, fragte er und seine Stimme hörte sich dabei an wie das Quieken eines Schweins. Eines sehr jungen Schweins. Hitze schoss in seine Wangen, als er auf seine Boxershorts hinabsah. »Sehr witzig.«

»Wenigstens bist du jetzt wach. Wir sind in der Kiste.«

»Wer?«

»Alle.« Damit verließ sie seine Kabine und er zog sich hastig an. Als *Kiste* bezeichneten sie manchmal den Gemeinschaftsraum, wo sich der einzige Fernseher befand, abgesehen von der Brücke.

Xander folgte ihr durch den Korridor und nach oben, vorbei an der Kombüse und der Mannschaftsmesse. Durch die offene Tür sah er ein Dutzend der Indonesier essen und dabei kein Sterbenswörtchen sagen, wo sie sonst lautstark diskutierten oder sangen. Sie starrten alle auf den Fernseher an der Wand, auf dem indonesische Nachrichten liefen. Die Stimmung war merkwürdig angespannt.

Im Gemeinschaftsraum angekommen sah er Olivier, Lucas und Usain in der Sitzecke hocken. Monica setzte sich auf einen Stuhl daneben, einen zweiten zog sie von der Seite heran. Keiner drehte sich zu ihm um, sie alle starrten auf den großen Flachbildfernseher, der an die holzvertäfelte Wand geschraubt war.

Es lief *News Nation* mit Laura Sinclair.

»Was ist ...?«

»Pssst!«, machten die anderen gleichzeitig. Xander hob abwehrend die Hände und setzte sich missmutig.

»... dafür schalten wir jetzt Live nach Houston, wo NASA-Administrator Jonathan Riley endlich bei der angekündigten Pressekonferenz eingetroffen ist«, sagte die Journalistin gerade und das Bild wechselte in den Presseraum der NASA am Johnson Space Center in Texas. Ein großes Holzpult war zu sehen, auf dem das ikonische NASA-Logo prangte. Im Hintergrund standen zwei amerikanische Flaggen vor blauem Hintergrund und ein Display auf einem rollbaren Ständer. Der Administrator, ein hagerer Mann mit grauem Schnauzbart und zurückweichendem Haar, trat an das Pult und breitete eine kleine Mappe vor sich aus, die hinter dem Rand verschwand. Dann sah er auf. Das Klicken von Fotoapparaten und das Geraschel von Notizblöcken und Kleidung wurde leiser und ebbte ganz ab, als Riley sich räusperte und bedeutungsschwanger in die Runde schaute.

»Guten Abend, verehrte Gäste von der Presse, liebe Mitbürger draußen an den Fernsehgeräten«, hob Riley mit getragener Stimme an und sah mit ernster Miene in die Zuschauer außerhalb des Kamerabilds. *»Wie viele von Ihnen bereits in der Pressemitteilung lesen konnten, hat unser Planetary Defense Coordination Office, PDCO, das als ›Roter Drache‹ bekannte Objekt in seiner Klassifizierung verändert. Hielten unsere PDCO-Astronomen es anhand der bisherigen Bahnberechnungen und Koma-Analysen noch für einen Kometen vom Rand des Sonnensystems, mussten wir unsere Einschätzung nach neuesten Analysen verändern.«*

Administrator Riley machte eine Handbewegung. Auf dem Display hinter ihm tauchte ein Bild auf, das ein kugelförmiges

Objekt vor dem schwarzen Hintergrund des Weltalls zeigte, von dem das Licht der fernen Sonne reflektierte. Die Auflösung war schlecht, aber gerade gut genug, um die perfekte Kugelform zu erkennen.

Ausgeschlossen, dass es sich um einen Asteroiden handelte.

Durch die anwesenden Journalisten ging ein Raunen, das klar hörbar aus dem Fernseher des Gemeinschaftsraums dröhnte.

»Das Objekt ist nach den aktuellsten Berechnungen und Aufzeichnungen des Goldstone Deep Space Communications Complex dreißig Meter im Durchmesser und kugelförmig. Nachdem die optischen Aufnahmen des James Webb und Infrarot durch NEOWISE die Form bestätigten und sich seine Flugbahn verändert hat, kommen wir zu dem Schluss, dass ein natürlicher Himmelskörper nicht in Frage kommt. Nach unseren aktuellen Informationen – und ich habe es mir nicht leicht gemacht, diese Aussage zu treffen – handelt es sich mit höchster Wahrscheinlichkeit um ein künstliches extraterrestrisches Objekt, das aktuell mit etwa dreißigtausend Stundenkilometern auf einen niedrigen Erdorbit zusteuert und ohne weitere Geschwindigkeitsveränderungen auf eine stabile Bahn in fünfhundertfünfzig Kilometern Höhe um die Erde kreisen wird. Ich bin mir sicher, dass Sie viele Fragen haben, und ich werde so viele davon beantworten wie möglich, aber seien Sie vorab versichert: Ich weiß nicht annähernd so viel, wie ich es gern täte.«

Riley sah betroffen aus, als er endete, und der Raum vor ihm vor lauter gerufenen und teils geschrienen Fragen förmlich explodierte.

Er streckte eine Hand aus und sagte einen Namen, den Xander nicht verstand. Er hörte kaum zu.

»Scheiß die Wand an«, entfuhr es ihm. »Hat er das gerade wirklich gesagt?«

Die anderen antworteten nicht, starrten gebannt auf den Fernseher. Xander ohrfeigte sich. Es klatschte. Tat weh.

Nein, er träumte nicht.

»... das für die Satelliten und die ISS?«, beendete eine Reporterin gerade ihre Frage.

»Nach aktueller Einschätzung besteht keine Gefahr für die Besatzung der ISS. Falls sich diese Einschätzung ändert, befinden sich aktuell eine Sojus und eine Dragon angedockt, sodass unsere Jungs und Mädels jederzeit zur Erde zurückkehren können, wenn die Lage dies erforderlich macht«, versicherte Riley seinen Zuhörern und hob beschwichtigend

die Arme. »*Was die Satelliten betrifft: Aktuell gibt es etwas über fünftausend aktive im Orbit und einige tausend funktionsunfähige, die – salopp gesagt – Weltraumschrott sind. Da wir noch nicht wissen, wie sich das Objekt in seinem Zielorbit verhalten wird, oder ob es über Ausweichmöglichkeiten verfügt, sollte es mit einem Satelliten zu kollidieren drohen, wissen wir nicht.*«

»*Ist dies das einzige Bild? Gibt es Aufzeichnungen möglicher Waffensysteme oder anderer Bedrohungsrisiken für die Sicherheit der Erde?*«, fragte jemand anders.

Riley schüttelte den Kopf. »*Bitte machen Sie den Leuten keine Angst. Noch gibt es keinerlei Hinweise auf eine möglicherweise feindselige Intention des Objekts. Wir wissen nicht einmal, ob es sich um ein Raumschiff oder eine Sonde handelt, oder etwas ganz anderes. Vielleicht ist es eine robotische Beobachtungsdrohne, die vor vielen hundert Jahren losgeschickt wurde, um die Erde zu beobachten und nachzusehen, ob sie bewohnbar ist.*«

»*Heißt das, dass Aliens sich auf den Weg machen könnten, um sich hier niederzulassen?*«, rief ein männlicher Journalist.

»Noch *gibt es keinerlei Hinweise? Glauben Sie, dass sich das ändern wird?*«, fragte jemand anders.

Der NASA-Administrator seufzte und schüttelte den Kopf. »*Bitte drehen Sie mir nicht das Wort im Mund herum. Hysterie hilft uns jetzt nicht weiter. Ich kann Ihnen außerdem versichern, dass wir durchaus in der Lage sind, uns gegen Bedrohungen im Orbit zu verteidigen, sollte das notwendig werden. Aber das sind Gedanken, die zu nichts führen. Ich wiederhole mich: Es gibt* keine *Anzeichen für Feindseligkeit. Das Beste, was wir in dieser Situation tun können, ist ruhig und rational vorzugehen und den extraterrestrischen Besucher zu beobachten und zu erforschen. Uns wurde eine der ältesten Fragen der Menschheit gerade beantwortet: Wir sind nicht allein im Universum. Wenn Sie mich fragen, ist das der vielleicht größte Augenblick unserer Geschichte als Spezies.* Darauf *sollten wir uns konzentrieren.*«

»Das wird nicht funktionieren«, sagte Xander.

Aus dem Fernseher schallten die nächsten Wogen aus schrillen Fragen. Aus Unglaube war frenetische Aufregung geworden und Riley wirkte mit jeder Minute erschöpfter und resignierter.

»Ich hab's doch gesagt, Boss«, meinte Usain. »Aliens.«

9

Xander saß in seinem Kapitänssitz, eine Hand ausgestreckt auf dem Ruder, die andere im Schoß. Er starrte durch die Fenster auf die blaue See hinaus und hing seinen Gedanken nach.

Es war erst wenige Stunden her, dass er nichts ahnend geweckt worden war – so wie schon viel zu oft in seinem Leben. Und doch war seither alles anders. Hatte er den Nachrichtenberichten über den merkwürdigen Himmelskörper kaum Beachtung geschenkt und es nur als eine weitere Hysterie um ein abstraktes Ding im Weltraum abgetan, das immer mal wieder durchs Dorf getrieben wurde, um Schlagzeilen zu produzieren, war er jetzt eines Besseren belehrt worden. Kein ferner Komet, dessen hübscher Schweif für ein paar Stunden aussah, wie ein winziger Strich am Nachthimmel. Kein angebliches Raumschiff, das sich am Ende als etwas ungewöhnlicher, aber natürlicher Asteroid entpuppte. Kein Asteroid, der der Erde »gefährlich nahe« kam, was sich am Ende als eine abstrakte Zahl von einer Million Kilometer herausstellte, was »Experten« ihnen als »kosmisch gesehen« haarscharf zu verkaufen versuchten.

Nein, die verfluchte NASA hatte verkündet, dass man sich ziemlich sicher sei, dass der Besucher aus dem All eine außerirdische Maschine war.

Xander war im Anschluss an seinen Aufenthalt im Gemeinschaftsraum nach draußen gegangen, um frische Luft zu atmen und seine rasenden Gedanken zu sortieren. Zu unwirklich, zu surreal kam ihm das alles vor. Aber er war nicht lange geblieben, weil Suparman allein gewesen war auf der Brücke, was gegen so ziemlich jede Regel an Bord verstieß. Ob Aliens oder nicht, sie durften jetzt nicht unvorsichtig werden. Zu viel stand auf dem Spiel.

Auf der Brücke hatte er dann stundenlang in seinem Handy gescrollt, das via Starlink-Antenne mit dem Internet verbunden war. *Jede* Newsseite der Welt war voll von den Nachrichten aus Houston. Die Einschätzung der amerikanischen Raumfahrtbehörde wurde in kurzer Abfolge von den Europäern, Chinesen, Japanern und den Russen bestätigt. Der Papst hatte sich an die Menschen gewandt und zugesichert, dass in Gottes Schöpfung auch Außerirdische ihren Platz hätten. Staats- und Regierungschefs sämtlicher Länder traten vor die Presse und machten ihren Bürgern Mut, riefen zu Zurückhaltung und Geduld auf, während Wissenschaft und Militär zu ergründen versuchten, um was es sich bei dem Objekt genau handelte.

Xander war sicher, dass hinter den Kulissen die Telefone glühten und zig Ausnahmeprotokolle aktiviert wurden. Aber was auch immer er erwartet hatte: Weltweites Chaos, Plünderungen, Massenproteste, Massensuizide irgendwelcher verrückter Kulte, Weltuntergangspartys – nichts davon geschah. Die Welt drehte sich einfach weiter und dieses Fehlen irgendeiner einschneidenden, *sichtbaren* Veränderung angesichts einer solchen den Verstand sprengenden Nachricht, irritierte ihn. Die Wellen vor ihm sahen immer noch aus wie immer, auf dem Radar zogen die anderen Schiffe vorbei, schoben sich rechts und links den Horizont entlang oder passierten sie ganz in der Nähe.

Vor seinen Augen schien sich nichts verändert zu haben. Dass dort oben im All ein außerirdisches *Ding* war, wirkte wie ein Hohn. Aber es war da, falls sich nicht sämtliche Behörden und Medien – und mittlerweile auch Heerscharen von Hobbyastronomen, die die Sichtung mit ihren Teleskopen bestätigten und das Internet damit fluteten – gegen ihn verschworen hatten, um ihm einen Streich zu spielen.

»Boss? Alles in Ordnung?«, fragte Lucas. Xander hatte ganz

vergessen, dass sein Wartungstechniker und Koch die ganze Zeit neben ihm an der Navigationskarte stand.

»Keine Ahnung, Kumpel. Ich habe wirklich keine Ahnung.«

»Verrückte Sache, das.«

»Das kannst du laut sagen«, erwiderte er heiser.

»Ich weiß nicht, was ich daraus machen soll«, fuhr Lucas fort und nahm einige digitale Messungen auf dem Kartendisplay vor. Dabei blinzelte er immer wieder, als hätte er etwas in den Augen, oder müsse sich stets neu auf seine Arbeit fokussieren. »Ich habe das Gefühl, dass jetzt alles egal ist, weil diese Sache so groß ist, weißt du?«

»Ich weiß genau, was du meinst. Aber es ist egal.«

»Wie meinst du das?« Lucas sah auf und suchte seinen Blick.

»Na ja, wenn morgen E.T. aus dem Ding steigt und ›hallo‹ sagt, dann werden wir es mitbekommen. Wenn nichts passiert, werden wir es mitbekommen. Und wenn der Besucher nur der Vorbote einer Invasionsflotte aus dem Weltraum ist, kriegen wir das auch mit. Aber bis dahin geht das Leben weiter. Wir haben immer noch verdammt heiße Ladung an Bord und bürden uns demnächst noch mehr auf. Das geht nicht weg.«

Lucas nickte verstehend.

»Wir können nicht ändern, was da gerade passiert und ehrlich gesagt weiß ich selbst noch nicht, was mein Verstand daraus machen soll. Ist einfach zu krass, denke ich. Ich weiß, wie man verbotene Ware ungesehen über die Weltmeere schippert und reich wird«, fuhr Xander fort und redete sich ebenso selbst ins Gewissen wie seinem Freund und Kameraden. »Also machen wir genau das, bis irgendwas passiert, auf das wir reagieren müssen.«

»Klingt vernünftig, Boss.«

»Deswegen bin ich ja auch der Boss.« Xander grinste, aber dieses Grinsen trug keine Freude in sich. Er mochte es geschafft haben, Lucas' Sorgen ein wenig kleinzureden, aber er selbst spürte, wie sich in seinem Magen ein Knoten bildete, der sich nicht allzu schnell wieder entwirren ließ. Was, wenn er mit über einhundert Millionen Dollar aus dieser letzten Sache herausging, sich seine eigene Insel irgendwo im Paradies zugelegt hatte, und bereit war für Mojitos und

Zigarren bis ans Lebensende, und tatsächlich Aliens die Erde einäscherten?

Dann wäre er verdammt sauer auf die kleinen grünen Männchen, so viel stand fest.

Er hatte das Gefühl, seit der NASA-Ankündigung seine Felle davonschwimmen zu sehen, und das gefiel ihm gar nicht.

Konzentrier dich auf die Übergabe in Vietnam, redete er sich in Gedanken selbst ins Gewissen. *Wenn die schief geht, spielt es keine Rolle mehr, ob E.T. landet oder nicht.*

Mit diesen Gedanken quälte er sich den Rest des Tages, übergab an Monica und Usain, quälte sich in einen wenig erholsamen Schlaf voller Alpträume, aus denen er immer wieder aufwachte und sich hin und her wälzte. Dann begann seine nächste Schicht, ein paar Besprechungen mit Suparman, essen, trinken, schlafen, die Brücke übernehmen.

Bald waren fünf Tage vergangen und es gab keinerlei Neuigkeiten aus dem Orbit. Immer noch lief im Fernsehen nichts anderes. Ein Expertengespräch nach dem anderen, Interviews mit Politikern, Militärs, Ufologen, Science-Fiction-Autoren. Es gab kein anderes Thema mehr in den Medien. Aber Neues gab es nicht. Das Objekt war in einen niedrigen Orbit eingeschwenkt, hatte keine Satellitenbahnen gestört und verharrte einfach in seiner neunzigminütigen Umlaufbahn um die Erde. Mittlerweile gab es tausende von Bildern, eins hochauflösender als das andere, und doch zeigten sie alle dasselbe Motiv: eine langweilige silbrige Kugel von dreißig Metern Durchmesser. Mal in Schatten gehüllt, dann von der Sonne beschienen und so glänzend, dass sie als winziger, reflektierender Punkt am Himmel zu erkennen war.

Aber sie rührte sich nicht und die Welt schien sich beinahe an ihre Anwesenheit zu gewöhnen. Zur Hölle, Xander gewöhnte sich daran und dachte immer weniger darüber nach. Was merkwürdig und praktisch zugleich war, denn er hatte eine weitere Paketübergabe zu planen. Und diesmal spielte er mit der Navy, wenn er recht behalten sollte – der einzigen Fraktion, die ihm mehr Angst machte als die Nordkoreaner.

10

Der Mond stand voll und hell im Zenit, als sie vor Anker gingen. Die Küste Vietnams bildete am Horizont einen dünnen Streifen aus dunklen Brauntönen und vereinzelten Lichtern hier und da. Im Hintergrund türmten sich finstere Berge auf und bildeten einen gezackten, scharfen Kontrast zum Mitternachtsblau des sternengespickten Himmels.

Xander parkte die *Medusa* hinter einem kleinen, unbewohnten Eiland außerhalb der Zwölfmeilenzone, das im Prinzip nur aus einem Felsen bestand, der aus dem Meer ragte. Seine Silhouette erinnerte an eine halb versunkene Schildkröte mit eingedelltem Panzer. Groß genug, dass ihr Schiff von Land aus trotz eingeschalteter Lichter nicht gesehen werden konnte. Dafür war er dicht herangefahren, sodass sie nur etwa dreißig Meter von den ersten Felsen trennten. Unter dem Kiel hatten sie nur noch wenige Meter Spiel, was trotz der Gezeiten hoffentlich gerade so gutgehen würde.

Suparman und sechs Männer aus seiner Mannschaft bereiteten gerade das Zodiac vor. Xander sah ihnen zusammen mit Usain zu. Der deutsche Hüne hatte sich in eine schwarze Kampfmontur gekleidet, trug eine schusssichere Weste und einen Helm mit integriertem Funk. Sein Gesicht war mit Farbe geschwärzt. An seinem Oberschenkel steckte eine Glock im Holster, in der linken Hand hielt er sein modifiziertes G36-Sturmgewehr. Um den Hals hing ein schmales Nachtsichtgerät.

Er sah aus, als würde er in den Krieg ziehen.

Xander selbst trug Tarnkleidung in oliv, eine Pistole am Gürtel und eine schusssichere Weste. Auf dem Kopf eine einfache Schirmmütze und im Ohr einen Stecker für die Kommunikation mit der *Medusa.* Einer von Suparmans Leuten war nach ihrer Ankunft an Land geschwommen und hatte ein Funkrelais auf den höchsten Punkt des Felsens gestellt, damit sie in der Lage waren, jederzeit zu kommunizieren.

So standen sie stumm auf dem Oberdeck und schauten hinab auf das flache Achterdeck. Die Mannschaft hatte das große Zodiac aus der Werkstatt auf die freie Fläche vor dem neu installierten Hangar gezogen und bereitete es für den Transport der Kiste vor, die sie aufnehmen sollten. Dafür schraubten sie die Sitzbänke ab und tauschten sie durch Lastenösen aus. In der kleinen Box vor dem Steueraufbau verstauten sie Zurrgurte. Dann fuhren sie den Kran aus, befestigten das Haltegeschirr und zogen die Enden durch die vier Ösen auf der Wulst des Schlauchboots mit dem harten Rumpf.

»Sieht aus, als wären wir so weit«, sagte Xander und atmete tief durch.

»Keine Sorge«, meinte Usain mit seiner tiefen Stimme. Sie klang wie fernes Donnergrollen. »Wir regeln das schon.«

Er wusste nicht, was sie im Zweifelsfall selbst mit der deutschen Urgewalt im Kriegsmodus an seiner Seite ausrichten konnten, falls die Sache schief ging. Aber es fühlte sich definitiv besser an, als wenn er allein rausgemusst hätte.

»Ja«, bestätigte er. »Tony ist ein guter Broker. Konnte mich noch immer auf ihn verlassen.«

»Jo.« Der ehemalige Elitesoldat stapfte zur Treppe und hinunter aufs Achterdeck. Xander folgte ihm.

Suparman rief Anweisungen an den Kranführer auf Indonesisch. Obwohl Bahasa Indonesia normalerweise sanft klang, hörte er sich jetzt harsch und konzentriert an.

»Tarik perlahan! Saya bilang perlahan!«, brüllte der Bootsmann. »Baik, sekarang ke samping dan kemudian tunggu sebentar, agar tidak ada gerakan di perahu sebelum kamu menurunkannya!«

Das Zodiac wurde hochgezogen und schwenkte langsam und kontrolliert über die Reling.

»Suparman«, rief Xander über das Surren der Kranhydraulik hinweg und winkte ihn zu sich.

»Ja, Boss-man?«

Er deutete auf seine sechs Helfer in den Schiffsoveralls, die zuschauten, wie das Boot zu Wasser gelassen wurde. Zwei waren über die Reling gebeugt und riefen Anweisungen an den Kranführer. Die anderen unterhielten sich leise.

»Sind das die sechs mit militärischer Erfahrung?«

»Ja.« Suparman nickte. »Zwei waren im islamistischen Widerstand von Aceh, die anderen vier haben ein paar Jahre bei der Armee in Sumatra gedient und ein bisschen Erfahrung im Kampf gegen Piraten und Drogenhändler gesammelt. Sie sollten nicht zu viel erwarten, aber sie sind grundlegend ausgebildet und diszipliniert.«

»Gut.« Xander nickte und drückte seinem Gegenüber einen Schlüssel in die Hand, den er an seinem Halsband trug. »Gib jedem von ihnen eine Pistole aus dem Waffenschrank und zwei Magazine.«

»Rechnen Sie mit Ärger, Boss-man?«

»Ich rechne *immer* mit Ärger.«

»Es wird schwer ...« Suparman verzog den Mund. »Na ja, es wird schwer, sie weiter im Unwissen zu lassen.«

»Jeder aus der Mannschaft bekommt einhunderttausend Dollar. Noch jetzt sofort. Weitere einhunderttausend, sobald sie wieder in ihrer Heimat sind«, sagte er. So hatten sie es im Offiziersteam entschieden. Sie brauchten motivierte Leute, die im Zweifel den Mund hielten. »Jeder soll Bank- und Kontaktdaten ihrer Familien hinterlassen. Wir versprechen, dass im Falle eines Problems das Geld bei jenen ankommt, die es brauchen.«

Die Augen des Bootsmanns wurden groß. »Das wird sie motivieren. Sehr.«

»Gut. Deine halbe Million wartet in der untersten Schublade des Spieleregals in der Mannschaftsmesse. Das Backgammon-Spiel«, sagte Xander und klopfte Suparman auf die Schulter. »Alles klar?«

Der Indonesier strahlte. »Oh ja, Boss-man.«

»Das wollte ich hören. Dann los.«

Suparman lief ins Schiff und kam nach wenigen Minuten zurück mit den Waffen und der Munition. Beides verteilte er an seine Leute und gab ihnen rasche, recht barsch klingende Anweisungen. Falls jemand von den Männern überrascht oder alarmiert war, ließen sie es sich jedenfalls nicht anmerken, was Xander als gutes Zeichen interpretierte.

Nach einem Wink des Bootsmanns gingen sie zum Rand der Reling, wo Suparman ins Boot stieg und sich an das Steuerpult stellte, das wie ein Pickel aus dem Heck vor den beiden 300-PS-Motoren ragte. Dann gab er dem Mann an der Kransteuerung einen Wink und das Zodiac wurde weiter heruntergelassen, bis es kurze Zeit später auf den sanften Wellen des südchinesischen Meers aufkam und leicht schaukelte.

Er rief seinen Leuten etwas auf Indonesisch zu, woraufhin sie kurz jubelten und die Fäuste reckten. Doch ihre aufgeregten Gespräche brachte er mit einer kurzen Anweisung wieder zum Erliegen.

»Okay, bereit!«, rief der Bootsmann von unten und sie begannen, über die Strickleiter an der Reling hinabzuklettern. Xander wurde der Vortritt gelassen.

Im Zodiac stellte er sich mit Usain an den Steueraufbau und hielt sich mit einer Hand an einer der Metallstangen des Sonnenschutzes fest. Die Mannschaftsmitglieder in ihren wasserdichten Overalls – die »Medusa Science«-Logos hatten sie mit Tape abgeklebt – setzten sich jeweils zu dritt auf die Wulst rechts und links und hielten sich an der Halteleine fest, die einmal ums Boot führte.

»Lepaskan!«, rief Suparman und seine Leute lösten die Haltehaken des Krangeschirrs, das daraufhin nach oben fuhr. Sie waren frei von der *Medusa.*

»Bring uns in die Bucht«, wies Xander ihn an, woraufhin die Motoren ein tiefes Brummen von sich gaben und sie losfuhren. Das hochseetaugliche Zodiac fuhr um die kleine, unbewohnte Insel herum und dann auf die dunkle Silhouette des Festlands zu. Suparman nutzte wie besprochen nur einen Bruchteil der Power ihrer Motoren, um möglichst wenig Lärm zu machen.

Aufgrund der guten Sichtverhältnisse durch den Vollmond war die Küstenlinie immer besser zu erkennen, je näher sie kamen. Im

Südwesten erstreckte sich ein kilometerlanger Strand, daneben eine dunkle Bucht, die tiefer ins Land führte, vermutlich von einem Fluss aus den Bergen gespeist. Rechts davon ragten größere Felsen ins Wasser, die an die Halong Bay erinnerten. Einzelne, monolithische Steinbrocken von mehreren Dutzend Metern Höhe, die ein dichtes Gewirr bildeten.

Suparman lenkte sie mit gedrosselten Motoren und leiser Fahrt an ihnen vorbei. Die mächtigen Silhouetten glitten vorüber und sandten ein kaum hörbares Echo zurück. Falls Xander sich jemals wie ein Pirat gefühlt hatte, dann jetzt. Niemand sagte etwas, auf dem Zodiac herrschte eine konzentrierte Stille. Das Meer war hier noch ruhiger, bildete eine fast spiegelglatte Fläche. Ein ausgefranster Streifen glitzernden Mondlichts auf der Wasseroberfläche verband sie mit dem Festland, etwa eine Meile vor ihnen. Sie mussten mehrfach um die Felsen herumnavigieren, ehe sie endlich den Strand erblickten – eine kleine Sandfläche, kaum mehr als fünfzehn oder zwanzig Meter breit, die sich vor dem Dschungel ausbreitete, der nach hinten rasch anstieg zu einem Hügelkamm dahinter. Xander nahm seinen Feldstecher mit Nachtsichtfunktion vom Steuerpult und suchte die Küstenlinie nach Bewegungen oder Lichtern ab. Aber er konnte nichts finden.

»Warte«, flüsterte er Suparman zu und hob eine Hand. Es trennten sie noch etwa fünfhundert Meter vom Strand. Sein Chief schaltete die Motoren in den Leerlauf und sie glitten noch etwas weiter, ehe sie still auf der Wasseroberfläche schwammen. Ab und zu gluckerten die kaum merklichen Wellen gegen den Hartschalenrumpf ihres Zodiacs, doch ansonsten war es totenstill. »Usain?«

Der Hüne griff in eine seiner Taschen und zückte eine kleine Taschenlampe. Wie vereinbart gab er ein Signal in Form kurzer Lichtimpulse. Danach warteten sie ab.

»Nichts«, murmelte Xander.

»Wir sind fünf Minuten zu früh.«

»Hm.« Sie warteten fünf Minuten und wiederholten das Signal. Noch immer nichts.

Xander begann, unruhig zu werden, nachdem weitere zehn Minuten verstrichen. Äußerlich ließ er sich nichts anmerken, doch innerlich begannen seine Gedanken, zu rasen: Wo steckten die

Kontaktleute? Warum waren sie nicht pünktlich? War etwas dazwischengekommen? Als eine Viertelstunde vergangen war, stieß Usain ihn von der Seite an und deutete in Richtung Land.

»Lass mich mal ein bisschen nördlich raus, dann schaue ich mich um«, schlug der Deutsche vor.

Xander nickte. »Okay, aber sei vorsichtig.«

Nach einem Wink fuhr Suparman mit langsamster Fahrt los, sodass sie kaum Geräusche machten. Sie ließen Usain an einer felsigen Stelle hinter einem kleinen Kapp neben dem Strand hinaus. Der ehemalige KSK-Soldat kletterte geschickt auf die nassen Felsen und verschwand wie ein Geist im Dschungel.

»Kommunikation«, hörte Xander in seinem Ohrstecker seine Stimme, als sie bereits wieder zurückfuhren.

»Laut und deutlich«, flüsterte er zurück.

Nach fünf Minuten angespannten Wartens meldete sich Usain erneut im Funk: »Ich bin jetzt auf der Anhöhe. Es gibt hier zwei Schotterwege, die zum Kamm führen und einen kleinen Pfad, der gerade herunter zum Strand geht. Auf einem der Wege nähern sich Fahrzeuge ohne Scheinwerfer.«

»Wie viele?«

»Schwer zu sagen. Vegetation. Mehr als eins.«

»Halt dich versteckt.«

»Jo.«

Wieder hieß es warten, diesmal jedoch nicht so lange.

»Sie parken oben. Zwei alte Geländewagen und ein heruntergekommener Van. Sechs Leute, kräftig, in Zivil. So wie sie sich bewegen und zwei in den Dschungel geschlüpft sind, wahrscheinlich Special Forces. Keine Vietnamesen«, flüsterte Usain über Funk.

»Black-OPs der Navy, vermutlich mit der CIA«, sagte Xander mehr zu sich selbst und erschauderte. Er hatte sich geschworen, nie für die Navy zu arbeiten, falls ihn einmal jemand erkennen und entscheiden sollte, dass es mehr wert war, einen Verräter zu erschießen, als viel Geld zu verdienen. Aber die einhundert Millionen in Monero waren innerhalb von Minuten auf seiner Wallet gewesen und bereits in anderen Anlageklassen verteilt. Also war es ihnen mehr als ernst.

Plötzlich sah er ein Lichtsignal zwischen den Bäumen über dem Strand. Viermal kurz und viermal lang.

Xander hob seine eigene Taschenlampe und erwiderte das Signal.

»Bring uns zum Strand«, wies er Suparman an.

11

Sie fuhren direkt auf den Strand zu. Die sanfte Brandung bildete einen schaumigen weißen Streifen, der ständig größer und kleiner wurde. Suparman gab im letzten Moment ein wenig mehr Gas, damit sich der Bug in den Sand drückte. Zwei Mitglieder von der Mannschaft sprangen heraus und zogen an den Griffen, um sie auch ohne Motorhilfe zu fixieren.

Die anderen folgten ihnen.

Xander gab dem Bootsmann einen Wink. Der nickte ihm zu und zischte Anweisungen an seine Leute, die das Zodiac daraufhin wie verabredet wieder ins Wasser schoben.

Während Suparman langsam rückwärts fuhr, um in etwa einhundert Metern Abstand auf sie zu warten, bedeutete er den Indonesiern, hier am Strand zu warten und die Funkgeräte eingeschaltet zu lassen, die ihnen mit Spiralkordel an den Klettpolstern an der Brust klebten wie bei Polizisten.

Sie nickten reihum, jeweils eine Hand an ihren Pistolen. Dann gab einer den anderen ein Zeichen, woraufhin sie sich in die Schatten unter der ersten Baumreihe zurückzogen.

»Usain?«, flüsterte Xander.

»Ich sehe das Paket«, antwortete der Deutsche. »Sieht aus wie ein Sarg mit viel Plastik. Sie haben ihn aus dem Van geholt. Akkus auf einem Rollwagen, die über Schläuche angeschlossen sind. Die Kerle wirken hektisch.«

Xander atmete tief durch. Hektik war kein gutes Zeichen. Entweder sie waren keine Profis, was ein Problem für sich war, oder sie waren doch Profis und das bedeutete, dass sie einen guten Grund für ihre Nervosität hatten.

Er suchte den Pfad, von dem sein Kamerad gesprochen hatte, und fand ihn kurze Zeit später zwischen einem Busch mit großen Blättern und einer kleinen Bananenpalme.

»Wir kriegen Besuch«, sagte Usain leise und Xander erstarrte. Ein kalter Schauer lief ihm über den Rücken und sorgte für ein unangenehmes Prickeln überall auf seiner Haut.

»Helikopter?«

»Nein. Fahrzeuge. Kommen aus derselben Richtung. Schnell«, kam die leise Antwort über Funk.

»Fuck!«, fluchte er und lief den Pfad hinauf. Er führte beinahe gerade nach oben, dementsprechend anstrengend war es, ihn zu erklimmen. Nach zehn Metern gab es eine Biegung, um die er so schnell herumlief, dass er beinahe mit einer Silhouette zusammengestoßen wäre, die von der anderen Seite über ihn kam wie eine Lawine.

Ehe er sich versah, hatte er eine Pistole im Gesicht und erstarrte. Es dauerte ein paar Sekunden, in denen er den Atem anhielt, ehe der Lauf von seiner Stirn verschwand und er die schemenhafte Gestalt eines größeren Mannes in einfacher Jacke sah. Kantiges Gesicht, Bürstenschnitt, breites Kreuz.

»Die Lieferung«, sagte er und schaffte es, nicht nach Luft zu schnappen, sondern gelassen zu klingen.

»Oben«, antwortete sein Gegenüber und senkte die Pistole noch weiter. Er war Amerikaner. Kein Zweifel. »Wir kriegen Besuch, also schnell.«

»Was heißt *Besuch?*« Xander zögerte. Er war nicht bereit, hier zu sterben.

»Das heißt, dass Sie Ihren Arsch bewegen sollen!« Der Black-Ops-Soldat hob seine Pistole ganz leicht.

»Gehen Sie vor.«

»Sehr witzig.« Sein Landsmann winkte mit dem Lauf der Waffe

und Xander lief an ihm vorbei und den Pfad hinauf. Er hatte kaum eine Wahl. Er hatte während seines Diensts nur ein einziges Mal Kontakt zu diesen Leuten gehabt und mit ihnen war nicht zu spaßen. Immerhin arbeiteten sie im Auftrag des Pentagons am Gesetz und jeglicher demokratischer Aufsicht vorbei.

So marschierte er, so schnell er konnte, nach oben in Richtung Hügelkamm. Immer wieder schlugen ihm kleinere Äste und Palmwedel entgegen, die er bestmöglich mit den Armen abwehrte. Nach Schlangen und ähnlichem Viehzeug Ausschau zu halten, machte keinen Sinn, da der Soldat in seinem Rücken ihn immer weiter antrieb.

Als sie beinahe die Schotterfläche erreicht hatten, auf der die Fahrzeuge standen – Xander konnte ihre Silhouetten sehen, die Lichter waren ausgeschaltet –, ertönte plötzlich eine Explosion.

Die Druckwelle warf ihn von den Füßen und gegen den Mann hinter ihm, ehe er ins Unterholz stürzte. Um ihn herum raschelte die Vegetation, als würde sie sich über die Störung beschweren. Ein greller Feuerball funkelte durch das dichte Blätterdach wie eine kurzlebige Sonne.

»Kontakt!«, sagte Usain über Funk.

»Was ist passiert?«, ächzte Xander und rappelte sich mühsam auf. Der Black-Ops-Soldat saß neben ihm in der Hocke und hielt die Pistole im Anschlag.

Das charakteristische Knattern automatischer Waffen zerriss die Nacht. Einiges weiter entfernt, anderes sehr nahe. Es war, als wäre der ganze Dschungel plötzlich erweckt worden.

Vögel kreischten und flatterten aus ihren Nachtquartieren davon, laute Rufe echoten durch die Nacht. Einige auf Englisch, andere in einer ihm unbekannten Sprache – vermutlich Vietnamesisch.

»Sieht nach vietnamesischem Militär aus. Die haben das Feuer auf die Amis eröffnet«, antwortete Usain nach kurzer Funkstille.

»Was ist mit dem Paket?«

»Steht hinter dem Van in eurer Richtung. Momentan noch in Deckung.«

»Hey«, blaffte sein Landsmann neben ihm ihn an. Xander drehte sich zu ihm und zückte jetzt erst seine eigene Waffe. »Wir laufen jetzt da hoch und bringen um jeden Preis die Kammer zu Ihrem Boot.«

Das harte Gesicht des Mannes wurde noch eine Spur härter.

»Zu heiß!«, zischte Xander.

»Nein. Entweder Sie tun Ihre Arbeit, oder ich lege Sie um.«

Ihre Blicke verharrten zwei Atemzüge aufeinander. Das Feuer automatischer Waffen war ohrenbetäubend.

»Fuck! Sie haben verfickte Schatten, Mann!«

»War auch kein Spaziergang hierher. Aber das ist egal. Es zählt nur, dass Sie die Kammer aus dem Land schaffen. Zu viele Kameraden sind dafür draufgegangen!«

Xander schluckte. Er sah den Schmerz hinter dem Schleier aus Härte in den Augen des Soldaten. Beinahe automatisch nickte er. Gefallene Kameraden waren eine nie verheilende Wunde, die nur Veteranen nachfühlen konnten.

»Wir verschaffen euch die nötige Zeit«, sagte der Amerikaner und lief los. Xander folgte ihm auf dem Fuß.

Oben herrschte das reinste Chaos. Er fand sich auf einem kleinen Schotterweg wieder, an dessen gegenüberliegender Seite zwei Jeeps und ein Van geparkt waren, deren Fensterscheiben über Sand und Steinen verteilt lagen. Rechts und links hockten Männer in Zivil in Deckung und feuerten aus ausziehbaren Maschinenpistolen. Einer von ihnen wurde in diesem Moment in den Kopf getroffen, der in den Nacken geworfen wurde, ehe sein Körper kraftlos zusammensackte. Ein anderer kam aus dem Dschungel und zerrte ihn ins Unterholz.

Xanders Herz pochte so stark, dass ihm die Brust schmerzte. In seinen Ohren rauschte das Blut. Er sah die »Kammer«, den »Sarg«, von dem Usain gesprochen hatte: eine langgezogene Kiste aus fugenlosem Metall mit einer reflektierenden Oberfläche – vermutlich Glas. Sie stand auf zwei simplen Rollbrettern und auf dem Deckel lagen mehrere dicke Akkupacks, die mittels Kabeln mit der schmaleren, abgewandten Seite verbunden waren.

»Blue? Womit haben wir es zu tun?«, rief der Kerl, der ihn aus dem Dschungel hochgetrieben hatte.

Sein verbliebener Kamerad hinter dem linken Jeep antwortete brüllend: »Irgendwas Paramilitärisches.«

»Keine offizielle Army?«

»Sieht nicht so aus.«

Auf der anderen Seite des Vans schlug eine Granate ein. Die Explosion war so laut, dass Xander die Ohren klingelten. Sie schien jeglichen Sauerstoff aus der Luft zu saugen und ließ ihn keuchen.

»LOS JETZT!«, brüllte der Black-Ops-Soldat ihn an und lief zu der Kiste. Er halfterte seine Pistole und packte den oberen Rand. Xander folgte ihm geduckt und nahm die andere Seite, ohne seine Waffe loszulassen. Als seine Hände das Metall und seine Finger die reflektierende Glasplatte berührten, wurden sie schlagartig kalt. Ein sonores Summen ging von der »Kammer« aus, dunkel und tief.

Er schluckte.

»Schieben!«

Xander gehorchte und schob das Paket in Richtung des kleinen Pfads. Er wollte gerade über Funk nach Suparmans Männern rufen, als sein Landsmann auf der anderen Seite zuckte und nach vorne fiel. Xander ging instinktiv in die Hocke und fuhr herum. Zwei Soldaten in gemischten Tarnuniformen und mit Kalaschnikows waren um das Wrack des brennenden Vans gekommen und zielten auf ihn, als zwei gedämpfte Schüsse ertönten und sie zusammensackten. Aus dem Wald rechts kam ein Schatten hergerannt – Usain.

»Suparman!«, rief Xander in sein Headset. »Komm zum Strand! Deine Leute sollen sich bereithalten. Es wird heiß!«

»Verstanden.«

Er stand wieder auf und wollte die Fracht weiterschieben, als ein weiterer Vietnamese zwischen den Autos auf ihn zurannte. Usain fuhr herum und sie schossen gleichzeitig aufeinander – mit dem Unterschied, dass der Deutsche dabei blitzschnell in die Hocke ging und der Paramilitär in den Kopf getroffen wurde. Usain machte einen Satz nach vorne und fing ihn auf, drehte sich dabei nach links – gerade schnell genug, da der letzte Black-Ops-Soldat von seiner Deckung verschwunden war und zwei Angreifer mit Sturmgewehren um die Ecke kamen. Sie feuerten ihre letzten Schüsse auf Usain ab, der die Leiche in seinen Armen als Schild benutzte und fallen ließ, als ihre Magazine leer waren. Dann erschoss er einen und sprintete auf den anderen zu. Eine Klinge blitzte auf, mit der er wie ein Berserker zustach. Danach feuerte er noch in Richtung des Waldes – Xander konnte nicht erkennen, worauf. Von ihrer Seite des Unterholzes wurde ebenfalls geschossen.

Er schob die »Kammer« weiter auf den Pfad zu, wobei die Rollbretter sich auf dem Schotter verschoben.

»Fuck!« Er sah zu Usain, der gerade nachlud und in seine Richtung lief. Ein Amerikaner kam aus dem Gebüsch und zog die verbliebene Leiche mit sich.

»Ihr müsst uns mitnehmen«, zischte der Mann. »Unser Evac fällt aus.«

»Das geht nicht!«, blaffte Xander ihn an und rammte seine Schulter mit voller Kraft in die merkwürdige Kühlkiste, sodass sie nach vorne über die Rollbretter und auf den Pfad rutschte.

Usain tauchte neben ihm auf und zielte auf den Black-Ops-Mann. »Denk gar nicht erst dran, Kumpel.«

Der Amerikaner fletschte die Zähne und verschwand wieder im Unterholz, nachdem er seinen toten Kameraden über die Schulter geworfen hatte wie einen nassen Sack. Ein letztes Mal drehte er sich ihnen zu und sagte: »Unterbrechen Sie nie den Stromkreislauf und öffnen Sie unter keinen Umständen die Kammer.«

Xander beachtete sie nicht weiter und drückte noch fester, woraufhin die ganze Maschine wegrutschte und über den Pfad nach unten rumpelte wie ein Schlitten.

»Boss!«, rief Usain und hetzte mit ihm zusammen hinter ihrem Paket her, das durch das Unterholz brach wie eine Dampfwalze. Sie liefen hinterher, über umgeknickte Sträucher, entwurzelte Büsche und aufgewühlten Boden.

Einer der Akkupacks rutschte herunter, krachte auf den Boden und verhakte sich an einem Baum. Die Kabel rissen ab, Funken flogen durch die Dunkelheit.

Hinter ihnen wurden die Schüsse weniger. Lautes Gebrüll auf Vietnamesisch setzte ein, dann wieder Gewehrfeuer und schrille Schreie. Xander hoffte sehr, dass die Überlebenden der Black-Ops-Einheit ihnen die nötigen Minuten verschafften, um zu entkommen.

Er drehte sich nicht mehr um, bemerkte lediglich, dass Usain auf einmal fort war, und rannte und stolperte der mysteriösen Kiste hinterher, die glücklicherweise in relativ gerader Linie in Richtung Strand fegte und schwer genug war, um nichts in ihrem Weg stehen zu lassen.

Kurz vor Ende des Pfads kratzte sie an einem Baum entlang und er fürchtete schon, sie würde zerbrechen, doch stattdessen wurde der zweite Akkupack heruntergerissen und flog irgendwo ins finstere Unterholz des Dschungels.

Xander fluchte.

Unten am Strand kam die Kiste abrupt zum Stillstand, als sie sich in den Sand bohrte. Er erschrak heftig, als zwei Indonesier von seiner Mannschaft mit gezückten Pistolen auf ihn zielten und sie erst senkten, als sie ihn erkannten.

»Schnell! Aufs Boot damit!«, befahl er hechelnd und sie gehorchten sofort. Aus dem Nichts tauchten die vier anderen auf, steckten ihre Pistolen weg und begannen, miteinander zu tuscheln, während sie zu sechst die Kiste zu packen versuchten.

Xander sah an den Strand, wo Suparman das Zodiac gerade in den Sand steuerte. Die Motoren heulten dabei gut hörbar auf – dafür reichten sie weit nach vorne und das Heck hob sich leicht durch den Andruck der Schrauben, wodurch der Bug weniger weit hochragte.

Zwei einzelne Schüsse peitschten durch den Wald. Nahe. Sehr nahe.

»Los!«, rief er seiner Mannschaft zu, die ihre neue Lieferung wie einen Sarg hochgehoben hatte, und ächzend und fluchend auf das Zodiac zumarschierte.

Xander lief derweil zum Boot und kletterte über die aufgeblasene Wulst ins Innere. Wasser lief in seine Schuhe, doch er registrierte es kaum.

»Usain, komm zurück!«, rief er in sein Mikrofon.

»Jo, decke noch den Rückzug.« Zwei Explosionen ertönten, Feuerbälle im Dschungel, weiter oben am Hügel. Geschrei, Gewehrfeuer.

Xander packte den vorderen Teil der Kiste, als seine Männer ihn über den Rand des Zodiacs schoben, und zog daran. Während sie mit Mühe und Not die erstaunlich schwere Lieferung an Bord hievten und drückten, brach Usain wie ein schattenhafter Riese aus dem Waldrand und lief auf sie zu.

Als Xander mitsamt der »Kammer« auf die freie Fläche hinter sich rutschte und sich dabei beinahe das Bein brach, begannen die

Indonesier, kurz vor einer ausgewachsenen Panik, ins Boot zu klettern.

»LOS!«, befahl er Suparman, der daraufhin den Rückwärtsgang einlegte. Usain machte im letzten Augenblick einen Satz und bekam den Rand des Zodiacs zu packen. Zwei der Indonesier zogen ihn hoch.

Anders als auf dem Hinweg wendete Suparman derart sportlich, dass sie alle zur Seite geworfen wurden, und beschleunigte dann mit voller Kraft, worauf die sechshundert PS starken Motoren aufheulten und sie brutal nach vorne trieben, hinein in die Nacht und das Versprechen der offenen See.

Xander rappelte sich wieder auf, als Usain bei ihm ankam, und ihm eine Hand anbot.

»Das war knapp, verdammte Scheiße«, fluchte er.

»Jo«, befand der Deutsche gelassen. »Die Amis sind jedenfalls im Eimer.«

Etwas schwang in der Stimme seines Kameraden mit. Vielleicht Missbilligung, vielleicht aber auch Gleichgültigkeit. Er war schlicht und einfach schwer zu lesen, was Xander manchmal beunruhigte.

»Gute Arbeit, Großer. Verdammt gute Arbeit. Hast mir den Arsch gerettet.«

»Jo.« Usain nickte und deutete auf die Kiste.

»Was ist damit? Sollte das nicht zu jeder Zeit mit Strom versorgt sein?«

»Ja. Aber die Übergabe sollte auch einfach und friedlich sein. Olli wird sich was einfallen lassen müssen. Vielleicht können wir was mit dem Wandler der Solarpaneele hinbiegen oder das Teil sogar ans Bordnetz anschließen. Er ist verdammter Ingenieur, er wird schon eine Lösung haben.«

»Ne Idee, was da drin ist?«

»Nein.« Xander schüttelte den Kopf und blickte auf die Glasscheibe, auf der sich die Finsternis des Nachthimmels und das Glitzern der Sterne spiegelten, als handle es sich um ein unendliches, tiefes Schwarzes Loch.

Er erschauderte.

12

Die »Kammer« stand im Hauptlagerraum mittschiffs unter Deck. Über eine Stunde lang hatte die Mannschaft einen großen Bereich in der Mitte freigemacht, damit sie das eine halbe Tonne schwere Gerät über die aufklappbare Frachtluke mithilfe des Krans nach unten lassen konnten.

Olivier hatte derweil an einer Lösung für das Stromproblem gearbeitet. Glücklicherweise handelte es sich bei den Anschlüssen offenbar um relativ gängige Wechselstrombuchsen, sodass der Bordingenieur bloß einen Wechselrichter für DC zu AC zwischenschalten musste. Nachdem die Verkabelung recht schnell gelöst worden war, summte die Maschine wieder auf ihre unheimliche Art und Weise.

Jetzt standen sie alle um ihre neueste Schmuggelware herum. Olivier zwirbelte mit einer Hand seinen Bart und starrte geistesabwesend auf die reflektierende Glasscheibe. Monica wirkte wie benommen und hatte die Stirn zu tiefen Falten gerunzelt. Lucas sah aus, als hätte er einen Geist gesehen und Usain wie immer: unaufgeregt, gesammelt und wachsam wie ein Habicht.

»Hat irgendwer eine Idee, was das sein könnte?«, fragte Monica. »Was ist das für ein unangenehmes Geräusch?«

»Kühlung«, antwortete Olivier sofort, als wäre er erleichtert, etwas sagen zu können, um die unheimliche Stille zu durchbrechen, die sich zwischen ihnen ausgebreitet hatte. »Der Inhalt wird offenbar stark gekühlt.«

»Und was ist drin?«, wollte sie wissen.

Alle sahen Xander an.

»Xander?«

»Hm?« Er sah auf. »Was?«

»Alles in Ordnung?«

»Äh, ja. Was war die Frage?«

»Was ist da drin?«, wiederholte Monica.

»Keine Ahnung«, gab er wahrheitsgemäß zu. Seine Miene wurde düster. »Aber was auch immer es ist, es war dem Pentagon den Verlust eines kompletten Black-Ops-Teams wert.« Da ihre Blicke nur ahnungsloser wurden, seufzte er und fuhr fort: »Die Jungs und Mädels werden üblicherweise aus den Spezialkräften rekrutiert – besondere Eignung. Was in ihrem Fall heißt, dass sie bedingungslos loyal sind, in erster Linie ihren Vorgesetzten und nicht der Verfassung. Sie stellen in der Regel keine Fragen, sind zielstrebig und leben für ihren Job. Wenn ihnen jemand vorgesetzt wird, der sagt: kidnappe diesen oder jenen US-Bürger und folter ihm in einer CIA-Blacksite die Scheiße aus dem Leib, weil er möglicherweise ein Spion ist, dann fackeln die nicht lange.«

»Wie viele gibt es von denen?«, fragte Lucas.

»Weiß niemand so genau.« Xander zuckte mit den Schultern. »Aber sie operieren weltweit, manchmal verdeckt und in zivil, manchmal am Rande von offiziellen Militäroperationen, Seite an Seite mit regulären Streitkräften. Normalerweise werden sie aber nicht verheizt, so wie jetzt. Sie sind extrem teuer und der ganze Geheimhaltungskram anstrengend.«

Er dachte an ihre Rückkehr zurück, wie er vom Adrenalin gezittert hatte. Nichts war ihm schnell genug gegangen – das Hochhieven des Zodiacs, das Ausladen der Kiste und das Freiräumen des Lagers. Es hatte ihn sämtliche Willenskraft gekostet, nicht herumzubrüllen und alle wahnsinnig zu machen. Also war er auf die Brücke gegangen und hatte sie schnellstmöglich auf einen Kurs nach Süden gebracht, nachdem er dicht an ein großes Containerschiff gefahren war. Auf weitem Ozean allein zu sein, erschien ihm unvorteilhaft, falls die vietnamesische Marine nach ihnen zu suchen begann. Tony hatte sich die ganze Zeit über noch nicht zurückgemeldet in ihrer Krypto-App.

»Also irgendwas, das es der US-Regierung wert ist, dass sie ein ganzes Team dieser Typen opfert«, nahm Monica den Faden wieder auf und ihr Blick wurde noch besorgter. »Wie hoch schätzt du die Gefahr ein, dass das alles nur ein Coup ist, um an unsere eigentliche Fracht zu gelangen?«

Xander versteifte sich. Darüber hatte er noch gar nicht nachgedacht. »Nein, ich glaube nicht, dass sie in dem Fall die Chance hätten verstreichen lassen, uns einzusacken und verschwinden zu lassen.«

»Glaube ich auch nicht«, meldete sich Usain zu Wort. »Ein Team nach Vietnam zu bringen oder zwei – das macht für das Pentagon keinen Unterschied. Außerdem hätten sie dann nicht auf Black-Ops gesetzt, sondern reguläre Spezialkräfte mit Stealth-Helikoptern und allem drum und dran. Hätte Vietnam gar nicht mitbekommen und die Sechste Flotte befindet sich ganz in der Nähe.«

»Hat Tony etwas darüber gesagt, das Ding zu öffnen?«, wollte Lucas wissen.

»Nein, aber du kennst die oberste Regel des Schmuggelns«, entgegnete Xander streng.

»Die Ware wird nicht angepackt.«

»Genau. Sie wird behandelt, als wäre sie gar nicht da. Wenn wir sie abgegeben haben, vergessen wir, dass sie jemals da war.«

»Ich frage mich, welches Gefrierfach eine Kilowattstunde Strom in der Stunde frisst«, schaltete sich Olivier wieder ein. Die Augen hatte er nachdenklich zusammengekniffen. »Eine normale Gefriertruhe mit hundert Litern Fassungsvermögen verbraucht maximal einhundertfünfzig Kilowattstunden im Jahr. Das Ding hier würde dann ... achttausendsiebenhundertsechzig verbrauchen. Keine Chance, dass das eine einfache Maschine zum Kühlen des Inhalts ist.«

»Vielleicht magnetisch?«, schlug Lucas vor. »Strominduzierter Magnetismus frisst Unmengen an Strom. Denk nur an ein MRT.«

»Warum ein Magnetfeld?«

»Keine Ahnung. Im Orbit befindet sich ein Alien-Raumschiff. Sag mir nicht, was abwegig klingt.«

»Leute«, ging Xander dazwischen und hob die Hände. »Schluss

damit. Das ist Ware. Sie zu beschaffen, war ein bisschen aufregender als erhofft, aber sie geht uns nichts an. Olivier, du sorgst dafür, dass der Strom fließt. Ich will keine Unterbrechungen mehr, klar?«

»Klar, Boss.«

»Gut. Niemand außer dir bekommt Zugang. Programmier die Zugangskarten neu. Eine Karte du, eine nehme ich und behalte sie immer bei mir.«

»Eine Sache noch«, meldete sich Monica wieder zu Wort. »Was, wenn der Inhalt beschädigt ist.«

»Was meinst du?«

»Du hast erzählt, dass die Akkus am Strand geblieben sind. Das heißt, dass der Strom unterbrochen war für mindestens anderthalb Stunden.«

»Nicht unser Problem. Wir haben die Ware übernommen, wie sie uns gegeben wurde, und haben das Beste draus gemacht. Wir werden nicht dafür bezahlt, uns gegen das Militär durchzusetzen, sondern Ware zu schmuggeln«, sagte er.

»Wenn die das am Ende anders sehen ...«

»... haben wir unseren Vorschuss schon längst umverteilt.«

»Ja, aber wenn die das anders sehen, könnten sie der Meinung sein, dass sie es sich zurückholen sollten, weil wir vertragsbrüchig sind«, erwiderte sie mit unnachgiebiger Miene.

Xander spürte, dass er wütend wurde, was nur bedeuten konnte, dass er ihr innerlich recht gab. Die Situation war bescheiden, aber es gab keine Lösung. Also nutzte es auch nichts, darauf herumzureiten.

»Für mich sieht die Ware intakt aus, also ist sie es auch. Außerdem haben wir mittlerweile genügend Geld und Kontakte, um überall auf der Welt unterzutauchen und ein gutes Leben zu führen«, erklärte er und deutete auf die Tür. »Wir sollten Suparman jetzt auf der Brücke ablösen. Usain und ich fangen an.«

»Nein«, widersprach Monica ihm und er wollte schon aufbrausen, als sie ihm eine Hand auf den Arm legte. »Ihr habt genug durchgemacht und solltet euch ausruhen. Ich kann mit Lucas anfangen, während Olli sich um die Zugangskarten kümmert. Wenn ihr wieder fit seid, könnt ihr uns ablösen. In acht Stunden.«

Xander mahlte mit den Kiefern, nickte jedoch schließlich. Sie hatte recht. Zwar fiel es ihm schwer, die Kontrolle abzugeben, jetzt, so dicht an der heißen Phase, doch übermüdet und erschöpft würde er bloß zu einer Schwachstelle werden.

»Ist gut.«

Er ging hinaus und den Korridor entlang bis zur vorderen Treppe. Unten im Quartiersdeck angekommen wollte er gerade seine Kabinentür öffnen, als er neben sich eine Bewegung bemerkte und erschrak. Es war Monica, die ihm offenbar gefolgt war.

»Alles in Ordnung?«, fragte sie mit gedämpfter Stimme.

»Ja«, sagte er reflexhaft.

»Was ist los?«

Er seufzte und öffnete die Tür, bedeutete ihr, ihm zu folgen. Drinnen angekommen ließ er sich auf einen seiner beiden Sessel fallen und schenkte sich von dem kleinen Dekantiertisch ein Glas Bourbon ein. Die bernsteinfarbene Flüssigkeit glänzte in dem breiten Kristallglas. Als er es an die Lippen hob, spiegelten sich seine blauen Augen in dem Getränk.

»So schlimm?« Monica setzte sich neben ihn. Er nickte und deutete auf das zweite Glas, doch sie rührte es nicht an.

»Die wollten, dass wir sie evakuieren«, sagte er und seine Stimme klang plötzlich heiser. »Einer von ihnen hat mich direkt darum gebeten. Hatte einen toten Kameraden neben sich.«

»Du weißt, dass das nicht funktioniert hätte.«

»Ja. Aber es hat sich scheiße angefühlt. Die waren echt am Arsch. Hatten keinen Evac, verstehst du? Schachmatt, Sackgasse. Nur ein Ausweg: ich. Wäre Usain nicht dabei gewesen, hätte der Kerl mir vermutlich seine Knarre ins Gesicht gehalten und mich gezwungen.« Er starrte ins Leere. »Hätte ich genauso gemacht an seiner Stelle, wenn es um meine Kameraden gegangen wäre.«

»Hättest du das gemacht, wären jetzt eine Handvoll skrupelloser dunkler Ritter des Pentagons auf unserem Schiff«, widersprach Monica mit sanfter Stimme. »Eine beschissene Entscheidung, klar, aber eine, die du treffen musstest. Das ist das Los eines Captains.«

»Manchmal wünschte ich, ich hätte ein anderes gezogen«, sagte er leiser. Lauter fügte er hinzu: »Ja, es war die einzige Entscheidung, aber sie gefällt mir nicht. Du solltest jetzt zu Lucas auf die Brücke gehen. Suparman muss noch Pistolen und Munition einsammeln und sollte damit nicht zu lange warten.«

»Du bist okay?«, fragte sie und stand auf. Sie warf ihm einen forschenden Blick zu.

»Ja. Ich brauche einfach etwas Schlaf.«

»Gut.« Sie verließ seine Kabine und er war wieder allein. Wenn er ehrlich zu sich war, bereute er seine Entscheidung nicht. Was ihn wirklich grämte, war die Tatsache, dass es ihm eben nicht leidtat. Er hatte dieses Business und diese Crew aufgebaut, sie zu seinem schlagenden Herz gemacht, seinem zweiten Leben. Die Soldaten hatten sich für ihren Job entschieden, er für seinen. Sie hatten ihren Preis dafür bezahlt und wenn die Zeit kam, wäre er vielleicht auch an der Reihe. Sie waren nicht seine Verantwortung gewesen.

Nicht meine Verantwortung!

13

Die Fahrt nach Thailand schien sich bis in die Ewigkeit zu strecken. Sie legten immer wieder Stopps ein, um mögliche Verfolger auf dem Radar zu identifizieren. Ganz ähnlich wie bei einer Autoverfolgung, wenn die Flüchtenden anhielten, um zu sehen, ob ein verdächtiger Wagen ebenfalls zur gleichen Zeit langsamer wurde.

Doch trotz wachsender Paranoia bei ihm und den anderen seines Teams, konnten sie keine anderen Schiffe ausmachen, die verdächtig genug gewesen wären. Entweder hatten sie es also mit Verfolgern zu tun, die selbst einen der besten und erfahrensten Schmuggler zu narren wussten, oder aber er wurde wirklich *zu* paranoid.

Immerhin eine Last wurde ihm von den Schultern genommen, als nach drei Tagen sein Handy zirpte und er endlich eine Nachricht von Tony in der Krypto-App erhielt: *Hey X, konnte mich nicht früher melden. Wegen des Besuchers im Orbit ist im großen P die Hölle los. Wegen der Übergabe konnte ich nur in Erfahrung bringen, dass das Team komplett ausgelöscht wurde. Vietnam hat den Botschafter einberufen, aber es wurde alles abgestritten. Bzgl. der Abgabe des Pakets gilt dasselbe wie zuvor. Norfolk, in exakt 5 Wochen und 4 Tagen. Die exakten Koordinaten bekommst du noch von mir, inklusive einem kurzfristig gültigen Transpondercode.*

Xander stieß ein Brummen aus und tippte eine Antwort.

Sind fast draufgegangen. Hättest mir ruhig sagen können, wie heiß die Sache ist.

Diesmal kam die Antwort prompt: *Ich weiß nicht, was die Ware ist, aber es ist eine große Sache. Verkack das hier nicht, sonst hängt auch mein Hals in einer Schlinge. T.*

»Danke, hätte ich gar nicht dran gedacht«, sagte er lakonisch und schnaubte, ehe er das Smartphone in die Ablage über seinem Kopf warf. Seine Schicht war beinahe zu Ende. Neun Uhr und es war schon dunkel. »Hey, Lucas.«

»Hm?« Sein Wartungstechniker saß hinter dem Navigationsbereich und las ein Buch. Da die *Medusa* – für ihn blieb es immer die *Medusa,* egal welcher Name gerade am Bug stand – über eines der modernsten Schiffsführungssysteme und neueste Sensoren für Kollisionswarnungen verfügte, gab es im Grunde nicht viel zu tun. Dass sie immer zu zweit auf der Brücke blieben, war eine reine Vorsichtsmaßnahme für den Notfall und aus der Gewohnheit geboren – und ihrem heiklen Job. Im Prinzip könnten sie besonders hier auf hoher See auch alle schlafen gehen und es der künstlichen Intelligenz überlassen, sie sicher nach Bangkok zu schippern.

»Hast du unsere Gäste schon erreicht?«

»Ja«, erwiderte Lucas und senkte das Buch in seinen Schoß, um ihn ansehen zu können. »Ihre Kojen sind auch schon vorbereitet, ganz vorne, wie du wolltest.«

»Sind sie schon in Bangkok?«

»Ne, kommen übermorgen mit dem Flieger. Wirkten sehr entspannt, haben wenig Fragen gestellt und wirken eher aufgeregt, wenn du mich fragst.«

»Gut.« Xander nickte. Das letzte, was er brauchen konnte, waren herumschnüffelnde Eierköpfe. Wissenschaftler waren von Natur aus neugierig und Neugierde war der größte Feind auf einem Schmugglerschiff. Trotzdem waren die Meeresgeologen ein wichtiger Teil ihrer Strategie. Dank ihrer Forschungslizenzen für die kritischen Bereiche der Straße von Hormus und einer Untiefe im Indischen Ozean, deren Namen er schon wieder vergessen hatte, weil sie so unbedeutend war, konnten sie sich ihrem eigentlichen Ziel nähern, ohne verdächtig zu wirken.

Zumindest in der Theorie.

Zusammen mit der neuen Registrierung als angebliches Forschungsschiff ergab das eine feine Tarnung. Da schmerzte es auch nicht, dass sie der University of California die ganze Fahrt zu einem Spottpreis angeboten hatten.

»Boss, hier Olivier«, unterbrach die Stimme seines Bordingenieurs über Funk seine Grübeleien.

»Was gibt's, *Copain?*«

»Ich glaube, das solltest du dir selbst ansehen. Ich bin im Lager.« Oliviers Stimme klang gedämpft, wie auf einer Beerdigung. Xander spannte sich unwillkürlich an.

Im Lager befand sich der Sarg.

»Du hast die Brücke«, sagte er zu Lucas und rutschte von seinem Kapitänssitz herunter. Durch die Tür lief er in den Zentralkorridor und die Treppen hinunter bis zu den Unterdecks und dann ganz nach hinten. Zwischen den holzvertäfelten Wänden der engen Flure schien das Licht immer spärlicher zu werden, je näher er dem Lager kam. Ein ungutes Gefühl machte sich in ihm breit. Wenn etwas mit der Lieferung nicht stimmte, würden sie spätestens in Norfolk ein Problem bekommen, das sich nicht mehr lösen ließ. Keine Millionen mehr, keine Insel im Paradies, kein Leben.

Die Tür zum Lager stand offen, weil Olivier darin stand und ihn herwinkte. Durch den Spalt konnte er den Sarg sehen, die »Kammer«, von der die Black-Ops gesprochen hatten. Ihr unheimliches Summen war bis in den Flur zu hören. Sie wirkte wie ein Schwarzes Loch inmitten der vielen Kisten, Boxen, Kleincontainer und Fässer, als würde es jeden Augenblick alles in sich aufsaugen und verschlingen. Obwohl sie äußerlich so unscheinbar war, wirkte sie prominent und raumgreifend.

»Was ist los?«, fragte er, doch Olivier sagte zunächst nichts und zog ihn herein, ehe er die Tür hinter ihm ins Schloss drückte.

»Ich habe die beiden Zugangskarten gemacht, wie du mir aufgetragen hast. Ehrenwort«, sagte der Franzose schließlich und sein säuselnder Akzent war ein wenig stärker geworden als üblich – ein untrügliches Zeichen dafür, dass er nervös war.

»Ja.« Xander klopfte sich auf die Brust, wo seine Schlüsselkarte an dem Band um seinen Hals hing.

»Das glaubst du mir, oder?« Olivier sah ihm direkt in die Augen, wich seinem Blick nicht aus.

»Tue ich. Würde ich dir nicht mit meinem Leben vertrauen, wärst du nicht an Bord.«

»Gut.« Sein Gegenüber nickte erleichtert und hob ein Tablet, das Xander zuvor nicht bemerkt hatte. Auf dem Display war eines der internen Überwachungsprogramme der *Medusa* zu sehen, das die Logdaten der Türschlösser zeigte. Vor zwei Jahren hatten sie sämtliche Schlösser mit elektronischen Sensorsystemen versehen lassen, um jederzeit mitzubekommen, wer wann wo hineingegangen war. Jede Berechtigungskarte besaß einen digitalen Fingerabdruck, der einem Mitglied der Besatzung zuzuordnen war. Vertrauen war schließlich gut, aber Kontrolle immer noch besser. So stellte Xander sicher, dass niemand an Orte ging, an denen er nichts zu suchen hatte. Vor allem die Mitglieder von Suparmans Mannschaft.

»Schau dir die Logs an«, sagte Olivier und deutete auf die entsprechende Liste. Sie zeigte Daten und Uhrzeiten und den internen Code der Tür zum Lagerraum neben ihnen. Er markierte nacheinander mehrere davon. Sie besaßen alle denselben digitalen Stempel. Xander vermutete, dass es der von Oliviers Schlüsselkarte war.

»Das war ich«, bestätigte der Franzose kurz darauf. »Dreimal am Tag, um den Sarg zu überprüfen. Stromversorgung war immer intakt, lief auch durchgängig, wie ich am Wandler ablesen konnte.«

»Aber da sind noch mehr Aktivierungen des Türschlosses«, meinte Xander und deutete auf die drei nicht markierten Zeitstempel. Einen Identifikationsstempel besaßen sie nicht. In dem entsprechenden Feld standen nur drei Nullen verzeichnet.

»Genau. Das ist das Problem.« Olivier schluckte. Seine Wangen waren bleich und seine Augen ruhelos. »Irgendjemand hat die Tür geöffnet. Ich war es nicht.« Er deutete auf die Logdateien. »Du auch nicht, oder? Zumindest steht die Stempelnummer deiner Schlüsselkarte nicht im Log.«

»Nein, ich war seit der Verladung nicht mehr hier unten.« Xander schüttelte den Kopf. In seinem Hals bildete sich ein Kloß, der das Schlucken unangenehm machte.

»Wir probieren was aus. Geh mal raus und öffne die Tür dann

mit deiner Karte. Für den Fall, dass der Stempel nicht richtig angezeigt wird.« Olivier deutete nach draußen.

Xander tat wie ihm geheißen, ging hinaus und zog die Tür hinter sich zu. Dann zog er seine Karte heraus und hielt sie auf das Lesefeld. Es summte kurz, dann ließ sich die Klinke herunterdrücken und er stand wieder vor seinem Freund und Kameraden. Der hielt den Blick auf sein Tablet gesenkt und runzelte die Stirn.

»Hier ist dein Kartenstempel vermerkt.«

»Also hat jemand die Tür geöffnet, obwohl er keine der beiden einzigen Karten zur Verfügung hatte?«

»Schlimmer«, sagte Olivier kopfschüttelnd. »Jede Karte an Bord hat einen digitalen Fingerabdruck in Form einer langen Abfolge von Zahlen und Buchstaben. Selbst die unbeschriebenen Rohlinge besitzen eine Werksnummer, die beim Programmieren überschrieben wird. Drei Nullen bedeuten, dass die Tür manuell geöffnet wurde, ohne dass das Lesefeld aktiviert wurde.«

»Wie ist das überhaupt möglich?«, fragte Xander beunruhigt. Wenn das Schlosssystem auf der *Medusa* fehlerhaft sein sollte, hatten sie ein tiefgreifendes Problem. Vor allem aber eines, das sie nicht kurzfristig lösen konnten.

»Gar nicht. Zumindest sollte es das nicht sein.«

»Du hast doch da die Uhrzeiten in den Logdateien stehen, richtig? Also um wie viel Uhr die Tür geöffnet wurde.«

»Ja. Vorgestern um drei Uhr nachts, gestern um ein Uhr dreißig und heute Nacht um vier.« Olivier nickte.

»Dann schauen wir uns auf der Brücke die Kamerabilder der entsprechenden Uhrzeiten an. Auf dem Gang ist eine Kamera, die genau in Richtung der Tür zeigt«, entschied Xander und bedeutete dem Ingenieur, ihm zu folgen.

»Okay, oui.«

Sie liefen schnellen Schrittes zurück zur Brücke und stellten sich an die Überwachungskonsole. Auf drei Displays waren dort live sämtliche Kamerabilder in Schwarz-Weiß zu sehen, die hauptsächlich Innenräume und Korridore zeigten, aber auch das Achterdeck. Xander rief die Bestandsliste auf und scrollte zu Deck zwei, wo sich das Hauptlager befand und unter dem gesamten Achterdeck erstreckte. Dann wählte er jene Kamera aus, die vom Treppenhaus direkt auf die Tür zeigte.

»Gib mir noch mal die Zeiten«, murmelte er und scrollte durch die Daten und Uhrzeiten, während Olivier sie ihm durchgab. Und tatsächlich: Kurz darauf starrten sie auf die Aufnahme von vorgestern um drei Uhr eins und sahen zu, wie sich die Tür öffnete. Wie von Geisterhand schwang sie langsam, wie in Zeitlupe, einen Spalt weit auf – nicht breiter als zwei Hände nebeneinander.

»Scheiße!«, entfuhr es ihm.

»Sacré merde, que Dieu me préserve de tout mal!«, wisperte Olivier.

Xander navigierte zu den anderen Zeiten – mit dem gleichen Ergebnis: Auch die anderen beiden Male öffnete sich die Tür ohne sichtbares äußeres Zutun. Sie ging auf und wieder zu. Da sie immer nach innen ging, war nicht zu erkennen, ob sie von innen oder außen geöffnet worden war. Das Gruseligste war jedoch die Klinke, die sich jedes Mal langsam senkte und wieder hob, ohne dass eine Hand darauf lag.

Der Flur war leer.

»Es spukt, Boss!« Oliviers Stimme klang leidend.

»Es gibt keine Geister.« Xander brummte und suchte weiter. Er hatte es auf eine andere Kamera abgesehen. Als er sie endlich gefunden hatte, rief er ihre Aufzeichnungen auf, die glücklicherweise dauerhaft in der Cloud gesichert wurden, und scrollte zu den entsprechenden Zeiten der unbefugten Türöffnungen. Genau wie zuvor, nur diesmal mit anderer Perspektive.

Sie schauten auf den Sarg in der Mitte des Lagers, mit den an die Seite geräumten anderen Transportgütern an Bord, die aussahen, als hätten sie sich vor dem fremdartigen Ding zurückgezogen wie verängstigte Kinder. Es war nicht zu erkennen, dass Xander gerade spulte, da sich nichts rührte, bis Olivier auftauchte, im schnellen Rückwärtslauf die Fracht überprüfte, auf sein Tablet schaute, die Stromanschlüsse begutachtete und wieder verschwand – beziehungsweise rückwärts hinausging, da sie in die entgegengesetzte Richtung navigierten. Dann waren sie bei heute Nacht um vier und quiekten beide erschrocken, als sie mitansehen mussten, wie der Deckel des Sargs seitlich aufsprang.

»FUCK!«, rief Xander. Olivier hatte einen Satz zurückgemacht und murmelte ein Stoßgebet auf Französisch.

»Mon dieu, wir haben einen Geist an Bord, Boss!«

Lucas kam herbei. »Hey, was ist denn los?«

Xander spulte zurück und zeigte es ihm.

»Heilige Scheiße!«, entfuhr es dem Wartungstechniker. Ihm fiel alles aus dem Gesicht.

Xander wurde eiskalt um die Brust. Sämtliche Haare auf seiner Haut stellten sich auf und sie begann, unangenehm zu prickeln. Um etwas zu tun, navigierte er auch zu den anderen beiden Zeiten, in denen die Tür geöffnet worden war. Jedes Mal war es dasselbe Bild: Der Sarg stand bewegungslos dort. Dann klappte der Deckel auf und jedes Mal erschraken sie bei dem Anblick. Dann senkte sich die Klinke und die Tür ging einen schmalen Spalt breit auf, ehe sie sich wieder schloss. Im selben Moment fiel der Sargdeckel wieder zu.

Er schluckte und spulte zurück, als er offen war. Dann zoomte er auf das Innere ihrer Lieferung, aber er sah nur pechschwarze Dunkelheit. Das war auch nicht verwunderlich, da im Lager lediglich eine stark gedimmte Leuchte von der Wand Licht spendete. Normalerweise hätte das Lager komplett im Dunkeln gelegen, wenn Xander nicht vor ein paar Jahren aus lauter Paranoia gegenüber seiner Besatzung auf die Lampe und die Kamera bestanden hätte, um ihre Fracht jederzeit überwachen zu können.

Jetzt wünschte er sich fast, er hätte es damals nicht getan, um das hier nicht sehen zu müssen.

»Verdammte Scheiße, das ist ja wie *Paranormal Activity* oder so ein Scheiß«, fluchte Lucas.

»So viel zum Thema, dass wir auf keinen Fall den Deckel öffnen dürfen«, meinte Olivier. »Putain, ich hoffe, dass wir keinen Geist an Bord haben. Bitte keinen Geist, *mon dieu!*«

14

Die folgenden Tage, während Monica sie um das Kap Ca mau steuerte, den südlichsten Zipfel Vietnams, der in den Golf von Thailand führte, ließ der Sarg Xander keine Ruhe. Immer wieder ging er die Kamerabilder durch. Dutzende Male. Vielleicht hunderte. Er spielte die Aufnahmen auf sein iPad und verbrachte jeden Tag Stunden mit der wiederholten Sichtung des Spuks.

Als sie nur noch einen Tag von Bangkok entfernt waren, klopfte es an seiner Kabinentür. Er hatte gerade das iPad per Bluetooth mit seinem Fernseher verbunden, um ein größeres Bild zu haben. Da der Bildschirm über eine 4K-Auflösung verfügte, erhoffte er sich so weitere Details.

»Herein!«, rief er, ohne von der Einstellungsseite auf dem Tablet aufzublicken.

»Lucas überwacht gerade den Autopilot«, sagte Monica, die hinter sich die Tür schloss und ihn prüfend musterte. Die Hände hatte sie in die Hüften gestemmt wie eine strenge Mutter, die gekommen war, um ihren Sohn zu maßregeln.

»Aha«, erwiderte er bloß.

»Denkst du nicht, dass es langsam reicht mit deiner Obsession?«

»Obsession?«, fauchte er und atmete tief durch. »Sorry. Aber das ist echt unheimlich. Keine Ahnung, was für ein DARPA-Scheiß uns da untergejubelt wurde. Aber Deckel, die von selbst aufgehen,

Türen, die sich von Geisterhand öffnen? Kamerabilder, auf denen nichts zu sehen ist, obwohl die Klinke bewegt wird? Ich bin nicht abergläubisch, aber normal ist das ganz sicher nicht.«

»Es gibt bestimmt eine logische Erklärung«, meinte Monica und setzte sich auf den freien Sessel neben ihm.

»Ach ja? Lass hören.«

»Keine Ahnung. Wir können ja die Forschertypen fragen, wenn sie an Bord sind.«

Xander legte den Kopf schief.

»Oder auch nicht.«

»Ich weiß gern, was auf meinem Schiff vor sich geht. Hier«, er deutete auf den Fernseher, auf dem das Standbild des letzten Spuks zu sehen war, »habe ich keine Ahnung und nicht einmal einen Ansatzpunkt.«

»Wir hätten die Fracht einfach nicht *Sarg* taufen dürfen«, befand sein Erster Offizier kopfschüttelnd. »Kein Wunder, dass wir uns alle zu Tode erschrecken, wenn der Deckel aufklappt. Wer weiß, vielleicht handelt es sich um eine einfache Art der Entlüftung oder so.«

»*Entlüftung?*«

»Was weiß ich. Könnte ja auch ein Prototyp für eine Chemiewaffe sein, die in regelmäßigen Abständen ihren Inhalt freigibt. Wir wissen es schlicht nicht, und Unbekanntes macht immer am meisten Angst.«

»Selbst wenn, würde das immer noch nicht erklären, wieso sich die Tür von selbst öffnet und die verdammte Klinke runtergedrückt wird von nichts als Luft«, beharrte er und erinnerte sich wieder an die Worte des Black-Ops-Soldaten: *Egal was passiert: Unterbrechen Sie nie den Stromkreislauf und öffnen Sie unter keinen Umständen die Kammer.*

Ein kalter Schauer lief durch seinen Körper und nährte die Schwere in seinem Magen, die er seit Oliviers Sichtung der Türproblematik nicht wieder losgeworden war.

Monica seufzte und deutete auf den Fernseher. »Gut, wenn ich dir schon nicht ausreden kann, dass es nichts bringt, wieder und wieder dieselben Sachen anzuschauen ...«

»Hat es aber«, fuhr er ihr dazwischen und tippte auf seinem iPad herum, bis die letzte Szene in einem Zehntel Geschwindigkeit ablief.

»Ich habe nach Hinweisen gesucht, dass sich irgendwas da drinnen getan hat. Und ich glaube, ich habe sie gefunden.«

Er wartete ab, bis die Stelle kam, an der sich einige Pixel unterhalb des Sargs verdunkelten. Ganz kurz nur. Dann geschah dasselbe zwischen der Maschine und der Tür. »Siehst du?«

»Was? Die Pixelfehler?«

»Keine Pixelfehler!«, brauste er auf. »Das sind Schatten.«

»Schatten? Ach, komm schon. Das sind ein paar Pixel.«

»Die zufällig erst am Sarg und dann auf dem Weg zur Tür auftauchen?« Xander schüttelte energisch den Kopf. »Abgesehen davon passen sie zu dem Lichtwurf der Lampe auf der anderen Seite. Wenn es einen Schatten geben würde, dann müsste er genau dort auftreten.«

»Das wirkt auf mich doch reichlich dünn«, erwiderte Monica mit reserviertem Gesichtsausdruck. »Aber gehen wir mal davon aus, dass da ein Schatten ist. Worauf schließt du dann?«

»Dass wir jemanden an Bord haben, der unsichtbar ist«, sagte er sofort und bereute es auf der Stelle.

»Was? Einen *Predator*? Den *Hollow Man?*« Xander spürte Wut in sich aufflammen, doch er schluckte sie hinunter. Er musste sich wieder unter Kontrolle bringen, egal wie nervös ihn die ganze Sache machte. Immerhin war er hier der Captain und musste von allen den kühlsten Kopf bewahren. »Die anderen sind schon ganz huschig und schließen sich nachts ein. Du solltest es nicht noch schlimmer machen.«

»Kein *Predator.* Kein *Hollow Man*«, widersprach er und deutete nach oben in Richtung Decke. »Aber wir haben ein außerirdisches Raumschiff im Orbit, schon vergessen?«

»Was willst du andeuten?«

»Was ist, wenn eins von ihnen gelandet ist und die Navy es geschnappt hat?«

»Was? Ein *Alien?«,* fragte sie mit großen Augen.

»Ja. UFOs werden schon seit Jahrhunderten gesichtet. Vielleicht war eins von den Aliens schon lange hier und wollte jetzt verschwinden mit seinem Taxi oben im All, aber es wurde geschnappt und eingefroren oder so, keine Ahnung.«

»Warum dann in Vietnam?«

»Was weiß ich.« Xander warf die Arme in die Luft und schüttelte den Kopf. »Keine Ahnung. Hast du eine bessere Erklärung für das da?«

Er zeigte auf den Fernseher und das Bild des offenen Sargdeckels.

»Nein. Aber ich habe eine bessere *Idee*«, gab sie zurück und beugte sich vor, um ihm eindringlich in die Augen zu blicken. »Wir reißen uns alle zusammen und akzeptieren, was wir nicht ändern können. Auf den Kameraaufnahmen spukt es. Das ist Fakt. Sehe ich ein. Aber wir haben einen Job zu erledigen und dürfen jetzt nicht zurückstecken. Ich habe Olivier gesagt, dass er den Deckel zusätzlich sichern soll.«

»Gute Idee.« Xander nickte eifrig.

»Eine, die du hättest haben sollen, statt dich hier zu verbarrikadieren.«

Er antwortete nicht, aber sie hatte recht und sie beide wussten es.

»Nehmen wir einmal an, dass du recht hast, und wir transportieren einen Außerirdischen für das Pentagon«, sagte sie. »Was ändert das?«

»Alles. Und nichts.«

Sie nickte. »Also machen wir unseren Job.«

Widerwillig legte er das iPad beiseite und wollte gerade den Fernseher ausschalten, als das Interkom an der Tür zirpte. Xander stand auf und drückte auf den grünen Knopf.

»Ja?«

»Usain hier. Schaltet mal den Fernseher ein«, ertönte der tiefe Brummbass des Deutschen.

»Wieso?«

»Wegen der Aliens.«

Monica hatte bereits nach der Fernbedienung gegriffen und schaltete *News Nation* ein.

Laura Sinclair tauchte auf dem Bildschirm auf, hinter ihr das Bild des Objekts, die perfekte Metallkugel. Davor eine Raumkapsel, die offenbar computeranimiert war und Lichtsignale in Richtung des kosmischen Besuchers sandte.

»... bislang alle Kommunikationsversuche gescheitert«, sagte Sinclair gerade mit ihrem kaschierten Bostoner Akzent. *»Nachdem die NASA*

in Kooperation mit SpaceX gestern eine Dragon-Kapsel mit den Astronauten Bob Meirsheimer und Evelyn Jones in den Orbit gebracht hatte, fand vor wenigen Stunden ein weiterer Versuch statt. Mittels direkter Lichtimpulse, die einem mathematischen Muster folgten, wollten Experten herausfinden, ob sich dem Objekt so eine Reaktion entlocken lässt. Wie die NASA mittlerweile in einer Pressemitteilung erklärte, war dies nicht der Fall. Damit bleibt der fremde Besucher nach wie vor ein Rätsel, das immer mehr Menschen auf der Welt nervös werden lässt. Statt Antworten bekommen wir nur immer weitere Fragen, und die drängendste scheint mittlerweile zu sein: Wieso wollen die Außerirdischen nicht mit uns reden und wieso sind sie hier? Auf der Suche nach Antworten befindet sich unser Korrespondent Marshall Greene im JSC in Houston.«

Das Bild wechselte in einen Presseraum mit größtenteils leeren Stühlen. Xander erkannte das Podest im Hintergrund mit dem Pult, den beiden Flaggen und dem Fernseher. Beim letzten Mal hatte NASA-Administrator Riley dort gesprochen.

Marshall Greene war noch jung, hatte aber bereits graue Haare. Er sah erschöpft aus, als er das Mikrofon hob und zu sprechen begann: *»Hier waren es einige lange Nächte, Laura. Die Pressekonferenz mit Administrator Riley hat weniger lange gedauert, als wir angenommen hatten, aber er hat sich zumindest einigen Fragen gestellt, die seine Behörde in den letzten Tagen nicht beantworten wollte. Zum einen war da die nach den bislang ausprobierten Kommunikationskanälen gegenüber dem Besucher. Wie wir jetzt in Erfahrung bringen konnten, wurden eine ganze Reihe Versuche unternommen. Wie bereits vermutet, wurden in internationaler Kooperation Radiowellen eingesetzt, um festzustellen, ob das Objekt sie empfangen und selbst senden kann. Aber darauf wurde nicht reagiert. Weder auf Radiosignale aus amerikanischen, europäischen noch chinesischen Sendeanlagen hier auf der Erde. Laserimpulse wurden anfangs offenbar auch diskutiert, aufgrund der Gefahren aber wieder verworfen, wie man uns hier mitteilte.«*

»Was für Gefahren wären das gewesen?«, hakte Laura Sinclair nach und das Bild wechselte in einen geteilten Bildschirm, sodass nun beide zu sehen waren.

»Man war wohl besorgt, dass Laser – selbst in niedriger Intensität, wie sie bei uns zur Kommunikation genutzt werden – fälschlicherweise als feindseliger Akt bewertet werden könnten seitens der Außerirdischen«,

antwortete Greene. »*Es wurde sogar diskutiert, wie mir ein Insider verriet, größere Zeichen auf die Wasseroberfläche des Pazifik zu ›zeichnen‹ in Form von Booten oder Schiffen. Der Versuch über direkte Lichtsignale, wie es jetzt geschehen ist, wurde ebenfalls als riskant betrachtet, aber letztendlich alternativlos.*«

»*Hatte man bei der NASA Sorge, dass die Näherung durch eines unserer Raumschiffe als eine Art Bedrohung wahrgenommen werden könnte?*«, wollte Sinclair wissen.

Greene nickte. »*Genau. Das scheint der Fall gewesen zu sein. Besonders das Pentagon und die Space Force im Speziellen haben sich Sorgen gemacht, dass die Annäherung durch eine Raumkapsel falsche Signale senden könnte. Schließlich wissen wir nichts über die Erbauer des fremden Objekts und ihre Intentionen oder auch nur ihre Art zu denken und wahrzunehmen. Dass sie weiterhin auf keinerlei Kommunikationsversuche reagieren, scheint diesen Punkt nur noch einmal zu unterstreichen.*«

»*Gibt es denn bereits Informationen darüber, was die NASA als nächstes plant?*«

Der Korrespondent in Houston schüttelte den Kopf »*Nein. Es wird jedoch gemunkelt, dass das Pentagon nervös wird und sich die Hinweise verdichten, dass überall im Land Anti-Satelliten-Waffen in Position gebracht wurden. Dabei handelt es sich um spezielle Raketen, die dafür konzipiert wurden, die Atmosphäre zu verlassen, und mit speziellen Sprengkörpern Satelliten zu zerstören. Allerdings gibt es unterschiedliche Meinungen darüber, wie effektiv sie überhaupt sein könnten. Unsere Satelliten sind extrem fragile Maschinen ohne jeglichen Schutz, die durch minimalen Sprengstoffeinsatz oder Schrapnellladungen vernichtet und in Trümmerwolken verwandelt werden können. Da wir über das fremde Objekt nichts wissen, kann es sein, dass diese Art von Waffen nicht effektiv wäre.*«

»*Klingt das nicht ein bisschen blauäugig?*«, fragte Sinclair. »*Ich meine, wir kennen alle die einschlägigen Filme: Ist es klug, über so etwas überhaupt nachzudenken? Wenn sie es bis zu uns geschafft haben, müssten sie uns schließlich um Jahrhunderte, wenn nicht Jahrtausende technologisch voraus sein.*«

Greene nickte. »*Das ist auch die Einschätzung der meisten Experten. Allerdings hat erst gestern ein Sprecher der Air Force bei einer Pressekonferenz in New York erklärt, dass es die Aufgabe des Militärs sei, amerikani-*

sche Bürger zu schützen – und zwar mit den Mitteln und Wegen, die ihnen zur Verfügung stehen. Ich denke, dass man die Vorbereitungen der Streitkräfte auch so interpretieren sollte: Vorbereitungen auf einen – bislang unwahrscheinlichen – Ernstfall. Das Objekt hat bislang schließlich keinerlei Anzeichen von Feindseligkeit gezeigt. Aber Militär, das nicht alle Optionen durchspielt, würde schließlich seiner Aufgabe nicht nachkommen.«

»Dann hoffen wir, dass es dabei bleibt. Danke, Marshall Greene in Houston.« Das Bild zeigte wieder Sinclair vor dem Hintergrundbild mit dem jüngsten Kommunikationsversuch der Astronauten. *»Nach wie vor regt sich der fremde Besucher also nicht und weltweit wird die Nervosität größer. Aus dem anfänglichen Erstaunen und der Aufregung ist eine gewisse Ernüchterung geworden und die Menschen in aller Welt fragen sich: Wer sind die Außerirdischen und was wollen sie hier? Warum zeigen sie keinerlei Interesse, Kontakt mit uns aufzunehmen?«*

»Nichts fuckt Menschen so sehr ab, wie die Ungewissheit«, kommentierte Monica, als er den Fernseher wieder ausgeschaltet hatte. »Ich wette, die meisten würden es lieber sehen, dass eine Invasionsflotte Tod und Verderben aus dem Himmel regnen lässt, als mit den eigenen Gedanken und Befürchtungen allein gelassen zu werden.«

»Keine Frage«, stimmte er ihr zu. »Unser größter Feind ist unser Kopfkino und das haben die da oben – wer auch immer sie sind – mächtig angeworfen. Durch ihre bloße Anwesenheit.«

15

Am nächsten Tag erreichten sie mittags den Hafen von Bangkok. Sie fuhren durch den Chao Phraya von der Mündung am Golf von Thailand hinauf bis mitten in die Stadt, wo sich der große Containerhafen befand, der einmal zu den einhundert größten der Welt gehörte nach umgeschlagenen Tonnen pro Jahr.

Containerriesen so tief im Inland mitten in einer Metropole zu sehen, war jedes Mal so merkwürdig wie beeindruckend, wenn Xander herkam. Das Terminal für große, nicht-gewerbliche Zivilschiffe befand sich auf der abgewandten Seite des Hafenviertels mit seinen Containerbergen, am Ende einer kleinen Lagune, die von Betonmolen umgeben war. Vor einer großen Autobahnbrücke wurde ihnen ein Kai zugewiesen, an dem ein anderes Forschungsschiff vertäut war, auf dessen Flanke großflächig »Greenpeace« geschrieben stand. Es war die *Ocean Rainbow*.

»Sieh mal einer an, die Ökos sind auch hier«, rief Lucas.

»Diese *Ökos* glauben wenigstens an was«, erwiderte Monica.

»Nicht so wie wir? Willst du das damit sagen?«

»Nein, wir glauben auch an was.«

»Ach ja? An was denn?«

»An harte Dollars«, antwortete Xander an ihrer Stelle und alle kicherten. Es war ein verhaltenes Kichern, kein ausgelassenes, so wie es sonst der Fall war. Lucas und Olivier sahen um Jahre gealtert aus, seit sie von dem Spuk erfahren hatten. Monica gab sich Mühe, sich nichts anmerken zu lassen, aber die Tatsache, dass sie die meiste Zeit über schwieg, verriet ihm genug über ihr Innenleben. Sie machte sich Sorgen, egal wie sehr sie ihre Miene unter Kontrolle hatte. Selbst Usain wirkte noch in sich gekehrter als sonst. Er hatte nicht einmal große Lust verspürt, ihm von seiner Sicht auf die Nacht zu berichten, in der sie beinahe draufgegangen waren bei dem Versuch, den Sarg unbeschadet an Bord zu bringen.

Dabei wusste Xander, dass es den ehemaligen KSKler störte, dass sie die Soldaten nicht evakuiert hatten. Veteranen taten so etwas nicht und die Gewissensbisse waren ihm in sein steinernes Gesicht gemeißelt.

Momente wie dieser, wenn sie alle zusammen auf der Brücke standen und ihrer Einfahrt in den Hafen beiwohnten, dienten normalerweise als ausgelassener Moment der Gemeinsamkeit. Ein Ritual der Gemeinschaft. Jetzt kam es ihm vor, als wären sie unterwegs zu einer Beerdigung.

Zeit, damit aufzuhören.

»Also gut. Lucas?« Er winkte den Wartungstechniker herbei, der eine Augenbraue hochzog, aber ihn fragend anblickte. »Du fährst uns rein.«

»Was?«

»An den Kai. Haben wir jetzt oft genug geübt.«

»In der Theorie!«, protestierte Lucas. All die Sorgen waren aus seinem Gesicht der unmittelbareren Gefahr gewichen.

»Äh, okay.«

»Keine Sorge. Monica bleibt neben dir und unterstützt dich. Olivier, du stellst dich ans Fenster und weist ihn ein.«

»Oui, Captain.«

Xander klopfte Lucas auf die Schulter. »Du machst das schon. Ich bereite schon mal die Unterlagen vor und kümmere mich um die Formalitäten. Usain?«

»Hm?«

»Du kommst mit. Ich will, dass du unsere neuen Gäste herumführst«, sagte er und alle blickten ihn an. »Was denn? Er ist doch ein netter Kerl.« Nach einem Achselzucken fügte er hinzu: »Und sie lernen gleich, die Füße still zu halten und sich zu benehmen.«

Xander ging zum Aktenschrank und nahm die vorbereiteten Hefter mit: Schiffsregister, Crewliste, Gesundheitserklärungen aller Crewmitglieder, Ladeliste, Schiffszeugnisse mit allen Zertifikaten über die Seetauglichkeit der *Medusa,* die sie schon auf *Gulliver* geändert hatten, Versicherungsdokumente, Ballastwasserprotokolle, Arbeitsverträge und natürlich die Unterlagen der letzten Port Clearance aus Ningbo.

Sobald er sich alles unter den Arm geklemmt hatte, nahm er noch einen Umschlag und legte ihn zwischen die Unterlagen. Dann gab er Usain einen Wink und verließ die Brücke in Richtung Achterdeck, wo die Mannschaft bereits dabei war, die Taue vorzubereiten.

Xander hielt mit seinem Freund Abstand von den Männern, um sie nicht bei der Arbeit zu stören. Suparman bellte seine indonesischen Befehle wie der alte Seebär, der er war.

Das Anlegen dauerte beinahe eine Viertelstunde, in der die Hafenarbeiter mit ihren blauen Overalls langsam ungeduldig wurden. Lucas war sehr langsam, aber für jemanden, der das Steuern der *Medusa* erst seit ein paar Jahren – inoffiziell – nebenher erlernte, und das von ihm und Monica, die keine Ausbilder waren, machte er es gar nicht schlecht.

Als zwei Mannschaftsmitglieder die kurze Gangway an Land schoben, kam auch schon der Hafenmeister mit einem kleinen Golfcaddy angefahren. In seinem Schlepptau ein Assistent.

Xander stupste Usain an und marschierte mit ihm auf den großen Betonkai. Gegenüber ragte die *Ocean Rainbow* auf wie ein langgestrecktes Haus in Grün und Gelb.

»Saswadee«, sagte er und streckte dem Hafenmeister die Hand hin, der gerade ausgestiegen war.

»Saswadee«, erwiderte der untersetzte Mann und wirkte erfreut.

»Khun pood phasa Thai dai mai?«, sprudelte es aus seinem Gegenüber heraus.

Xander hob abwehrend die Hände. »Sorry, da erschöpft sich mein Thai auch schon.«

»Kein Problem.« Der Hafenmeister wirkte etwas enttäuscht,

lächelte jedoch noch immer mit der typisch sanften Thai-Art. »Ein schönes Schiff haben Sie da.«

»Dankeschön. Schöner Hafen«, erwiderte er die Höflichkeiten. »Aufgeräumt, gefällt mir. Und alles ging schnell.«

Ein kleiner Vorschuss und Hinweis zugleich, dass es auch gern so bleiben durfte.

»Ich bin der Leiter der Sekundärhafenbehörde, Sukhumvit ist mein Name.«

»Fisher. Xander Fisher«, erwiderte er die Höflichkeit. Unerfahrene Seeleute mochte es verwirren, dass der Hafenmeister persönlich herkam, wenn ein unbedeutendes Schiff wie ihres anlegte. Zumindest bei einem so großen Hafen wie dem von Bangkok. Aber Xander war schon rumgekommen und wusste, wie das hier ablief. Neulinge hätten diesen Besuch vielleicht als höfliche Geste oder puren Zufall abgetan. Er war jedoch kein Neuling mehr.

Er überreichte dem jungen Assistenten von Sukhumvit den Stapel mit ihren Papieren und nickte. »Die Frachtliste sollten Sie persönlich einsehen, da haben wir ein paar komplexere Abkürzungen benutzt, falls Ihr Assistent noch neu ist.«

»Ah, danke für den Hinweis.« Sukhumvit rieb sich die speckigen Hände und sagte etwas auf Thai zu seinem Begleiter. Der hielt ihm daraufhin den Stapel hin und der Hafenmeister blätterte bis zum entsprechenden Hefter, vor dem der Umschlag mit den eintausend Dollar klemmte. Mit einem Geschick, das nur jahrelange Übung hervorbrachte, ließ er ihn in seiner Jacke verschwinden und tat dann, als würde er die Frachtliste kurz durchsehen.

»Guter Einwand«, sagte er schließlich mit seinem starken Akzent und lächelte zufrieden. »Heute ist nicht besonders viel los, also bin ich sicher, dass ich die Formalitäten innerhalb einer halben Stunde erledigt haben sollte.«

»Das klingt perfekt. Wir wollten heute Abend wieder auslaufen und müssen noch ein bisschen Proviant aufstocken«, sagte Xander. »Und Passagiere.«

»Ah, die Forscher, ja? Die sitzen bereits seit zwei Stunden in der Abfertigungshalle«, sagte Sukhumvit und wedelte mit der Hand. »Papierkram, Sie wissen schon. Aber der sollte jetzt vorbei sein.«

Wieder sagte er etwas zu seinem Assistenten, der daraufhin in sein Funkgerät sprach.

»Hat mich gefreut, Mister Fisher.«

»Ebenso.«

Sie schüttelten sich die Hände, dann setzten sich die beiden Thais wieder in den Caddy und fuhren mit einem elektrischen Summen davon.

»Ich mag Bangkok«, bemerkte Usain.

»Wegen der Korruption?«

»Jo.«

»Wieso?«

»Es ist doch so: Bei uns zahlst du einen Haufen Steuern, aber für alle Staatsleistungen zahlst du dann trotzdem noch mal drauf, obwohl das von den Steuern bezahlt werden müsste. Reisepass? Fünfzig Euro. Stempel vom Standesamt, um eine Kopie von der hinterlegten Ehcurkunde zu bekommen? Zehn Euro. Auto anmelden? Fünfundzwanzig Euro. *Bearbeitungsgebühr.*« Der Deutsche rümpfte die Nase. »Hier kostet das alles nichts auf dem Amt. Funktioniert auch nicht. Dauert alles ewig. Aber für nen Fuffi bekommst du den Reisepass noch am nächsten Tag. Ist am Ende des Tages das gleiche, nur dass bei uns legal ist, wie dir das Geld aus der Tasche gezogen wird.« Usain zuckte mit den Achseln. »Sind das unsere Gäste?«

Xander sah auf und bemerkte auch die vier Gestalten, die aus dem fernen Gebäude der Hafenverwaltung auf sie zu kamen. Sie zogen Rollkoffer hinter sich her und trugen große Taschen auf den Schultern.

»Sieht ganz so aus.«

Sie warteten, bis ihre Passagiere angekommen waren und sich vor ihnen aufbauten.

»Hallo, das hier ist doch die *Medusa,* oder?«, fragte einer von ihnen, der kaum noch Haare auf dem Kopf hatte und ein faltiges Gesicht, das Methusalem alle Ehre gemacht hätte. Er lief etwas gebeugt und die Brille auf seiner Nasenspitze verlieh ihm etwas Professorales. Sein Begleiter war etwas jünger, mit noch schwarzen Strähnen im Grau und weichen Wangen. Die anderen beiden waren zwei junge Frauen. Offenbar noch Studentinnen, die gekleidet waren wie Touristen und aufgeregt wirkten.

»Das hier ist die *Gulliver*«, korrigierte Xander sie. »*Medusa* war der Name der Vorbesitzer. Sie wurde umregistriert.« Er winkte ab und lächelte gewinnend. »Aber es ist das gleiche Schiff, keine Sorge – Seefahrtskram. Langweilig.«

»Äh, okay.«

»Ich bin Captain Xander Fisher, das hier ist mein Sicherheitsoffizier Usain Hartmann«, stellte er sich vor und ihre Augen wanderten zu dem Gesicht des Deutschen hinauf. Xander war nicht überrascht, als sie eingeschüchtert wirkten.

»Ich bin Doktor Fakwa«, sagte der Alte und deutete auf seinen Kollegen. »Das ist Doktor Camillo. Unsere Assistenten sind Doktoranden von der UCLA, Karen und Mioto.«

»Freut mich sehr, Sie an Bord begrüßen zu können. Meine Mannschaft wird sich um Ihr Gepäck kümmern. Usain zeigt Ihnen schon mal Ihre Kabinen und dann bekommen Sie eine kleine Führung des Schiffs, inklusive wichtiger Regeln und Sicherheitshinweise, während Ihres Forschungsaufenthalts bei uns an Bord.« Er nickte Usain zu und winkte zwei von Suparmans Männern herbei.

Die zweite Phase ihres Plans hatte begonnen.

16

»Hallo, die Doktoren«, begrüßte Xander den Professor, als er mit Lucas von ihrem kurzen Einkaufstrip zurückgekehrt waren. Die Mannschaft war gerade dabei, ihre Vorratskammern aus dem kleinen LKW zu bestücken, den sie für die Aufstockung ihrer Vorräte gemietet hatten.

Der Forscher saß mit seinem Kollegen im Gemeinschaftsraum und trank Kaffee. Es missfiel Xander, Fremde in der Offiziersmesse sitzen zu sehen, aber sie hatten keine große Wahl. Ihre Gäste mussten sich wohlfühlen, damit sie als Tarnung effektiv blieben, und es gab nur zwei Räumlichkeiten, die sich eigneten: diese und die der Mannschaft. In Letzterer war es jedoch bereits recht eng und sie war kein Platz für Wissenschaftler.

»Guten Abend, Captain Fisher«, erwiderte Fakwa seinen Gruß.

»Haben Sie sich gut eingelebt?«, fragte er. »Alles in Ordnung mit Ihren Kabinen?«

»Es ist etwas eng, aber das war zu erwarten auf einem Schiff«, meinte Camillo. »Wir sind ja nicht zum Urlaub hier, sondern für die Arbeit.«

»Sie werden noch dahinterkommen, dass gerade der Minimalismus an Bord eines Schiffs den Reiz des Seefahrerlebens ausmacht.« Xander setzte ein unbeschwertes Lächeln auf. »Hat

Usain Ihnen und Ihren Doktorandinnen schon die Schiffstour gegeben?«

»Ja.« Fakwa verzog das Gesicht. »Das hat nicht sonderlich lange gedauert. Er hat uns sämtliche Türen des Schiffs gezeigt und bei fast allen gesagt, dass uns der Zutritt verwehrt wäre, überall Kameras seien und die Privatsphäre hier sehr ernst genommen werden würde.«

Camillo nickte vorsichtig.

Dann hat die typische Usain-Runde ja funktioniert.

»Das ist nur zu Ihrer Sicherheit«, log Xander. »Die meisten Bereiche des Schiffs sind überlebenswichtig für uns. Maschinenräume, Elektrotechnik, Server, Lebenserhaltung, Wasseraufbereitung, Kläranlage für Ballastwasser und so weiter. Wir wollen einfach nicht, dass Sie durch einen doofen Zufall etwas kaputt machen und wir auf hoher See Probleme kriegen. Stellen Sie sich vor, Sie können zwei Wochen nicht mehr duschen, es kommt kein Trinkwasser mehr aus dem Hahn, oder die Klimatisierung fällt aus und Sie schwitzen Tag und Nacht in brütender Hitze.«

Fakwa schüttelte sich.

»Haben wir alles schon erlebt, darum sind wir vorsichtiger geworden«, fuhr Xander fort. »Aber machen Sie sich keine Gedanken; Sie verpassen nichts. Alle Räume, in denen es etwas Interessantes gibt, stehen Ihnen zur Verfügung.«

»Vielen Dank.«

»Gern. Wenn Sie irgendetwas brauchen, wenden Sie sich jederzeit an jemanden von den Offizieren, dann kümmern wir uns um Sie.«

»Vielen Dank«, sagte Camillo höflich.

»*Offiziere*«, wiederholte Fakwa. »Klingt ja beinahe wie auf einem Kriegsschiff.«

»Zehn Jahre Navy«, erklärte Xander achselzuckend. »Man bekommt den Offizier aus der Navy heraus, aber nicht die Navy aus dem Offizier. Außerdem ist auf einem Schiff nichts so wichtig wie die Rangordnung.«

»Ich verstehe. Was ist mit dem Tauchboot? Wann bekommen wir die Einweisung?«, fragte der Professor.

Sind gerade erst eingezogen und gehen gleich in die Vollen, dachte er enerviert.

»Die *Triton* wird noch mindestens eine Woche lang gewartet werden müssen. Für Einsätze in großer Tiefe sind besondere Vorsichts- und Vorbereitungsmaßnahmen notwendig. Sobald wir die abgeschlossen haben, werde ich Sie eingehend einweisen in die Sicherheits- und Verhaltensregeln für unsere Tauchgänge.«

»Wird das denn ausreichen?«, wollte Doktor Camillo wissen.

»Natürlich. Bis zum ersten Tauch-Spot sind wir mindestens anderthalb Wochen unterwegs. Keine Sorge: Wir machen das alles nicht zum ersten Mal.« Xander lächelte und wechselte das Thema, um nicht weiter darauf eingehen zu müssen: »Wo sind Ihre Doktorandinnen?«

»Die erholen sich vom Flug.«

»Junge Leute, was?« Xander zwinkerte. »Nicht mehr belastbar.«

»Da sagen Sie was.« Fakwa verdrehte die Augen. »Keine Ahnung, wie die mal unsere Renten bezahlen sollen.«

Er lachte höflich und ging wieder hinaus. Im Flur war sein falsches Lächeln wieder verschwunden. Die beiden Eierköpfe erinnerten ihn an Statler und Waldorf von den Muppets. Nicht nur ihrem Aussehen nach. Sie würden ihm noch auf die Nerven gehen, das konnte er spüren. Genau genommen taten sie das jetzt bereits durch ihre bloße Anwesenheit. Doch die war leider notwendig.

Als er auf die Brücke kam, saß dort Lucas in seinem Kapitänssitz und schien eingenickt zu sein.

»Lucas?«

Der Wartungstechniker schreckte auf. »Biber und Enten!«

»Was?«

»Wie bitte?« Lucas rieb sich die Augen, blinzelte und sah ihn dann an, ehe er gähnte. »Hey, Boss.«

»Sind wir bereit zum Auslaufen?«, fragte Xander und schaute auf die Kamerabilder vom Achterdeck. Der LKW war bereits vom Kai verschwunden und auf dem Deck selbst konnte er keine Paletten mehr entdecken.

»Ja, Usain bringt gerade noch den Wagen zurück, dann können wir los.«

»Frag ihn mal, wie lange er noch braucht.«

Lucas nickte und zückte sein Handy. Kurz darauf begann er, mit gedämpfter Stimme zu sprechen, ehe er wieder aufsah. »Ist bereits am Tor und gleich zurück.«

»Sehr gut.« Er ging zum Funkgerät und zog es aus seiner Halterung. Mit einem Blick auf die Anzeige vergewisserte er sich, dass er noch auf die von der Hafenkontrolle reservierte VHF-Frequenz eingestellt war. »Hafenbehörde Bangkok zwei, hier Gulliver-Eins-Eins, over.«

»Gulliver-Eins-Eins, hier Bangkok zwei«, kam die Antwort mit starkem Thai-Akzent.

»Bangkok zwei, bitten um Auslauferlaubnis von Liegeplatz C-2 für Zielhafen Singapur, over«, sagte Xander dem Protokoll entsprechend.

»Gulliver-Eins-Eins, Bangkok zwei hat verstanden. Warten Sie auf Auslauferlaubnis, over.«

Sie warteten. Als fünf Minuten verstrichen waren und er Usain über die Gangway an Bord kommen sah, blickte er auf seine Armbanduhr und runzelte die Stirn.

»Tausend verdammte Dollar«, murmelte er knurrend.

»Gulliver-Eins-Eins, Bangkok zwei. Bitte halten Sie sich bereit für eine Zollinspektion«, erklang erneut die kratzige Stimme der Hafenkontrolle aus den Lautsprechern. Xander versteifte sich und wechselte einen Blick mit Lucas, der mit gerunzelter Stirn auf das Funkgerät starrte.

»Dieser verdammte Wichser von einem Hafenmeister«, fluchte er und ballte die Faust um das Mikrofon in seiner Hand – so sehr, dass das Plastik protestierend knarzte.

»Boss? Was sollen wir machen?«

Xander überlegte fieberhaft, ging ihre Optionen durch. Es gab nicht viele. Wenn sie trotzdem ausliefen, würden sie es niemals auch nur bis zum Meer schaffen, bevor die Küstenwache sie stoppte. Und selbst wenn sie solch einen Stunt schaffen würden, wäre ein internationaler Fahndungsaufruf die Folge und allerspätestens im nächsten Hafen wären sie geliefert. Im Grunde gab es also nicht bloß wenige Optionen, sondern gar keine.

»Ich gehe runter«, sagte er.

»Was ist mit dem Paket?«, fragte Lucas und schluckte sichtlich benommen.

»Welches?«

»Beide.«

»Ich kümmere mich darum. Halt einfach hier oben die Stellung und ruf bei Monica an. Sie soll hoch kommen.« Damit verließ Xander die Brücke und lief schnellen Schrittes zum Achterdeck.

Als er in die schwül-warme Abendluft hinaustrat, sah er Suparman und Usain an der Gangway stehen. Vom Kai her näherten sich bereits ein Dutzend Beamte vom Zoll. Sie trugen dunkle Uniformen mit goldenen Epauletten und die Hälfte von ihnen war bewaffnet und mit schusssicheren Westen ausgestattet, auf denen »Krom Sunakhaan« geschrieben stand.

Xander atmete tief durch und ging zu seinen Kameraden an der Gangway, als gerade der erste Officer der maritimen Zollbehörde über den kurzen Steg auf ihr Schiff kam.

»Guten Abend, Officer«, begrüßte er den Mann und reichte ihm die Hand. Es handelte sich um einen für Thaiverhältnisse großgewachsenen älteren Herren mit graumelierten Schläfen und akkurat frisiertem Seitenscheitel, der nichts Gutes erahnen ließ. Auf Xander wirkte er wie der Archetyp eines Pedanten.

»Guten Abend. Sind Sie der Schiffsführer der *Gulliver?*«

»Ja.«

»Ich bin Chief Customs Inspector Somchai Srisuk, von der Krom Sunakhaan. Wir möchten uns vor Ihrem Auslaufen gern auf dem Schiff umsehen.« Es klang nicht wie eine Frage, die Höflichkeit eher einstudiert als echt.

»Darf ich fragen, Inspector, aus welchem Grund?«

»Reine Routine«, entgegnete der Zollbeamte und bedeutete ihm mit einer kurzen Geste, den Weg freizumachen, den Usain scheinbar beiläufig versperrte. Xander nickte dem Deutschen zu, der daraufhin Platz machte.

»Natürlich«, sagte er, glaubte diesem Srisuk jedoch kein Wort. Irgendetwas war im Busch. Sie hatten die Papiere bereits mittags wiederbekommen mit allen notwendigen Stempeln. Der Hafenmeister war freundlich und schnell gewesen, genau wie erwartet nach dem großzügigen Bonus, den Xander ihm bezahlt hatte. Dass jetzt kurz vor ihrem Auslaufen ein Dutzend Zollbeamte auftauchten – aus reiner »Routine« – war kein gutes Zeichen. Wer hatte sie geschickt? Und wieso?

Ihre Anzahl und Ausstattung war gerade so, dass es für die Überprüfung eines Verdachtsfalls angemessen schien. Würden sie wissen, was er gelagert hatte, wären sie schließlich mit einer Hundertschaft aus Militär, Polizei, ABC-Kommando und Geheimdienstlern gekommen – samt Helikopter- und Bootsunterstützung.

»Darf ich Sie herumführen?«, bot Xander an. »Ich bin Ihnen gern behilflich, jeden verschlossenen Bereich an Bord zu öffnen.«

»Gern. Gehen Sie bitte voran«, wies der Inspector ihn an und redete kurz mit seinen Kollegen, die hinter ihm auf das Achterdeck ausschwärmten.

Als sie losgingen in Richtung der Doppeltür, die in die Frontaufbauten der *Medusa* führten, stellte Xander nach einem Schulterblick fest, dass nur etwa die Hälfte der Zollbeamten ihnen folgten. Zwei blieben bei der Gangway und die anderen verteilten sich auf die verschiedenen Außentreppen und andere Türen.

Xander *hasste* es, wenn Fremde auf seinem Schiff herumstreunten. Doch er konnte nichts dagegen tun. Also führte er den Feind in sein Versteck, während er Monica heimlich eine Nachricht schickte.

17

Während Xander den Zollinspekteur durch sein Schiff führte, schaute er in unbeobachteten Momenten immer wieder auf sein Handy, um auf den Kamerabildern nachzusehen, wo sich die anderen Uniformträger herumtrieben.

Srisuk wollte jede Tür geöffnet haben, in jeden Raum hineingehen, und meistens sogar hinter jedes Türchen und in jede Schublade sehen. Xander tat, als würde ihn das nicht weiter stören, und folgte den Anweisungen achselzuckend.

»Wie kommt es eigentlich, dass Sie ausgerechnet jetzt unsere Abfahrt verhindern?«, fragte er beiläufig, als sie auf den unteren Decks ankamen und sich damit dem Hauptlager unter dem Achterdeck näherten.

Der Inspector antwortete nicht, leuchtete mit seiner Taschenlampe in das offene Wartungspanel im Flur. Xander hielt die Abdeckung in den Händen und sah zu, wie die Kabel und Leitungen dahinter unruhige Schatten warfen.

»Ich meine, wir haben doch alle Formalitäten erfüllt? Sie können sich sicher vorstellen, dass wir mit einem engen Zeitplan operieren«, fuhr er fort. »Forschungsaufträge sind wirklich schwer an Land zu ziehen und die Kunden scheren sich nicht um unsere Probleme – wohl aber um ihre Budgets und die Freistellungstage ihrer Mitarbeiter.«

»Mhm«, machte Srisuk bloß, langte mit einer Hand in die offenliegende Wand und schien nach etwas zu tasten. Was hoffte er zu finden?

Ich hoffe, nicht das, was ich denke.

»Nicht sehr gesprächig, was?« Xander seufzte. »Na gut. Wir müssen ja ohnehin eine offizielle Beschwerde einlegen. Dann werden unsere Geldgeber die Berichte des Prüfungsverfahrens an uns weiterleiten.«

Nun hatte er die Aufmerksamkeit des Inspectors. Endlich. Er hätte sich einen etwas freundlicheren Blick erhofft, aber immerhin ignorierte er ihn nicht mehr.

»Was für ein Prüfungsverfahren?«, fragte Srisuk mit zusammengezogenen Brauen.

»Na ja, wir verspäten uns, das müssen wir den Geldgebern melden. Reiche und einflussreiche Leute wollen immer ganz genau wissen, warum sie Geld verlieren«, bluffte Xander schulterzuckend und machte ein unglückliches Gesicht. »Glauben Sie mir, mich nervt das selbst. Aber die brauchen für alles Papierkram. Bevor Sie gehen, müssen wir alle Ihre Dienstausweise abfotografieren, inklusive Ihres Durchsuchungsbeschlusses.« Er winkte ab. »Aber das sind ja alles reine Formalitäten.«

Srisuks Augen wurden klein, aber er nickte.

Xander war mit Anfang zwanzig als Backpacker in Südostasien gewesen und die Korruption war überall zu spüren gewesen. Einmal hatte ihn ein Polizist auf dem Roller angehalten und behauptet, er sei zu schnell gefahren, was aber nicht der Fall gewesen war – eine direkte Strafzahlung hätte angeblich dafür gesorgt, dass er weiterfahren könne. Aber stattdessen hatte er auf »den Papierkram« bestanden, der angeblich sehr lange dauern und viel mehr Geld kosten würde. Mit dem Ergebnis, dass der korrupte Polizist auf Bali ihn irgendwann entnervt hatte gehen lassen. Beamte, die einem Geld aus den Rippen pressen wollten, taten das gern ohne viel Aufsehen. Vor allem ohne Papierkram, damit ihr Fehlverhalten nicht auffiel.

Die Chance, dass bei diesem Srisuk derselbe Fall vorlag, war vermutlich gering. Aber er wollte nichts unversucht lassen und die Reaktion des Mannes zeigte, dass er zumindest nicht erpicht auf eine offizielle Anfrage für ein Prüfverfahren war. In Ländern wie diesen war es einflussreichen Leuten immer möglich, Antworten aus Behörden zu pressen und Druck auszuüben. Das wusste er und das wusste auch der Inspector.

»Sie können das zumachen.«

»Klar.« Xander verschloss das Wartungspanel wieder.

»Was ist dahinten?«, fragte Srisuk und deutete auf die Tür am Ende des Flurs. Die des großen Lagers.

»Ein Lagerraum. Dort befindet sich die Kühltruhe unserer Forscher«, erklärte er und konnte gerade den Reflex unterdrücken, sich über die Lippen zu lecken. Die Ausrede war gewagt, da der Zollbeamte die Doktoren befragen könnte – die nicht in seine kleine Notlüge eingeweiht waren. Aber mit etwas Glück hatte Monica sie längst separiert und nutzte die Kameras, um sie so durch das Schiff zu manövrieren, dass sie nie einem Zollmenschen begegneten. Dumm wäre es bloß, wenn der Kerl explizit nach ihnen fragte und sie zu sehen verlangte.

»Zeigen Sie es mir.«

»Klar.« Xander ging vor und zog seine Schlüsselkarte über das Lesefeld an der Klinke. Dabei ging ihm ein kalter Schauer über den Rücken. Die Aufnahmen von der anderen Seite gingen ihm nach wie vor nicht aus dem Kopf. Wie sich die Klinke von selbst herunterzudrücken schien und sich ein kleiner Türspalt öffnete.

Als sie das Lager betraten, herrschte nach wie vor das gedimmte Zwielicht von der einzigen Lampe auf der linken Seite. Srisuks Blick wanderte sofort zu dem mysteriösen Sarg, von dem das tiefe Summen ausging.

»Was ist das?«, verlangte der Beamte, zu wissen, und seine von der Sonne gebräunte Stirn legte sich in tiefe Falten.

»Die Kühltruhe, von der ich gesprochen habe. Kostet uns einen dicken Haufen Strom das Teil.« Xander tat, als sei er darüber sehr unglücklich. »Da werden die Proben gesammelt. Sediment aus der Tiefsee. Dafür haben wir hinten das Tauchboot. Das Zeug muss genauso kalt gehalten werden wie da unten, damit es später im Labor unter normalen Bedingungen untersucht werden kann.«

»Warum sind da Lastengurte drumgezurrt?«

»Um ganz sicherzugehen, dass der Deckel nicht aufgeht. Wir

haben die Proben alle sichergestellt und die verbliebene Luft herausgezogen«, erklärte er. »Soll ja nicht verunreinigt werden durch Bakterien.«

»Machen Sie das auf«, forderte Srisuk ihn auf.

»Das darf ich leider nicht«, widersprach Xander höflich, aber direkt. Als sein Begleiter bereits zu einer Belehrung ansetzte, fügte er hinzu: »Ich bin per Vertrag verpflichtet, die Proben unter Verschluss zu halten. Wie Sie sich sicher vorstellen können, ist mein Geschäft im Eimer, wenn ich vertragsbrüchig werde und meine Auftraggeber Tonnen Geld verlieren. Falls Sie also explizit hier sind, um unsere Forschungsarbeiten zu zerstören, möchte ich dafür doch gern einen expliziten Beschluss von Ihren Vorgesetzten und einem Richter sehen.«

»Das hier kann für Sie sehr unangenehm werden.«

»Ist es jetzt schon. Sie wissen schon: Der Zeitplan und so. Ich verliere Geld und kriege Stress.« Xander seufzte. »Hören Sie: Ich bin mir sicher, dass Sie bloß Ihren Job machen, darum habe ich Sie auch rumgeführt und bin nicht sauer auf Sie. Aber ich mache hier auch nur meinen, klar? Wenn ich das Ding öffne«, er deutete auf den Sarg und fragte sich, ob überhaupt etwas im Inneren sein würde, wenn er es tat, »bin ich ruiniert. Nicht nur finanziell, sondern auch mein Ruf. Kann ich nicht machen. Aber Sie haben die Macht, mich hier länger festzuhalten und den Papierkram heranzuholen. Dann kann ich mich wenigstens rausreden und auf Sie verweisen. Wie gesagt: Ich mache nur meinen Job.«

Srisuk begann, mit den Kiefern zu mahlen. Nachdem Xander seinem Blick mindestens eine Minute standhielt, wandte sich der Zollbeamte ab und zückte seine Taschenlampe. Damit ging er zwischen den vielen Kisten, Boxen und Fässern umher und leuchtete in die Zwischenräume und auf die Etiketten.

»Was lagern Sie hier?«, fragte er mit gepresster Stimme.

»Alles Mögliche: Forschungskram, Batterien, Kabel, Ersatzteile, Werkzeug, Nahrungsmittel, Notrationen Wasser, Haushaltsmittel, Reinigungszeug – all sowas«, antwortete Xander. »Soll ich Ihnen was aufmachen?«

Der Inspector sah auf seine Armbanduhr und tippte sich mit

einem Finger ans Ohr, woraufhin er einen Schwall Thai von sich gab. Danach wartete er und begann, wieder zu sprechen.

»Also?«

»Wie bitte?«, fragte der Zollbeamte.

»Soll ich Ihnen jetzt was aufmachen?« Xander tat, als wäre es ihm egal.

»Nein, nicht nötig. Bringen Sie mich zurück an Deck. Sie haben beim Zentralbüro angerufen.« Der Vorwurf in Srisuks Stimme war kaum verhohlen.

»Natürlich. Mein Erster Offizier, um genau zu sein. Ich bin dazu verpflichtet, alles ganz genau nach Vorschrift zu machen und Einsicht in das Verfahren zu bekommen«, erklärte er, als sei es ihm selbst lästig. »Sie wissen schon: Die Auftraggeber und so. Die machen mir sonst die Hölle heiß.« Er machte eine kurze Pause und lächelte. »Aber das kennen Sie ja sicher.«

Srisuks Mundwinkel zuckten, dann machten sie sich auf durch das Treppenhaus hinauf in den Zentralkorridor und von dort nach hinten in Richtung Achterdeck, wo bereits die anderen Zollbeamten in ihren Uniformen warteten. Xander sah, dass der Hangar geöffnet war und einer von ihnen gerade vom Tauchboot zurückkehrte. Sein Puls erhöhte sich unangenehm.

Der Inspector redete auf seine Leute ein und gestikulierte dabei verhalten. Dann griff er zu seinem Handy. Xander wollte etwas sagen, doch der Mann hob eine Hand und brachte ihn zum Schweigen, ehe er zu telefonieren begann.

Er sah zu Usain, doch sein Sicherheitsoffizier zuckte bloß mit den großen Schultern. Monica stand oben auf Deck 5 und schaute zu ihm herunter. Sie streckte ihm einen Daumen entgegen und er nickte kaum merklich.

»Das wär's dann«, sagte Srisuk, als er sein Telefonat beendet hatte, und wies seine Leute an, die *Medusa* zu verlassen. »Danke für Ihre Kooperation.«

»Können wir also auslaufen?«

»Von unserer Seite? Ja. Aber das müssen Sie mit dem Hafenbüro klären. Damit beschäftigen wir uns nicht.« Der Inspector machte auf dem Absatz kehrt und folgte seinen Leuten über die kurze Gangway zurück an Land.

»Scheiße, das war knapp«, sagte Lucas, als er neben Xander trat und der Gruppe Uniformierter hinterher sah, während sie über den Kai in Richtung Hafengebäude gingen. »Haben überall herumgeschnüffelt, die Mistkerle.«

»Immerhin haben sie nichts aufgeschlitzt und kaputt gemacht«, meinte Usain mit grollender Stimme.

»Ja, immerhin«, wiederholte Xander abwesend und schaute aus den Augenwinkeln in Richtung Tauchboot. »War jemand in der *Triton?*«

»Jo«, antwortete der Deutsche. »Einer hat verlangt, das Innere zu inspizieren.«

»Solche Wichser«, fluchte er wütend. »Wehe, die haben irgendwas kaputt gemacht. Das ist kein verdammtes Spielzeug, sondern High-Tech-Scheiß.«

»Jo.«

»Monica!«, rief er seiner Stellvertreterin zu. »Bring uns hier raus.«

»Aye, Boss«, antwortete sie und verschwand im Schiff.

»Lucas, geh zu ihr. Hey, Suparman, wir hauen ab. Beeilt euch.« Damit stapfte Xander auf die *Triton* zu und kletterte über die Leiter nach oben und zur Einstiegsluke. Er öffnete sie mit geübten Handgriffen und rutschte dann ins Innere hinein.

18

Xander wollte sich beeilen, weil das Adrenalin in seinen Adern nur langsam zu schwinden schien. Noch immer war sein Puls erhöht, kribbelten seine Finger und juckte seine Kopfhaut, obwohl der Zoll bereits vom Schiff war.

Aber er hatte nicht gelogen: Die *Triton* war ein Stück High-Tech, das im Innenraum fragil und empfindlich war, voll sensibler Elektronik und Umbauten, die Fingerspitzengefühl erforderten. Die Vorstellung, dass ein Flachschädel von einer Regierungsbehörde unkontrolliert Klappen öffnete, an Kabeln zog und hinter Ritzen schaute, verursachte ihm Schnappatmung.

Er schaltete das Licht ein und sah sich misstrauisch um. Alles sah so aus, wie er es zurückgelassen hatte. Zumindest auf den ersten Blick – der bekanntermaßen täuschen konnte.

Zuerst fuhr er mit den Fingern die Fugen zwischen Schubladen und Wänden nach, dann die der Klappen und Türen. Er suchte nach Kerben, die Hinweise darauf liefern konnten, ob jemand gewaltsam versucht hatte, sie zu öffnen. Zwar war nichts davon verschlossen, aber einiges mit Klammern verriegelt, sodass man erst einmal nach innen drücken musste, um aufmachen zu können. Das war normal in Tauchbooten, schließlich konnte durch die Schaukelei ständig etwas herausfallen.

Aber er konnte nichts finden, so sehr er sich auch bemühte.

Selbst die wenigen Siegel, die er angebracht hatte – beim Geigerzähler, der Stromversorgung oder dem Sicherungskasten –, sahen noch genauso aus wie zuvor.

Xander verbrachte beinahe fünf Minuten in der kleinen Kabine, suchte mit den Augen alles ab, konnte aber keine Anzeichen für irgendwelche gröberen Versuche erkennen, der *Triton* ihre Geheimnisse zu entreißen. Er war versucht, das Siegel des Fachs zu entfernen, in dem sich der Geigerzähler befand, aber er konnte sich zusammenreißen. Jetzt nachzusehen, hätte nur dazu geführt, dass er ein neues Siegel hätte anbringen müssen. Seine Crew wunderte sich vermutlich jetzt schon, warum er so viel Zeit hier drinnen verbrachte.

Also verließ er die *Triton* wieder, verriegelte die Luke und machte sich auf den Weg zurück zur Brücke. Suparmans Mannschaftsmitglieder waren gerade dabei, die letzten Taue einzuholen und sie entfernten sich bereits mit grummelnden Motoren von der Kaimauer.

Xander sog ein letztes Mal die schmutzige Abendluft Bangkoks ein, betrachtete das Lichtermeer um sich herum, das den wolkenverhangenen Himmel wie schmutzig-braune Watte aussehen ließ. Dann war er im Inneren der *Medusa* verschwunden und kurze Zeit später auf der Brücke.

Monica stand am Ruder und gab Lucas gelassen Anweisungen. Xander wartete im Abseits, bis sie den Hafen verlassen hatten, und sie zurück auf dem Fluss waren, auf dem Weg in Richtung des offenen Meers, das zwei Biegungen weiter südlich auf sie wartete.

»Ist ja noch mal gutgegangen«, sagte er und sie sah sich zu ihm um. Offenbar hatte sie ihn nicht bemerkt.

»Kannst du laut sagen«, gab sie zurück. »Mir ist das Herz so tief in die Buchse gerutscht, dass es sich immer noch ein bisschen scheiße anfühlt.«

»Wem sagst du das.«

»Irgendeine Theorie, Boss?«, fragte Lucas von weiter vorne am Navigationsschirm. »Was genau da abgelaufen ist, meine ich?«

»Die haben gedrückt, aber nicht zu fest«, fasste Xander zusammen, was er bereits die ganze Zeit dachte. »Großes Aufgebot, forscher Auftritt, obwohl wir schon die Freigabe hatten. Das heißt, dass dieser Srisuk seinen Hals ganz schön weit rausgestreckt hat, um an Bord zu kommen und seine Nase überall reinzustecken. Also muss ihm das irgendeinen Vorteil gebracht haben.«

»Was, wenn er einfach den Befehl von oben bekommen hat?«, wollte Lucas wissen.

»Ne«, sagte Monica kopfschüttelnd. »Hab da ja angerufen und mich durchgefragt. Hat zwar nichts direkt gebracht, aber ich habe dann bei der Botschaft nachgehakt. Die waren verwundert und haben versprochen, nachzufragen. War wohl etwas ungewöhnlich.«

»Er ist auch ziemlich schnell abgedampft, als ich die *Papierkram*-Karte gespielt habe«, stimmte Xander ihr zu. »Ich tippe also eher darauf, dass ihn jemand außerhalb seiner Behörde beauftragt hat. Vielleicht mit einem gut gefüllten Kuvert oder irgendeinem Gefallen.«

»Wer, die CIA oder so?«, fragte Lucas.

»Möglich. Jemand wie Srisuk kann so etwas veranlassen und sich später herausreden, dass er Initiative zeigen wollte oder sowas«, erklärte Xander und nickte. »Ein Karrierist und Opportunist. Er hat den Deal angenommen, alles durchsucht, ein bisschen Druck gemacht und ist beim ersten Anzeichen von Gefahr für seinen Job wieder abgehauen. Jemand hat ihm einen Tipp und etwas Motivation gegeben. Hundert Prozent.«

»Aber nicht zu viel Motivation«, fügte Monica hinzu.

»Richtig. Hätten diejenigen wirklich gewusst, was wir an Bord haben, wären wir jetzt im Arsch.« Er dachte an das innere Bild zurück, das er von einer ausgeweiteten Polizei- und Marineaktion im Kopf gehabt hatte, als er die Zollbeamten gesehen hatte. Nein, wer auch immer wissen wollte, was sie an Bord hatten, war sich nicht sicher gewesen.

»Vielleicht die Südkoreaner«, mutmaßte Lucas. »Suchen nach uns und lassen stichprobenartig hier und da Schiffe durchsuchen, die auf unsere Beschreibung passen.«

»Möglich. Könnte auch für die Geheimdienste gleichermaßen gelten. In diesem Teil der Welt sind wir eine Nadel im Heuhaufen.«

»Aber die Typen sehen doch alles«, meinte der Techniker.

»Niemand sieht alles«, widersprach Xander. »Schon gar nicht im Vorgarten Chinas. Die Zeiten, in denen die USA alles unter

Kontrolle hatten, sind lange vorbei, Kumpel.« Er wandte sich an Monica. »Bring uns raus, ja? Und dann in Richtung Straße von Malakka.«

»Geht klar, Boss.«

»Gut.« Er machte auf dem Absatz kehrt und ging in sein Quartier. Dort verschloss er die Tür und ließ sich mit seinem iPad auf einen seiner Sessel fallen, ehe er die Kameraaufnahmen aus der *Triton* aufrief. Die anderen wussten nichts von der kleinen Bluetooth-Kamera, die er im Cockpit installiert hatte, und das sollte auch so bleiben. Über die entsprechende App spulte er zurück bis zu dem Zeitpunkt, an dem die Zollbeamten an Bord gekommen waren. Dann ließ er es in langsamem Vorlauf abspielen und wartete, bis der Uniformierte die Leiter herunterkam, ehe er normale Geschwindigkeit einstellte.

»Verfluchter Drecksack. Was hast du gemacht?«, murmelte er wütend. Es fühlte sich an, als hätte der Mann sein privates Quartier durchwühlt, obwohl er auf dem Bildschirm zunächst bloß dastand und sich umsah.

Doch dann setzte sich der Thai in Bewegung, begann, herumzuschnüffeln – ganz wörtlich. Es sah tatsächlich so aus, als würde er mit der Nase versuchen, eine Witterung aufzunehmen. Er strich über die Armaturen und öffnete jede einzelne Klappe, die sich öffnen ließ. Xanders Puls erhöhte sich mit zunehmender Dauer der Aufnahme. Immer wieder starrte er zu dem verschraubten Geheimfach, in dem sich normalerweise die Ersatzbatterie für Notfälle befand. Ein großer Aufkleber wies auch genau darauf hin. Es brauchte nur einen Gedanken des Mannes – warum verschraubt man das Fach für Notfallausrüstung? – und sie hätten ein Problem. Nun, zumindest, wenn der Zollbeamte den Zylinder nicht für eine Batterie hielt, weil es keine Anschlüsse gab.

Aber der Eindringling schien sich nicht sonderlich für das Fach zu interessieren. Zu Xanders Entsetzen aber sehr wohl für das des Geigerzählers. Stumm sah er zu, wie sich der Mann vom Zoll mit dem Finger an dem Siegel zu schaffen machte – er versuchte offenbar, es abzuziehen. Natürlich ohne Erfolg.

Dann öffnete er das Fach schließlich und brach es damit, was ihn nicht weiter zu stören schien.

Xander hielt die Luft an.

Der Polizist zog das Fach auf, das sich v-förmig nach vorne klappen ließ, und blickte hinein.

Es war leer.

»Was?«, stammelte er und hielt die Aufnahme an. Mit den Augen ging er so nahe an das Display heran, dass er die einzelnen Pixel erkennen konnte. »Wie ist das möglich?«

Er war zu einhundert Prozent sicher, dass er den Geigerzähler in das Fach gelegt und es danach versiegelt hatte. Kein Zweifel. Die Erinnerung war frisch und klar. So etwas vergaß man nicht. Aber auf der Aufnahme war ganz klar zu sehen, dass der Beamte in ein leeres Behältnis starrte und es dann desinteressiert wieder zuklappte.

»Unmöglich!« Xander sprang auf und verließ sein Quartier. Er kehrte zum kleinen Hangar zurück, ignorierte Suparman, der ihm etwas vom Rand des Achterdecks zurief und schloss die Tür hinter sich, ehe er wieder in die *Triton* kletterte. Er schaltete das Licht ein und ging zum Versteck des Geigerzählers.

Ungläubig starrte er auf das intakte Siegel mit seinen gelben und roten Streifen.

Ein Schauer ging ihm durch den ganzen Körper und hinterließ ein unangenehmes Kribbeln.

Wieder hob er das iPad und ging die Aufnahme weiter durch. Das Siegel war zerrissen. Zwei Teile, oben und unten, leicht geriffelt, das ließ sich sogar mit der begrenzten Auflösung erkennen. Er spulte vor. Plötzlich war es wieder intakt, bildete eine glatte Fläche zwischen Wandpaneel und Klappe, bedeckte die Fuge dazwischen.

Mit trockenem Mund ging er langsam zurück, suchte nach der Stelle, an der sich das Material offenbar erneuert hatte, aber er konnte sie nicht finden. Nur einen Punkt, vor dem das Siegel kaputt und nachdem das Siegel intakt war.

»Heilige Maria Mutter Gottes«, hauchte er. »Es spukt tatsächlich.«

»Boss?« Oliviers Stimme im Funk ließ ihn vor Schreck zusammenzucken. Mit einem Mal kam ihm die *Triton* noch enger vor als sonst.

»Ja?«, fragte er, nachdem er sich geräuspert und die Schultern gestrafft hatte.

»Ich war gerade im Hauptlager und habe unsere Fracht gesehen, du weißt schon: der Sarg.«

»Ja, ich weiß«, sagte Xander ungeduldig.

»Da ist mir etwas eingefallen: War es wirklich klug, den Deckel zu versperren mit den Spanngurten?«

»Nicht über Funk. Ich komme zu dir.« Er verließ die *Triton* und beeilte sich, als würde er verfolgt. Er fühlte sich beobachtet und ihm juckte das Genick. Hinter sich verschloss er den Hangar und machte sich auf den Weg zum Lager unter dem Achterdeck. Nachdem er sich mit der Schlüsselkarte Zugang verschafft hatte, fand er einen irritiert dreinblickenden Olli vor, der sich erschreckt zu haben schien.

»Du bist es!«

»Wer sonst?«, fragte Xander.

Olivier antwortete nicht. Schüttelte stattdessen den Kopf und deutete auf die Spanngurte. »Ich habe nachgedacht: Wir haben auf den Kameraaufnahmen gesehen, wie sich der Deckel dreimal geöffnet hat, richtig?«

»Ja.« Er nickte. »Worauf willst du …«

Xander verstummte.

»Scheiße. Wenn das, was auch immer da drin ist, den Sarg verlassen hat, muss es zurückgekommen sein, um ihn wieder zu schließen und wieder öffnen zu können. Die Tür ist dreimal auf und zu gegangen. Wäre es zurückgekehrt, wären es vier gewesen.«

Olivier nickte. Xander wurde blass und blickte sich mit wachsendem Unbehagen um.

19

Ihr Kurs führte sie entlang der großen Landzunge, die den Südteil Thailands und Malaysia bildete, mit Singapur an seiner Spitze. Die *Medusa* blieb jederzeit so nahe an der Küste, dass sie wie ein fernes Versprechen am Horizont zu sehen war; eine blasse Silhouette, leicht zu verwechseln mit den tiefstehenden Wolken.

Irgendwann, während er eigentlich schlafen sollte, zirpte sein Smartphone. Es war die Krypto-App. Eine Nachricht von Tony. Und sie war kurz: *Nicht Straße von Malakka. Sieh lieber nach Osten. T.*

Das war ungewöhnlich. Es las sich wie eine Warnung, aber Tony hatte ihm noch nie eine Warnung geschickt, geschweige denn einen Tipp. Sein Informant hielt sich raus. Immer. Das war seine Politik, seine erste und letzte Regel. Er vermittelte den Job und wollte von nichts wissen. So senkte er das Risiko, etwas verraten zu können oder Fehler zu machen.

Irgendetwas hatte sich also geändert. Aber was?

Nachdem Monica die erste Schicht übernommen hatte, war Xander zur zweiten angetreten und hatte sich acht Stunden lang den Kopf darüber zerbrochen, was zur Hölle sie in Vietnam an Bord genommen hatten. Er wurde den Gedanken nicht los, dass ein Geist sein Unwesen auf seinem Schiff trieb, auch wenn es ihm absurd vorkam.

Nun war seine Schicht beinahe zu Ende und Olivier, der ihm

Gesellschaft leistete und dabei Relais reparierte, hatte nicht gerade dabei geholfen, ihn abzulenken. Falls er das überhaupt wollte. Er war nicht der Typ, der den Kopf in den Sand steckte, um seine Probleme zu ignorieren.

»Denkst du über den Sarg nach?«, fragte er schließlich. Die Sonne war bereits im Begriff aufzugehen, schob sich wie geronnenes Blut über den lapislazulifarbenen Himmel und schien dabei unruhig zu flackern.

»Ich denke über nichts anderes nach, *Copain*«, erwiderte der Franzose mürrisch. »Ich bin *Ingenieur,* kein *Cinglé,* aber das Ding da unten? Es macht mir Angst.«

Xander nickte stumm. »Ich glaube nicht an Geister. Es muss irgendeine verdammte Erklärung geben.«

»Geister?« Olivier schnaubte. »*Non,* Captain. Ich glaube nicht, dass wir einen Geist an Bord haben.«

»Wie erklärst du dir dann die Kameraaufnahmen? Die Logdateien des Türschlosses, die dazu passen? Ein Elektrogerät kann herumspinnen, aber zwei gleichzeitig?«

»Ich glaube, dass etwas aus dem Sarg gekommen ist.« Der Bordingenieur sah zu ihm auf. Das Zwielicht auf der Brücke ließ seine Augenhöhlen tief und dunkel aussehen, seine Augen glänzten darin schwach wie kleine Wassertropfen. »Irgendwas hat sich befreit und ist nicht wieder zurückgekehrt.«

»*Irgendwas?*«, wiederholte Xander. »Klingt mir verdammt nach einem Geist, wenn du mich fragst.«

»Es gibt keine Beweise für Geister.«

»Natürlich nicht. Aber ...« Er stockte und musterte seinen Kameraden mit zusammengekniffenen Augen. »Du beschreibst einen Geist, aber sagst, dass es keine Beweise für Geister gibt, es also keiner sein kann. Willst du mich verarschen oder so?«

»Non, *Copain.*« Olivier schüttelte den Kopf und deutete nach oben zur Decke. »Es gibt keine Beweise für Geister, aber Beweise für was anderes.«

Xander wollte bereits zu einer barschen Entgegnung ansetzen, als er nach oben sah und verstand. »Du glaubst, dass wir ein *Alien* an Bord haben?«

»Oui.« Der Franzose zuckte mit den Schultern. »Aliens könnten alles sein oder können oder tun. Genau wie Geister. Wer weiß das schon. Für Letztere gibt es keine Beweise, ja, aber für Außerirdische gibt es sie mittlerweile.«

Der Reflex, zu lachen oder zu widersprechen war stark, aber machte es auch Sinn? Immerhin hatte Olivier recht, im Orbit befand sich ein außerirdisches Raumschiff oder eine Sonde oder was auch immer. Jedenfalls etwas, das man bis vor Kurzem noch für undenkbar gehalten hatte.

»Denk doch mal drüber nach«, forderte Olivier ihn auf. »Über der Erde taucht ein außerirdisches Objekt auf. Selbst die NASA muss zugeben, dass es sich wohl um Aliens handelt. Ein paar Tage später sollen wir für die US-Navy heimlich irgendein Stück High-Tech aus Vietnam extrahieren, hinter dem Paramilitärs her sind. Übergeben wird es uns von Black-Ops, dabei geht ihr beinahe drauf. Das Ding verbraucht Unmengen an Strom und soll um keinen Preis geöffnet werden. Übergabeort ist die größte Marinebasis der Welt in Norfolk. Der Sarg geht wie von Geisterhand auf, nachdem der Kühlkreislauf unterbrochen war, Türen öffnen sich scheinbar von selbst ...«

Und ein Siegel bricht und ist wieder wie neu, fügte Xander in Gedanken hinzu. *Und der Geigerzähler verschwindet für den Zoll-Typen, ist danach aber wieder da. Falls es wirklich ein Alien ist, will es offenbar nicht, dass der Zoll uns aufhält.*

»Scheiße«, sagte er und stieß einen langgezogenen Seufzer aus. »Du hast recht.«

»Ich weiß es nicht«, erwiderte Olivier achselzuckend. »Aber es klingt mir doch nach viel zu viel Zufall, wenn ich all das zusammenzähle.«

»Wenn wir einen Außerirdischen an Bord haben, dann ... dann ...« Was eigentlich? Was würde das ändern? Was konnten sie überhaupt gegen etwas tun, das unsichtbar war und Elektronik beherrschen konnte, das scheinbar unmögliche Dinge vollbrachte und sich nicht einmal von Kameras auffangen ließ, die genau draufhielten?

»Können wir nichts machen, Capitán.« Der Franzose schien seine Gedanken zu lesen. »Aber ich frage mich, warum gerade wir für den Transport ausgewählt wurden. Warum hat die Navy oder CIA das Ding nicht einfach ausgeflogen? Niemand könnte sie davon abhalten. Auch nicht in Südostasien. Hier gibt es doch überall Basen der Amis.«

»Das Problem war, den Sarg aus Vietnam rauszubekommen«, erklärte Xander. »Vietnam ist zwar kein Verbündeter, aber ein strategischer Partner der USA in den Bemühungen, Chinas wachsenden Einfluss einzudämmen. Wir haben da keine Basen, also können wir nicht direkt operieren. Sonst gäbe es ein diplomatisches und militärisches Problem in der ganzen Region, das sich nicht mehr einfangen lässt. Also nutzt man Black-Ops und schmuggelt das Paket mit möglichst wenig Aufsehen aus dem Land und aufs Meer.«

»Aber die lassen uns doch ganz sicher nicht mit der heißesten Ware des Planeten wochenlang allein, bis wir *vielleicht* in Norfolk ankommen?«

»Nein«, murmelte Xander und schluckte. »Das ist nicht sehr wahrscheinlich. Wahrscheinlicher ist, dass sie es uns irgendwo unterwegs wieder abnehmen wollen.«

»Zum Beispiel in Thailand?«

»Nein. Der Zollinspektor hätte Instruktionen gehabt, nach sowas wie dem Sarg Ausschau zu halten und er hat ihn gesehen.«

»Vielleicht sollte er auch einfach nur checken, dass wir ihn nicht geöffnet haben und alles in Ordnung ist?«

»Das hätten sie viel einfacher haben können.«

»Hm«, machte Olivier.

»Sie werden auf offener See versuchen, uns die Ware wieder wegzunehmen«, prophezeite Xander. »Und keine Zeugen hinterlassen.«

»Du meinst, dass sie uns ... *putain!* Verdammte verräterische ...«

»Die CIA ist kein Wohlfahrtsverein«, erinnerte er seinen Bordingenieur und ging zum Navigationscomputer.

»Was machst du?«

»Ich plotte einen neuen Kurs.«

»Es gibt nur einen Kurs zur Straße von Hormus.«

»Das ist nicht mein Ziel.«

»Willst du mich einweihen, *Copain?*«

Xander sah auf. »Nach Norfolk können wir auch, indem wir über den Pazifik und durch den Panamakanal fahren. Dann sind wir sogar deutlich schneller da als geplant.«

»Aber unser anderes Paket«, protestierte Olivier.

»Das werfen wir über Bord.«

»Mais non!«

»Doch. Wir sind nur deshalb noch damit unterwegs, weil die CIA wissen will, wo wir lang fahren. Die Sache mit dem Zoll war nur eine Erinnerung daran, dass wir uns beeilen sollen. Sie wollen uns auf dem offenen Meer und ihr scheiß Alien wiederhaben. Also machen sie uns nervös und beschleunigen das Ganze. Spätestens nach der Straße von Malakka werden sie in der Andamanensee zuschlagen«, war sich Xander sicher. »Dann schnappen sie sich beide Lieferungen und verkaufen es als Schlag gegen Plutoniumschmuggler. Das ist eine so große News, dass niemand nach einem Sarg fragen wird, der im Laderaum gelagert wurde.«

Olivier sah ihn nachdenklich an. »Putain.«

»Ja, genau. Deswegen werden wir das Plutonium los, sobald wir eine Möglichkeit finden, und sorgen dafür, dass die Navy uns an der falschen Stelle sucht.« Xander gab die entsprechenden Kursdaten ein und berechnete die nötigen Tankstopps. Dabei wählte er einen Weg, der etwas südlicher als nötig zwischen Indonesien und Australien hindurchführte. Australien war ein enger Verbündeter der USA und vermutlich glaubte die Navy nicht, dass sie sich freiwillig in für sie gefährlichere Gewässer begeben würden. Er wusste, wie sie dachten, und direkt unter ihrer Nase entlang zu schippern, wäre sicher das Beste.

»Aber *Capitán*«, meldete sich Olivier wieder zu Wort. Er war neben ihn getreten und hatte ihm eine Hand auf die Schulter gelegt. Ihre Blicke trafen sich.

»Was?«

»Wenn wir das Plutonium nicht abliefern, sind wir erledigt. Die Nordkoreaner werden uns jagen, bis wir alle tot sind. Vergiftet, erschossen, erdrosselt – denk dir was aus. So einen Job nimmt man nicht an und bringt ihn dann nicht zu Ende. Hatten wir Erfolg, können sie darauf vertrauen, dass wir selbst das größte Interesse haben, den Mund nicht aufzumachen. Aber brechen wir ab, können wir immer alles abstreiten und mit den Behörden reden, weil uns nichts nachgewiesen werden kann.«

»Ich weiß«, erwiderte Xander mit düsterer Miene. »Wir werden wohl mit dem vielen Geld dafür sorgen müssen, dass wir untertauchen – *richtig* untertauchen.«

»Aber das ist kein Leben.«

»Es ist *Leben.*« Er seufzte. »Hör zu: Ich probiere lieber mein Glück gegen die Nordkoreaner als gegen die CIA.«

»Aber du willst es ihnen doch bringen. Das ist Wahnsinn!«

»Ja. Sie wollen es um jeden Preis haben und sicherstellen. Das ist ihre größte Sorge. Uns zum Schweigen zu bringen, ist zweitrangig, weil uns eh niemand glauben wird. Vielleicht bieten sie uns sogar Jobs an. Wäre nicht das erste Mal, dass sie Kriminelle mit besonderen Fähigkeiten anheuern.«

»Ich weiß nicht, *Capitán* …«

»Ich aber. Ich war mal einer von denen, schon vergessen?« Xander tippte auf den Navigationsschirm. »Entweder wir verlieren beides, oder wir bringen *einen* Auftrag zu Ende – für den gemeineren der beiden Gegenspieler.« Er deutete auf dem Display nach Westen, wo sich die malaysische Halbinsel und das indonesische Sumatra beinahe trafen, nur getrennt durch die vielbefahrene Straße von Malakka. »Hier würden sie zuschlagen. Eine der meistbefahrenen Schifffahrtsstraßen der Welt. Die Navy patrouilliert hier regelmäßig und entert immer wieder Schiffe, die im Verdacht stehen, die Sanktionen gegen Russland oder China zu unterlaufen. Sie würden einfach die *Medusa* stürmen und niemand würde Fragen stellen, weil es schlicht Alltag ist. Gebe ich dir Brief und Siegel drauf. So würde *ich* es machen.«

»Also machen wir das genaue Gegenteil und tun etwas, das sie uns nicht zutrauen.«

»Ganz genau. Wir tun etwas verdammt Dummes und werfen waffenfähiges Plutonium im Wert von hunderten Millionen Dollar über Bord, machen uns Nordkorea und den Iran zu Feinden und begeben uns direkt in die Höhle des Löwen.«

20

»Wie die Nachrichtenagenturen AFP und Reuters übereinstimmend meldeten, handelt es sich bei den verlorenen Satelliten unter anderem um einen russischen Kommunikationssatelliten, der erst vor zwei Jahren in den Orbit gebracht worden war. Beobachter haben bereits damals vermutet, dass es sich in Wahrheit um militärische Hardware zur Erdbeobachtung handeln könnte. Der Verlust ereignete sich um 15:33 Uhr Eastern Time und folgte einer Orbitveränderung des Besuchers, die weltweit für Aufsehen gesorgt hat. Nach über einer Woche ohne jegliche Bewegungen hat das extraterrestrische Objekt zum ersten Mal Anzeichen von Aktivität gezeigt. Weshalb, ist nach wie vor Grund für unzählige Spekulationen. Während einige Experten glauben, dass es sich um eine Sonde handeln könnte, die nach etwas sucht, rechnen andere mit Gründen, die sich womöglich unserem Verständnis entziehen. So warnte ein Mitglied der ETO-Task Force der NASA davor, die Außerirdischen zu anthropomorphisieren; sie würden mit sehr hoher Wahrscheinlichkeit ganz anders denken als wir und somit vermutlich für uns nicht nachvollziehbare Ziele und Intentionen haben. Bei dem anderen Satelliten, der vor wenigen Stunden verloren ging, handelt es sich möglicherweise um einen von Iridium, der zur satellitengestützten Telefonie genutzt wurde. Entgegen erster, anderslautender Berichte, wurden beide Satelliten laut übereinstimmenden Aussagen aus Militärkreisen der USA und Chinas nicht etwa abgeschossen, sondern sind im Zug der Bahnveränderungen des Besuchers mit diesem kollidiert

und dabei zerschellt. Weltweit steigt nun die Sorge vor einem unkontrollierbaren Kessler-Syndrom, einer Kettenreaktion von Trümmerwolken, die immer weitere Objekte im Orbit zerstören und so zu einer Katastrophe führen könnte, an deren Ende die Erde von einer Müllsphäre eingeschlossen wird, die sich rasend schnell um uns dreht. Raumfahrt wäre dann unmöglich. Noch gibt sich die NASA jedoch zuversichtlich, dass ein solches Szenario nicht eintritt, da die neuen Trümmer bereits getrackt werden und noch keine Gefahr darstellen. Trotzdem wurde der Orbit der internationalen Raumstation ISS als Vorsichtsmaßnahme leicht erhöht.«

Xander griff nach der Fernbedienung und beendete die Sondersendung von *News Nation* mit einem Fingerdruck. Er saß mit Usain und Lucas im Gemeinschaftsraum, auf dem Tisch ihr benutztes Geschirr.

»Jetzt knallt das Ding schon Satelliten ab«, meinte Lucas und warf die Hände in die Luft.

»Ne.« Usain schüttelte den Kopf. »Die waren nur im Weg.«

»Ist doch das Gleiche. Die Satelliten sind jedenfalls Schrott.«

»Nein, das ist nicht das Gleiche«, sagte Xander. »So wie es aussieht, scheren sich die Aliens einfach nicht um uns. Hätten sie geschossen, wäre das ein Akt der Aggression. So ist es ein Akt der Ignoranz.«

»Zwei verschiedene Sachen«, stimmte Usain ihm zu und sah dabei Lucas an.

»Vielleicht. Oder sie sind so überlegen, dass sie nicht einmal darüber nachdenken, welche Auswirkungen ihre Handlungen haben. In dem Fall würde es mich aber wundern, wenn sie nicht gewusst haben, dass sie mit zwei Satelliten zusammenstoßen werden. Kann mir doch keiner erzählen.«

»Wahrscheinlich ist das so, ja.« Xander seufzte und griff nach seinem Kaffeebecher.

»Aber wenn sie es wussten und trotzdem genau so die Bahn verändern, dass sie das in Kauf nehmen, ist es *doch* ein Akt der Aggression, fast das Gleiche wie ein Abschuss«, beharrte Lucas.

»Ist doch vollkommen egal. Wir wissen eh nicht, was die verfluchten Aliens denken. Wahrscheinlich haben wir eins davon an Bord, also sollten wir uns lieber darüber den Kopf zerbrechen und nicht über irgendwelche Kugeln im Orbit, die russischen Weltraumschrott zerlegen.« Er stand auf und streckte sich. Seine Muskeln fühlten sich an, als hätte jemand sie mit einem Nudelholz bearbeitet. Sie waren verspannt, wie schon lange nicht mehr, und zwar, weil er Angst hatte. Zwecklos, das gegenüber sich selbst zu leugnen. Ein herumstreunendes Alien an Bord, das dazu auch noch spukte? Das war selbst für ihn zu viel.

»Was ist mit unserem Kurs, Boss?«, wechselte Lucas das Thema, nachdem er seinen Gesichtsausdruck offenbar richtig zu deuten wusste.

»Was soll damit sein?«

»Hast du dich entschieden, wo wir langfahren?«

»Ja. Der Kurs ist schon lange gesetzt«, antwortete er nickend. »Wir fahren im Norden an Malaysia und Brunei vorbei in die Celebessee und von da zwischen Sulawesi und den Nord-Molukken nach Süden in die Bandasee, dann zwischen Papua und Australien in Richtung der Salomonen.«

»Celebessee?«, fragte Lucas irritiert und machte ein unglückliches Gesicht.

»Ja. Ist ein Risiko, aber wenn wir weiter in die Javasee fahren, sind wir zu nah an der Straße von Malakka. Wenn die Navy eine zu große Seeregion auf der Suche nach uns überwacht, könnten sie uns erwischen. So sind wir in einer ganz anderen Richtung unterwegs, in die nicht viele freiwillig fahren.«

»Aus gutem Grund.«

»Wir sind Schmuggler«, entgegnete Xander auf dem Weg zur Tür. »Ohne Risiken geht es nicht und ich nehme es lieber mit Abu Sayyaf auf als mit Navy und CIA.«

Er verließ den Gemeinschaftsraum und wollte sich zur Brücke aufmachen, als er hinter sich ein Geräusch hörte und erschrak. Erleichtert stellte er fest, dass es die Forscher waren, die gerade mit großen Taschen durch die Tür zum Achterdeck gingen.

Einem Impuls folgend ging er ihnen nach, durchquerte den langen Korridor und trat hinaus in die schwül-warme Nacht.

»Erst das Stativ, Mioto! Nein, nein, mit der anderen Seite nach oben!«, hörte er Dr. Fakwa gerade sagen. Die beiden Doktoren und ihre Assistentinnen standen zwischen Hangar und Frontaufbau der *Medusa* inmitten von langen Taschen und einer Kiste.

»Sorry, Professor. Ich habe noch nie ein ...«

»Du sollst ja auch keine Astronomin werden, aber ein Stativ stellt man mit den Gummifüßen nach unten.«

»Kann mir jemand erklären, was hier los ist?«, fragte Xander und die vier drehten sich zu ihm um wie eine Gruppe Teenager, die dabei ertappt wurde, heimlich zu kiffen.

»Ah, Captain Fisher.« Es war Dr. Camillo, der sprach und sich mit dem Zeigefinger die Brille den Nasenrücken hinaufschob, ehe er in den klaren Nachthimmel deutete. »Klarer Blick, kleine Mondsichel – perfekte Verhältnisse für unsere mitgebrachten Teleskope.«

»Sie haben Teleskope mitgebracht?«

»Ja. Also jein«, korrigierte sich der Forscher. »Wir haben in Bangkok welche gekauft, damit wir den Besucher ins Visier nehmen können. Zuhause in Kalifornien wussten wir ja noch nichts von dieser Geschichte mit den Außerirdischen.«

»Natürlich.« Xander nickte und bedeutete ihnen mit einer knappen Geste, fortzufahren. Er sah zu, wie sie ihre neuen Gerätschaften aufbauten, sich immer wieder kurz kabbelten und schlaue Sprüche machten, ohne offenbar genau zu wissen, was sie da taten. Doch nach zwanzig Minuten standen zwei Teleskope auf dem Achterdeck. Karen und Mioto zogen sich an die Reling zurück und schauten in die dunkle Nacht hinaus auf die Wellen – offenbar froh darüber, ein wenig Ruhe von den beiden Professoren zu bekommen.

Die zeigten sich aufgeregt wie kleine Kinder und redeten sich immer wieder gegenseitig in die Einstellungen der Linsen hinein, obwohl jeder sein eigenes Teleskop zu besitzen schien.

Nach einer Weile sagte Dr. Fakwa »Aaah« und schnalzte triumphierend mit der Zunge. »Ich habe ihn. Klar und scharf.«

Xander trat näher und sah in den Nachthimmel hinauf. Durch die fehlende Lichtverschmutzung hier draußen auf See, war das dichte Sternennetz beinahe erdrückend in seiner Intensität. Ein wunderschöner Anblick, an dem er sich auch nach Jahrzehnten auf See nicht sattsehen konnte – oder wollte.

»Kann ich mal sehen?«, fragte er und trat an die beiden Universitätsforscher heran.

»Äh, natürlich«, sagte Fakwa mit gerunzelter Stirn. Offenbar hatte er vergessen, dass Xander die ganze Zeit über noch dageblieben war.

Er trat an das lange Teleskop heran und wollte gerade reflexhaft den zylindrischen Rumpf mit den Händen anfassen, als Fakwa dazwischen ging.

»AH!«, machte er so laut, dass Xander erschrak, und Dr. Camillo gleich mit ihm. »Entschuldigung. Sie sollten das nicht anfassen, sonst ist der Besucher nicht mehr im Fokus. Ich habe ihn genau getroffen.«

»Klar.« Er setzte sein rechtes Auge an das Objektiv und blinzelte einige Male, bevor er klar sehen konnte.

Vor der Dunkelheit des Alls zeichnete sich eine silbrige Kugel klar ab, als wäre sie mit einem Stift umrissen worden. Im Hintergrund glänzten mehrere Sterne, die jedoch um ein Vielfaches kleiner waren als das extraterrestrische Objekt in der Mitte der Linse. Erstaunlicherweise beeindruckte Xander sein Anblick, obwohl die Bilder in den Nachrichten deutlich besser ausgesehen hatten und er eigentlich nur eine simple grau-silbrige Scheibe anzuschauen schien. Womöglich lag es daran, dass er das Objekt mit eigenen Augen sah und nicht auf einem Display, das immer den Anschein erweckte, er wäre Teil eines Films oder Computerspiels, das sich jeden Augenblick als Lug und Trug herausstellen würde, ein Narrenspiel, aufgeführt für die ganze Welt.

Jetzt aber blickte er dem fremden Besucher direkt ins Auge und spürte, dass es echt war.

Auf einmal geschah etwas: Es ging ganz schnell, als sich ein schwaches Glimmen näherte und auf die silberne Kugel zuzufliegen schien. Dann verschwand das Glimmen und ein kurzes Leuchten tauchte auf und erstarb wieder.

»Was war das denn?«, murmelte er.

»Was denn?«, fragte Dr. Fakwa aufgeregt und scheuchte ihn vom Teleskop fort, um selbst hindurchzusehen. »Was haben Sie gesehen? Haben Sie etwas verändert?«

»Nein, da war ein kurzer Lichtblitz oder sowas.«

»Das habe ich auch gesehen«, sagte Dr. Camillo, die Stimme

leicht verzerrt, weil er ein Auge zukniff und dadurch seinen Mund verzog.

Eine halbe Stunde später, als Xander auf der Brücke stand und seine Schicht antrat, hatte er die Antwort: Sämtliche Nachrichtensender berichteten in Sondersendungen darüber, wie die Russen eine Anti-Satelliten-Rakete auf den Besucher abgefeuert hatten, in Antwort auf die Zerstörung ihres Satelliten. Die Rakete hatte offenbar einen direkten Kurs gewählt und so ausgesehen, als würde sie das fremde Objekt treffen, ehe sie explodierte. Was bislang an Informationen vorlag, war nicht sonderlich viel: Keine Hinweise auf Waffensysteme der Aliens, es war beinahe wie Magie. Die Rakete war einfach explodiert. Seither kochte die internationale Diplomatie und die Nationen überfluteten Russland mit Protest über den nicht abgesprochenen Angriff. Angst kochte hoch, dass ein extraterrestrischer Konflikt ausgelöst worden sein könnte und die Aliens jetzt zur Invasion ansetzen würden.

Aber nichts dergleichen geschah. Zumindest noch nicht. Das Objekt blieb weiter im Orbit, verharrte auf seiner neuen Position, während die ganze Welt rätselte, was es suchte.

Xander bekam diesbezüglich so langsam eine Ahnung, die ihm ganz und gar nicht gefiel.

21

Xander lag seit Stunden wach in seiner Koje und starrte auf sein iPad. Wieder und wieder scrollte er durch die Nachrichten, Hintergrundberichte und Social Media Feeds der großen Physik-Erklärer aus dem Fernsehen. Zwar misstraute er Menschen, die in alle möglichen Sendungen eingeladen wurden, weil sie angeblich alles wussten, ohne dass sie noch aktiv in ihrem Feld arbeiteten oder forschten, doch sie waren mit Sicherheit schlauer als er.

Ganz sicher, wenn es um Aliens und Raumschiffe ging.

Doch niemand schien irgendetwas zu wissen. Alles drehte sich nur um Spekulationen und mögliche Szenarien, die wieder und wieder durchgekaut wurden. Trotzdem konnte er nicht aufhören, immer weiter zu suchen, in der Hoffnung, irgendeinen Nugget Information zu erhalten, der ihn weiterbrachte – der ihm erklärte, was er gegen das Alien auf seinem Schiff tun konnte. Oder ihm zumindest Gewissheit gab, dass es sich wirklich um eines handelte.

Aber falls es irgendwo etwas darüber zu finden gab, dass in Vietnam ein UFO abgestürzt war, oder das US-Militär E.T. gefangen hatte, entzog es sich seinen Recherchefähigkeiten. Nicht, dass er wirklich geglaubt hätte, dass das Pentagon in diesem Fall auch nur das kleinste Informationsleck zugelassen hätte.

Völlig ausgeschlossen.

Doch es war wie eine Sucht. Und so blieb er wach, obwohl er

erschöpft war. Die Müdigkeit beschränkte sich auf seinen Körper, während sein Geist rastlos davongaloppierte und nicht vom Tablet lassen konnte. Wie ein Süchtiger suchte er weiter und weiter.

Die Nachrichten zeigten immer wieder dieselben Aufnahmen der russischen Anti-Satelliten-Rakete, die kurz vor ihrem Ziel einfach explodierte, und des extraterrestrischen Objekts, das überall nur noch »der Besucher« genannt wurde. Es hing im Orbit wie ein winziger neuer Mond, unverrückbar und unheimlich, trotz – oder gerade wegen – seiner äußeren Unscheinbarkeit.

Der Kreml äußerte sich lediglich in einer kurzen Pressemitteilung, dass das Militär versucht habe, russisches Eigentum im Weltraum zu verteidigen, nach einem »unprovozierten Angriff«. Man bewerte die Aktion als Erfolg, weil man entsprechende Daten gesammelt habe und aktuell auswerte. Was auch immer das bedeuten sollte. Es wurde viel spekuliert, dass Moskau bluffte, um so zu tun, als wüssten sie jetzt mehr über die Aliens als alle anderen.

Diese alle anderen waren wütend. Selbst China, sonst darum bemüht, Geschlossenheit mit Russland gegenüber dem Westen zu demonstrieren, protestierte scharf gegen den Waffeneinsatz und warnte vor einer unkontrollierbaren Eskalation, sollten die Außerirdischen zurückschlagen oder die Erde allgemein als feindselig einstufen.

Tatsächlich kam es weltweit bereits zu Hamsterkäufen und dem Horten von Waffen, Munition, Nudeln – und in Deutschland offenbar Toilettenpapier. Er würde Usain fragen müssen, was es damit auf sich hatte. Vielleicht war deutsches Klopapier so rein, dass man es in Wasser aufgeweicht essen konnte, wenn Feuer vom Himmel regnete.

Irgendwann mitten in der Nacht, fiel ihm das iPad auf die Nase und er schreckte hoch.

»Aua!«, fluchte er und rieb sich das Gesicht. Der Schmerz breitete sich bis in seine Augen aus. Offenbar war er eingenickt, ohne es zu merken.

Das Interkom an der Wand zirpte. Ächzend schwang er die Beine aus der Koje und stapfte mit einem unterdrückten Gähnen durch die Kabine, um den grünen Knopf zu drücken.

»Boss«, hörte er Monica sagen. Ihre Stimme klang angespannt. »Uns nähern sich zwei Schnellboote. Ohne Positionslichter.«

Xander erstarrte. »Wer ist mit dir auf der Brücke?«

»Lucas.«

»Schließt euch sofort ein. Ruf Suparman, sag, er soll mit der Mannschaft in den Quartieren verschwinden und sich ebenfalls einschließen.«

»Sollen wir …«

»SOFORT!«, brüllte er und nahm den Finger vom Knopf, ehe er zum Schreibtisch rannte und sein Funkgerät nahm. »Olivier? Hier Xander, kommen.«

»Boss?«

»Verriegel sofort sämtliche elektronischen Türschlösser, hörst du?«

»Was ist denn …«

»Wir kriegen Besuch.«

»Oh, *merde!*«

»Mach, was ich dir sage, und dann schließ dich in deiner Kabine ein«, befahl er und klemmte das Funkgerät an seinen Gürtel. Glücklicherweise trug er immer noch seine normale Kleidung.

Er rannte hinaus und zu Usains Kabine weiter vorne. Wie besessen klopfte er an.

Es dauerte keine fünf Sekunden, dann öffnete sich die Tür und er sah in das Gesicht des Deutschen auf, der mit freiem Oberkörper dastand wie ein Gebirge aus harten Muskeln.

»Wir kriegen Besuch.«

Usain nickte bloß und verschwand in seinem Zimmer. Xander verlor keine Zeit und rannte in Richtung Waffenkammer. Unterwegs traf er Suparman und ein Dutzend seiner Männer, die nach unten rannten.

»Hey, wo sind die anderen?«, fragte er seinen Bootsmann.

»Wir haben noch eine Gruppe draußen, die sammle ich gleich ein. Per Funk konnte ich sie nicht erreichen«, antwortete der Indonesier.

»Zu spät, komm mit.« Xander zückte sein Funkgerät. »Monica? Wie weit noch?«

»Schwer zu sagen, die Gischt sieht nah aus. Vielleicht eine Minute?«

»Fuck!« Er entriegelte die Tür zur Waffenkammer, bei der es sich um den Pumpenraum der Wasserversorgung handelte. An dem linken Wandpaneel drückte er die obere linke Ecke, woraufhin sich auf der gegenüberliegenden Wand ein kleines Tastenfeld mit Fingerabdrucksensor öffnete. Er legte seinen rechten Zeigefinger auf das Glas und das Paneel hinter ihm fuhr zischend nach vorne und zur Seite. Dahinter kamen mehrere Pistolen und vier Sturmgewehre zum Vorschein. Er verteilte die Waffen an Suparman, behielt jedoch ein Gewehr und zwei Pistolen zurück. Nachdem auch die Munition ausgegeben war, packte er seinen Bootsmann an der Schulter.

»Nur deine Besten, klar?«

»Klar.« Der Chief lief mit vollen Armen hinaus und rief etwas auf Indonesisch. Usain tauchte auf, nahm Sturmgewehr und Pistole entgegen und lud sie routiniert durch.

»Töten, keine Fragen stellen«, wies er den Ex-Soldaten an. Der nickte knapp und verschwand. Xander überprüfte den Lauf seiner Pistole, nahm ein Ersatzmagazin mit und verließ den Raum, ehe er ihn wieder verriegelte und zu einem der Seitenausgänge lief. Draußen war es noch immer dunkel, er schätzte, dass es sich um die frühen Morgenstunden handelte, da der Himmel statt schwarz bereits dunkelblau war.

Die Reling von Deck drei befand sich knapp oberhalb der Wasserlinie und die Gischt vom Bug zischte und schäumte direkt vor ihm vorbei. Das Wummern der Motoren war ein ständiges Brummen im Hintergrund. Er suchte den Horizont ab, konnte jedoch nichts sehen, als die ersten Schüsse ertönten.

Brrrt, brrrt. Salven eines Sturmgewehrs.

Xander lief nach hinten in Richtung Achterdeck, hielt die Pistole entsichert vor sich und zielte nach vorn. Dann hörte er Stimmen. Er meinte, Indonesisch zu hören. Sie schrien einander etwas zu. Dann wieder Schüsse, diesmal aus Pistolen. Anderes Geschrei dazwischen, möglicherweise Maranao. Mehr Schüsse und Schreie.

»Usain?«, flüsterte er in sein Funkgerät.

»Bin da. Habe zwei erledigt. Schlage Funkstille vor, da sie möglicherweise mithören«, antwortete der Deutsche.

Xander atmete tief durch und klemmte das Funkgerät zurück an seinen Gürtel, ehe er es abschaltete. Er wollte nicht riskieren, dass er seine Position verriet, indem es plötzlich im schlechtesten Moment loszuplärren begann.

Als er an der Ecke zum Achterdeck ankam, sah er zwei reglose Körper auf dem Boden liegen. Er glaubte, bei einem von ihnen einen Schiffsoverall zu erkennen. Stimmen auf der linken Seite, halb geflüstert. Offenbar waren sie gerade auf dem Weg nach oben oder drinnen.

Er widerstand dem Drang, weiterzugehen und sich damit auf einer offenen Fläche preiszugeben. Vielleicht hatten die Angreifer jemanden zurückgelassen, der ihm eine Kugel in den Kopf jagen würde.

Also machte er vorsichtig einen Schritt zurück. Seine Nackenhaare stellten sich auf in dem Gefühl, gejagt und beobachtet zu werden. Die erste Tür zu seiner rechten öffnete er vorsichtig mit der Linken, während er mit der Rechten ins Innere zielte.

Der Flur war frei. Er schlüpfte hinein und ging zum Treppenhaus, Schritt für Schritt nach oben. Die dritte Stufe ließ er aus, sie knarzte. Von oben hörte er weitere Stimmen. Dann wieder Schüsse, aber gedämpft, mehrere Decks weiter oben und durch viele Wände abgeschwächt.

Im Treppenhaus traf er auf die Leiche eines von Suparmans Männern, der offenbar mit einer Machete in den Rücken geschlagen worden war. Die Blutlache breitete sich immer weiter aus.

Xander schluckte und umfasste den Griff seiner Pistole so fest, dass ihm die Finger wehtaten. Er schlich weiter nach oben und in den Backbord-Seitenkorridor in Richtung des Brückenaufgangs, der von draußen zur letzten Leiter führte, über die der Seiteneingang der Brücke erreicht werden konnte.

Dort hörte er etwas.

Auf leisen Sohlen lief er weiter, bog um die Ecke und erschrak, als plötzlich von draußen jemand hereinkam, während er hinausgehen wollte. Ein Typ mit dunkelbrauner Haut, kurzgeschorenen Haaren und einer abgewinkelten Kalaschnikow. Die Kleidung einfach und an den Ärmeln zerrissen.

Der Pirat riss das Gewehr hoch, doch der Lauf blieb an Xanders

Hüfte hängen, da sie zu dicht aneinander standen. Da seine Pistole auf den Bauch des Fremden zeigte, brauchte er nur abzudrücken.

Der Schuss war ohrenbetäubend laut und ließ seine Ohren klingeln. Blut schwappte aus der Bauchwunde und auf den Boden, sein Gegenüber blickte halb überrascht, halb schmerzerfüllt zu ihm auf. Die Kalaschnikow glitt ihm aus den Fingern.

Xander drückte ihm die Pistole auf die Stirn und drückte, ohne mit der Wimper zu zucken, ab. Dann warf er die Kalaschnikow über Bord und rannte zurück zur nächsten Kreuzung und nach links. Durch den Schuss kannte jeder seine Position und er musste sich schnell davonmachen. Als er bei der Messe ankam, musste er über einen weiteren Toten hinwegsteigen. Er lag auf dem Bauch mit dem Gesicht nach unten, zwei blutige Löcher im Rücken. Auf seinem Overall stand *Medusa Science*.

Einer von Suparmans Männern.

Mit nach vorne gerichteter Pistole lauschte er, als er Stimmen durch die Tür zur Mannschaftsmesse hörte. Irgendjemand schrie jemand anders an. Vorsichtig öffnete er die Tür einen Spalt weit und sah zwei Piraten, die eine Gruppe seiner Mannschaft gefesselt und in eine Ecke gezwungen hatte. Mehrere von ihnen hatten blutige Gesichter. Sie sahen verängstigt aus.

Xander feuerte auf einen der Angreifer, drückte mehrfach ab und streckte ihn nieder. Dann ließ er sich fluchend zur Seite fallen und zog den Kopf ein, als der andere die Tür mit automatischem Feuer durchsiebte.

Es war ein Wunder, dass er trotz seiner schmerzenden Ohren und dem hohen Fiepton in ihnen, überhaupt noch etwas hörte, aber er glaubte, ein gedämpftes Klicken zu hören.

Ein Risiko, das er eingehen musste. Er sprang auf, warf sich gegen die Tür und platzte in die Messe hinein. Der verbliebene Pirat war gerade dabei, ein neues Magazin einzulegen, und sah jetzt auf. Xander rannte auf ihn zu und feuerte, verfehlte ihn jedoch zweimal, dann war das Magazin leer.

Also schleuderte er die Waffe auf den Fremden und warf sich mit einem Schrei auf ihn.

In der drückenden Enge der Mannschaftsmesse, wo das gedämpfte Grollen des Meeres gegen den Stahlrumpf des Schiffs brandete, entfesselten Xander und der Pirat einen Tanz der Verzweiflung und des Überlebens. Nichts daran war erhaben oder gerecht, sondern roh und brutal.

Xanders Muskeln schrien vor Anstrengung, als er jedem brutalen Schlag und Tritt auswich, die der Pirat mit einer Wildheit ausführte, die nur das Gesetz des Meeres kannte. Der Fremde, dessen Augen in dem schwachen Licht wie die eines Raubtiers glänzten, schwang das leergeschossene Kalaschnikow-Sturmgewehr wie eine Keule, eine Erinnerung an die moderne Kriegsführung, die in diesem archaischen Ringen fehl am Platz wirkte.

Xanders Atem rasselte wie das Heulen des Windes durch zerbrochene Fenster. Er parierte mit einer Verzweiflung, die nur ein Mann kennen konnte, der mit dem Rücken zur Wand stand; wenn sie das Schiff unter ihre Kontrolle brachten, würden sie als Geiseln in einem Abu-Sayyaf-Camp enden und nacheinander enthauptet werden – festgehalten auf Video.

Der Kampf zog sich in die Länge, ein erschöpfendes Spiel aus Manövrieren und Kontern, wobei jeder Schlag, der sein Ziel verfehlte, die Luft mit der Schwere nicht ergriffener Chancen füllte. Er war im Nachteil, weil sein Gegner das leere Gewehr wie eine Keule benutzte. Immer wieder musste er zurückweichen oder harte Schläge einstecken, fand nur selten eine Lücke, sodass sie sich viel belauerten.

Im Hintergrund hörte er immer wieder Schüsse und Schreie, doch es wurden weniger. Vermutlich ein schlechtes Zeichen.

Der Boden der Messe wurde zum Zeugen ihres Ringens, besprenkelt mit Blut und Schweiß. Es stank widerlich. Doch trotz Xanders beharrlicher Verteidigung und seiner Weigerung, sich dem Unvermeidlichen zu beugen, fand der Pirat schließlich eine Lücke in seiner Verteidigung. Mit einem letzten, verzweifelten Aufbäumen der Kraft schwang der Pirat das Sturmgewehr mit einer solchen Wucht, dass es gegen Xanders Schläfe krachte, obwohl er mit dem Unterarm parierte. Die Welt um ihn herum verdunkelte sich, und er spürte, wie seine Knie nachgaben, sein Körper sich dem kalten Griff der Niederlage hingab.

Als er zu Boden sank, hörte er das Rauschen seines eigenen Pulsschlags in den Ohren. Der Pirat stand schwer atmend über ihm, ein dunkler Schatten, der sich gegen das karge Licht der Mannschaftsmesse abzeichnete, ein Sieger in einem Kampf, der so alt war wie das Meer selbst.

Und er lud nach.

Hinter ihnen, fast unbemerkt in dem Chaos, rührte sich eines der gefesselten Mannschaftsmitglieder, seine Augen blitzten entschlossen auf, als es seine Chance witterte. Der Fremde war mit seinem Magazin beschäftigt. Mit einem plötzlichen, verzweifelten Ruck seiner Beine gelang es ihm, den Pirat gegen ein Bein zu treten. Der Schlag kam unerwartet, ließ den Terroristen schwanken, sein Gleichgewicht für einen flüchtigen Moment verlieren.

Xander erkannte seine Gelegenheit, obwohl ihm der Schädel brummte und sich ein Teil seines Geistes nach dem Schlag gegen die Schläfe ganz weit weg befand. Mit letzter Kraft, die aus einem tiefen, unerschöpflichen Brunnen zu stammen schien, rappelte er sich auf und stieß mit der Schulter nach vorne. Dabei schrie er laut auf, um seine letzten Kraftreserven zu mobilisieren, und traf sein Gegenüber in die Magengegend.

Sie stürzten übereinander und rollten zur Seite, bis er hart gegen die Tischbeine krachte und stöhnte.

Es entbrannte ein neuer Kampf, roher und brutaler als zuvor. Sie rollten über den schmutzigen Boden, ein Gewirr aus Gliedmaßen und knirschenden Zähnen, jeder Schlag eine Explosion von Verzweiflung und Wut. Es klatschte hässlich, wenn Faust auf Fleisch traf. Xander, sein Körper von dem Schläfenschlag geschwächt, kämpfte mit wilder Entschlossenheit, weil ihm sonst nichts mehr blieb. Es war der reine Überlebensinstinkt, der ihn schlagen, kratzen und ringen ließ, obwohl er kaum noch Kraft in den Gliedern hatte.

Der Pirat, überrascht von der plötzlichen Wendung, setzte seine ganze Kraft ein, um Xander niederzuringen, seine Muskeln hart und glitschig durch den Schweiß. Er roch sauren Mundgeruch und süßliche Ausdünstungen, gemischt mit Benzin und Öl.

Doch mitten in diesem verrohten Getümmel, in einem Moment, der so flüchtig war wie der Schatten eines vorüberziehenden Vogels, gelang es dem Fremden, Xander in einen Schwitzkasten zu nehmen. Der Arm legte sich so fest um seinen Hals wie eine Schraubzwinge und drückte ihm die Luft ab. Er presste sich immer unnachgiebiger um seinen Hals, zog ihn zurück, sodass jeder Atemzug für ihn zu einer herkulischen Anstrengung wurde. Seine Augen traten vor und begannen, zu schmerzen.

Xander strampelte, seine Hände griffen nach einem Halt, nach irgendetwas, das ihm helfen könnte, doch der Griff des Piraten war unerbittlich, ließ sich weder von seinen schwächlichen Kratzern noch dem Winden seines Körpers beeindrucken. Langsam, mit einer erschreckenden Gleichgültigkeit, drückte sein Gegner weiter zu, machte jede Hoffnung auf Luft – und damit Leben – zunichte. Die Welt um ihn herum begann, sich zu verdunkeln, bildete schwarze Ränder an den Seiten, die sich enger zusammenzogen, wie bei einer Theateraufführung, die zu ihrem Ende gekommen war.

Er starb und konnte nichts dagegen tun. Sein Blick fiel auf die gefesselten Mitglieder der Mannschaft, in deren Gesichtern die blanke Furcht geschrieben stand. Furcht vor dem Schicksal, das sie erwartete, sobald sie als Geiseln an Land gebracht werden würden.

Dann auf einmal konnte er wieder atmen. Seine Ohren dröhnten, als hätte jemand einen Gong direkt neben ihnen angeschlagen. Er sog gierig Luft ein. Sie schmerzte schrecklich in seinem Hals und er röchelte immer wieder.

Als er auf die Seite fiel und den Mund aufriss wie ein erstickender Fisch, sah er verschwommen mit an, wie Usain hereinkam, etwas in der rechten Hand senkte, und auf den sich windenden Piraten zuging.

Der Deutsche packte den Mann, zog eine Klinge und stieß immer wieder blitzschnell auf seinen Unterkörper ein, ehe er sich Xander zuwandte und ihn kurz untersuchte.

»Alles in Ordnung, Boss?«, fragte er mit derselben gleichgültigen Stimme, die er immer an den Tag legte, als sei dies nur ein weiterer Arbeitstag an Bord.

»Ich ... kann ... nicht ...«

»Fühlt sich scheiße an, aber du wirst gleich wieder normal atmen«, versicherte ihm Usain und drehte sich zu den Mannschaftsmitgliedern. Draußen vor der Tür lief jemand vorbei, doch der Ex-Soldat interessierte sich augenscheinlich nicht dafür, also ging Xander davon aus, dass es jemand von ihnen war.

Usain befreite die Indonesier von ihren Fesseln und schickte sie dann raus. Auf ihrem Weg nach draußen nickten sie jeder einzeln Xander zu und sie sagten auch etwas, das er jedoch nicht verstand.

»Wie sieht ... wie ... es aus?«, krächzte er. Mittlerweile hatte er sich so weit aufgerappelt, dass er mit dem Rücken gegen die Wand gelehnt saß. Zu erschöpft und schmerzerfüllt, um sich zu rühren.

»Habe einige ausgeschaltet, der Rest ist abgehauen«, erklärte Usain und durchsuchte die Leichen der beiden Piraten. »Schlauchboot. Hab's noch getroffen, mit etwas Glück sinken sie und sterben dann.«

»Mhm.«

Der Deutsche half ihm auf die Beine und stützte ihn beim Gehen, als sie die Messe verließen.

»Bring mich ... Brücke«, forderte Xander ihn auf. Seine Stimme klang wie rostige Nägel, die über Schleifpapier rollten.

»Ne, bist ziemlich im Arsch. Ich bringe dich in deine Kabine.«

»Monica ...«

»Sie und Lucas sind noch auf der Brücke. Alles in Ordnung. Wurden nicht erwischt.«

»Ich will ...«

»Jo«, unterbrach Usain ihn erneut und trug ihn halb durch den Korridor. Dort lag eine weitere Leiche. Xander konnte nicht erkennen, ob es jemand von ihnen oder von den Angreifern war. »Mache ich aber nicht. Bringt uns nichts, wenn du irgendwo zusammenklappst. Bin mir sicher, dass Monica uns so schnell es geht hier weg manövriert und glaube auch nicht, dass wir wieder was von den Typen hören.«

Nach einer gefühlten Ewigkeit erreichten sie seine Kabine. Usain legte ihn auf sein Bett und bot ihm ein Glas Wasser. Xander trank es gierig aus und wollte noch etwas sagen, doch sein Hals brannte wie Feuer und der Deutsche verschwand bereits wieder.

Als er allein dalag und auf das Holz über seinem Bett starrte, drehte sich alles. Was für ein Alptraum. Die vergangenen Minuten – oder halbe Stunde – kam ihm vor wie eine Halluzination, imaginiert von seinem Gehirn. Alles tat ihm weh. Seine Beine fühlten sich an, als wäre er gerade einen Marathon gelaufen. Die Arme, als wären seine Knochen mit Blei ausgegossen und die vielen Prellungen, als hätte ihn ein Pferd getreten. Am schlimmsten waren jedoch seine

Kopfschmerzen. Ihm dröhnte der Schädel wie eine angeschlagene Glocke, die nicht aufhörte, zu vibrieren.

Xander wollte aufstehen, um sich eine Schmerztablette zu holen, doch selbst der Gedanke an die Bewegung war zu anstrengend. Also blieb er einfach liegen und schlief kurz darauf ein.

22

Als Xander aufwachte, wusste er nicht, wo er war. Ein hartnäckiger Traum fiel von ihm ab wie eine schwere Decke. In ihm war die *Medusa* eine schwimmende Bäckerei gewesen mit Tentakeln statt einer Schraube als Antrieb. Er hatte ein Brot backen wollen, aber Usain war in die Backstube gekommen und hatte alles mit einem Flammenwerfer zerstört. Als Xander ihn zur Rede stellen wollte, hatte der Deutsche bloß gemeint, dass Amerikaner nicht wüssten, was echtes Brot sei und Deutschland das einzige Land der Welt sei, das für sich in Anspruch nehmen könne, *richtiges* Brot zu backen. Außerdem habe er das Salz vergessen. Später waren dann noch Piraten der Abu Sayyaf dazugekommen, in Teletubbie-Kostümen, die mit unterschiedlich farbigem Blut beschmiert waren. Danach hatte er festgestellt, dass sein Kopf in einem Fischtank steckte und klitschnass war, weshalb er den Teig nicht richtig hatte sehen können.

»Kranke Scheiße«, murrte er und schwang die Beine aus dem Bett. Er rieb sich über sein Gesicht, das sich anfühlte wie zu lange durchgekneteter Teig.

Es klopfte an der Tür. Etwas in seinem Hinterkopf sagte ihm, dass es nicht das erste Mal war. Vielleicht hatte ihn das Geräusch aufgeweckt?

»Herein«, rief er und unterdrückte ein mächtiges Gähnen.

Als die Tür aufging, kam Monica herein, in ihrer linken Hand eine Ledertasche.

»Guten Morgen«, sagte sie und kam auf ihn zu, um sein Gesicht zu begutachten. »Leg dich am besten wieder hin.«

»Was ist denn los?«

»Ich hätte nicht auf Usain hören sollen, als er meinte, du hättest nur *ein paar Kratzer* und müsstest dich ausschlafen.« Monica sah irgendwie wütend aus. Aber er gehorchte und legte sich wieder hin. Ihm tat ohnehin alles weh und er war todmüde.

»Geht schon«, erwiderte Xander und stieß einen Seufzer der Erschöpfung aus. »Ne Ibuprofen wäre allerdings ganz nett.«

»Ich nähe auch gleich die Wunde an deiner Schläfe.«

»Was?«

Monica zog das Kissen unter seinem Kopf hervor und zeigte ihm den blutbesudelten Bezug.

»Oh.«

»Ja, *oh.* Dieser verfluchte Riesentrampel.« Sie öffnete ihre Arzttasche und begann, seinen Kopf abzutupfen.

»Autsch!«

»Stell dich nicht so an.«

»Wie spät ist es eigentlich?«

»Zehn Uhr«, erwiderte sie und bereitete Nadel und Faden vor, ehe sie eine kleine Spritze aufzog und rings um seine Schläfenwunde stach. Es pikste unangenehm, aber er sagte nichts.

»Dann habe ich ...«

»... ein paar Stunden geschlafen.«

»Was ist mit dem Schiff?«, fragte er und schob gleich hinterher: »Und euch und der Mannschaft?«

»Vier von der Mannschaft sind tot, einer in kritischem Zustand. Ich glaube nicht, dass er es bis zum nächsten Hafen schafft«, antwortete Monica und begann, seine Wunde zu nähen. Es war ein merkwürdiges, dumpfes Gefühl, als würde sie ganz leicht an seinen Haaren ziehen. Xander hielt still, blieb auf der Seite liegen und starrte zur Tür.

»Scheiße.«

»Ja.«

»Was ist mit Suparman? Und euch?«

»Uns ist nichts passiert. Usain hat ein paar Schrammen und einen Querschläger abbekommen, aber das ist nichts. Das hat er selbst verarztet. Dank euch sind die Mistkerle nicht bis zur Brücke gekommen.«

»Olivier?«

»Der hat sich im Lagerraum eingeschlossen und in die Hose gekackt.«

»Wie bitte?«, fragte er.

»Hat sich in die Hose geschissen. Er meint, weil er nicht rauskonnte und dringend musste, als wir angegriffen wurden. Wenn du mich fragst«, sagte sie und er konnte aus ihrer Stimme heraushören, dass sie grinste, »hatte er im wahrsten Sinne Schiss vor dem Alien.«

Xander spürte irgendwo in sich Belustigung, aber sie lag so weit entfernt unter einer dicken Morastschicht aus Schmerzen und düsterer Stimmung, dass sie irgendwo unterwegs in seinem Hals stecken blieb.

»Vier Tote, vielleicht fünf. Das ist eine Katastrophe«, sagte er und verzog das Gesicht.

»Stillhalten!«

»Was ist mit den Piraten?«

»Abu Sayyaf. Die hätten kurzen Prozess mit uns gemacht. Wir können froh sein, dass ihr sie erledigt habt. Acht Stück insgesamt. Suparmans Leute haben zwei von ihnen selbst erledigt.« Monica verknotete die Fäden und begann erneut, die Wunde abzutupfen. »Sie wollen von Bord.«

»Was?«

»Die haben Angst – verständlicherweise. Wir haben ihnen schon viel zugemutet, aber einen Piratenüberfall? Tote Kameraden?« Sie griff in ihre Arzttasche und holte Pflaster und Mullbinden heraus, die sie aus ihren sterilen Verpackungen holte. Es knisterte laut. »Ich glaube, die wollen einfach nur noch nachhause.«

»Auf keinen Fall«, erwiderte er und konnte sich gerade noch davon abhalten, vehement den Kopf zu schütteln. »Wenn wir sie jetzt an Land lassen, werden sie reden – und wenn es nur ihre Familien sind.«

»Einen Piratenangriff müssen wir melden, Boss.« Sein Erster

Offizier hielt inne und sah ihm in die Augen. »Hey, wir melden das, klar?«

»Denk doch mal drüber nach. Wenn wir das tun, gibt es eine Untersuchung, das landet in den Nachrichten. Fünf tote Crewmitglieder, acht Terroristen. Wo sind die eigentlich?«

»Die Leichen liegen auf dem Achterdeck unter einer Plane.« Sie machte eine unwirsche Geste. »Lenk jetzt nicht ab.«

»Wir müssen sie über Bord werfen.«

»Wie bitte?«

»Die Leichen. Wir müssen sie über Bord werfen. Dann melden wir den Überfall durch die Abu Sayyaf. Ohne Leichen keine Untersuchung, du weißt, wie das läuft«, erklärte Xander.

»Du willst unsere Leute einfach so dem Meer übergeben?«, fragte Monica und ihr Tonfall ließ keinen Zweifel daran, was sie von der Idee hielt.

»Aus Sentimentalität die ganze Mission zu gefährden und in den Knast zu wandern, ist keine besonders gute Alternative, findest du nicht?«

»Wir schulden Suparmans Männern mehr als das, Xander.«

Sie hatte seinen Vornamen benutzt. Also war sie wirklich wütend. Er konnte sie verstehen, aber sie dachte nicht rational.

»Und wir werden ihren Familien einen fetten Bonus bezahlen«, sagte er. »Den bezahle ich gern von meinem Anteil. Ich werde nicht vergessen, was sie für uns getan haben.«

»Man kann nicht alles mit Geld lösen.«

»Nein, aber man kann es den Angehörigen etwas leichter machen, mit dem Schmerz zu leben.« Er richtete sich ächzend auf und sah ihr ins Gesicht. Sie schien protestieren zu wollen, hielt die Mullbinde jedoch zurück und musterte ihn abwartend. »Jede Familie bekommt eine halbe Million. Suparman sagt ihnen, dass sie bei einem Unwetter über Bord gegangen und ertrunken sind. Das passiert über fünfzigtausend Seeleuten jedes Jahr. Besonders Seefahrernationen wie Indonesien oder die Philippinen, deren Matrosen weltweit mit Abstand die meisten Schiffsangestellten stellen, sind daran gewöhnt.«

»Das fühlt sich trotzdem nicht richtig an«, beharrte sie.

»Ich weiß. Aber wir haben keine andere Option.« Er griff nach ihrem Arm. »Wir dürfen nicht aus Sentimentalität alles gefährden. An ihrem Tod können wir jetzt ohnehin nichts mehr ändern. Aber an unserer Zukunft sehr wohl.«

Monica seufzte langgezogen und zwang ihn mit sanftem Druck zurück aufs Bett, ehe sie Pflaster und Bandage befestigte.

»Das ist echt düster, Xander«, sagte sie schließlich. Aber sie widersprach nicht mehr.

»Ich weiß. Das sind die Entscheidungen, die ich als Captain treffen muss. Die gefallen mir genauso wenig wie dir, oder den anderen, aber die Verantwortung übernehme ich.«

»Ist das wirklich so?«

»Was?« Er runzelte die Stirn.

»Dass es dir nicht gefällt.«

»Was willst du damit sagen?«

»Ich kenne dich, seit wir auf der Kadettenschule waren«, erklärte sie. »Sarahs Tod hat dich verändert und jeder würde das verstehen.«

»Rede nicht von ihr.« Er schluckte und spürte, wie sich sein Körper, sein ganzes Wesen verschloss wie ein komplizierter Safe aus unendlich vielen Teilen, von denen jedes schwer wog. Seine Stimme klang mit einem Mal heiser.

»Doch. Ihr Tod hat eine Narbe auf dir hinterlassen und ich habe das Gefühl, dass sie seither jedes Jahr tiefer und größer wird. Du kannst nicht immer so weitermachen.«

»Mit was weitermachen?«, hakte er nach, in der Hoffnung, dass sie das Thema von Sarah wegführen würde.

»Für dich ist alles nur noch eine Herausforderung, je unmöglicher, desto besser. Menschen sind Werkzeuge, ein Leben das wert, was es dir und uns nützt. Ich verstehe das, weil unser Business das zu einem gewissen Grad erfordert. Aber ich frage mich auch: Wofür das alles?«

»Dann solltest du auf dein Konto schauen.«

»*Ich* weiß, wofür ich das tue. Ich will Freiheit, ein Leben in vollkommener Abgeschiedenheit, weit weg von allen Menschen und ihrem Schmutz, ihren Lügen und ihrer Hässlichkeit. Ich kann Menschen im Allgemeinen nicht ab.« Sie zuckte mit den Schultern. »Ich träume jede Nacht von meiner kleinen Insel in Mikronesien, die ich nie wieder verlassen muss, bis ich sterbe. Aber was ist mit dir?

Weißt du wirklich noch, was am Ende von all diesem Mist für dich wartet?«

Xander antwortete nicht sofort und dachte über ihre Frage nach. Ein Schmerz, tiefer als alle körperlichen Leiden rührte sich tief in seinem Innern wie ein Schwarzes Loch, dessen Existenz er gewohnheitsmäßig leugnete, um nicht von ihm verschlungen zu werden. Als er minutenlang nichts sagte, nickte Monica mit trauriger Miene und stand auf.

»Das habe ich mir gedacht.« Sie sah auf ihn herab, nachdem sie ihre Arzttasche wieder zusammengepackt hatte und sich zum Gehen wandte. »Das Leben ist mehr als unsere emotionalen Wunden, Xander. Wenn nicht, ist es kein Leben mehr, sondern die Hölle, und ich hoffe sehr, dass du nicht zu einem Dämon wirst, denn da haben weder ich noch die anderen Bock zu.«

23

Das Gespräch mit Suparman lief besser, als Xander erwartet hatte. Nachdem Monica seine Kabine verlassen hatte, war er viele Szenarien im Kopf durchgegangen, letztendlich aber lief es deutlich besser.

Sein Bootsmann zeigte sich einmal mehr äußerst pragmatisch und versicherte ihm, dass die Zahlungen an ihre Familien das Beste waren, das sie tun konnten. Bei einer halben Million stellte offenbar auch niemand mehr Fragen und redete nicht mit den Behörden, weil die naturgemäß nichts von dem riesigen Geldberg erfahren sollten. Steuern gab es schließlich auch in Indonesien nicht zu knapp.

Die zwölf Leichen warfen sie tief in der Celebessee zwischen Mindanao und Sulawesi über Bord. Die hiesigen Strömungen würden sie nach Osten in Richtung des Pazifik treiben. Falls sie jemals gefunden wurden, bevor Haie, Fische oder Vögel sie auffraßen, wären sie längst unidentifizierbar und damit kein Problem mehr für sie.

Die Übermittlung des Geldes überließ er Suparman, da er ihm vertraute und es bislang nie Schwierigkeiten gegeben hatte. Mit der Benachrichtigung über den Tod der vier Männer wollte er jedoch noch bis nach der Abgabe ihres Pakets in Norfolk warten. Sicher war sicher und ob die Angehörigen jetzt davon erfuhren oder später, änderte schließlich auch nichts an der Tatsache, dass ihre Väter, Brüder und Söhne nicht mehr am Leben waren.

Die Stimmung an Bord war erwartungsgemäß getrübt, während sie in wechselnden Schichten die Aufräum- und Reparaturarbeiten überwachten. Spuren von Querschlägern mussten beseitigt werden, Einschusslöcher gestopft, Blut weggewischt und zerbrochene Möbel und Einrichtungsgegenstände repariert oder ersetzt werden. Die Mannschaft erledigte alles schweigend, ihre düsteren Gedanken und Gefühle hingen über der *Medusa* wie ein unsichtbarer Nebel, der durch jede Ritze drang und jeden Kubikzentimeter des Schiffs ausfüllte.

Xander arbeitete genauso mit wie Usain, Monica, Lucas und Olivier und es war letztendlich wie eine kleine Befreiung von dem Geschehenen. Nicht, dass sie sich danach wieder gut fühlten, aber zumindest war der erste Schock überwunden und sie taten etwas Konstruktives, statt zu grübeln.

Schwieriger war es, ihre Passagiere zu beruhigen. Die wollten sofort an Land und nachhause fliegen und es kostete eine Menge Überredungsarbeit – und einen Haufen Lügen –, um sie wieder in eine Verfassung zu bringen, die sie zumindest dazu brachte, sich in ihren Kabinen einzuschließen und durchzuatmen.

Am zweiten Tag nach dem Vorfall hatten sie Sulawesi im Osten umschifft und hielten auf die Bandasee zu, als Xander gerade Brückendienst hatte und auf seinem Kapitänssessel saß. Bei ihm war Usain, der an der Seite stand und mit dem Feldstecher den Horizont absuchte.

»Boss?«, fragte sein Freund nach einer Weile.

»Ja?«

»Ich hab da was Komisches gefunden, wollte ich noch mit dir drüber reden.«

Xander spannte sich an, dachte reflexhaft an das Batteriefach in der *Triton.* »Etwas Komisches? Wovon redest du?«

»Einer der Islamistentypen. Der hatte nen Handy dabei, das ich mit seiner Face-ID entsperren konnte, als er schon tot war«, erklärte Usain mit seiner typischen, schleppenden Stimme. Xander hätte ihn am liebsten geschüttelt, damit er schneller sprach und zur Sache kam. Aber der Hüne war nun einmal, wie er war und er kannte ihn gut genug, um zu wissen, dass er ihn durch Ungeduld nur verprellen würde.

»Okay. Und?«

»Bin die ganzen Apps durchgegangen. War alles unverständliches Zeugs. Irgendeine Filipino-Sprache halt. Aber es gab eine Nachricht, die ich lesen konnte.«

Xander hob eine Augenbraue.

»Die war auf Englisch.«

»Auf Englisch?«, wiederholte er und die Braue berührte beinahe seinen Haaransatz.

»Jo. Die Beschreibung eines Schiffs, die ganz gut auf die *Medusa* zutrifft, plus eine hohe sechsstellige Geldsumme«, erklärte Usain. »Die Nachricht hat der Kerl übersetzen lassen, aber das konnte ich rückgängig machen.«

»Zeig mal her.« Xander war kalt geworden, obwohl auf der Brücke über fünfundzwanzig Grad herrschten. Der Ex-Soldat reichte ihm ein simples Smartphone.

»Könnte sein, dass es jederzeit ausgeht. Habe es nicht mehr gesperrt, seit wir die Leichen über Bord geworfen haben. Konnte das Gesicht von dem Kerl ja nicht aufbewahren. Jetzt ist der Akku fast leer.«

Er nickte und las die Nachricht. Es handelte sich um eine recht ungenaue Beschreibung der *Medusa* – oder jedes anderen ähnlichen Schiffstyps mit ihrer Verdrängung und Tonnage. Schiffe wie ihres gab es viele auf den Weltmeeren, ehemalige Großtrawler oder Walfänger, die zu anderen Zwecken umgebaut worden waren, mit großem Bugaufbau und gestrecktem Heck mit flacher Arbeitsfläche. Seltsam waren allerdings mehrere Dinge: Die Abu Sayyaf griff nur äußerst selten, wenn überhaupt, große Schiffe wie die *Medusa* an. Normalerweise beschränkten sie sich auf Privatsegler oder Fischer, die sie einfach an Bord töteten oder entführten, um Lösegeld zu erpressen. Auch dass sie über moderne Zodiacs verfügt hatten, war ungewöhnlich: Entweder waren sie ausgerüstet worden, was er nicht glaubte, oder aber sie hatten ihre beste Hardware genutzt, um sie zu entern. Dass die Nachricht in Englisch war, blieb natürlich das Merkwürdigste. Die Islamisten arbeiteten nicht im Auftrag für irgendjemanden, sondern waren eine fundamentalistische Gruppe, die einen Gottesstaat im philippinischen Süden errichten wollten, wie es in fast allen Regionen der Welt mit muslimischer Minderheit vorkam. Wenn sie Geld erpressten, taten sie das, um ihre Sache zu stärken, neue Waffen zu kaufen und den Kampf gegen die angeblichen Ungläubigen und Unterdrücker aufrechtzuerhalten. Die in der Nachricht genannte Summe könnte also ein Strategiewechsel sein.

»Was denkst du?«, fragte er, als das Handy seinen Geist aufgab und das Display schwarz wurde.

»Ich glaube nicht an Zufälle. Hast du mir beigebracht«, antwortete Usain, nahm das Smartphone wieder an sich, sah auf den toten Bildschirm und zuckte mit den Schultern.

»Also sucht immer noch jemand nach uns. Auch hier in dieser Region«, fasste Xander zusammen. »Ich kann einfach nicht glauben, dass irgendein Geheimdienst so weit gehen würde, Islamisten für sich einzusetzen.«

»Echt nicht?« Der Deutsche wirkte ungläubig. »Die CIA war zeitweise der größte Kokainhändler der Welt und hat ganze Kartelle gelenkt.«

»Auch wieder wahr. Aber wenn sie auch hier nach uns suchen, haben wir ein Problem. Oder sie sichern sich einfach nur nach allen Seiten ab. Die genannte Summe aus der Nachricht wäre für die CIA ein Taschengeld.«

»Jo, vielleicht wollen die sicherstellen, dass wenn mit ihrer Falle in der Straße von Malakka was schiefgeht und wir nach Osten fliehen, die Abu Sayyaf uns schnappt – oder wenigstens ne Weile aufhält.«

»Möglich«, stimmte Xander ihm zu.

»Aber selbst dann: Ist nen großes Seegebiet die Celebessee. Die Terroristen können das ja gar nicht alles überwachen.«

»Es sagt ja auch niemand, dass sie die Einzigen sind, die angeheuert wurden.«

Usain nickte. »Jetzt fühle ich mich nicht gerade besser.«

»Nein, ganz und gar nicht«, stimmte Xander ihm zu. »Ganz und gar nicht. Aber gut, dass du mir das gezeigt hast. Schmeiß das Ding trotzdem über Bord. Sicher ist sicher.«

»Du denkst ...?«

»Ich weiß es nicht, aber wenn sie das Handy kennen, um eine Nachricht dahin zu schicken, können sie es auch überwachen.«

Am selben Abend saßen sie zusammen im Gemeinschaftsraum beim Abendessen. Suparman und einer seiner Kameraden schoben Wachdienst auf der Brücke, während der Autopilot sie sicher nach Südosten navigierte.

»Wie steht es um den Patienten?«, fragte Xander in Monicas Richtung.

»Übel, wir müssen ihn sofort an Land bringen, sonst übersteht er die Nacht nicht«, antwortete sie.

»Wir sind mindestens vier Stunden vom nächsten Festland entfernt. Ganz zu schweigen von einer Klinik, die Schusswunden versorgen kann«, meinte Lucas, als Xander nicht sofort antwortete.

»Dann die Seenotrettung?«, schlug sie vor. »Ein Helikopter vielleicht.«

»Wir sind hier in Indonesien«, widersprach Olivier.

»Also lassen wir ihn einfach sterben?«

»Wir haben keine andere Wahl«, schaltete sich Xander endlich ein. »Er bekommt Schmerzmittel und du tust für ihn, was du kannst, aber ...«

»Sollten wir nicht wenigstens in Richtung eines Hafens fahren?«

»Wieso? Wenn er es ohnehin nicht schafft, bringen wir uns nur unnötig in Gefahr.« Xander schielte in die Runde, doch die anderen schauten bloß betroffen auf ihre leeren Teller. Einzig Usain wich seinem Blick nicht aus, doch seine Miene war so gelassen und nichtssagend wie eh und je. Monica dagegen wirkte düsterer Stimmung.

»Nichts tun, fühlt sich beschissen an«, sagte sie.

»Ich weiß«, erwiderte er und griff nach ihren Händen. Sie zuckte kurz und er fürchtete schon, sie würde sie wegziehen und eine Szene machen, doch glücklicherweise funkelte sie ihn bloß kurz aus ihren dunklen Augen an und schwieg. »Wenn er es bis in die Timorsee schafft, steuern wir einen australischen Hafen an, versprochen.«

Zuerst reagierte sie nicht, dann, nachdem er ihr lange in die Augen geblickt hatte, nickte sie widerwillig. Sie wussten beide, dass es sich um eine Fantasie handelte, mit der sie sich besser fühlen wollten. Der Todgeweihte in der Krankenstation würde die Nacht nicht überleben und es war noch mindestens eine weitere, bis sie in die Nähe australischer Gewässer kamen. Ganz zu schweigen davon, dass es im Norden Australiens kaum größere Siedlungen an der Küste gab.

Doch niemand widersprach. Sie alle taten so, als wäre es die beste Lösung und als würde sie nicht auf ihrem Gewissen lasten. Das würde später noch passieren.

»Wir müssen noch einmal auftanken, bevor wir über den Pazifik fahren«, sagte er schließlich, bevor sich eine unangenehme Stille zwischen ihnen ausbreiten konnte.

»Port Moresby«, meinte Monica. »Das ist der letzte große Hafen.«

»Ja.« Xander nickte. »Gute Idee.«

»Und vorher sollten wir unsere erste Fracht abwerfen, *mais non?*«, fragte Olivier mit seinem säuselnden französischen Akzent. »Nicht, dass mir das gefällt, aber wenn wir das sowieso tun müssen, sollten wir es machen, bevor wir in den Hafen einlaufen. Dann müssen wir nicht so viel schwitzen, wenn der Zoll noch mal an Bord kommen sollte.«

»Ja. Ich kümmere mich darum.«

24

Xander ging nach der Offiziersbesprechung mit Olivier zur Brücke, um ihre gemeinsame Schicht anzutreten. Gerade nach allem, was geschehen war die letzten beiden Wochen, war es wichtig, ihre Rituale und Regeln fest einzuhalten. Er fühlte sich wie ein plattgeklopftes Stück Fleisch mit all seinen Prellungen, der Platzwunde an der Schläfe, seinem Hals, der noch immer bei jedem Schluck schmerzte. Trotzdem ging er als Vorbild voran, nahm sich keine Pausen und kam seinen Pflichten an Bord nach.

Es wäre einfach gewesen, eine Ausnahme zu machen. Der Autopilot war gut genug, eines der modernsten Systeme, die einen Kapitän beinahe obsolet machten. Trotzdem war ihm der Gedanke nicht ein einziges Mal gekommen. Disziplin und Verlässlichkeit waren die wichtigsten Säulen eines jeden funktionierenden Schiffs. Und er als Captain musste immer vorangehen, ein gutes Beispiel abgeben.

Also stand er am Steuer, ohne etwas zu tun, überwachte die Displays von Sonar, Radar und Navigation und den Funkverkehr der anderen Schiffe. Die Piraten hatten sie überrascht, aber etwas Ähnliches durfte nicht noch einmal passieren. Allerdings befanden sie sich bereits in deutlich sichereren Gewässern, sodass seine größte Sorge das war, was im Verborgenen lag. Wer hatte der Abu Sayyaf die Nachricht geschickt? Wer hatte ihr Schiff in Bangkok durchsuchen lassen?

Er hoffte sehr, dass wer auch immer aus den Schatten heraus agierte und nach ihnen suchte, an dem Plutonium interessiert war und nicht an ihrer anderen »Fracht«, die ihm noch immer Alpträume bereitete. Denn von diesem Kreuz würde er sich nach dieser Schicht befreien.

Am liebsten hätte er es sofort getan, wäre zur *Triton* gelaufen, hätte die Platte des Batteriefachs abgeschraubt und den Zylinder über Bord geworfen. Damit wären sie das dicke fette Geheimnis losgeworden, das sie alle nachts wachhielt. Natürlich würde das nur ein weiteres Problem schaffen, nämlich ein rachsüchtiges nordkoreanisches und iranisches Regime, das sein Geld zurück und sie alle tot sehen wollte. Aber was für ein Preis war das schon im Vergleich dazu, mit sämtlichen Geheimdiensten der Welt ringen und damit rechnen zu müssen, beim winzigsten Fehler am Ende zu sein?

Doch es war noch früh und seine Schicht würde Mitternacht enden, wenn der Rest schlief. Monica und Lucas würden sich auf der Brücke befinden und das Achterdeck frei sein. Also konnte er die Kamera dort mit seiner Administrator-App ausschalten und sich um den Zylinder kümmern. Niemand musste wissen, welches Versteck er benutzt hatte. Vielleicht würde er es in Zukunft noch einmal brauchen.

»Alles in Ordnung, Kumpel?«, fragte er Olivier nach einigen Stunden des Schweigens auf der Brücke. Normalerweise unterhielten sie sich, schwiegen dann eine Weile und unterhielten sich wieder. Diesmal war es anders. Eine Schwere lag zwischen ihnen, die er normalerweise nicht kannte.

»Non, *copain«*, erwiderte der Franzose kopfschüttelnd. »Ich kann nicht mehr gut schlafen und das macht mich fertig.« Er tippte sich an den Kopf. »Hier oben.«

»Kann ich verstehen«, versicherte Xander ihm. Er dachte an den Überfall der Islamisten, wie er einige von ihnen getötet hatte und beinahe gestorben wäre. Es war beinahe, als könnte er den unnachgiebigen Griff des schwitzenden Mannes, der ihn erwürgen wollte, noch immer spüren. »Mich lässt es auch nicht los. Aber wir haben uns verteidigt und das ist alles, was zählt.«

»Das meine ich nicht. Ich rede von dem *extraterrestre.*« Olivier erschauderte sichtlich. »Der Angriff der Terroristen hat uns vielleicht abgelenkt, aber ich habe nicht vergessen, dass wir ein Wesen an Bord haben, das unsichtbar ist, Türen öffnen kann und wer-weiß-was-noch anstellt.«

Xander dachte an das Fach mit dem Geigerzähler und das wie von Zauberhand wiederhergestellte Siegel. Er schluckte.

»Ich stelle mir die ganze Zeit vor, dass es mich beobachtet«, fuhr der Bordingenieur fort und starrte aus dem Fenster auf den Abendhorizont. »In meiner Kabine, wenn ich arbeite, immer. Es ist nicht mehr wie vorher.«

»Ich weiß. Aber das können wir jetzt nicht ändern. Wir haben den Sarg wieder aufgemacht, es kann also jederzeit zurückkehren. Und wenn es das tut, versperren wir ihn mit allem, was wir haben«, sagte Xander.

»Oui, oui, aber woher wissen wir, dass es jemals wieder zurückkehrt?«

»Ist es vorher doch auch. Vielleicht braucht es den Sarg, um zu überleben? Möglicherweise kann es immer nur für ein paar Stunden raus und muss dann zurück?«

»Vielleicht.« Olivier klang nicht überzeugt. »Aber was ist, wenn nicht? Wenn wir das Ding übergeben in Norfolk und die Navy-Leute sehen, dass nichts drin ist?«

»Dann sind wir am Arsch«, gab Xander freimütig zurück.

»Oui. Am Arsch.«

Wieder verfielen sie in Schweigen, grübelten für sich selbst über das Gespräch und seine Bedeutung, bis irgendwann Monica und Lucas auf die Brücke kamen.

»Alles klar, ihr könnt pennen gehen«, sagte sie. Ihm war gar nicht aufgefallen, wie schnell die Zeit vergangen war. Draußen war es längst dunkel.

»Oh«, machte er und nickte. »Alles klar. Ich muss gleich meine Admin-App updaten, kann sein, dass die Kameras und Türsysteme dann kurz spinnen.«

»Okay.« Monica klang nicht, als würde sie ihm glauben, aber sie stellte auch keine Fragen und nahm stattdessen seinen Platz ein.

»Gute Nacht.« Xander verließ die Brücke und zückte sein Smartphone. Auf dem Weg zu seiner Kabine schaltete er das gesamte Kamerasystem an Bord ab und ging dann zurück zwei Decks hinauf und in Richtung Achterdeck. Unterwegs traf er zwei Mitglieder der Mannschaft, die ihm respektvoll zunickten. Er erwiderte die Geste.

Ihm war allerdings nicht entgangen, dass sie seinem Blick ausgewichen waren und mitgenommen wirkten. Nichts zu sehen von dem Lächeln, das die meist gut gelaunten Indonesier immer auf den Lippen trugen. Statt lebensfroh sahen sie aus wie geprügelte Hunde.

Kein gutes Zeichen, aber auch nichts, um was er sich jetzt in diesem Moment kümmern konnte. Er musste waffenfähiges Plutonium loswerden.

An der Tür zum Achterdeck angekommen, steckte er den Kopf durch einen kleinen Spalt und sah zwei andere Mannschaftsmitglieder, die gerade ein Sicherungstau überprüften und dann wieder hineingingen. Danach erst lief er zu dem kleinen Hangar, den sie in Ningbo gebaut hatten, und schlüpfte durch die Tür.

Beleuchtet von den beiden roten Notlampen kletterte er nach oben und öffnete die Luke, ehe er über die Leiter in die enge Kabine kletterte, die nur aus einem schmalen, zwei Meter langen »Flur« und dem Cockpit mit seiner charakteristischen Fischglas-Kugel bestand.

Zuerst holte er aus einem der Frachtpaneele das Werkzeug, dann begann er, die Platte abzuschrauben. Dabei ging er ruhig und vorsichtig vor, ließ sich von der leichten Aufregung nicht antreiben, die seine Haut kribbeln ließ. Was er hier tat, wirkte banal, und doch hatte es potenziell riesige Auswirkungen auf seine Zukunft und die seiner Freunde und Kameraden.

Als er die Schrauben gelöst hatte, zog er sie nacheinander heraus und legte sie achtsam beiseite, damit sie nicht wegrollten. Jedes lose Teil in einem Tauchboot konnte zur Gefahr werden, wenn sie es einsetzten.

Danach packte er die beiden Vertiefungen rechts und links mit den Fingern und zog die Platte ab. Er stellte sie links gegen die Wand und klopfte sich die Hände ab, obwohl es hier drinnen so gut wie keinen Staub gab.

Dann fiel sein Blick in die Vertiefung.

Sie war leer.

Xander riss die Augen auf und starrte ungläubig auf die leere

Schaumstoffmulde, in die der Zylinder so perfekt hineingepasst hatte. Er war fort.

»Nein, nein, nein, das kann nicht sein«, stammelte er und tastete die Vertiefung ab, als spielten seine Augen ihm einen Streich. Aber seine Finger fanden nur weichen Schaumstoff, warm und etwas rau.

»FUCK!« Er leckte sich über die Lippen und sah sich in der engen Kabine um. Dann schaltete er sämtliche Lichter ein, sodass es unangenehm hell wurde. Er stand auf und begann, jede einzelne Klappe, jede Schublade und jedes Geheimfach zu öffnen wie ein Alkoholiker, der auf der Suche nach dem letzten Tropfen Alkohol im Haus war.

»Wo bist du? Wo bist du, verdammt noch mal?«

Seine Suche war vergeblich. Eine Viertelstunde später stand er inmitten der *Triton,* umgeben vom reinsten Chaos, weil alles, was sich öffnen ließ, offen stand wie ein zerfledderter Kadaver.

Von dem Zylinder fehlte jede Spur. Der Geigerzähler war noch da – oder wieder –, aber das Plutonium war fort.

In seiner Verzweiflung zückte er wieder sein Handy und öffnete das Admin-Menü der Kameras, wählte sich in die *Triton*-Kamera ein, deren kleinen Linsenkopf er oben zwischen den Kippschaltern der Lebenserhaltung über dem Pilotensitz sehen konnte wie ein totes Auge.

Er ging zurück bis zu dem Tag, an dem sie in nordkoreanischen Gewässern vor Anker gelegen hatten. Xander startete dort, wo er sich selbst genau hier hocken und den Zylinder verstecken sah. Er sah mit an, wie er die Bodenplatte abschraubte, die Notfallbatterie beiseitelegte und den Zylinder in die Schaumstoffvertiefung legte, nachdem er mit einem Cutter ein paar kleine Veränderungen vorgenommen hatte. Dann spulte er vor und ging beinahe zwei Wochen an Aufnahmen durch. Meist im Schnelldurchlauf, bis er wieder den Zollbeamten hereinklettern sah. Diesen Teil hatte er so häufig angeschaut, dass er ihn auswendig kannte. Den Spuk mit dem Geigerzählerfach hätte er Frame für Frame nachzeichnen können, so tief war er in seinen Geist eingebrannt. Dann geschah lange Zeit gar nichts, es war trotz schnellem Vorlauf, als würde er auf ein Standbild schauen, weil sich nichts rührte – abgesehen von seinem eigenen Besuch nach dem Zollbeamten.

Stundenlang saß Xander auf dem Boden der *Triton* und starrte auf seinen Bildschirm. Zwischendrin musste er sein Handy an eines der Ladekabel anschließen, die aus der Wand hingen.

Irgendwann waren die Aufnahmen zu Ende und er bekam eine Meldung angezeigt: *Ende der Aufzeichnung.*

Die Platte hatte sich nie gerührt. Laut der Kamerabilder war sie nicht abgeschraubt worden, hatte sich nicht geöffnet und war auch nichts entnommen worden.

»Das ist unmöglich!« Er ballte die rechte Hand zur Faust und schlug vor Frustration auf den Boden. Seine Knöchel platzten auf und bluteten. »Das kann nicht sein!«

Er zwang sich zu einem ruhigen Atem und schloss für einen Moment die Augen. Dann sah er wieder auf die leere Schaumstoffvertiefung vor sich und sah sich in der *Triton* um.

»Bist du hier? Versteckst du dich?«, fragte er mit einer Mischung aus Angst und Wut. Seine Stimme bebte.

Natürlich bekam er keine Antwort.

Er starrte noch eine Weile ins Leere, dann rappelte er sich auf und begann, alle Türen, Klappen und Fächer wieder zu verschließen. Er schraubte die Bodenplatte fest und steckte sein Handy ein. Dann nahm er den Geigerzähler aus seinem Fach und verließ das Tauchboot wieder.

Draußen glaubte er, dass es bereits minimal heller wurde. Der nächste Tag kündigte sich an und er hatte keine Minute geschlafen. Er glaubte auch nicht, dass er jemals wieder schlafen würde.

Statt zu seiner Kabine zu gehen, machte er sich auf den Weg zum Hauptlager unter dem Achterdeck. Unterwegs traf er niemanden, wich lediglich einmal Suparmans Männern aus, ehe er mit seiner Schlüsselkarte die Tür entriegelte und in den Frachtraum trat. Das diffuse Licht der einzigen Lampe erzeugte lange Schatten der Kisten und Fässer ringsherum, im Hintergrund summte der Sarg auf seine typische unheimliche Weise vor sich hin.

Xander drehte das Licht auf, so weit es ging und schaltete die Entladelampen hinzu, die beim Be- und Entladen über die Luke über seinem Kopf genutzt wurden. Er schämte sich nicht dafür, dass ihm die Dunkelheit auf seinem eigenen Schiff unheimlich geworden war.

Danach machte er sich auf die Suche: Er hielt den Geigerzähler vor sich und suchte jeden Quadratzentimeter ab. Nach einer Stunde hatte er die linke Hälfte hinter sich, hatte jede Plane abgezogen, jede Transportkiste zur Seite gezerrt und dahinter geschaut und an alles den Geigerzähler gehalten. Aber er schlug nicht aus. Eine Stunde später wusste er, dass auch die andere Seite des Lagers kein Ergebnis brachte. Entweder das Plutonium strahlte nicht mehr – auch wenn die Ergebnisse in dem Detektor minimal gewesen waren, so hatte er doch immer ausgeschlagen –, oder es war nicht hier.

Er überlegte sogar, den Sargdeckel zu öffnen – wie auch immer das ging –, entschied sich letztlich aber dagegen. Stattdessen suchte er die fremdartige Maschine mit dem Gerät von außen ab. Auch ohne Ergebnis.

Am Ende stand die Erkenntnis, dass er einen dreißig Zentimeter langen Zylinder mit waffenfähigem Plutonium verloren hatte. Auf seinem eigenen Schiff. Hätte er gewusst, dass es nicht mehr an Bord war, wäre das eine Sache gewesen, aber nicht zu wissen, wo es war und wie es überhaupt verschwunden sein konnte, zermarterte ihm das Hirn.

Und er durfte niemandem davon erzählen. Wenn sein ganzes Team sich die Gedanken machte, die ihm jetzt durch den Kopf gingen, wären sie erledigt.

25

»… *Ist am Morgen der Befehl ergangen, die Sechste Flotte des US Pacific Command in höchste Alarmbereitschaft zu versetzen*«, hörte Xander die Stimme von Laura Sinclair aus dem Fernseher, als er am nächsten Tag in den Gemeinschaftsraum kam. Usain und Monica saßen in der Sitzecke und lauschten der Nachrichtensendung von *News Nation*. »*Die Spannungen zwischen Russland, China und den USA haben sich zugespitzt, seit die russische Rakete im Orbit zerstört wurde. Moskau und Peking werfen den Vereinigten Staaten seither vor, heimlich Waffen im Weltraum stationiert und so die Rakete vernichtet zu haben. Obwohl sowohl das Pentagon als auch das Weiße Haus entsprechende Anschuldigungen entschieden zurückgewiesen haben, zeigen Militärbewegungen Chinas und Russlands, dass eine neue Zeit strategischer Spannungen angebrochen sein könnte. Beobachter halten die angeschlagenen Töne aus dem Kreml und der KP-Zentrale jedoch für vorgeschobene Gründe, um die internationale Gemeinschaft misstrauischer gegenüber den USA und ihren Verbündeten zu machen. Ein Pentagonsprecher nannte die Anschuldigungen dementsprechend einen ›kläglichen Versuch, den aktuellen Aufruhr zu nutzen, um von eigenem Versagen abzulenken und der Tatsache, dass die Russische Föderation leichtfertig die Sicherheit der gesamten Erde aufs Spiel gesetzt hat‹.*«

»Geht da draußen immer noch die Welt unter?«, fragte Xander und Monica und Usain drehten sich zu ihm um.

»Jo«, antwortete der Deutsche. »Wird auch nicht besser, wenn Aliens kommen.«

»Weil sie nicht mit uns reden«, meinte Monica und machte ein finsteres Gesicht. »Warum können sie nicht einfach auf unsere Kommunikationsversuche antworten?«

»Was sollten sie uns schon sagen wollen?« Xander hob die Hände.

»Keine Ahnung. Alles wird gut? Wir kommen in Frieden? *Irgendwas* ist besser als nichts.«

»Da wäre ich nicht so sicher«, widersprach er. »Selbst wenn sie sagen würden, dass sie in Frieden kommen, würden wir es schaffen, das als irgendeine Art von Bedrohung aufzufassen. Dass sie uns nur hinters Licht führen wollen oder lügen, dass sie das nur sagen, weil sie annehmen, dass wir Angst vor ihnen haben und das einen Grund haben muss. Unsere Gehirne sind verrückt.« Er wedelte mit einem Finger neben seiner bandagierten Schläfe. »Wir interpretieren alles als negativ und gefährlich, so sind wir nun einmal.«

»Ist so«, stimmte Usain ihm zu. »Die NATO hat gesagt, dass sie alles abschießen, was auf das Objekt abgefeuert wird. Bin gespannt, wie lange dieses Pulverfass noch trocken bleibt.«

»Das hat uns nicht zu kümmern«, sagte Xander und winkte ab. »Wir haben viel zu tun.«

»Hast du alles erledigt?«, wechselte Monica das Thema.

»Ja«, log er. »Alles erledigt. Das Versteck ist leer.«

»Gut.« Sie wirkte für einen Moment nachdenklich. Dann nickte sie und wiederholte: »Gut.«

»Können wir uns kurz unter vier Augen unterhalten?«

Monica wirkte überrascht. Nickte jedoch erneut und stand auf. Usain schaute wieder auf den Fernseher.

Sie gingen in seine Kabine und schlossen die Tür hinter sich.

»Alles in Ordnung?«, fragte sie.

»Nicht wirklich. Das Plutonium ist weg.«

»Wie bitte?«

»Ich war beim Versteck und es ist nicht mehr da«, erklärte er und ließ sich auf einen seiner Sessel fallen. Monica tat es ihm nach, als hätte sie sämtliche Kraft verloren.

»Und du bist sicher, dass du nicht …«

»Ja, bin ich!«, erwiderte er barscher als beabsichtigt. »Sorry, aber das macht mich wirklich fertig. Ich bin ganz sicher. Ich weiß, wo ich es versteckt habe. Niemand vergisst, wo er einen Zylinder mit Plutonium verbuddelt hat.«

»Denkst du, dass jemand aus der Crew dahinter steckt?« Monicas Gesicht war fahl geworden. Sie sah genauso aus, wie er sich fühlte.

»Nein.« Xander schüttelte den Kopf und goss sich einen Scotch ein. Anders als üblich lehnte sie nicht ab, als er ihr auch einen anbot. Den ersten trank sie in einem Zug. Er schenkte ihr noch einen ein. »Niemand kannte das Versteck – das habe ich ja bewusst so gemacht, um eine Situation wie diese ausschließen zu können.«

»Gibt es Kamerabilder?«

»Ja. Ich bin sie alle durchgegangen. Nichts. Einfach *nichts*.«

»Aber das verstehe ich nicht. Das kann doch nicht einfach verschwinden.«

»*Einfach* nicht, nein, aber es ist verschwunden. Genau so unmöglich wie die sich von selbst öffnenden Türen.«

»Du denkst, dass ein *Alien* dahintersteckt?«, fragte sie verblüfft.

»Was denn sonst? Ich weiß ja, dass das verrückt klingt, aber die Scheiße passiert nun einmal. Wir haben es schließlich auf Video, klar sichtbar – oder halt auch nicht.« Er schüttelte erneut den Kopf und beugte sich vor, stützte sich mit den Ellenbogen auf den Knien ab und sein Blick verlor sich in der bernsteinfarbenen Flüssigkeit in seinen Händen. »Die Crew darf es nicht erfahren. Aber wir müssen weitersuchen. Wir haben einen Geigerzähler. Am besten wechseln wir uns ab und durchsuchen das gesamte Schiff. Wir müssen alles durchgegangen sein, ehe wir in Port Moresby anlegen.«

»Du willst sichergehen, dass das Paket nicht mehr an Bord ist.«

»Ja.«

»Okay, ich helfe dir.«

»Danke.«

»Und wirklich: Niemand darf davon erfahren. Ich vertraue dir mit meinem Leben und weiß, dass du das verdauen kannst. Aber ich mache mir sorgen, was es mit den anderen macht, wenn sie von *diesem* Spuk erfahren.«

»Nichts Gutes«, versicherte sie ihm. »Ganz sicher nichts Gutes.«

Xander seufzte. »Was ist mit dem Patienten?«

»Er ist heute Nacht verstorben.«

Er nickte. Ein Teil von ihm war erleichtert. Ein anderer schämte sich dafür. Es war ein Problem weniger, so viel stand fest.

»Septischer Schock. Er hätte es nicht bis an Land geschafft«, sagte sie.

»Verstehe. Hast du ihn ...?«

»Seebestattung, ja. Suparman hat das organisiert. Seine Leute sind nicht glücklich darüber. Die meisten von ihnen sind Muslime und haben sehr klare Vorstellungen davon, was mit ihren Toten zu geschehen hat. Aber ich denke, seine Geldversprechen haben die Wogen einigermaßen geglättet. Zumal die ja schon eine Menge Geld von uns gesehen haben nach Vietnam. Die wissen also, dass wir nicht bluffen.«

»Gut, gut. Also brauchen wir keine Probleme von ihnen erwarten?«, hakte er nach.

»Nein, ich denke nicht.«

»In Ordnung.« Er entschied sich, das Thema zu wechseln. Das Gespräch über den Patienten war deutlich einfacher vom Tisch gewesen als erwartet. Kein Grund, etwas daran zu ändern. »In Port Moresby tanken wir auf und machen uns direkt wieder auf den Weg. Ich will keine Zeit verschwenden. Bestich die Hafenmeisterei so großzügig, wie es sein muss. Hauptsache weg. Kein Proviant, keine Extras.«

»Geht klar. Und keine Landgänge, nehme ich an?«

»Ganz recht. Also, dann haben wir jetzt zwei Tage Zeit, bis wir Port Moresby erreichen. Zwei Tage, in denen wir eine Menge zu tun haben.«

Und so sollte es kommen: Sie wechselten sich in Acht-Stunden-Schichten ab mit dem Geigerzähler, gingen heimlich das ganze Schiff durch. Hier und da redeten sie sich heraus mit Zimmerkontrollen, Wartungsarbeiten oder anderen vorgeschobenen Gründen, wo sie in die Privatsphäre der anderen eindrangen. Olivier schien zu bemerken, dass etwas nicht stimmte, sagte jedoch nichts, während es Usain offenbar egal war und Lucas die meiste Zeit arbeitete oder laut schnarchte und gar nicht erst aufwachte.

Am Ende fanden sie nichts. Das Plutonium war entweder verschwunden oder strahlte gar nicht mehr. Beruhigen konnte die

Tatsache Xander allerdings nicht. Im Gegenteil wurde sein Verstand immer fantasiereicher in dem Versuch, das Verschwinden der Ware zu erklären.

Als die *Medusa* sich dem Hafen von Port Moresby näherte, brach gerade ein neuer Morgen über der Hauptstadt Papua-Neuguineas an, tauchte die Welt in ein sanftes Licht, das die Konturen der Stadt sanft enthüllte. Die ersten Sonnenstrahlen glitten über das ruhige Meer und färbten den Himmel in ein Kaleidoskop aus Rosa und Orange, das sich in den sanften Wellen widerspiegelte. Port Moresby, eine Stadt, die auf den ersten Blick von einem unbestimmten Charme geprägt war, erstreckte sich entlang der Küste, wo das türkisfarbene Meer auf grüne Hügel traf, die stolz in den klaren blauen Himmel ragten.

Die Skyline war eine Mischung aus modernen Gebäuden und traditionellen Hütten, ein Zeugnis der einzigartigen Verschmelzung von Alter und Neuzeit, die das Stadtbild prägte. Während sie langsam in den Hafen einliefen, wurden die Details der Stadt deutlicher: der geschäftige Fairfax-Hafen, voll mit bunten Containern und geschäftigen Menschen, die die Ankunft neuer Waren erwarteten; die eleganten Segelboote, die sanft auf den Wellen tanzten; und die Fischer, die in ihren kleinen Booten mit der Morgendämmerung hinausfuhren, ein tägliches Ritual, das so alt war wie die Stadt selbst und ein angenehm archaisches Bild abgab, das der hohen Kriminalität und den sozialen Unruhen, die hier herrschten, entgegenzustehen schien.

Die Luft war erfüllt vom Geruch des Meeres, gemischt mit dem Duft exotischer Gewürze, der aus den zahlreichen Straßenständen und Märkten zu ihnen herüberwehte und sich mit dem Gestank von Schiffsöl vermischte. Die Geräuschkulisse der Stadt erwachte langsam zum Leben – das ferne Rauschen des Verkehrs, das fröhliche Rufen der Händler, die ihre Waren anpriesen, und das Lachen der Kinder, die auf den Straßen spielten, alles unterlegt mit dem ständigen, beruhigenden Murmeln des Meeres und dem Gluckern der Motoren.

Xander genoss diesen kurzen Zeitraum der Ruhe und des Friedens auf ihrer Odyssee, gab sich ganz den Eindrücken hin, als könnten sie ihn in ruhigere und vor allem einfachere Zeiten zurückführen, nach denen er sich jetzt so sehr sehnte.

Beim Einlaufen in den Hafen wurde die Vielfalt von Port Moresby besonders deutlich: Moderne Einkaufszentren standen neben traditionellen Kunst- und Handwerksmärkten, wo kunstvoll geflochtene Körbe, leuchtend bunte Stoffe und handgeschnitzte Holzfiguren die reiche Kultur Papua-Neuguineas zur Schau stellten. Die grünen Hügel rund um die Stadt boten einen malerischen Kontrast zu dem urbanen Treiben, während vereinzelte Kirchtürme und Minarette in den Himmel ragten, stille Wächter über der vielschichtigen Geschichte und Spiritualität der Stadt. Aber er sah auch die vielen Armenviertel ringsherum, halb zerfallene Ruinen und improvisierte Bauten aus Wellblech und Backsteinen. Einige der Viertel erstreckten sich auch als wackelige Pfahlbauten aufs Wasser.

Und am Kai warteten bereits zwei Wagen des Zolls.

26

»Sollen wir umdrehen?«, fragte Monica über Funk. »Die Hafenbehörde hat nichts gesagt.«

»Nein«, antwortete Xander in sein Funkgerät, ohne den Blick von den Autos des Zolls zu lassen. »Das macht uns nur verdächtig und dann haben sie keine großen Schwierigkeiten, uns zu verfolgen und zu stellen. Da draußen liegt ein Boot der Küstenwache.«

»Du bist der Boss.«

Xander kaute auf seiner Unterlippe und sah zu, wie Monica die *Medusa* gekonnt an ihren Liegeplatz am Hauptkai manövrierte. Die Motoren röhrten immer wieder auf, als sie kleine Richtungsänderungen vornahm und sie seitlich an den Betonanleger schob. Dicke Gischtfontänen schossen aus dem Rumpf des Schiffs, glichen kleinste Bewegungen aus und sorgten für Stabilität. Dann waren sie nah genug, um die Taue an Land zu werfen. Die Mannschaft lief umher, tauschte einige Rufe mit den Hafenarbeitern aus, die die Tauenden an den Pollern festzurrten.

Ein paar Minuten später schaltete Monica die Maschinen in den Leerlauf, damit die Stromversorgung aufrechterhalten blieb, und es wurde schlagartig leiser. Xander wartete auf die beiden Zollwagen, doch die blieben, wo sie waren: vor dem Nachbarschiff, einem riesigen australischen Trawler, der beinahe so groß war wie die

Medusa. Er konnte mehrere Uniformierte an Bord erkennen, die mit Besatzungsmitgliedern der *Darwin's Dove* sprachen.

»Vielleicht werde ich doch zu paranoid«, dachte er laut und sah zu, wie aus dem großen Containerbereich des Hafens ein ziemlich mitgenommen aussehender Tankwagen angerollt kam. An der Seite war ein halb abgeblättertes »Shell«-Logo zu sehen. Xander nahm das Funkgerät vor den Mund und wechselte die Frequenz. »Suparman, Xander hier. Der Sprit kommt, seht zu, dass ihr uns schnell auffüllt. Wir wollen hier keine Wurzeln schlagen.«

»Alles klar, Boss-man. Meine Jungs wissen schon Bescheid«, kam prompt die Antwort.

Xander nickte in sich hinein und sah zu, wie alles seinen Lauf nahm. Von dem Seitenausleger der Brücke aus, ragte er beinahe zwei Schritte über die Reling tiefer unten und hoch über dem Anleger, was ihm einen guten Überblick verschaffte. Er sah die Hafenarbeiter in den blauen Overalls, die den Tankrüssel aus ihrem Tankwagen entrollten und das Ende an Suparmans Leute übergaben, die einen Adapter aufschraubten und ihn dann auf die Öffnung für den Schiffsdiesel pfropften.

Der Hafenmeister kam mit einem Fahrrad angefahren, ein jung aussehender Kerl in Jeans und Windjacke, obwohl es bereits in der frühen Stunde beinahe dreißig Grad warm war. Monica erwartete ihn mit den Papieren an der Gangway, die zwei Mannschaftsmitglieder kurz zuvor ausgerollt hatten. Xander beobachtete ihr Gespräch. Einzelne Wortfetzen wurden zu ihm hinaufgetragen, aber viel zu leise, als dass er etwas hätte verstehen können.

Es dauerte beinahe eine halbe Stunde, bis sie vollgetankt waren und der Hafenmeister sich auf seinem Fahrrad wieder davonmachte. Monica sah vom Achterdeck zu ihm auf und streckte ihm einen Daumen entgegen. Er erwiderte die Geste und wollte gerade auf die Brücke hinter sich zurückkehren, als er die Zollbeamten von dem australischen Trawler heruntergehen sah. Sie alle waren schwarz, bis auf eine weiße Frau mit blonden Haaren, die Jeans und weiße Bluse trug, darüber eine Splitterschutzweste.

Ihre Blicke trafen sich – zumindest glaubte er das, da sie zu weit weg war, um ihre Augen zu erkennen –, dann zeigte sie auf ihn und die Männer vom Zoll folgten ihrer Geste.

»Ihr wollt mich doch verarschen«, fluchte Xander und rollte mit den Augen.

Die Beamten kamen auf die *Medusa* zu. Kein Zweifel, dass sie es auf sie abgesehen hatten, denn ihr Schiff war das letzte am Kai.

»Monica, wir kriegen Besuch«, sagte er in sein Funkgerät. »Schaff irgendwie die Forscher weg. Die wissen noch nichts von unserer Kursänderung.«

»Verstanden.«

Xander öffnete die kleine Tür der Reling rechts von sich, und lief über die Treppe auf das Deck darunter und von dort nach hinten, ehe er drei weitere Treppen bis hinunter aufs Achterdeck nahm und sich an die Gangway stellte, um den Zoll in Empfang zu nehmen.

»Usain?«, fragte er in das Funkgerät.

»Jo«, ertönte die Antwort direkt neben ihm.

»Scheiße, hast du mich erschreckt«, entfuhr es ihm, als er zu dem Hünen herumfuhr.

»Sorry. Hab gehört, dass wir Besuch kriegen. Dachte, ich komme besser raus.«

»Guter Mann.«

Die Zollbeamten, insgesamt sechs an der Zahl, waren deutlich einfacher gekleidet als ihre Kollegen in Thailand. Sie trugen Jeanshosen und schwarze Hemden mit »PNGCS«-Aufschrift auf ihren Windjacken. Die Frau zwischen ihnen stach durch ihre langen blonden Haare und die kalkweiße Haut hervor – und ihre verspiegelte Pilotenbrille. Sie trug ein Klemmbrett unter dem Arm und anders als die Einheimischen keine Dienstwaffe an der Hüfte.

»Guten Morgen«, sagte einer der Beamten, ein Mann mit grauen Schläfen und tief in dunklen Höhlen verborgenen Augen. »Inspector Johnson. Sind Sie der Captain dieses Schiffs? Der *Gulliver?*«

»Der bin ich«, antwortete Xander.

»Können wir an Bord kommen?«

Er hob eine Braue. Das war zumindest schon mal höflich. Er machte eine einladende Geste und trat zur Seite. »Bitte.«

»Danke.«

»Mister Hartmann hier wird Sie herumführen«, sagte er und schielte aus den Augenwinkeln zu der Ausländerin, die sich interessiert umschaute, als wäre sie auf einem Urlaubsausflug.

»Vielen Dank«, erwiderte der Inspector.

»Darf ich fragen, was es mit dieser Inspektion auf sich hat, Sir?«, fragte Xander höflich und möglichst beiläufig.

»Reine Routine.« Johnson winkte ab. »Wir bilden gerade zwei neue Mitarbeiter aus und bekommen dafür Unterstützung von der US-Navy.«

»Ah.« Er wandte sich an die Frau. »Sie sind also Amerikanerin, nehme ich an?«

»Australierin«, antwortete die Blondine mit einem gewinnenden Lächeln und schüttelte seine Hand, als er sie ihr hinhielt. »Im Rahmen der AUKUS-Initiative patrouillieren wir, die US-Navy und die Royal Navy des Vereinigten Königreichs in der Region und bilden die hiesigen Behörden aus. Tut mir leid, wenn wir Sie aufhalten, es wird nicht lange dauern.«

»Natürlich.« Xander nickte, glaubte ihr jedoch kein Wort. Er war schon zu lange im Geschäft, um beiläufigen Bemerkungen und freundlichem Geplänkel zu trauen. Er sah zur *Darwin's Dove* und bemerkte erst jetzt, dass sie der *Medusa* gar nicht unähnlich war.

An Zufälle glaubte er auch schon lange nicht mehr.

»Kann ich Ihnen irgendetwas anbieten?«, fragte er. »Was zu trinken?«

»Eine private Tour«, schlug sie vor und entblößte eine Reihe strahlend weißer Zähne, als sich ihre Lippen zu einem Lächeln teilten. Xander vermutete, dass diese Frau ihre Schönheit routinemäßig als Waffe einsetzte.

»Gern. Aber wollen Sie mir nicht erstmal Ihren Namen verraten, bevor ich Sie auf ein Date einlade?«

»Ava Jones.«

»Klingt wie der Name einer Superheldin auf Netflix«, befand er. »Xander Fisher.«

»Klingt wie der Name eines Schmugglers«, entgegnete sie und lachte, als er kurz aus der Fassung geriet und blinzelte. Wie beiläufig legte sie ihm eine Hand auf den Arm und gluckste. »Nur ein kleiner Spaß.«

»Sie haben nicht ganz unrecht«, sagte er und lächelte, als würde es ihm nichts ausmachen. »Ich war früher Logistikoffizier auf einem Flugzeugträger der US-Navy.«

»Ah. Das Zentrum der Kontrabande, was?«

Er hob abwehrend beide Hände. »Niemals.«

»Na dann führen Sie mich mal rum, Captain Fisher.«

Xander nickte und bedeutete ihr, ihm zu folgen. Ihre ungezwungene Art konnte ihn nicht blenden, genauso wenig wie ihr – zugegebenermaßen sexy – australischer Akzent. Die besten Geheimdienstoffiziere, mit denen er in seiner Militärlaufbahn zu tun hatte, waren Typen gewesen, die besonders kumpelhaft und ungezwungen aufgetreten waren, keine Welle gemacht haben. Ganz so wie Ava Jones hier.

Er führte sie zuerst zum Hangar. Da er jetzt wusste, dass dort nichts mehr zu finden war, gab ihm das die Möglichkeit, Zeit zu erkaufen. Mit etwas Glück war Inspector Johnson bald fertig und sie brauchte nicht einmal ins Schiffsinnere zu schauen.

»Ein Helikopter?«, fragte sie.

»Tauchboot«, gab er zurück.

»Oh. Forschung, nehme ich an?«

»Ja, ich habe einen Pilotenschein für Tiefsee-Tauchboote und wir haben uns auf Forschungsexpeditionen weltweit spezialisiert.«

»Haben Sie gerade Forscher an Bord?«, fragte Jones.

»Ja«, antwortete er, ohne zu zögern, und ließ sich seine Frustration nicht anmerken. Er hoffte nur, dass sie nicht als Nächstes mit ihnen sprechen wollte. »Aber die können die *Triton* hier nicht bedienen.« Er öffnete die Tür und deutete auf das Tauchboot, das im Zwielicht stand wie ein zusammengefaltetes Insekt.

»Was ist das Tiefste, das sie je getaucht sind?«

»Achttausendzweihundert Meter«, sagte er wie aus der Pistole geschossen. »Das vergisst man nicht.«

Eine Testfrage, kein Zweifel. Sie wollte wissen, ob er die Wahrheit sagte.

»Ist bestimmt gruselig da unten.«

»Ein bisschen«, gab er achselzuckend zu. »Aber das ist Teil der Anziehungskraft dieses Jobs. Die *Triton* ist ...«

»Können Sie mir auch was vom Schiff zeigen?«, unterbrach ihn die Australierin. »Ich hab's eher mit allem, was *über* Wasser so passiert.«

»Natürlich. Mir ist aufgefallen, dass Sie mir gar nicht Ihren Rang genannt haben«, sagte Xander. Ein weiteres Zeichen dafür, dass sie für einen Geheimdienst arbeitete. Die Frage war nur: für welchen.

»Stimmt.« Sie winkte ab. »Ist ja auch nicht so wichtig. Sie sind Veteran und nicht mehr im Dienst, also langweilt Sie das sicher nur.«

»Ganz im Gegenteil. Ich bin dem Militär immer noch sehr verbunden.«

»Immer treu, was?«

»Ganz genau.«

»Ich habe ein Offizierspatent, auf dem *Major* steht«, entgegnete sie, als sie über das Achterdeck auf die Tür in der Mitte des Bugaufbaus zugingen.

Keine direkte Antwort. Sie könnte beim Militär gewesen und ausgeschieden sein, jetzt Teil einer zivilen Geheimdienstbehörde. Oder sie ist noch beim Navy-Geheimdienst oder einer anderen Teilstreitkraft, dachte er. Auf jeden Fall war sie ein Profi und das begann, ihn unruhig zu machen.

»Wie ist es so, den hiesigen Zoll auszubilden?«, fragte er und entschied sich für die Flucht nach vorne. »Ist sicher nicht gerade das, was man als Geheimdienstlerin jeden Tag macht.«

Sie warf ihm einen flüchtigen Seitenblick zu, als er ihr die Tür aufhielt. Kurz genug, um ihn zu bemerken, aber zu lang, um beiläufig zu sein. Nun hatte er sie auf dem falschen Fuß erwischt.

»Ich habe mit vielen wie Ihnen zusammengearbeitet während meiner Zeit bei der Navy«, erklärte er achselzuckend. »Ich war über zwei Jahre für den Navy-Geheimdienst tätig. Eher in einer passiven Rolle, aber genug, um viele Hände zu schütteln und in alle möglichen Vorgänge eingeweiht gewesen zu sein.«

»Scharfsinnig sind Sie.«

»Danke.«

Er führte sie von Tür zu Tür, erklärte möglichst langweilig und ausschweifend, was sich in dem jeweiligen Raum dahinter befand. Zu auffällig durfte er jedoch nicht vorgehen, da sie es bemerken und denken würde, dass er Zeit schinden wollte. Aber sie hörte scheinbar aufmerksam zu und stellte hier und da unbedeutende Fragen.

Als er sie gerade nach oben zur Brücke führen wollte, hielt sie an und deutete im Treppenhaus nach unten.

»Was ist mit den Lagerräumen?«, fragte Jones. Im selben Augenblick kam Usain mit Johnson und den anderen Zöllnern im Schlepptau vorbei, nickte ihm kurz zu und ging mit ihnen nach oben. Xander wartete, bis sie fort waren.

»Wir haben mehrere, wieso?«

»Ich würde gern den Hauptlagerraum sehen, wenn das möglich ist.«

»Klar«, sagte er und tat, als wäre es ihm gleich. Er brachte sie nach unten in den langen Korridor, an dessen Ende sich die elektronisch gesicherte Tür befand, die mehrfach gespukt hatte. Ob das Alien sie dabei beobachtete?

Xander nahm die Schlüsselkarte von seinem Halsband und hielt sie an das Lesefeld. Das Schloss summte kurz, dann machte es *klick* und er drückte die Klinke herunter.

»Was ist das?«, fragte Jones sofort, als sie den großen Sarg in der Mitte des Lagers sah. Xander hatte das Gefühl, ein Déjà-vu zu durchleben, als wäre er gestern erst mit Inspector Srisuk hier unten gewesen.

»Das ist ein Kühlschrank für biologische Tiefseeproben«, log er genau wie schon in Bangkok. »Zieht ganz schön viel Strom. Da kommt alles rein, was an Sedimenten vom Meeresboden entnommen wird. Ich habe nicht alles verstanden, aber ich glaube, das Innere soll die Verhältnisse da unten simulieren, damit die Proben möglichst wenig durch äußere Einflüsse verändert werden.«

»Aha«, sagte die Agentin und hob ihre Pilotenbrille an, um sie sich auf den Kopf zu setzen. Die anderen Kisten, Boxen und Fässer ringsherum bedachte sie nicht einmal mit einem Seitenblick. Stattdessen umringte sie den Sarg und inspizierte die Stromleitungen genauer.

Xander blieb an der Tür stehen und ging seine Optionen durch.

»Sieht anders aus, als man es Ihnen beschrieben hat, nehme ich an?«, sagte er schließlich und sie sah ruckartig zu ihm auf. Er lächelte nicht mehr. Dass sie nicht sofort antwortete, war ihm Antwort genug. Er entfaltete seine Hände und machte eine beschwichtigende Geste. »Wir haben das Ding in Bangkok an Bord genommen und wurden gut dafür bezahlt.«

Ava Jones nickte. »Wie viel?«

»Sechshunderttausend Dollar«, gab er zurück, ohne mit der Wimper zu zucken. Wenn er eines konnte, dann glaubwürdig einen Schmuggler spielen. »Steht nicht in den Frachtpapieren, okay, aber eine Kühltruhe ist schließlich nichts Illegales, oder? Und diese Forschungsreisen machen uns jetzt nicht gerade reich.«

»Sie haben ein ziemlich gutes Sicherheitssystem an Bord«, entgegnete sie. »Kameras, elektronisches Türschlosssystem, vermutlich sogar eine Administrator-App für das alles.«

»Wir fahren durch gefährliche Gewässer. Wir wurden auf dem Hinweg von der Abu Sayyaf angegriffen und hatten Glück, dass sie wieder weg sind, ehe sie sich Zugang zur Brücke verschaffen konnten.«

»Ich habe die Meldung gelesen. Sie waren das also.«

»Ja.«

Jones nickte, schien aber nicht sonderlich interessiert an dem Thema und deutete auf den Sarg. »Erzählen Sie mir alles.«

Vielleicht hatte er auf die richtige Strategie gesetzt. »Wir wurden von einem Amerikaner kontaktiert.«

»Von wem?«

Er legte den Kopf schief. »Kommen Sie. Meine Quelle gebe ich Ihnen ganz sicher nicht preis. Sonst bin ich nicht nur aus dem Geschäft, sondern vermutlich auch tot. Ich bin kein Amateur.«

»Ich könnte die Kavallerie holen und Sie zwingen.«

»In einem fremden Land, das gibt diplomatische Konsequenzen und Sie werfen Ihre ganze Glaubwürdigkeit und Ihre Karriere in den Ring. Den Bericht würden schließlich einige hohe Tiere lesen, nehme ich an«, entgegnete er ungerührt. »Sie sind allein, unbewaffnet als Teil des hiesigen Zolls unterwegs. Ich glaube also nicht, dass Sie an einer der Hauptoperationen beteiligt sind.«

Jones sagte nichts und ihre Miene blieb unbewegt. Aber sie widersprach nicht.

»Der Amerikaner hat mich über meine Quelle kontaktiert und gesagt, dass wir einen Gegenstand mitnehmen sollen.« Er zeigte auf den Sarg.

»Wohin?«

Xander zögerte. »Das ist das Komische: Es gibt kein Ziel, sondern eine Zeit.«

»Eine *Zeit?«*, wiederholte sie ungläubig.

»Ja. Zwei Wochen. Danach sollen wir die Ladung einfach über Bord werfen. Wir haben eine Anzahlung bekommen, die andere Hälfte gibt es nach zwei Wochen.« Er zuckte mit den Schultern. »War ein Angebot, das ich schlecht ablehnen konnte, meinen Sie nicht?«

»Sie haben eben gefragt, ob es anders aussieht, als ich erwartet hätte«, wechselte die Agentin unvermittelt das Thema. »Was haben Sie damit gemeint?«

»Ist doch offensichtlich, oder?«, fragte er und deutete auf den Sarg. »Keine Ahnung, was das für ein Ding ist. Aber so genau, wie Sie es inspiziert haben, wissen Sie genau, wonach Sie suchen. Irgendwas scheint also unerwartet zu sein. Keine Ahnung, was wir hier haben, aber wenn die Geheimdienste des AUKUS Interesse daran haben, aber es nicht aussieht wie das, was Sie suchen, dann bin ich vermutlich der Trottel, der eine Fälschung durch die Gegend schippert. Ein Ablenkungsmanöver von dem echten Ding, was auch immer es sein mag. Ich kenne das Business.«

Jones deutete auf die Stromkabel. »Das sieht aus wie nachträglich angebracht.«

Xander hob die Schultern. »Der Lieferant meinte, es müsse an den Strom angeschlossen werden. Aber da nichts mitgeliefert war, hat mein Bordingenieur improvisiert.«

Die Agentin sah ihm in die Augen und musterte ihn forschend.

Oh ja, sie weiß genau, wonach sie sucht.

»Wurde der Deckel geöffnet?«, fragte sie und er bemerkte, dass sie nach ihrer Hosentasche griff. Den Umrissen zufolge befand sich darin ihr Handy. Aber sie zog es nicht heraus. Noch nicht, zumindest.

»Ja«, antwortete er, nachdem er kurz über seine möglichen Antworten und ihre Konsequenzen nachgedacht hatte. »Der Deckel ist einmal aufgegangen, als wir es eingeladen haben.«

»Also waren mehrere Personen anwesend?«

»Klar.«

Wieder wurden ihre Augen schmal und sie schien nachzudenken. »Machen Sie es bitte auf.«

»Jetzt?«

»Ja. Den Deckel.« Sie machte eine ungeduldige Geste.

Xander zuckte wieder mit den Schultern und trat an den Deckel heran. Dabei tat er so ungerührt wie möglich, obwohl ihm die Hände feucht wurden. Er packte den Rand und drückte ihn nach oben. Fast erwartete er, dass ihn etwas anspringen würde, doch unter ihm befand sich bloß ein schwarzer Hohlraum mit ein paar wenigen Düsen oder Ventilen an der Seite.

»Bitteschön«, sagte er. »Nichts drin. Ist nicht mal sonderlich kalt, keine Ahnung, warum es so viel Strom brauchen soll. Zieht jedenfalls so gut wie nichts, trotz der großzügigen Anschlüsse.«

Jones starrte in den Sarg und wirkte erleichtert. Mit einem kurzen Nicken gab sie ihm zu verstehen, dass er den Deckel wieder schließen konnte.

»Was jetzt?«, fragte er. »Wenn Sie wollen, gebe ich Ihnen eine Beschreibung des Lieferanten, auch wenn ich nicht glaube, dass Sie ihn finden werden. Hat gewirkt wie ein Profi, wenn Sie mich fragen. Ich kann Ihnen auch das Geld wiedergeben. Ich will nur keinen Ärger.«

»Sie sind ein Schmuggler.«

»Ich transportiere ab und zu Dinge, ohne Fragen zu stellen«, widersprach er. »Andere arbeiten in ihrer Freizeit schwarz. Ist das illegal? Ja. Ist es schlimm? Nein.«

»Beschreiben Sie mir den Kontaktmann«, forderte sie ihn auf und er beschrieb einen der Black-Ops-Soldaten, die er in Vietnam gesehen hatte. Es half bei jeder Lüge, sich auf etwas Wahres zu stützen. Das machte sie leichter reproduzierbar und er konnte sich nicht versprechen oder in Widersprüche verwickeln.

Als er fertig war, machte die Agentin Fotos mit ihrem Handy. »Ich muss telefonieren.«

»Klar«, sagte er. »Hier unten haben Sie allerdings keinen Empfang. Wenn Sie eine Festnetzleitung brauchen, werden Ihnen wohl Ihre Kollegen vom Zoll behilflich sein müssen. Wegen der Sicherheit und so.«

Jones erwiderte nichts und ging hinaus. Er folgte ihr aufs Achterdeck, wo sie auf Inspector Johnson traf und sich kurz mit ihm unterhielt. Daraufhin verließen die Zollbeamten das Schiff und sie kam zu ihm zurück. »Warten Sie, bis ich mich bei Ihnen melde. Ich muss ein paar Telefonate führen.«

»Verstanden«, sagte er.

Sie schien noch etwas sagen zu wollen, verließ dann jedoch das Schiff. Xander verlor keine Zeit und lief auf die Brücke – auf der dem Anleger abgewandten Seite, damit sie nicht sehen konnte, dass er es eilig hatte.

»Was ist los?«, fragte Monica sofort, als er hereingeplatzt kam. Sie stand an der Funkstation und legte gerade einen Zettel ab. »Du siehst aus, als hättest du einen Geist gesehen.«

»Habe ich auch. Die Australierin ist vom Geheimdienst. Die hat den Sarg gesucht.«

»Was?«, fragten sie und Lucas gleichzeitig, der vom Sitz des Navigators aufsprang.

»Ich habe mir was ausgedacht. Sie glaubt jetzt hoffentlich, dass wir ein Ablenkungsmanöver sind und uns jemand eine Fälschung untergejubelt hat«, erklärte er atemlos. »Ich habe den Eindruck, dass sie das geglaubt hat. Aber sie will jetzt telefonieren, was auch immer das heißt. Also machen wir uns davon.«

»Hat sie uns die Freigabe gegeben?«, wollte Monica wissen, ging jedoch bereits zum Steuer.

»Nein, aber ich glaube nicht, dass sie hier so viel zu sagen hat. Die wissen hundertprozentig weder, dass sie für den Geheimdienst arbeitet, noch dass sie etwas sucht. Angeblich ist es ja nur eine Ausbildungsmission. Wenn ihr Hafenmeister und Inspector gut geschmiert habt, werden die einen Teufel tun und die Sache größer machen als nötig. Und um das zu tun, müsste sie denen ja die Wahrheit sagen.«

»Die wurden fürstlich bezahlt«, meinte Lucas. »Ist nirgendwo so einfach wie in Port Moresby.«

»Gut. Dann holt die Auslaufgenehmigung ein und wir zischen ab«, befahl er.

»Ist das eine gute Idee, Boss?«, fragte Monica, zückte das Funkgerät und schickte Suparman Anweisungen zum Ablegen. »Die wird denken, dass wir was zu verbergen haben, wenn wir einfach abhauen.«

»Die wird denken, dass wir Schmuggler sind, die keinen Bock auf Probleme haben«, widersprach er. »Sie hat in den verdammten Sarg reingeschaut und gesehen, dass nichts drin ist. Ich glaube nicht, dass sie wirklich glaubt, dass wir das echte Alien an Bord haben. Sonst hätte sie direkt von hier aus noch die Kavallerie gerufen und ihre Karriere auf eine Karte gesetzt.«

»Ich hoffe, dass du recht hast«, erwiderte sie.

Kurz darauf erhielten sie wie erwartet die Auslauferlaubnis. Xander stand an den Brückenfenstern und starrte durch den Fernstecher nach draußen. Er fand die Agentin am Ende des Anlegers mit dem Handy am Ohr. Sie schaute in seine Richtung – oder die der *Medusa* – und kam auf sie zugelaufen.

»Abfahrt«, befahl er und verließ die Brücke. Er zog sich in seine Kabine zurück und begann, sämtliche Kameras auf seinem iPad durchzugehen. Er wollte genau nachvollziehen, wo die Zollbeamten herumgeschnüffelt hatten. Jedes Detail. Dies war schon das zweite Mal in kurzer Zeit, dass Fremde sein Schiff entweiht hatten, und es machte ihn wahnsinnig.

»Boss?« Er drehte sich um und sah Olivier in der Tür stehen.

»Klopfen wir jetzt nicht mehr an?«

»Ich muss dir was zeigen.«

Widerwillig wandte Xander sich von seinem Tablet ab und stand auf. Der hielt ihm sein eigenes Tablet hin. Zu sehen waren die Zeitstempel für die Tür zum Hauptlagerraum.

»Ich war mit unserem Gast da unten«, erklärte er.

»Ja, einmal rein, einmal raus, richtig?«

»Richtig.«

»Das Türschloss wurde aber insgesamt dreimal entriegelt.« Olivier deutete auf die entsprechenden Einträge. »Nach euch wurde sie noch mal geöffnet. Wenn die ersten beiden eure sind, dann fünf Minuten später.«

Xander hielt die Luft an. »Du denkst, dass ...«

»Ich war im Gemeinschaftsraum«, antwortete der Franzose vielsagend.

»Vorhängeschloss! Dichtmasse in die Türfugen!«, befahl er sofort.

Auf diesen Moment hatte er gewartet und lange darüber nachgedacht, was er machen würde, wenn es so weit war.

»Oui. Gute Idee. Usain steht gerade an der Tür Wache. Nichts geht rein oder raus, ohne dass wir es mitbekommen, *Capitán.*«

»Sehr gut. Gut mitgedacht.« Xander sah, dass sie sich bereits vom Kai lösten und mit dem Bug in Richtung offenes Meer ausrichteten.

Die Sache war noch mal gut gegangen – hoffte er zumindest. Aber so oft, wie er diesen Gedanken in letzter Zeit gedacht hatte, würde es nur eine Frage der Zeit sein, bis die Glückssträhne riss und er freute sich nicht gerade darauf, den Moment zu erleben. Doch hier und jetzt ging es weiter, also hatten sie immer noch eine Chance, diese Sache zu Ende zu bringen und mit dem Kopf auf den Schultern aus ihr herauszukommen. Nur noch ein bisschen mehr. Wenn sie erstmal auf dem Pazifik waren, gab es kaum noch Hindernisse zwischen ihnen und dem Panamakanal – wo eine ganze Reihe anderer Probleme auf sie warten würden. Aber damit würden sie sich dann befassen.

Jetzt mussten sie erst einmal ein verdammtes Alien einsperren.

27

Xander beaufsichtigte Oliviers Arbeiten persönlich und löste damit Usain ab, der für ihn auf die Brücke ging und dabei half, den Horizont nach möglichen Verfolgern abzusuchen. Nach ihrem Auslaufen aus Port Moresby hatten sie nichts mehr gehört und er hätte sich wieder ein wenig entspannen können, wäre da nicht dieses Alien-Problem gewesen. Es hing seit Thailand über ihm wie ein Damoklesschwert.

Ein außerirdisches Damoklesschwert.

Aber sie arbeiteten daran. Olivier ging sehr methodisch vor, sprühte ultraharte Dichtmasse in die Türfugen, was es unter normalen Umständen extrem schwierig machen würde, die Tür zu öffnen. Außerdem sperrten sie das elektronische Schloss, sodass es mit keinem Code mehr geöffnet werden konnte. Auch nicht mit ihren eigenen. Wenn sie in Norfolk ankamen, würden sie die Ladeluke benutzen müssen. Ein kleines Übel, wenn sie dafür das Alien daran hindern konnten, auf der *Medusa* sein Unwesen zu treiben.

Olivier war anfangs nervös gewesen, hatte sich jedoch wieder beruhigt, als er gesehen hatte, dass Xander sich bewaffnet hatte. Er trug eine Beretta aus der Waffenkammer unter seiner Jacke. Sicher war sicher. Zwar wusste er nicht, was er selbst mit einer Pistole gegen ein Alien anstellen sollte, das offenbar unsichtbar war und elektronische Türschlösser umgehen konnte, aber ohne fühlte er sich nackt. Schließlich rechnete er damit, dass jeden Augenblick etwas durch die Tür brach.

Aber nichts dergleichen geschah. Olivier brauchte insgesamt eine Stunde, um alles fertig zu machen – inklusive Metallwinkeln, die er in Tür und Rahmen verschraubte. Dann packte er alle seine Werkzeuge wieder ein und nickte Xander zu.

»C'est ça. Mehr können wir nicht machen, außer du hast irgendwo ein paar Selbstschussanlagen versteckt.« Der Franzose lachte nervös, schaute ihn dann jedoch kurz mit ernstem Blick an.

»Nein, Olli, ich habe keine Selbstschussanlage versteckt.«

»Schade, na gut. Würde ich besser schlafen. Oder überhaupt schlafen.«

»So wird es schon reichen«, sagte Xander, war jedoch selbst nicht ganz überzeugt. Die Sicherungen sahen martialisch aus, aber konnten sie wirklich aufhalten, was auch immer auf der anderen Seite war?

»Denkst du, dass es den Sarg braucht?«, fragte Olivier.

»Vermutlich. Warum sollte es sonst zurückkehren?«

»Ich weiß nicht.«

»Da sind wir schon zwei. Wer weiß, was für einer Logik ein Alien folgt? Wie es denkt? Was es atmet? Zum Leben braucht?«

»Soll ich die Ladeluke auch versiegeln?«

Xander dachte darüber nach.

»Nein, falls wir irgendwie an den Sarg müssen, haben wir sonst keine Zugriffsmöglichkeit mehr. Aber ich installiere eine weitere Kamera auf dem Achterdeck, damit wir immer einen guten Blick drauf haben.«

»Okay, oui.« Olivier klopfte ihm auf die Schulter und ließ ihn dann allein zurück. Xander starrte noch eine Weile auf die Tür und erschauderte, ehe er sich umdrehte und kurz vor den Treppen auf Dr. Fakwa traf. Der grauhaarige Professor wirkte verwirrt, sah ihn dann und wollte etwas sagen, ehe er sich zur Seite lehnte und an ihm vorbei ans Ende des Korridors zu der versiegelten Tür schaute.

»Oh, haben Sie den Geist eingesperrt?«, fragte der Forscher und kicherte.

Xander blinzelte. »Wie bitte?«

»Ach, nur ein Scherz. Unsere Assistentinnen haben Gefallen

daran gefunden, sich abends Gruselgeschichten zu erzählen, und jetzt können sie deswegen nicht mehr schlafen.« Fakwa winkte ab. »Studentinnen.«

»Was für ein Scherz?«, hakte Xander nach und irgendetwas in seiner Miene wischte das Grinsen seines Gegenübers fort wie ein Schlag ins Gesicht.

»Ach, nichts. Irgendwas von einem Geist, der …«

»Was für ein Geist?«

»Ähm, ich weiß es nicht. Irgendein Schatten oder so. Mioto meinte, sie hätte eine dunkle Gestalt draußen am Heck gesehen«, erklärte Dr. Fakwa vorsichtig. »Sie glauben diesen abergläubischen Kram doch nicht etwa?«

»Sie meinen auf dem Achterdeck?« Xander registrierte die Frage des Professors gar nicht und machte einen halben Schritt auf den Mann zu. Der ging etwas zurück und runzelte die Stirn.

»Das ist doch nur eine Gruselgeschichte, Mister Fisher.«

»Ich muss wissen, was auf meinem Schiff los ist.« Er räusperte sich und hielt wieder seinen Abstand. Als er weitersprach, tat er es möglichst beiläufig und im Plauderton. »Kommt schon mal vor, dass Landratten Dinge sehen, wenn sie lange auf See sind. Wahrscheinlich war es jemand aus der Crew, den sie gesehen haben. Es gibt für einige Arbeiten schwarze Overalls. Immer, wenn sie mit Öl in Berührung kommen und sowas.«

Das ist vermutlich die dümmste Lüge, die mir je ad hoc eingefallen ist, dachte er. Unter anderen Umständen wäre es fast lustig gewesen.

»Machen Sie sich keine Gedanken«, sagte Dr. Fakwa und machte eine wegwerfende Handbewegung. »Die beiden sind einfach nur aufgeregt, weil sie für ein paar Wochen von der Uni wegkommen und das alles ein großes Abenteuer für sie ist. Übrigens: Wir haben in Port Moresby gehalten. Das ist ganz schön weit weg von unserer Route, hat es einen Grund, dass …:«

»Haben Ihre Assistentinnen noch etwas gesagt?«, unterbrach Xander den Mann. Er wollte jetzt nicht die Diskussion führen, weshalb sie nicht ins Forschungsgebiet fuhren. Das war ein Problem für morgen. Oder übermorgen, wenn es nach ihm ging.

»Karen meinte, sie hätte eine Frau gesehen.«

»Monica.«

»Wahrscheinlich. Sie meinte aber, dass sie blond gewesen wäre.« Der Professor kicherte. »Studentinnen, ich sag's Ihnen ja.«

»Eine blonde Frau?«, hakte Xander nach.

»Sie nehmen das viel zu ernst. Oder haben Sie sie auch gesehen? Die lebendig gewordene Galionsfigur, die nachts auf dem Schiff herumspukt? Haben Sie die dahinten eingesperrt? Woo-hoo.« Fakwa wackelte mit seinen Händen vor Xanders Gesicht und kicherte erneut.

»Das hoffe ich doch«, entgegnete er und deutete die Treppe hinauf. »Sie haben hier unten eigentlich gar nichts verloren.«

»Ja, äh, ich komme mit den Decks noch immer etwas durcheinander. Die sehen alle gleich aus.«

»Dafür haben wir die Nummern angebracht«, sagte er tadelnd.

»Ja, Entschuldigung.«

Xander begleitete den Forscher nach oben und machte sich dann auf den Weg zur Werkstatt, um eine neue Kamera zu holen und sie auf dem Achterdeck anzubringen.

Diesmal achtete er nicht darauf, dass ihn niemand sah. Das Plutonium war offensichtlich nicht mehr an Bord und die Crew sollte ruhig wissen, dass die Ladeluke ab jetzt doppelt überwacht wurde. Vielleicht ließ es sie besser schlafen.

Als er damit fertig war, ging er zu der Kabine der beiden Doktorandinnen und klopfte an. Nach wenigen Augenblicken wurde ihm geöffnet und die Brünette stand in der Tür. Karen.

»Oh, hallo Mister Fisher«, begrüßte sie ihn mit überraschtem Gesichtsausdruck.

»Hi«, sagte er. »Darf ich reinkommen?«

»Äh, klar.« Sie machte einen Schritt zurück und zog die Tür auf. Mioto lag in ihrer Koje und las offenbar ein Buch. Als sie ihn sah, richtete sie sich auf.

»Captain.«

»Bleiben Sie ruhig liegen.« Xander streckte ihr eine Hand entgegen und bedeutete ihr, nicht aufzustehen. Er schloss die Tür hinter sich und lehnte sich mit dem Rücken dagegen. »Ich habe gehört, dass Sie beide Dinge gesehen haben? Einen Schatten und eine Frau.«

»Ach, das war vermutlich gar nichts.« Mioto winkte ab.

»Also ich weiß, was ich gesehen habe«, widersprach Karen.

»Karen …«

»Nein. Ich lasse mich nicht als abergläubisches Mädchen abstempeln«, beharrte die Phd-Studentin und verschränkte trotzig die Arme vor der Brust. »Ich bin Naturwissenschaftlerin und habe keine Klatsche. Nur weil ich es nicht erklären kann, heißt das nicht, dass ich meinen Augen nicht mehr traue.«

»Keine Sorge, ich bin nicht hier, um mich über Sie lustig zu machen«, versprach Xander ihr. »Ich will einfach nur wissen, was auf meinem Schiff vor sich geht.«

»Sie würden es ohnehin nicht glauben«, meinte Mioto.

»Da wäre ich mir an Ihrer Stelle nicht so sicher.« Er dachte an die Kameraaufnahmen aus dem Hauptlager und erschauderte. »Wenn Sie wüssten, was ich alles schon gesehen habe. Wussten Sie zum Beispiel, dass Monsterwellen bis 2004 noch als Seemannsgarn galten? Ausgedachte Geschichten von Seeleuten auf der ganzen Welt, die sich in den Häfen mit Fantastereien brüsten? Erst Fortschritte in der Satellitentechnik haben letztendlich den Beweis gebracht und heute wissen wir, dass es sie wirklich gibt. Sogenannte Kaventsmänner mit über dreißig Metern Höhe, die ganze Schiffe mit sich reißen. Man geht sogar davon aus, dass ein großer Teil der Havarien seit Beginn der Seefahrt auf Monsterwellen zurückgehen. Wenn große Kreuzfahrtschiffe getroffen werden, bersten alle Fenster, werden Räume verwüstet. Früher war das Stoff von Filmen.«

Karen warf ihrer Kommilitonin einen langen Blick zu.

»Ich habe einen Schatten gesehen. Vor ein paar Tagen das erste Mal auf dem Heck.«

»*Achterdeck*«, korrigierte er sie beiläufig.

»Aus den Augenwinkeln habe ich eine Bewegung gesehen und ich könnte schwören, dass auf der Treppe eine pechschwarze Gestalt mit verschwommenen Konturen stand«, fuhr Karen ungerührt fort.

»Konnten Sie irgendetwas erkennen? Ein Gesicht?«

»Nein.« Sie schüttelte den Kopf und erschauderte sichtlich. »Keine Details. Die Arme und Beine waren merkwürdig, irgendwie zu lang und der Kopf riesengroß. Aber es war, als würde ich einen Special Effect sehen. Einfach nur schwarze, flimmernde Luft.«

Xander musste sich zusammenreißen, um sich nicht zu schütteln, obwohl er auf dem ganzen Körper Gänsehaut bekam. Etwas war auf seinem Schiff. War es wirklich dieser schwarze Schatten?

»Was ist dann passiert?«

»Als ich mich umgedreht habe, um genauer hinzuschauen, hat sich die Silhouette einfach aufgelöst.«

»Was ist mit Ihnen? Haben Sie das auch gesehen?«, wandte er sich an Mioto.

»Nein. Karen hat *guck mal* gesagt. Aber als ich mich umgedreht habe, war da nichts.«

»Glauben Sie ihr?«

»Ich vertraue ihr«, antwortete die junge Frau ausweichend. »Glauben *Sie* ihr?«

»Ich glaube ihr, dass sie etwas gesehen hat«, wich er ihrer Frage aus. »Manchmal ist es schwer zu sagen, was genau es war. Das kann viele Gründe haben, die sich uns nicht immer gleich erschließen. Dr. Fakwa sagte auch etwas von einer blonden Frau?«

»Ja!« Mioto setzte sich auf und wirkte nun hellwach. »Ich könnte schwören, dass ich eine blonde Frau gesehen habe.«

»Können Sie sie näher beschreiben?«

»Nicht wirklich.« Sie spreizte ihre Finger, als versuche sie, ein unsichtbares Puzzle zwischen ihnen zu entwirren. »Sie hatte lange blonde Haare, gebräunte Haut und trug weiß und schwarz.«

»Irgendetwas Komisches an ihr?«, hakte er nach, wurde jedoch bereits unruhig.

Statt zu antworten, blickte Mioto zu Karen und zögerte.

»Sag es einfach«, meinte Karen ungeduldig.

»*Was* soll sie sagen?«, fragte Xander und blickte zwischen den beiden jungen Frauen hin und her.

»Was sie gesehen hat, war auch unheimlich.«

Er sah Mioto direkt an und machte eine ungeduldige Geste.

»Sie schwebte in der Luft, glaube ich«, antwortete sie widerstrebend und er blinzelte irritiert, sagte aber nichts, damit sie sich nicht entmutigt fühlte. »Es sah aus, als würde sie quer in der Luft hängen.«

»Wo war das?«

»Auf Deck drei, ich bin gerade in den Korridor gegangen von draußen, dann habe ich ihren Oberkörper gesehen, im rechten Winkel zur Wand, hinten bei den Treppen.«

»Also haben Sie nicht den ganzen Körper gesehen?«

»Nein.«

»Sie könnte also gerade um die Ecke gegangen sein und den Oberkörper zurückgelehnt haben«, dachte er laut.

»Nein. Das war waagerecht. Also horizontal. Echt unheimlich.« Mioto atmete tief ein und aus und schüttelte den Kopf, ehe sie abwinkte. »Klingt verrückt, ich weiß. Wahrscheinlich ist es nichts, ich habe echt wenig geschlafen.«

»Seekrankheit«, sagte Karen. »Das Scopolamin wirkt bei ihr irgendwie nicht.«

»Ingwer kauen«, riet er ihr und öffnete die Tür. »Danke für Ihre Ehrlichkeit. Melden Sie sich, wenn Sie wieder etwas sehen und falls das mit der Seekrankheit nicht besser wird.«

Damit verließ er ihre Kabine und ging schnellen Schrittes in Richtung Brücke. Dort schoben Monica und Lucas gerade Dienst.

»Hey«, sagte er. »Ihr beiden habt uns aus dem Hafen gebracht. Lucas, du warst auf Beobachtung, oder?«

»Ne, ich war am Sonar, um uns durch die Fahrrinne zu bringen«, antwortete der Mechaniker. »Wieso?«

»Wer war auf Beobachtung?«

»Suparman. Hat aber nichts gemeldet. Worum geht es denn?«

Xander ging zum Funkgerät. »Xander an Suparman, bitte kommen.«

»Boss-man, hier Suparman.«

»Hast du beim Ablegen irgendwas gesehen?«, fragte er mit dem Daumen auf dem »Senden«-Knopf.

»Negativ.«

»Eine blonde Frau?«

»Äh, nein, Boss-man. Sorry.«

Xander verzog das Gesicht und hängte das Funkgerät wieder in seine Fassung zurück. Als er sich umdrehte, starrten Monica und Lucas ihn verständnislos an.

»Willst du uns sagen, was dir gerade durch den Kopf geht?«

»Vielleicht nichts«, erwiderte er leise. »Vielleicht haben wir aber auch ein Problem.«

»Das ist reichlich unspezifisch«, befand Monica.

Anstatt zu antworten, ging er zu der Kamerakonsole und sah auf seine Armbanduhr, ehe er die Aufnahmen der Außenkameras auf den ungefähren Zeitpunkt ihres Ablegens zurückstellte. Ein paarmal musste er nachjustieren, um den richtigen Augenblick zu finden, dann schaltete er durch die drei Kameras, die sich an der Steuerbordseite befanden, oder zumindest einen Teil davon abdeckten. Er sah den wuchtigen Anleger, einen Teil der *Darwin's Dove* und die Unordnung aus vielen Paletten, Fischernetzen und Fässern, die auf dem spröden Beton aufgeschichtet waren und Inseln aus Schrott und Unrat bildeten.

Suparmans Männer lösten gerade die Taue von den Pollern und warfen sie an Deck zu ihren Kameraden, ehe sie an Bord sprangen. Doch Xander interessierte sich nicht für sie, sondern für die Agentin im Hintergrund.

Ava Jones.

Sie lief zu einem der Kistenstapel und versteckte sich dahinter, verschwand aus dem Sichtfeld der Kameras. Die *Medusa* legte unter Monicas geschulter Hand ab, entfernte sich quälend langsam vom Kai. Suparman stand auf dem Achterdeck und schaute an Land, half dann dem letzten Mannschaftsmitglied an Bord und gab Anweisungen. In genau diesem Augenblick sah er im Hintergrund die Agentin wiederauftauchen und auf sein Schiff zu sprinten. Doch sie verschwand wieder aus dem abgedeckten Bereich der Kamera. Auch die anderen beiden waren falsch ausgerichtet – bis auf einer von ihnen Jones zu sehen war, wie sie über die Reling kletterte und im Inneren der *Medusa* verschwand. Es war ein kurzer Moment, keine zwei Sekunden.

»Hab ich dich!«, sagte er halb triumphierend, halb frustriert und ballte die rechte Hand zur Faust.

»Boss?«, hörte er Monica hinter sich fragen.

Er drehte sich um. »Wir haben einen blinden Passagier an Bord.«

»Was?«, fragten sie und Lucas unisono.

»Die australische Agentin hat sich vor dem Ablegen Zugang verschafft.« Er deutete auf das Display der Kameraüberwachung. Es zeigte ein Standbild der Australierin, verzerrt durch ihre eingefrorene Bewegung und die groben Pixel. »Keine Ahnung wie, aber sie hat es geschafft.«

»Wir haben eine Agentin an Bord?« Lucas sah aus, als müsse er sich übergeben.

»Sieht ganz so aus.« Xander dachte fieberhaft nach. »Ich hätte es selbst nicht gesehen, wenn eine der Doktorandinnen nicht gesagt hätte, dass sie eine blonde Frau gesehen habe. Offenbar ist sie nicht verrückt.«

Er erinnerte sich daran, dass sie angeblich horizontal in der Luft gelegen hatte, und war sich bezüglich letzterer Aussage nicht mehr so sicher. Obwohl er immer noch der Meinung war, nichts mehr ausschließen zu können, seit es an Bord nachweislich spukte. Er überlegte auch, ihnen von dem angeblichen Schatten zu erzählen, ließ es jedoch lieber bleiben. Es machte keinen Sinn, noch weitere Panik zu schüren.

»Fuck.« Monica seufzte. »Fuck, fuck, fuck.«

»Ja. Wir müssen sie finden.«

»Und dann?«, wollte Lucas wissen. »Ich meine, das ist nicht irgendein blinder Passagier, sondern jemand vom Geheimdienst. Vielleicht nicht CIA, aber Australien gehört doch zu den Five Eyes, oder? Was eine Behörde weiß, weiß bald auch die andere.«

»Ich schalte den Jammer ein«, entschied Xander. »Solange sie keine Nachrichten rausschicken oder telefonieren kann, wird uns auch nichts passieren.«

»Aber was, wenn die im Hafen auch gesehen haben, dass sie an Bord gesprungen ist?«, fragte Monica besorgt. »Dann werden die Behörden ihren Vorgesetzten sagen, dass sie als letztes gesehen wurde, wie sie auf die *Gulliver* gegangen ist. Und schon sucht uns ganz Australien.«

»*Wenn* es jemand gesehen hat. Sie scheint sich viel Mühe gegeben zu haben, nicht entdeckt zu werden«, entgegnete er, wohlwissend, dass vor allem die Hoffnung aus ihm sprach, weil sie sonst keine Chance haben würden, es bis nach Norfolk zu schaffen. »Mit etwas Glück wird sie die nächsten Tage und Wochen in Port Moresby gesucht. Kriminelles Pflaster.«

»Glück.« Monica grummelte wie ein Bär.

»Wir haben keine andere Wahl. Wir suchen sie, stellen das ganze beschissene Schiff auf den Kopf, bis wir sie haben«, sagte Xander.

»Und dann?«

»Dann setzen wir sie fest, bis wir unseren Auftrag abgeschlossen haben.«

»Sagen wir, dass das klappt«, schaltete sich Lucas ein. »Dann haben wir doch ein neues Problem an der Backe. Wenn wir sie freilassen, wird sie alles über uns verraten und wir haben es nicht nur mit den Nordkoreanern zu tun, sondern auch mit Australien und wahrscheinlich seinen Verbündeten. Internationaler Haftbefehl und alles.«

»Ich habe nicht gesagt, dass es rosig wird.«

»Es muss eine andere Lösung geben.«

»Wir könnten sie auf See entsorgen«, dachte er laut. »Aber irgendwann wird sie gefunden und dann sind die Behörden noch wütender und wir waren die Letzten, mit denen sie nachweislich gesehen worden ist.«

»Es ist also scheiße«, fasste Monica zusammen.

»Ja. Aber das nutzt jetzt nichts. Die schlimmste Variante ist, dass sie ungestört an Bord herumschnüffelt. Die ganze Mannschaft soll auf dem Achterdeck antreten. Wir durchsuchen das Schiff. Sie ist unbewaffnet und kennt sich an Bord nicht aus. Also sollte es nicht schwer sein, sie bald zu finden. Monica, du sorgst dafür, dass ihr Offiziere jeden kritischen Ort überwacht. Ich will nicht, dass Jones irgendwie die Funkanlage benutzen oder Schiffssysteme sabotieren kann.«

»Geht klar.«

»Los geht's.«

28

Die Suche dauerte insgesamt eine Stunde. Fünfundzwanzig Mannschaftsmitglieder, die jeweils zu zweit das Schiff durchforsteten.

Sie fanden nichts, außer dass im Inventar eine Video-Kamera fehlte. Was auch immer das zu bedeuten hatte. Vermutlich nichts Gutes.

»Das ist verdammt noch mal unmöglich«, fluchte Xander, als er mit Monica, Usain, Suparman und Olivier im Gemeinschaftsraum saß, während Lucas die Brücke hielt und sich dort eingeschlossen hatte.

»Wir haben jetzt alles zweimal durchsucht, jedes Mal auf jedem Deck und jedem Flur gleichzeitig«, fasste Monica zusammen. »Keine Chance, dass uns jemand durch die Lappen gegangen ist. Wirklich keine Chance.«

»Aber sie hat es offensichtlich geschafft.«

»Vielleicht ist sie nicht mehr an Bord?«, schlug Suparman vor. »Ins Wasser gefallen?«

»Das glaube ich kaum«, entgegnete Olivier. »So viel Glück haben wir nicht, *non.*«

»Ihr habt sie selbst gesehen auf dem Kamerabild«, sagte Xander. »Sie *muss* irgendwo sein.«

»Falls ja, versteckt sie sich besser, als selbst wir es könnten.« Monica schüttelte energisch den Kopf. »Wir sind Schmuggler und kennen dieses Schiff wie unsere Westentasche, inklusive aller möglichen Geheimfächer. Diese Ava Jones kennt nicht einmal den Weg zum Klo. Es kann einfach nicht sein, dass sie es schafft, sich vor uns zu verstecken.«

Xander wollte widersprechen, aber es gab kein gutes Argument dagegen. Sie hatte recht. Und doch war es der Agentin irgendwie gelungen, sich vor ihnen zu verbergen. Er war sogar die Aufnahmen sämtlicher Kameras durchgegangen – auf keiner einzigen war sie zu finden. Zwar waren die Innenräume der *Medusa* bei weitem nicht komplett abgedeckt, aber irgendwann musste sie einfach aufgezeichnet worden sein. Es war beinahe, als hätte sie sich bewusst so durch das Schiff bewegt, dass sie jeder Linse entgangen war.

»Sie ist auch nicht auf den Kameras«, sagte Suparman, als hätte er seine Gedanken gelesen. »Also ist sie vielleicht doch über Bord gegangen.«

»Möglicherweise im Hafen«, schlug Olivier in dieselbe Kerbe. »Sie könnte kalte Füße bekommen haben und noch ins Wasser gesprungen sein, als sie eine Chance hatte, zurückzuschwimmen.«

»Mioto, eine der Assistentinnen ist sich aber sicher, eine blonde Frau gesehen zu haben«, entgegnete Xander kopfschüttelnd. »Das dürfte zu einem Zeitpunkt gewesen sein, als wir schon zu weit weg vom Hafen waren.«

»Dann haben wir jetzt einen zweiten Geist an Bord«, sagte Olivier und seufzte ergeben. »*Putain,* das macht mich noch wahnsinnig.«

»Da bist du nicht der Einzige«, meinte Suparman. »Meine Männer berichten ständig von komischen Vorkommnissen.«

»Komische Vorkommnisse?«, wiederholte Xander.

»Ja. Sie glauben, Schatten zu sehen, wachen nachts auf, weil sie ein Lufthauch trifft, hören Geräusche, die es nicht geben sollte, berichten von Gegenständen, die morgens wo anders liegen als abends. Solche Sachen«, erklärte der Indonesier. »Ich muss allerdings dazu sagen, dass sie ein abergläubischer Haufen sind, Bossman.«

Xander wechselte einen Blick mit Olivier.

»Und wo passiert das angeblich?«

»Überall.« Suparman zuckte mit den Achseln. »Aber seit ein paar Tagen sagen sie nichts mehr. Entweder haben sie sich wieder eingekriegt und es lag an der Aufregung in Vietnam, oder sie wollen es mir nicht mehr erzählen.«

»Sagen sie sonst noch was?«

Suparman zögerte sichtlich und verzog das Gesicht.

»Raus damit!«, forderte Xander ihn auf.

»Sie glauben, dass unsere Fracht verflucht ist und fürchten sich davor«, erklärte der Bootsmann widerwillig.

»Der Sarg?«

»Ja.«

»Kann ich ihnen nicht verübeln. Unheimliches Ding«, meinte Olivier und hob die Hände, als Xander ihm einen strengen Blick zuwarf.

»Wir müssen weitersuchen«, entschied er. »Wir sind ab jetzt mindestens anderthalb Wochen auf See, bis wir den Panamakanal erreichen, eher zwei. Das heißt, dass wir genügend Zeit haben, um zweimal am Tag das ganze Schiff auf den Kopf zu stellen.« Die anderen stöhnten. »Hey, wir dürfen jetzt keinen Scheiß machen nur aus Bequemlichkeit!«

»Er hat recht«, pflichtete Monica ihm bei. »So gering die Wahrscheinlichkeit auch ist, dass sie sich irgendwo versteckt hält, können wir es nicht ausschließen. Also suchen wir sie am besten immer wieder, das verringert das Risiko noch weiter.«

»So ist es. Wir können es uns nicht leisten, einen Saboteur an Bord zu haben. Die Brücke bleibt nach wie vor immer von mindestens zwei Personen besetzt. Jede Schicht schließt sich ein. Um ganz sicherzugehen«, sagte Xander. »Ist vielleicht nervig, aber kein allzu großer Aufwand. Alles klar?«

Sie nickten reihum und standen auf, um sich wieder ihren Jobs zu widmen. Einzig Usain blieb sitzen und schaltete den Fernseher ein. Xander hielt auf dem Weg nach draußen inne und lauschte Laura Sinclair von *News Nation.*

»... uns die Nachricht, dass der Besucher erneut seine Position verän-

dert hat. Quellen bei der NASA konnten bestätigen, dass das extraterrestrische Objekt nun eine Position über dem Pazifik eingenommen hat, die noch exakt ermittelt wird. Während der Bahnänderung sind nach ersten Erkenntnissen keine Satelliten zu Schaden gekommen. Die Space Force kommentierte die Aktivität des Besuchers als ungefährliches Bewegungsmuster. Sämtliche Satelliten, die hätten betroffen sein können, wurden mithilfe kurzfristiger Manöver auf Ausweichkurse geführt. So kam es nicht zu Ausfällen. Grund für diese offenbar problemlose Neuorganisation ist nach vorläufigen Erkenntnissen der News-Nation-Experten offenbar die geringe Geschwindigkeit und die sehr direkte Bewegungsrichtung des Objekts, die eine große Vorwarnzeit ermöglicht hat.«

»Es hat sich schon wieder bewegt«, meinte Usain. »Warum?«

»Wer weiß das schon.« Xander starrte auf Laura Sinclair. Das Bild zoomte heraus und zeigte sie mit einem jungen Co-Moderator im Gespräch. Er hörte jedoch nicht mehr hin. Es gab jetzt andere Dinge, um die er sich Gedanken machen musste. Ein UFO im Orbit gehörte nicht dazu. Hauptsache, die Welt war noch heile, wenn er all das hier überstehen sollte.

»Denkst du, dass du's auch genießen kannst?«, fragte Usain.

»Was?«

»Deinen Ruhestand.«

Xander war erst irritiert, dann wurde ihm klar, dass er seinen Gedanken offenbar laut ausgesprochen hatte, ohne es zu bemerken. »Ganz ehrlich: Ich weiß es nicht.«

»Mhm. Geht mir auch so.«

»Mein ganzes Leben war ein ständiger Kampf um mehr. Zuerst Anerkennung und Rang bei der Navy, dann Geld und, wenn ich ehrlich bin, auch mein Ruf in bestimmten Kreisen«, sagte Xander in einem seltenen Anflug von Offenheit. Er wunderte sich selbst darüber, wie die Worte aus ihm heraussprudelten. Vielleicht lag es an Usains unaufgeregter Art. »Wenn ich Stress habe, denke ich nicht so viel über ... *andere* Dinge nach.«

»Sarah.«

Xanders Herz verhärtete sich. »Wir bringen das hier zu Ende und wenn wir alles hinter uns lassen, beginnt ein neues Leben, dem wir uns dann stellen.«

»Getrennt, schätze ich«, sagte Usain.

»Alles andere wäre gefährlich.«

»Vielleicht fühlen wir uns dann einsam. Ohne Freunde und das Adrenalin.«

»Was willst du denn machen, wenn du als Multimillionär untertauchst?«, drehte Xander den Spieß um.

»Keine Ahnung. Vielleicht zur Fremdenlegion.«

»Warum nicht gleich? Dafür brauchst du kein Geld. Ich glaube, es ist sogar hinderlich.«

»Ich kenne mich selbst.« Der Hüne hob die runden Schultern und nahm gelassen einen Schluck Kaffee. »Ich habe meine eigenen emotionalen Narben, vor denen ich weglaufe. Habe keine Lust, sie anzuschauen. Also lebe ich so, dass ich keine Zeit fürs Wundenlecken habe. Geht mir besser so. Wenn ich draufgehe, ist es halt so.«

»Und das Geld?«

»Kriegt meine Ex. Hat viel wegen mir gelitten. Man muss alles wiedergutmachen, glaube ich. Oder es wenigstens versuchen.«

»Karma?«, fragte Xander.

»Keine Ahnung. Vielleicht fühle ich mich dadurch auch einfach besser. Ist mir egal.«

Xander nickte und ließ Usain im Gemeinschaftsraum zurück, um sich auf den Weg zu seinem Quartier zu machen. Die Frage seines Freundes beschäftigte ihn. Geld war immer sein größtes Ziel gewesen, weil er geglaubt hatte, es würde ihn wieder glücklich machen, so wie früher. Vor Sarah. Aber er war bereits reich und alles, was er mit seinem Reichtum angestellt hatte, war letztlich gewesen, die *Medusa* zu modernisieren und immer größere Aufträge an Land zu ziehen.

Vielleicht war er süchtig nach all dem. Nervenkitzel, Angst, die knappen Situationen zwischen Freiheit und Gefängnis oder sogar dem Strick. Vielleicht wäre ein gutes Ende dieser ganzen Sache ja das schlimmstmögliche Ergebnis für ihn? Was, wenn er in ein Loch fallen würde, ohne Freunde, ohne Nervenkitzel, dafür aber mit jeder Menge Zeit mit seinen eigenen, düsteren Gedanken?

Wenn er so darüber nachdachte, klang das für ihn wie eine selbstgeschaffene Hölle – eine vergoldete Hölle, aber immer noch eine Hölle.

Erstmal musst du es so weit schaffen, sagte er sich in Gedanken, als er seine Kabine erreichte und sich gleich daran machte, die Kamerabilder des Schiffs durchzugehen. Stundenlang scrollte er sich durch die Aufnahmen und suchte nach ihrem blinden Passagier. Die Agentin musste irgendwo sein und er würde sie finden.

Er *musste* sie finden.

29

Als Xander zu seiner Schicht antrat, hatte er wenig geschlafen, aber Ava Jones nach wie vor nicht gefunden. Auf keiner der Kameraaufnahmen tauchte sie auf. Es war, als wäre sie ein Geist, ein unlösbares Enigma. Eins und eins ergaben offenbar nicht mehr zwei auf seinem Schiff und das bereitete ihm zunehmende Sorgen. Er schlief kaum noch und wenn er es tat, dann wälzte er sich hin und her und wurde von schrecklichen Alpträumen geplagt.

»Morgen«, sagte er matt, als er auf die Brücke kam – Monica hatte ihm die Tür aufgeschlossen. Olivier trottete hinter ihm herein und gähnte ungeniert. »Irgendwas Neues?«

»Kann man wohl sagen«, antwortete sein Erster Offizier. Sie winkte ihn an die Navigationskonsole, nachdem Olivier hinter ihm abgeschlossen hatte.

Xander trat zu ihr und sah zu, wie Lucas sich an das Steuer setzte und den Horizont im Auge behielt. Das Display der digitalen Navigationskarte zeigte den westlichen Pazifik von Hokkaido bis Australien mit der Inselkette von Hawaii ganz im Osten.

Ihre Route führte nördlich von Neukaledonien und Fidschi in Richtung Mexiko. Etwas südlich der Route war ein roter Punkt eingezeichnet.

»Was ist da?«, fragte er.

»Das wüssten wir auch gern«, antwortete Monica. »Die Stelle ist markiert worden, aber niemand will es gewesen sein. Ich war es ganz bestimmt nicht und Lucas sagt auch, dass er es nicht war. Sonst war aber niemand auf der Brücke.«

Xander runzelte die Stirn und zoomte mit Daumen und Zeigefinger näher an die markierte Stelle heran.

»Das ist der Neuhebridengraben«, murmelte er vor sich hin und betrachtete die markierte Tiefseerinne südöstlich von Vanuatu und östlich von Neukaledonien. Er wusste nicht allzu viel über diesen Graben, außer dass es die Stelle ist, wo sich die pazifische Platte unter die indo-australische Platte schob.

»Ja.«

»Wissen wir irgendwas darüber?«

Alle schüttelten den Kopf.

»Olli, hol Dr. Fakwa her.«

»Bist du sicher?«, fragte der Franzose.

»Ja. Ich will wissen, warum diese Stelle markiert ist. Vielleicht weiß er mehr darüber.«

Olivier nickte und verließ die Brücke.

»Boss?« Monica sah ihm in die Augen. »Sollten wir uns nicht lieber darauf konzentrieren, herauszufinden, wer das war?« Sie deutete auf den roten Punkt.

»Nein«, fauchte er von plötzlicher Wut ergriffen. »Kriegen wir ja eh nicht raus. Wir jagen verdammte Phantome!«

»Sorry, ich meinte ja nur ...«

»Schon gut, tut mir leid.« Er schloss für einen Moment die Augen und rieb sich die Schläfen, hinter denen es unangenehm pochte. »Ich schlafe wenig und mein Kopf explodiert noch. Ich fühle mich wie in einem verfluchten Horrorfilm.«

Monica nickte verstehend. »Geht mir genauso.«

»Konzentrieren wir uns also auf das, was wir rausfinden können«, schlug er in versöhnlicherem Tonfall vor, auch wenn es ihn Mühe kostete, seiner schlechten Laune nicht freien Lauf zu lassen.

Fünf Minuten später kam Olivier mit einem recht verschlafen aussehenden Dr. Fakwa zurück, der sich die Tränensäcke unter den Augen rieb und gegen die Helligkeit auf der Brücke anblinzelte.

»Was ist denn los?«, fragte der Forscher.

»Wir haben ein paar Fragen zum Neuhebridengraben«, erklärte

Xander und sein Gegenüber wirkte noch verwirrter. »Was können Sie uns darüber erzählen?«

»Das ist eine Tiefseerinne in der Nähe von Neukaledonien und Vanuatu«, erklärte Fakwa langsam. »Es handelt sich um eine eingeschnittene Nahtstelle von der australischen Platte im Südwesten und der pazifischen im Nordosten. Über siebentausendfünfhundert Meter an der tiefsten Stelle. Er ist riesig, viele hundert Kilometer lang und es gibt dort jede Menge Tiefseebeben, wegen der tektonischen Aktivität. Seismische Ereignisse von sieben oder acht auf der Richterskala sind keine Seltenheit – genauso dadurch ausgelöste Tsunamis.«

»Noch irgendwas?«

»Ökologisch sehr interessant«, sagte der Forscher und wirkte plötzlich wach, als hätte er seinen Dozentenmodus eingeschaltet. »Das Wasser des Grabens ist nur zwei Grad Celsius warm zwischen zwei und sechs Kilometern Tiefe. Ein Rätsel ist unter anderem, weshalb es überall ringsherum den Grenadierfisch gibt, der die Tiefsee liebt, aber nicht in den tieferen Teilen des Neuhebridengrabens. Es gibt auch einige hydrothermale Quellen am Grund, die für Wärmezonen sorgen und dadurch sehr interessant für Meeresbiologen sind.«

»Sonst nichts?«, fragte Xander.

»Das ist doch schon eine ganze Menge. Schließlich ...«

»Gut, danke«, unterbrach er den Professor. Warum war diese verdammte Stelle markiert?

»Wenn ich schon mal hier auf der Brücke bin«, sagte Fakwa, »würde ich ganz gern mal ein Gespräch über unsere merkwürdige Reiseroute führen. Darf ich Sie daran erinnern, dass wir nach Westen fahren sollten? Unser Forschungsgebiet liegt im indischen Ozean, nicht im Pazifik.«

»Wir mussten einige Reparaturen in Port Moresby durchführen«, log er. »Und dann sind wir einem Sturm ausgewichen, der uns ernsthaft hätte gefährden können. Aber wir sind bereits dabei, wieder umzudrehen.«

Sie waren mittlerweile so weit draußen, dass es keinen Empfang mehr gab und die Starlink-Zugänge für ihre Gäste hatte er mit der Entschuldigung gesperrt, dass die Antenne beschädigt sei. Das hatte für Murren gesorgt, aber funktioniert. Das bedeutete, dass sie ab jetzt nicht mehr herausfinden konnten, wohin sie wirklich fuhren. Der Ozean sah schließlich mit bloßem Auge überall gleich aus.

»Wir sollten nur nicht zu spät kommen«, sagte Dr. Fakwa.

»Werden wir nicht, keine Sorge.« Xander nickte und deutete zur Tür. »Olivier, würdest du ihn wieder nach unten begleiten?«

»Klar.«

»Oh, und weck Usain. Ich will, dass er herkommt.«

Olivier nickte und verließ mit dem unglücklich aussehenden Professor die Brücke. Während sie auf seine Rückkehr warteten, schwiegen sie und starrten den roten Punkt auf dem Display an, als könnten sie ihm so seine Geheimnisse entlocken.

Als der Bordingenieur mit Usain im Schlepptau hereinkam, versammelte Xander sie mit einem Wink um die Navigationskonsole. Da es sich um einen waagerechten Tisch handelte, den man von allen Seiten gleichgut sehen konnte, bildeten sie einen lockeren Kreis. Auch Lucas kam dazu und überließ dem Autopiloten seine Arbeit.

»Offenbar gehen die Spuks an Bord weiter«, begann er und tippte auf die Markierung. »Türen, die sich von Geisterhand öffnen, Plutonium, das spurlos verschwindet, eine Agentin, von der jede Spur fehlt, Schatten auf dem Achterdeck – und jetzt auch noch in den Navigationscomputer einprogrammierte Koordinaten.«

Er sah in die Runde und blickte in besorgte Gesichter. Sie waren wie Spiegelbilder seines inneren Zustands. Verunsichert, übermüdet und sichtlich von Angst gezeichnet, auch wenn sie es genauso gut zu überspielen wussten wie er selbst.

»Keiner von uns hat diese Markierung vorgenommen.« Sie nickten der Reihe nach. Ernst und stumm. »Also bleiben nicht viele Lösungen für unser Problem. Entweder der Computer hat einen Fehler produziert – zum ersten Mal in dieser Form –, oder jemand oder etwas anderes hat den Neuhebridengraben markiert. An seiner tiefsten Stelle.«

Sie alle wussten, was damit gemeint war. Aussprechen wollte er es trotzdem nicht. Die Vorstellung, dass ein unsichtbares Alien – mal Schatten, mal Luft – sich auf die Brücke geschlichen und während

Monicas und Lucas' Schicht den Navigationscomputer manipuliert haben sollte, erschien ihm wahnwitzig abwegig.

»Das ist absolut verrückt«, meinte Lucas. »Wirklich verrückt.«

»Auch nicht verrückter als Plutonium, das sich in Luft auflöst«, widersprach Olivier. Vielleicht war es auch gar kein Widerspruch.

»Selbst wenn es so ist und *etwas* diese Markierung gesetzt hat«, schaltete sich Monica ein. »Die Frage ist, was das für uns bedeutet.«

Alle sahen Xander an.

»Das will ich mit euch besprechen. Es muss einen Grund geben, wieso es genau diese Stelle ist.«

»Wir könnten den Pin löschen und schauen, ob es noch mal passiert«, schlug Olivier vor.

»Gute Idee«, stimmte er dem Bordingenieur zu. »Falls die Markierung zurückkehrt, können wir einen Zufall ausschließen, einen Glitch im Computer. Umso wichtiger ist es, dass die Brücke jederzeit von zwei von uns besetzt wird.«

Dass sie sich so gegenseitig kontrollieren konnten, erwähnte er nicht. Sie würden es auch so verstehen, ohne dass er schlechte Stimmung unter seinen Offizieren schürte.

»Jo, und wenn die Markierung dann wiederkommt?«, fragte Usain. »Was machen wir dann?«

»Das ist eine gute Frage. Welchen Grund könnte es geben für genau diesen Ort?«

»Ich habe zwar keine Ahnung«, sagte Lucas, »aber das ist ein Tiefseegraben, der nicht sonderlich gut erforscht ist. Vielleicht gibt es dort etwas, das es will.«

»*Es?*«, fragte Olivier.

»Wir wissen doch alle, wer das war, falls es sich wiederholt. Es bringt ja nichts, da um den heißen Brei herumzureden.«

»Gut, nehmen wir einfach mal an, dass unser ... *Passagier* an diesen Ort fahren möchte: Warum?«, wiederholte Xander die Frage seines Wartungstechnikers.

»Ich hätte da eine Idee«, antwortete Usain, der auf sein Smartphone schaute. »Die NASA hat gerade den neuesten geostationären Orbit des Besuchers festgestellt. Offensichtlich konnten sie mit Satelliten und Bodenstationen und so herausfinden, über welchem Punkt sich das Objekt jetzt aufhält.«

»Lass mich raten«, meinte Xander und deutete auf die Markierung. Usain nickte und es blieb für lange Minuten still um die Navigationskonsole. »Scheiße.«

»Machen wir uns nicht verrückt«, schlug Monica vor. »Gehen wir davon aus, dass es stimmt und sich die Markierung direkt unter dem Besucher befindet. Was heißt das schon? Dass E.T. abgeholt werden will?«

»Oder, dass da was im Wasser ist«, sagte Olivier. »Wir haben ein Tauchboot an Bord, vielleicht wurden wir deshalb ausgewählt, *mais non?«*

»Wir wurden nicht *ausgewählt.«* Xander schnaubte. »Zumindest nicht von irgendwelchen Aliens. Die US-Navy musste ihre Beute aus dem Land schaffen, ohne militärisch einzugreifen und für Aufsehen zu sorgen. Das haben sie gemacht. Mit unserer Hilfe.«

»Bist du sicher? Woher wissen wir, dass das Alien nicht auch die Militärs manipuliert hat? Vielleicht kann es in unsere Köpfe eindringen und so dafür sorgen, dass wir es nicht sehen. Es wäre möglich, dass wir es ständig sehen, uns aber nie daran erinnern können. *Alles* ist möglich, sage ich.«

»Er hat recht«, sagte ausgerechnet Monica und schien Zustimmung zu ernten. »Was können wir jetzt schon ausschließen.«

»Okay, okay.« Xander hob ergeben die Hände. »Selbst wenn es so sein sollte, bleibt noch immer die Frage, was wir damit machen. Sagen wir, dass unser Passagier da hin will.« Er tippte auf den roten Punkt in der Nähe von Vanuatu. »Wollen wir das auch?«

»Fuck, nein!«, sagte Lucas.

»Jo«, sagte Usain.

»Ja.« Monica runzelte die Stirn.

»*Non!«*

»Toll, dass wir uns einig sind«, entgegnete Xander ironisch. »Argumente.«

»Viel zu gefährlich.« Lucas schüttelte den Kopf. »Was auch immer *es* will, sollten wir *nicht* tun. Wäre es freundlich, hätte es sich längst gezeigt und würde darum bitten, dass wir helfen.«

»Bist du sicher?«, fragte Monica. »Ist nicht gerade so, als wären wir die vertrauenerweckendsten Exemplare unserer Spezies. Wir sind Kriminelle.«

»Jo«, meinte Usain.

»Wir sollten einfach gerade über den Pazifik fahren und den verdammten Sarg loswerden.« Olivier deutete auf den rechten Rand der Seekarte. »Dann verbrennen wir das verfluchte Schiff und waschen uns eine Woche mit Kernseife. Ich will einfach nur noch sicher sein, nichts mehr mit diesem *merde* Ding zu tun zu haben.«

»Es ist kein großer Umweg und vielleicht war das ja die Art und Weise, wie das Wesen mit uns kommuniziert«, sagte Monica. »Wäre es bösartig, hätte es bestimmt auch den Kurs selbstständig ändern können. Immerhin weiß es, wie es unsere Kameras narrt und Türen öffnet. Ich wette, es könnte uns auch einfach unbemerkt im Schlaf töten, wenn es das wollte. Wer weiß, es könnte sogar einen Schatz in dem Tiefseegraben geben.«

»Ein Schatz oder den Tod«, fasste Xander zusammen. *Klingt nach der perfekten Zusammenfassung meines Lebens.*

30

Am Ende von Xanders und Oliviers Schicht war die Markierung wieder da. Vielleicht auch schon vorher, aber sie hatten die letzten beiden Stunden nicht hingeschaut, nachdem sie anfangs die gesamte Zeit über dem Navigationsschirm gebrütet hatten in Erwartung eines aufploppenden Pins. Um nicht die Sicherheit des Schiffs zu gefährden und ihre Brückenwache ernst zu nehmen, hatte Xander schließlich entschieden, dass sie sich nicht wie aufgeregte Kinder verhalten sollten.

Erst als er sich streckte und auf die Uhr schaute, um zu sehen, dass es noch fünfzehn Minuten bis zum Wachwechsel waren, bemerkte er ein blinkendes Licht auf der digitalen Karte.

»Es ist wieder da«, sagte er, rutschte von seinem Sitz und ging zur Navigationskonsole.

Olivier senkte den Feldstecher und kam zu ihm.

»Die Markierung ist wieder an exakt derselben Stelle. *Mon Dieu.*«

»Ja.« Xander starrte den roten Pin auf der tiefsten Stelle des Neuhebridengrabens an und sah sich auf der Brücke um. »Das heißt, dass es irgendwann in den letzten beiden Stunden hier bei uns gewesen ist.«

Olivier schluckte so laut, dass er es hören konnte. »Nicht unbedingt. Es könnte sein, dass es irgendwie unseren Bordcomputer infiltriert hat. Vielleicht mit einer Art Computerwurm oder so. Nur auf Alientechnologie basierend. *Ou quelque chose comme ça.*«

»Darüber habe ich noch gar nicht nachgedacht«, gab Xander zu, erstaunt über sich selbst. »Vielleicht hast du recht.«

Monica und Lucas kamen herein. Pünktlich auf die Minute.

»Und?«

»Ist wieder da«, sagte er und deutete auf das waagerechte Display vor ihnen.

»Was machen wir jetzt?«, wollte Monica wissen.

»Wir fahren hin.« Alle Augen ruhten jetzt auf ihm. Er deutete auf den Pin und dann auf ihren gesetzten Kurs, der als blaue Linie den Pazifik in zwei Hälften teilte. »Es ist kein großer Umweg und ich fürchte, dass wir sowieso nichts dagegen tun können, wenn unser Passagier alles daransetzt. Ich erinnere daran, dass er über zehn Kilogramm waffenfähiges Plutonium verschwinden lassen konnte.«

»Oder es noch hat«, merkte Olivier an.

»Oder es noch hat«, wiederholte Xander und schüttelte sich. »Ich will mir gar nicht ausmalen, zu was es im Stande ist, wenn wir es davon abhalten, diesen Ort zu erreichen.«

»Vielleicht war das Setzen des Pins seine Art und Weise, uns friedlich eine Nachricht zukommen zu lassen«, sagte Lucas. »Wenn es so viel Macht hat, wie wir denken, musste es das ja nicht. So lässt es uns die Wahl. Vielleicht ist es nur eine Bitte.«

»In dem Fall sollten wir sie lieber nicht ausschlagen«, entgegnete Xander. »Und wer weiß: vielleicht gibt es an dieser Stelle ja noch etwas zu holen. Und wenn es nur Videos sind, wie es von dem Raumschiff da oben abgeholt wird.«

»Das könnten wir mit Sicherheit zu Gold machen. Uns damit vielleicht sogar vor Strafverfolgung freikaufen«, stimmte Monica ihm zu.

»Ihr seht: Es gibt nur zu gewinnen.« Er sah in die Runde und lächelte die Tatsache einfach weg, dass es sich um eine ganz dünne Argumentation handelte, die er ins Feld führte. Aber niemand widersprach ihm, weil es keine besseren Vorschläge gab.

Da niemand widersprach – zumindest nicht laut –, verabschiedete er sich ins Bett und kehrte in seine Kabine zurück. Schlaf fand er jedoch nicht sofort. Nachdem er sich gewaschen und die Zähne geputzt hatte, lag er in seinem Bett und seine Gedanken begannen, zu kreisen. Ein endloser Strom neuer Ideen, Befürchtungen und Hoffnungen. Sein Verstand wollte das Rätsel lösen, das im – oder über – dem Neuhebridengraben auf sie wartete. Er versuchte, in die Zukunft zu blicken, natürlich vergeblich.

Weil mit seinen rasenden Gedanken gar nicht an Schlaf zu denken war, scrollte er durch den Newsfeed auf seinem Handy. Er wusste, dass es für die Qualität seines Schlafs alles andere als förderlich war, auf ein Display zu starren, aber es war ihm lieber, als mit seinem ungebremsten Gehirn allein zu sein und sich den Kopf zu zermartern.

Er war jedoch gleichzeitig zu müde, um die einzelnen Artikel zu lesen, also schaltete er *News Nation* ein. Laura Sinclair schien nie zu schlafen.

Sie saß im Studio vor der großen Displaywand, auf der ein Bild des Besuchers als Fotomontage über dem Pazifik zu sehen war. Daneben ein großes rotes Fragezeichen.

Xander stellte den Ton lauter.

»... bestätigt, dass das Raumschiff eine geostationäre Position direkt über dem sogenannten Neuhebridengraben eingenommen hat. Wenn wir auf die Karte schauen«, nun tauchte eine Karte des Seegebiets um Neukaledonien, Fidschi und Vanuatu auf, *»sehen wir, wie weit draußen sich diese Tiefseerinne befindet. Angesichts der neuerlichen Positionsänderung des Besuchers nehmen die Expertenstimmen zu, die der Meinung sind, dass die Außerirdischen nach etwas suchen könnten. Da es sich um das erste Mal handelt, dass das Objekt einen geostationären Orbit eingenommen hat und damit über derselben Stelle verharrt, gibt es Stimmen, die sagen, dass es möglicherweise gefunden haben könnte, was es sucht.«*

»Vielleicht einen Schatz?«, murmelte er und gähnte langgezogen. »Das wäre doch was.«

»Der Sprecher des US Pacific Command, Colonel Gregory Wallace, hat bereits bestätigt, dass sich Teile der Sechsten Flotte in das Seegebiet um Neukaledonien aufgemacht haben. Auch Frankreich, zu dessen Überseegebieten Neukaledonien gehört, hat bereits angekündigt, dort stationierte Patrouillenboote auszuschicken, um herauszufinden, was das Raumschiff suchen könnte.« Laura Sinclair machte ein besorgtes Gesicht, als sie

sich leicht vorbeugte und in die Kamera schaute. »*Sorgen gibt es aber vor allem wegen der Ankündigung Chinas, eigene Streitkräfte auszusenden, um Amerika und seinen Verbündeten nicht das Feld zu überlassen. Es wird also damit gerechnet, dass es zu einem Wettlauf zwischen den Machtblöcken kommt, in der Hoffnung, das Geheimnis zu lüften. Experten aus Militärkreisen erwarten außerdem weitere Ankündigungen von Australien und Neuseeland, ebenfalls Marineeinheiten auszusenden. Wie immer werden wir Sie auf dem Laufenden halten, unparteiisch und aktuell.*«

»Heilige Scheiße«, sagte er in die Stille seiner Kabine hinein. Das Wummern der Schiffsmotoren hörte er nach all den Jahren nicht mehr bewusst. »Wir fahren direkt in ein verfluchtes Hornissennest. Ich hoffe, das war keine Scheißidee.«

Natürlich wusste er längst, dass es eine war. Aber sie war auch alternativlos und er wusste, dass dies die schlimmsten Situationen waren, in denen sich ein Schmuggler, oder generell irgendjemand, wiederfinden konnte.

Sie fuhren mitten in das Auge eines Sturms, der sich südöstlich von ihnen zusammenbraute, als würde er sie anziehen.

Die Frage war jetzt, wie schnell die vielen angekündigten Marineeinheiten die Meeresregion erreichen und wie aggressiv sie auftreten würden. Rein faktisch besaß Frankreich vermutlich nach internationalem Recht die Hoheitsrechte vor Ort, ob sie das auch durchsetzen konnten, war eine ganz andere Frage. Zumal Paris wohl kaum dem großen – und viel stärkeren – Bruder USA verbieten würde, das Zepter in die Hand zu nehmen. Wahrscheinlicher war, dass sie zusammen operierten. Zusammen mit Neuseeland und Australien, die im Zuge des AUKUS-Abkommens ohnehin eine Verteidigungspartnerschaft verband.

Ihr gemeinsamer Feind war China, ob sie es nun so offen aussprachen oder nicht, was bedeutete, dass die eigentlichen Spannungen zwischen den Chinesen und allen anderen bestehen würden. In der Mitte Xander mit der *Medusa* und einem Alien an Bord. Verrückter konnte die Realität vermutlich nicht mehr werden.

Aber er hatte so ein Gefühl, dass ihm die militärische Drohkulisse nutzen konnte. Falls sie zwischen die Fronten geraten sollten, würde vermutlich keine der beiden Seiten sie beschießen oder entern, weil das eine Reaktion der jeweils anderen Seite hervorrufen könnte. Sollten sich die Großen streiten, während sie der Frage nachgingen, was das Raumschiff genau suchte.

»Wir haben ein spezielles Tiefseetauchboot«, flüsterte er in die Dunkelheit seines Zimmers hinein und schaltete sein Smartphone ab. »Da nützt euch auch kein Atom-U-Boot etwas, wenn es keine Greifarme hat.«

Er gähnte langgezogen, wischte sich die Tränen aus den Augenwinkeln und schlief langsam ein.

In der trüben Dämmerung seines Traums steuerte Xander die *Medusa* mit zitternden Händen in die unheilvollen Tiefen des Neuhebridengrabens, einem Ort, wo er auch unter Wasser fahren konnte. Während er durch die wirbelnden Nebel navigierte, begann die Crew, aus unerfindlichen Gründen, Brot zu backen, wobei jeder Laib seltsamerweise die Form von Poseidons Dreizack annahm. Salz, das lebenswichtige Gewürz der See, wurde plötzlich zur wertvollsten Währung an Bord, gehandelt in geheimen Verschwörungen auf den Gängen und im Hauptlager, wo die Fässer sprechen konnten und das weiße Gold eifersüchtig horteten.

Meerjungfrauen mit schiefem Lächeln und faltigen Flossen, die verdächtig nach Gummistiefeln aussahen, schwammen neben dem Schiff her, während sie anzügliche Limericks über ein Alien vortrugen, das sich unter ihnen mit einer Vorliebe für Salzgebäck und einer merkwürdigen Furcht vor nassen Füßen versteckt hielt. Poseidon selbst, in einem Anfall von launischer Gastfreundschaft, erschien auf dem Deck, sein Bart verfilzt mit Seetang und alten Fischernetzen, und bot Xander eine verschimmelte Seekarte an, die angeblich den Weg zu den verlorenen Backöfen von Atlantis zeigte. Am nächsten Tag war die Karte aber weg und sie hatten alle Bauchschmerzen. Wie sich herausstellte, hatte Lucas die Karte in den Mixer gesteckt und als »Spezialzutat« in seinen neuesten Brotteig vermischt – inklusive des Schimmels. In diesem Ozean der Absurdität fand Xander sich lachend und weinend zugleich, gefangen in einem Alptraum, so wirr und unerklärlich, dass er bei seinem Erwachen nichts als ein verzerrtes Echo eines Kicherns unter dem Bett vermutete, das vielleicht dem Alien gehörte, oder vielleicht auch nur dem Echo seiner eigenen, verstörten Fantasie.

31

Sie brauchten zwei Tage bis zu der im Navigationscomputer markierten Stelle. Eine recht kurze Reise, da sie mit voller Kraft fuhren. Xander verbrachte seine Zeit entweder auf der Brücke, halb auf den Ozean, halb auf die Kameradaten auf seinem iPad konzentriert, oder in seiner Kabine. Er wollte noch immer Ava Jones finden, doch auch Suchaktionen der Mannschaft morgens und abends brachten keinerlei Ergebnisse hervor.

Die australische Agentin blieb spurlos verschwunden, sodass er selbst zu glauben begann, dass sie nicht mehr an Bord war. Falls sie sich nicht in ein unsichtbares Alien verwandelt hatte, musste sie das Schiff längst verlassen haben.

Mehr Sorgen machten ihm die Nachrichten, die sie jetzt durchgängig auf dem Fernseher verfolgten – im Gemeinschaftsraum, aber auch auf der Brücke. *News Nation* lief Tag und Nacht und versorgte sie mit den neuesten Entwicklungen rund um den Besucher. Der Grund dafür war eine weltweit ausgebrochene Hysterie um den Standort des Raumschiffs über dem Neuhebridengraben. Wie sich herausstellte, machten sich nicht bloß Marineeinheiten vieler Nationen auf den Weg zu der Stelle östlich von Australien, sondern auch Privatleute. Schatzsucher, Glücksritter, zivile Forschungsschiffe, Jachtbesitzer und Segler – die halbe Welt schien Kurs auf Xanders Ziel gemacht zu haben.

Das brachte eine ganze Reihe potenzieller Probleme mit sich, die unkontrollierbar waren. Wie würde das Militär reagieren? Was, wenn eine Sperrzone eingerichtet wurde? Und wie ernst wäre es den Verteidigungsministerien der anwesenden Staatsmächte? So ernst, dass Waffengewalt gegen Zivilschiffe eine Option war?

Am Abend des zweiten Tages stand er am Steuer und es trennten sie nur noch zwanzig Seemeilen von ihrem Ziel. Monica, Lucas und Usain waren mit ihm auf der Brücke, wollten ihrem Eintreffen beiwohnen, während Olli sich mit Suparman um die *Triton* kümmerte. Xander wollte sein Tauchboot für alle Fälle bereit haben. Am liebsten hätte er eine Nacht gewartet, aber falls er tauchen musste, dann sofort, bevor dort draußen die Hölle los war.

»Ich habe hier einen Kontakt«, sagte Lucas vom Radarschirm aus. »Was Großes, relativ direkt an unserem Zielpunkt.«

Xander schaltete die Daten des Automatischen Identifikationssystems AIS auf, die über VHF empfangen wurden, und markierte den Radarkontakt. Die Informationen kamen nach wenigen Sekunden. Sie lieferten die Maritime Mobile Service Nummer des Schiffs (MMSI), seinen Namen, die einzigartige Identifikationsnummer von der Internationalen Seeschifffahrts-Organisation (IMO-Nummer), das Rufzeichen, den Schiffstyp und jede Menge dynamische Informationen und Reisedaten, die in diesem Fall nur eingeschränkt angezeigt wurden. Er las sie für alle vor: »Die *HMAS Anzac*, Lenkwaffenfregatte der Royal Australian Navy. Einhundertachtzehn Meter lang laut Radar. Ein echter Brocken. Aktuelle Position auf Breite minus fünfzehn Grad und Länge einhundertsechsundsechzig Komma fünf Grad. Die *Anzac* macht aktuell keine Fahrt.«

»Kein Wunder, die See ist ruhig wie ein Bergsee«, meinte Monica und hob den Feldstecher mit Nachtsichtoptik an die Augen, um durch die Brückenfester nach der Fregatte zu suchen. Da es schon dunkel war, hatte Xander die Beleuchtung auf rotes Passivlicht umgestellt.

»Kannst du schon was sehen?«, fragte er.

»Ja, ich sehe die Umrisse am Horizont. Die geben sich jedenfalls keine Mühe, ihre Anwesenheit zu verbergen.«

»Nein. Aktiviertes AIS, keine Fahrt, sie sitzen direkt auf dem

Punkt unterhalb des Objekts im Orbit«, fasste Xander zusammen. »Die sind hier, um ihr Revier zu markieren.«

»Ganz offensichtlich.«

»Und wozu sind wir hier?«, fragte Usain mit seiner tiefen Stimme in den Raum.

»Ich weiß es noch nicht«, gab Xander freimütig zu. »Aber vielleicht erfahren wir es ja bald.«

»Wir werden gerufen«, sagte Monica und er fluchte, weil er vergessen hatte, den Lautsprecher wieder auf volle Lautstärke zu stellen.

»Gulliver, Gulliver, hier *HMAS Anzac* der Royal Australian Navy. Sie nähern sich einem militärischen Operationsgebiet«, erklang eine weibliche Stimme auf der Brücke. »Identifizieren Sie sich und nennen Sie Ihre Route und den Grund für Ihre Fahrt.«

»Die Route seht ihr im AIS«, antwortete Xander, ohne den »Senden«-Knopf zu drücken. Das tat er kurz darauf und hielt sich das Funkgerät dicht vor den Mund.

»Anzac, Anzac, hier *Gulliver«,* sagte er im typischen Funkspruch-Singsang. »Wir sind ein Forschungsschiff und reisen im Auftrag der University of California.«

»Gulliver, Gulliver, bitte ändern Sie Ihren Kurs und umfahren Sie unser Operationsgebiet mit mindestens zehn Meilen Abstand zu unserem Schiff«, meldete sich die weibliche Stimme wieder.

»Anzac, Anzac, mit wem spreche ich denn?«, fragte Xander im Plauderton.

»Gulliver, Gulliver, hier spricht Captain Juliana Antilles. Ändern Sie Ihren Kurs.«

»Schön, Sie kennenzulernen, Captain Antilles. Ich bin Captain Xander Fisher. Handelt es sich um ein offizielles militärisches Sperrgebiet? Von den französischen Behörden konnten wir keinerlei diesbezügliche Bestätigung erhalten.« Monica grinste ihn an. Sie befanden sich in der exklusiven Wirtschaftszone Frankreichs, da Neukaledonien zu ihnen gehörte und Vanuatu auch.

Für eine Minute blieb es still. Dann antwortete Captain Antilles mit ihrem auffälligen Sydney-Akzent: *»Gulliver, Gulliver,* wir operieren innerhalb internationalen Seerechts und in Absprache mit den französischen Behörden. Zwei Korvetten der französischen

Marine sind bereits unterwegs hierher. Ich fordere Sie noch einmal auf, sich unserem Operationsgebiet nicht zu nähern, da Gefahr für Ihre Sicherheit besteht.«

»*Anzac, Anzac,* vielen Dank für die Warnung. Auch wir operieren innerhalb unseres Rechts nach internationalen Schifffahrtsregeln. Da dies kein ausgewiesenes militärisches Sperrgebiet Frankreichs ist, sehen wir uns nicht gezwungen, dieses Seegebiet zu verlassen«, gab Xander über Funk zurück. »Wir danken aber für die Warnung und vertrauen darauf, dass Sie sich an internationales Seerecht halten und keine Waffengewalt gegen ein ziviles Forschungsschiff einsetzen. Bitte nehmen Sie zur Kenntnis, dass wir sämtliche Aktivitäten unseres Schiffs in Echtzeit über das Internet streamen, da dies Teil des Kontrakts mit unserem Auftraggeber ist.« Er ließ den »Senden«-Knopf los und hängte das Funkgerät zurück in seine Fassung. »Da soll sie erstmal drauf kauen. Wir nähern uns bis auf maximal fünf Seemeilen. Gibt ja keinen Grund, dass wir exakt auf dem markierten Punkt sein müssen.«

»Wir wissen ja nicht mal, was es hier überhaupt zu sehen gibt«, merkte Lucas an und gab sich keine Mühe, seine Skepsis gegenüber der ganzen Sache zu verbergen.

»Das könnte sich vielleicht gerade geändert haben«, sagte Monica. »Schaut mal auf das Sonar.«

Xander folgte ihrer Aufforderung und betrachtete den Sonar-Schirm auf der linken Seite des Kommandopanels über seinem Kopf.

»Was ist das? Ein Objekt?«

»Ganz offensichtlich«, antwortete sie. »Laut Bordcomputer metallisch, etwa vierzig Fuß durchmessend, und zwar an der tiefsten Stelle des Grabens. Zumindest nahe dran.«

»Siebentausendzweihundertdreizehn Meter«, las er ab. »Wenn mich nicht alles täuscht, befindet es sich direkt unter dem Schiff der Australier.«

»Sieht ganz so aus.«

»Also direkt unter der Stelle, die in unserem Navigationscomputer markiert wurde?«, fragte Lucas.

»Ja«, bestätigte Monica.

»Was wiederum bedeutet, dass dieses Objekt sich senkrecht unter dem Raumschiff im Orbit befindet.«

»Ja.«

Nun sahen alle Xander an.

»Was schaut ihr mich an?«, fragte er und hob die Hände. »Ich weiß nicht, was das ist, aber ganz offensichtlich weiß es unser fremder Passagier.«

»Und die australische Marine«, merkte Monica an. »Wenn wir es auf dem Sonar sehen, sehen sie es auch.«

»Wär ich nicht sicher«, sagte Usain und zeigte auf den Hauptschirm des Sonars, vor dem Monica stand. Sie wandte sich wieder dem Display zu.

»Er ist weg. Der Sonarkontakt.«

Xander sah nach oben auf seinen kleinen Schirm und tatsächlich war das Sonar frei, abgesehen von einigen Fischschwärmen unter ihnen.

»Wie ist das möglich?«, fragte Lucas.

»Genauso, wie die Markierung auf den Seekarten«, erwiderte Xander und schaute nachdenklich auf die Anzeige. »Entweder ist, was auch immer da unten war, wieder verschwunden, oder unser *Gast* wollte nur kurz, dass wir es sehen.«

»Also sehen die Australier es vielleicht doch nicht?«

»Vielleicht.«

»Aber wieso?«, wollte Monica wissen. »Das ergibt doch keinen Sinn.«

»Außer es will, dass wir da runtergehen und es holen«, schlug Xander vor. »Es könnte aber auch sein, dass unser Sonar das Objekt da unten zwar erkennt und es das war, was wir gesehen haben, unser System aber sabotiert oder korrumpiert wurde und wir es jetzt nicht mehr sehen.«

»Wie, wenn wir gehackt wurden?« Lucas runzelte die Stirn.

»Genau so, ja. Anders können wir auch nicht erklären, warum die Markierung auf dem Navigationsdisplay aufgetaucht ist. Laut Log-Dateien existiert sie gar nicht. Wenn ein System infiltriert ist, können es alle anderen auch sein.«

»Wenn es so ist«, meinte Monica, »dann ist die Frage, was das für uns bedeutet.«

Wieder schauten alle zu Xander.

»Erstmal stellen wir sicher, dass das Hauptlager noch versiegelt ist und nichts rauskommen konnte«, entschied er. »Dann bereiten wir einen Tauchgang vor.«

»Du willst uns da runterschicken?« Monicas Stimme war klar zu entnehmen, wie wenig sie davon hielt.

»Nein«, widersprach er kopfschüttelnd. »Ich werde selbst da runter gehen.«

»Das ist viel zu gefährlich. Was ist, wenn auch die Bordelektronik der *Triton* infiltriert ist? Ein Tauchgang in so tiefe Regionen ist gefährlich, schon wenn alle Systeme funktionieren, wie sie sollten und du dich auf die Technik verlassen kannst.«

»Da unten ist irgendwas und ich will es haben.«

»Ich glaube nicht, dass Gier jetzt der beste Ratgeber ist«, beharrte sie. »Wir wissen viel zu wenig.«

»Deshalb will ich es mir ja ansehen«, entgegnete er. »Vielleicht können wir etwas bergen. Vielleicht können wir das größte Rätsel der Menschheitsgeschichte lösen und die Informationen gewinnbringend verkaufen? Es gibt viele Möglichkeiten, wie das hier gut für uns sein könnte. Die ganze Welt kommt her und will wissen, was es mit dem Raumschiff und diesem Ort auf sich hat. Aber niemand hat an Bord, was wir an Bord haben. Das könnte unser größter Vorteil sein.«

»Oder unser größter Nachteil«, wandte Usain ein.

»Wir werden es nur erfahren, wenn wir nachschauen. Wir haben die *Triton,* sie ist perfekt dafür geeignet und wenn mir etwas passiert, könnt ihr die Mission immer noch zu Ende führen und als reiche Leute ein luxuriöses Leben führen. Es gibt keinen Nachteil.«

»So fängt jede Katastrophe an«, sagte Monica und seufzte, als sie Xander musterte. Offenbar hatte sie seinen Gesichtsausdruck korrekt gelesen: Er hatte sich bereits entschieden und das bedeutete in der Regel, dass es kein Zurück mehr gab und seine Entscheidung feststand.

32

Sie näherten sich der *Anzac* bis auf fünf Seemeilen. Das war die Distanz, auf die zum ersten Mal wieder ein Funkspruch von Captain Antilles aus den Lautsprechern dröhnte, dass sie sich nicht weiter nähern sollten, weil es sonst als Akt der Aggression gesehen werden würde.

Das war natürlich seerechtlich reichlich dünn, aber im Endeffekt war das internationale Seerecht nur so wasserfest, wie die Nationen es umsetzten oder zuließen, und im Zweifelsfall entschieden Waffen über Recht und Unrecht, so frustrierend es auch war. Ein Beispiel dafür war das Gebaren Chinas im südchinesischen Meer. Entgegen jeglicher Rechtsgrundlage und internationalen Rechtssprüchen baute die Volksarmee Militärbasen in den Wirtschaftszonen der Philippinen und Vietnams, vertrieb deren Fischer mit Booten der Küstenwache und schaffte Fakten, statt Regeln einzuhalten.

Australien war sicherlich ein ganz anderer Akteur als China, aber Captain Antilles klang in ihrer letzten Botschaft sehr nachdrücklich, also wollte er sie nicht herausfordern. Vermutlich war er so weit gegangen, wie er konnte und wenn die beiden französischen Korvetten eintrafen, würden sie zwar kein Recht haben, die *Medusa* zu vertreiben, weil es sich nicht um die Zwölf-Meilen-Zone handelte, aber innerhalb ihrer exklusiven Wirtschaftszone hatten sie zumindest ein besseres Standing als die Australier.

Außerdem wollte Xander es nicht darauf ankommen lassen und stattdessen tauchen. Das Problem war nur, dass die *Anzac* es sehen würde. Ein Dilemma, da er nicht wusste, was Captain Antilles wusste. Hatte sie auch das Objekt am Meeresgrund gesehen? Vielleicht. Verfügte sie über ein tiefseetaugliches Tauchboot? Unwahrscheinlich, aber nicht unmöglich. Würde sie versuchen, ihn daran zu hindern, abzutauchen? Falls ja, aus welchem Grund? Und falls nein: Würde er ihr damit erst verraten, dass sich etwas in der Tiefe befand, nach dem sich zu suchen lohnte? Möglicherweise brachte er sie dadurch erst auf die Idee und schaffte sich so letztendlich Verfolger und damit Zeitdruck. Er stellte sich vor, wie er etwas Wertvolles entdeckte und nach oben brachte, nur um von Marineeinheiten in Empfang genommen zu werden, die seine *Medusa* geentert hatten und ihm alles abnahmen.

Eine inakzeptable Vorstellung, also musste er versuchen, das Risiko möglichst gering zu halten. Er gab Suparman und Olivier den Befehl, die *Triton* zu enthüllen und mit dem Kran über die Reling zu hieven, sodass er jederzeit einsteigen konnte und sie tauchbereit war. Das allein dauerte beinahe eine Stunde und gab Antilles auf der *Anzac* genügend Zeit, um sich Gedanken zu machen und darauf zu reagieren. Bestenfalls würde er von ihrer Reaktion ablesen können, was sie wusste oder zumindest dachte und er zu erwarten hatte.

Xander half selbst bei den Vorbereitungen der *Triton* mit und saß die meiste Zeit im Cockpit, um die Checklisten durchzugehen und alle Systeme mit eigenen Augen zu überprüfen. Eine Tauchfahrt wie an den Strand in Nordkorea war ein Klacks, bei dem nicht viel schiefgehen konnte. Selbst bei einem Notfall hätten sie aussteigen und mit minimalen gesundheitlichen Schäden nach oben schwimmen können. Die Tiefsee dagegen war neben dem Weltraum der gefährlichste Ort für Menschen und Maschinen. Womöglich noch deutlich gefährlicher als das All. Die Druckverhältnisse waren jenseits der menschlichen Vorstellungskraft und konnten ein U-Boot wie die *Triton* auf die Größe eines Medizinballs zerquetschen.

Nichts für schwache Nerven und vor allem nichts für Unvorbereitete oder jene, die gern Abkürzungen nahmen, wenn es um Sicherheit ging.

Dementsprechend ging er jeden einzelnen Schritt auf seiner

Checkliste durch, sprach ihn laut aus, wie er es gelernt hatte und ließ sich alles von Monica bestätigen, die ihn von der Brücke aus überwachte.

Xander blieb geduldig und überstürzte nichts, obwohl er es kaum erwarten konnte, abzutauchen und herauszufinden, was dort unten auf ihn wartete. Er mochte Geheimnisse, sonst wäre er nie Schmuggler geworden, aber noch mehr mochte er es, sie zu lüften und sich zu bereichern. Er konnte spüren, dass sie hier an etwas dran waren. Wichtig war nur, dass er seine Fährte nicht aufs Spiel setzte.

»Sieht alles gut aus«, stellte er am Ende fest. Es dauerte fast eine weitere halbe Stunde nach den Vorbereitungen durch Olli und Suparman, die die *Triton* aus ihrem Hangar befreit, am Kran befestigt und über die Reling gehievt hatten. Jetzt hing sie an der Steuerbordseite, gehalten von den Lastenbändern. Sie schwankte kaum, erst als Xander aufstand und aus der Luke kletterte.

Sein Glück war, dass die See beinahe spiegelglatt war. Es wehte nicht der geringste Wind und es zeigte sich keinerlei Wellenaktivität.

Da die *Triton* so weit heruntergelassen war, dass sich die Luke auf dem Dach auf Höhe der Öffnung in der Reling befand, konnte er mit einem langen Schritt auf die *Medusa* zurückkehren. Olivier nahm ihn zur Sicherheit am Arm.

»Alles gut?«, fragte der Franzose.

»Ja, alles bereit. Ich ziehe mich jetzt um und bereite meinen Proviant vor, dann checken wir noch einmal die *Anzac* und es kann losgehen.«

»Bist du dir wirklich ganz sicher?« Olivier sah besorgt zur *Triton* und den Lichtern der *Anzac* in der nicht allzu weiten Ferne.

»Nein«, antwortete Xander kopfschüttelnd. »Aber wenn ich immer nur gehandelt hätte, wenn ich sicher war, wären wir jetzt niemals da, wo wir sind.«

»Auge in Auge mit einem Kriegsschiff, mit verlorener Nuklear-Fracht, einem Geist an Bord und wer-weiß-wie-vielen Geheimdiensten im Nacken?«, fragte Olivier lakonisch.

»Wie viel Geld hast du gerade auf dem Konto?«

»Etwa zwanzig Millionen Dollar.«

»Bitteschön.« Xander zwinkerte ihm zu und klopfte ihm auf die

Schulter, ehe er sich auf den Weg zur Kombüse machte. Dort erwartete Lucas ihn schon und schob ihm einen Rucksack mit Proviant zu.

»Ist nicht viel, genau wie du wolltest, aber das gute Zeug. Wenig Ballaststoffe, dann musst du nicht so oft das große Geschäft machen«, erklärte der Wartungstechniker und Notfall-Koch.

»Danke.« Er packte den Rucksack und wollte ihn über den Tisch zu sich ziehen, doch Lucas hielt seinen Arm fest und sah ihm in die Augen.

»Pass auf dich auf, ja?«

»Meine Güte, ihr seid ja alle aufgeregter als ich«, scherzte Xander. »Mir wird schon nichts passieren. Du kennst mich. Ich bin ein Vollblut-Egoist. Wenn mein Leben auf dem Spiel steht, haue ich ab und komme zurück.«

»Das will ich hoffen. Du bist zwar ein Arschloch, aber du machst uns reich, das soll noch mindestens bis Norfolk so bleiben, weil wir sonst so gut wie tot sind.« Lucas grinste breit und ließ seinen Arm los.

»Sehr berührend, danke.« Xander streckte ihm die Zunge raus, lächelte und ging dann hinaus und in Richtung Brücke.

»Und?«, fragte er, als er durch die Tür kam. »Irgendwas von der *Anzac?*«

Monica wandte sich zu ihm um. »Nein, nichts. Der Funk ist still geblieben.«

Xander nickte und ging zur Kamerakonsole. Er sah, wie Olivier das Achterdeck verließ und Suparman allein ließ, der seine Leute in den Hangar scheuchte, damit sie dort aufräumten und ihn wieder schlossen, weil sich eine Regenfront näherte.

»Sehr gut«, sagte er. »Was macht der letzte Wetterbericht?«

»In einer halben Stunde kommt der Regen und dann nimmt der Wind etwas zu, aber nichts Dramatisches.«

»Gut, dann gehe ich noch mal aufs Klo und mache mich dann auf den Weg. Denk dran: Keine Konfrontation mit dem Militär. Im Zweifelsfall fahrt ihr weg und sammelt mich wieder ein, wenn es so weit ist. Die *Triton* hat mit den Zusatztanks genügend Reichweite, um etwas ausweichen zu können. Das Schlimmste wäre, wenn ich irgendwas gefunden habe und wir keine Möglichkeit finden, es zu bergen.«

»*Das* ist für dich die schlimmste Befürchtung?«, fragte Monica und schnaubte. »Du bist offiziell verrückt.«

»Warten wir es ab. Du hast das Schiff«, sagte er und ging zur Tür. Aus den Augenwinkeln sah er auf den Kameraschirm, mehr aus Gewohnheit, und sah eine schnelle Bewegung. Überrascht sah er genauer hin und sah eine Gestalt, die hinter Suparman über das Achterdeck und auf die *Triton* zu lief. Sie hatte helles Haar und trug eine schwarze Weste über weißem Hemd. »Das kann ja wohl nicht wahr sein!«

»Was ist?«, fragte Monica alarmiert, doch er stürmte bereits in den Korridor hinaus und rannte die Treppen hinunter, nahm immer vier Stufen gleichzeitig und hetzte dann in Richtung der Tür zum Achterdeck. Draußen schlug ihm die warme Luft entgegen wie eine unsichtbare Wand, aber er achtete nicht darauf und lief, so schnell er konnte, in Richtung der offenen Reling, vor der die *Triton* vom Kran hing.

Er sah noch die Hand, die nach dem Griff der Luke langte und sie nach unten zog, als er mit einem Hechtsprung auf die Oberseite des Tauchboots sprang und gerade so den rechten Tragegurt seines Rucksacks zwischen Luke und Gummilippe werfen konnte, bevor sie verriegelte.

Xander war hart auf die Rippen geknallt und eines der Metallteile an der Hülle der *Triton* war ihm gegen das Schienbein geschlagen. Doch er hielt die Oberseite der Luke mit einer Hand gepackt und den Rucksack mit der anderen. Mühsam rappelte er sich auf und riss an dem Griff, damit Jones ihn nicht aussperren konnte.

Der Widerstand war stark, doch dann ließ er ganz plötzlich nach und die Luke schien ihm entgegenzufliegen. Durch die plötzliche Kraftverlagerung wäre er beinahe hintenübergestürzt, doch er fing sich gerade noch ab und konnte sehen, wie Suparman angelaufen kam und auf Indonesisch Befehle brüllte.

Xander achtete nicht auf ihn, schnappte sich den Rucksack, der von der Flanke des Tauchboots zu rutschen drohte und warf ihn durch das kreisrunde Loch in der *Triton*.

Er sah noch Arme, die ihn abwehrten, dann sprang er hinterher und stürzte nach unten.

33

Xander stöhnte vor Schmerzen. Er war auf die Seite gefallen, gegen den Passagiersitz, der ihm sämtliche Luft aus den Lungen presste. Es fühlte sich an, als stünde seine gesamte rechte Körperhälfte in Flammen. Vermutlich, weil er gegen seine noch immer nicht ausgeheilten Prellungen vom Kampf mit dem Terroristen in der Mannschaftsmesse geknallt war.

Ava Jones stand über ihm und schaute ihn an. Er rechnete bereits damit, dass sie ihren Stiefel heben und ihm das Licht ausknipsen würde, doch stattdessen langte sie nach dem Griff der Luke und zerrte daran. Von draußen waren aufgeregte Stimmen zu hören.

Xander meinte, die von Suparman zu erkennen. Der Bootsmann musste ganz nah sein.

Er versuchte, sich aufzurichten, fiel jedoch um, noch bevor er die Knie durchstrecken konnte, weil sein linker Fuß nachgab und so stark schmerzte, dass er einen kläglichen Jammerlaut ausstieß. Bei seinem Sturz durch die Luke musste er sich etwas verstaucht oder gebrochen haben.

Hilflos sah er mit an, wie die australische Agentin die Luke verriegelte und über ihn hinweg stieg zum Pilotensitz. Dort legte sie einige der Kippschalter um und plötzlich stürzten sie nach unten.

Der Fall dauerte nur sehr kurz an, weil sie nicht mehr als einen Meter über der Wasseroberfläche gehangen hatten. Trotzdem spürte er den Aufprall und verzog das Gesicht. Durch das Cockpit konnte er sehen, wie die See einen unruhigen Rand am unteren Teil der Glaskugel bildete, der sich immer weiter nach oben verschob.

»Was machen Sie da?«, ächzte er und zog sich auf den Hintern und mit dem Rücken gegen die Wand. Das verletzte Bein streckte er aus. Es war nicht einmal daran zu denken, etwas gegen Ava Jones zu unternehmen, wenn er nicht stehen konnte.

»Ich tauche ab«, antwortete sie mit so gelassener Stimme, dass es wie ein Scherz wirkte. Xander konnte sich vorstellen, dass auf der *Medusa* gerade die Hölle los war, weil die *Triton* gekapert und ihr Captain gekidnappt wurde. Jones musste die Notfallablösung der Kranbefestigung betätigt haben. Bei stärkerem Seegang hätte das Tauchboot ernsthafte Schäden davontragen können.

»Das dürfen Sie nicht!« Er rappelte sich auf Knie und Hände auf und kroch zu ihr.

»Es tut mir leid, aber ich muss.« Die Agentin drehte sich zu ihm und stand auf. Er verzog das Gesicht, hob abwehrend eine Hand und zog sich etwas zurück, ehe er sich wieder hinsetzte.

»Wo wollen Sie überhaupt hin.«

»Das wissen Sie.«

Xander mahlte mit den Kiefern. »Nein. Weiß ich nicht.«

Statt zu antworten, deutete sie auf das große Hauptdisplay, von dem er etwa die Hälfte erkennen konnte. Genug, um die rote Markierung zu erkennen, die er von dem Navigationsschirm auf der Brücke nur allzu gut kannte.

»Ich bin nicht sehr vertraut mit diesem Gefährt«, sagte sie. »Aber das wird schon funktionieren.«

»Ich kann steuern«, bot er an und Jones musterte ihn misstrauisch. Ein leises *Klonk* ertönte und die *Triton* begann, zu wackeln. »Wir sind wahrscheinlich gerade gegen den Rumpf des Schiffs gestoßen. Das ist nicht gut.«

»Sie werden etwas versuchen ...«

»Warum sollte ich?«, entgegnete er kopfschüttelnd. »Ich will genauso sehr da runter wie Sie. Außerdem bin ich ganz offensichtlich nicht in der Lage, Sie an irgendwas zu hindern. Aber ich kann dieses U-Boot steuern, weil ich es gelernt und viel Erfahrung habe. Wie sieht das bei Ihnen aus, hm?«

Zu seiner Erleichterung nickte sie und stand auf. »So kann ich Sie auch besser im Blick behalten. Versuchen Sie aber bitte nicht, mich übers Ohr zu hauen.«

Xander deutete an sich hinab und legte den Kopf schief. Jones nickte und half ihm dabei, sich auf den Pilotensitz zu hieven. Zuerst startete er die Motoren und brachte sie langsam von der *Medusa* fort, damit sie nicht kollidieren konnten. Dann tauchte er wenige Meter ab, damit die *Anzac* sie nicht mehr beobachten konnte. Er war sicher, dass die Militärs sie die ganze Zeit über durch ihre Feldstecher verfolgten.

Als er das Headset aufsetzte, stieß Jones ein warnendes Geräusch aus, das wie ein Schnalzen ihrer Zunge klang.

»Ich muss Funkkontakt haben. Monica muss von der Brücke aus die Daten überwachen. Das ist ein wichtiger Teil des Sicherheitskonzepts.«

»Es wird ohne gehen«, sagte sie beinahe sanft und zog ihm das Headset wieder vom Kopf.

Missmutig hob er die Hände und begann dann mit dem Tauchgang. Er legte zwei Kippschalter um, die mit beschriftetem Tape markiert waren. »Ich lasse jetzt Luft aus den Ballasttanks.«

Durch das Cockpitglas sah er die dunkle Silhouette des Rumpfs der *Medusa* wie den Bauch eines großen Seeungeheuers. Unter ihnen erstreckte sich die scheinbar unendliche Tiefe des Pazifiks, beinahe so schwarz wie das Weltall über ihnen. Aus den Augenwinkeln schaute er zu Jones, die schräg neben ihm durch das Glas schaute. Normalerweise bekamen Passagiere ohne Erfahrung an dieser Stelle Angst, wenn sie in die Tiefe abtauchten. Aber die Agentin wirkte so gelassen wie ein Zen-Mönch.

»Das ist nicht Ihr erster Tauchgang«, stellte er fest und verzog das Gesicht, als die Schmerzen in seinem Fuß oder Knöchel aufflammten.

»Nein«, gab sie zurück und wirkte mit einem Mal nachdenklich. »Aber es ist sehr lange her.«

»Verstehe.« Xander verstand gar nichts. »Wir haben jetzt negativen Auftrieb mit einer Sinkrate von fünfunddreißig Metern pro Minute. Wir haben jetzt etwa dreieinhalb Stunden vor uns, bis wir die markierte Stelle erreichen. Wissen Sie überhaupt, wie wir an diese Daten gelangt sind?«

»Ja.« Sie nickte. »Das weiß ich.«

»Und das macht Ihnen keine Scheißangst?«

»Nein.«

»Wer sind Sie?«, fragte er und wandte sich ihr zu, obwohl das Drehen seines Oberkörpers aufgrund seiner Prellungen unangenehm war. »Mittlerweile würde ich meine Hand dafür ins Feuer legen, dass Sie für einen Geheimdienst arbeiten und nicht für die australische Marine, aber Sie sind nicht bloß eine drittklassige Agentin Australiens, das nicht gerade für seine Nachrichtendienste bekannt ist. Sie wussten genau, wo Sie uns abfangen müssen und was wir geladen haben.«

Jones erwiderte seinen Blick mit gelassener Miene. »Ist das so?«

»Was soll das heißen? Dass Sie mir nicht antworten wollen? Schon klar. Arbeiten Sie für die CIA?«

»Nein.« Sie deutete nach vorne. »Sollten Sie sich nicht auf die Steuerung konzentrieren?«

»Es gibt nicht sonderlich viel zu tun, außer die Sensoren zu überwachen.« Er deutete auf das Sonar und die Außendruckanzeigen. »Der Bordcomputer hält uns auf Kurs. Ich muss lediglich nachsehen, ob alles im Normbereich bleibt. Lebensfeindlicher als da unten wird es nicht.«

Damit hatte Xander nicht übertrieben. An der Wasseroberfläche herrschte eine Atmosphäre Druck (atm), der sich um ein atm pro zehn Meter erhöhte, die sie tiefer tauchten. Die ersten Minuten konnten sie noch etwas sehen, weil zwischen null und zweihundert Metern in der Photischen Zone noch genügend Sonnenlicht vorhanden war – auch für das Plankton, das von Photosynthese lebte und in Form kleiner Schwebeteilchen überall um sie herum schwirrte. Es sah beinahe aus wie winzige Staubkörner.

Danach begann die Dämmerungszone oder dysphotische Zone. Licht war jetzt kaum noch vorhanden. Die Verhältnisse erinnerten an eine wolkenverhangene Nacht an der Oberfläche. Es wurde finster vor dem Cockpit, da er die Scheinwerfer nicht eingeschaltet hatte. Er wollte so viel Strom sparen, wie es ihm möglich war, da er die Ersatzbatterie nie zurück in das Geheimfach gelegt hatte. Zwar war die *Triton* durchaus in der Lage, den Trip nach unten und wieder hoch zu absolvieren, inklusive einiger Stunden Aufenthalt, aber er wusste aus Erfahrung, dass es nie verkehrt war, Reserven zu haben.

»Sie sind nicht mehr so gesprächig wie in Port Moresby, was?«, fragte er nach einer Weile.

»Sind Ihnen Worte denn so wichtig?«

Xander war etwas irritiert von der Frage.

»Ja. Informationen sind mir wichtig. Zum Beispiel, was in Papua-Neuguinea passiert ist. Ich kaufe Ihnen nicht ab, dass sie einfach nur zur richtigen Zeit am richtigen Ort waren.«

»Ich war die ganze Zeit über da, wo ich sein musste«, antwortete sie etwas nebulös. »Ich wusste, dass ich *Sie* brauchen würde. Sie haben einen sehr besonderen Ruf, Xander Fisher.«

»Den habe ich mir hart erarbeitet«, erwiderte er mit einer Mischung aus Stolz und Zynismus. »Was ich aber nicht verstehe, ist Folgendes: Wenn Sie wirklich so viel drauf haben, wie ich denke, wieso ist dann nicht die Kavallerie angerückt? Jemand wie Sie, die auf meinem Schiff verschwinden kann, also die Überwachungssysteme ausgetrickst, oder wichtige Teile der Mannschaft eingespannt hat, damit sie ihr helfen, ist kein Anfänger. Sie schwimmen mit den ganz großen Fischen. Aber wenn das so wäre, würde Ihr Wort Gewicht haben und man würde Sie nicht irgendwo am Arsch der Welt allein lassen.«

»Ich bin auf mich allein gestellt. Und offenbar war ich nicht erfolgreich genug, ich wollte nämlich nicht, dass Sie mich nach dort unten begleiten«, gab sie zurück.

»Sind Sie sicher? Bei jemandem mit Ihren Fähigkeiten würde es mich wundern, wenn Sie nicht auch das eingeplant hätten.«

»Vielleicht trauen Sie mir auch zu viel zu.« Sie drehte sich zu den Wandpanels auf der linken Seite und öffnete die Schublade mit dem medizinischen Notfallset.

»Sie kennen sich ja schon bestens aus«, sagte er missmutig.

Jones antwortete nicht und holte eine Packung Ibuprofen heraus, die sie ihm weiterreichte. »Gegen Ihre Schmerzen.«

Xander musterte sie prüfend, nahm die Tabletten jedoch entgegen, zusammen mit einem Papierbecher Wasser, den sie an dem Wasserspender aufgefüllt hatte.

»Danke.«

34

Monica stand auf dem Brückenausleger und starrte auf die dunklen Fluten neben der *Medusa* hinab. Das Tauchboot war verschwunden. Eben noch hatte sie es als Schatten gesehen, knapp unter der Oberfläche, wo es die Dunkelheit noch etwas tiefer hatte wirken lassen.

Jetzt gab es keine Spur mehr von der *Triton.* Zumindest nicht optisch.

Mit einem unterdrückten Fluch kehrte sie auf die Brücke zurück und blaffte Lucas an: »Sonar?«

»Ich habe den Kontakt«, antwortete der Wartungstechniker. Auch Usain kam schwer atmend herein und suchte ihren Blick.

»Hat er sich gemeldet?«

»Nein.« Sie schüttelte den Kopf. »Kein Funkkontakt. Was ist da passiert?«

»Suparman sagt, dass Xander übers Achterdeck gerannt ist und jemand in die *Triton* rein ist. Scheinbar hat der Captain versucht, denjenigen daran zu hindern.«

Monica wurde eiskalt. Jemand Unsichtbares, der ihr Tauchboot kaperte, ihr Captain, der hinterherlief und sich nicht mehr meldete. Sie ahnte bereits, was passiert war.

»Geh an die Kamerakonsole«, befahl sie dem Deutschen. »Sieh nach, was du findest.«

Zwar machte sie sich keine großen Hoffnungen, aber sie dachte gar nicht daran, auch nur irgendeine Möglichkeit unversucht zu lassen. Sie ging zur Funkanlage und zog das Mikrofon aus seiner Halterung. Dann stellte sie die Frequenz für die *Triton* ein und begann, zu sprechen: »*Triton, Triton,* hier *Gulliver,* bitte kommen.«

Nichts.

»*Triton, Triton,* hier *Gulliver*, bitte kommen.«

Monica fletschte die Zähne und hängte das Mikro wieder ein.

»Es ist die Agentin«, sagte Usain plötzlich.

»Was?«

»Die Agentin. Die blonde Australierin mit der Pilotenbrille«, erklärte er und zeigte auf das Display vor sich. »Sie hat versucht, die *Triton* zu klauen.«

Monica lief zu ihm und sah auf das Standbild einer blonden Frau in Jeans, weißem Hemd und Splitterschutzweste. Keine Frage, es war Ava Jones, die mit den Zollbeamten in Port Moresby an Bord gekommen und sich später wieder auf die *Medusa* gestohlen hatte. Usain ließ den kurzen Teil der Aufnahmen ablaufen, der sie dabei zeigte, wie sie über das Achterdeck rannte, genau in dem Augenblick, als Suparman sich zu seinen Leuten im offenen Hangar umdrehte und sie nicht bemerkte. Sie war blitzschnell und sprang geschickt auf das Tauchboot, öffnete die Luke und schlüpfte hinein, als Xander hinterhergelaufen kam und mit einem wahnsinnigen Hechtsprung auf der *Triton* landete. Dabei stieß er seinen Rucksack zwischen U-Boot und Luke, kurz bevor sie zuschnappte. Nach einer kurzen Rangelei mit dem Griff – er stemmte sich mit beiden Beinen gegen die Ränder und zog daran –, stürzte er beinahe nach hinten, als das runde Metallstück ihm entgegenflog. Xander fing sich jedoch wieder und verschwand mit einem recht unkontrolliert aussehenden Sprung aus dem Bild und in der *Triton.*

»Wie hat sie das gemacht?«, fragte Monica ungläubig. »Tagelang ist sie nicht aufzufinden und dann taucht sie genau im richtigen Augenblick auf, um unser Tauchboot zu stehlen?«

»Sie hatte Hilfe«, war sich Usain sicher. »Jemand aus der Mannschaft oder von uns muss ihr geholfen haben, sich zu verstecken. Anders kann es nicht sein.«

»Oder das Alien hat dabei geholfen«, wandte Lucas ein.

Monica hob die Hände, um sie beide zum Schweigen zu bringen. »Ist jetzt doch vollkommen egal! Xander ist verschwunden und die *Triton* ist weg. Er ist jetzt mit der verdammten Agentin allein und muss es irgendwie selbst richten. Es gibt nichts, was wir tun können.«

»Jo«, stimmte Usain ihr zu.

»Wir verfolgen die *Triton* und warten ab, was passiert. Wenn er nicht zurückkommt, hauen wir ab und bringen den verdammten Sarg nach Norfolk.« Die beiden widersprachen ihr nicht. Sie waren Kollegen und Kameraden, Freunde vielleicht, aber sie waren auch Schmuggler und in jedem Sinne des Wortes eine Zweckgemeinschaft. Das war von Anfang an jedem klar gewesen, ironischerweise deswegen, weil Xander sie immer wieder daran erinnert hatte. Anders funktionierte es nicht, weil Loyalität und Heldentum Fehler verursachten, logischem Handeln im Weg standen und für Kriminelle wie sie ganz schnell im Desaster endeten.

»Ist vielleicht kein guter Zeitpunkt, aber es gibt Neuigkeiten in den Nachrichten«, sagte Usain nach einigen Augenblicken des Schweigens und schaltete den kleinen Fernseher auf der Brücke ein, nachdem sie genickt hatte.

»... mittels Infrarotteleskopen feststellen, dass es offensichtlich eine Art Energiezunahme im Inneren des Besuchers gibt. Noch hat die NASA in einer offiziellen Stellungnahme lediglich verlauten lassen, dass man eine deutlich klarere Wärmesignatur erkennen könne, doch zahlreiche Experten haben bereits erklärt, dass es nur einen Grund geben kann: Das Raumschiff erzeugt deutlich mehr Energie als noch zuvor, oder gibt sie an seine Umgebung ab. War es zuvor noch als recht kühl eingestuft worden – selbst vor dem Hintergrund des Weltalls –, leuchtet es jetzt selbst auf zahlreichen im Internet kursierenden Bildern von Hobbyastronomen, die über Infrarotgeräte verfügen«, sagte Laura Sinclair gerade auf *News Nation*.

Monica bedeutete Usain mit einem Wink, den Ton abzuschalten. »Was soll das bedeuten?«

»Habe ein bisschen rumgelesen gerade, aber keiner weiß es so genau. Das Ding bleibt immer noch, wo es ist, aber offenbar sammelt es Energie. Das Militär ist ziemlich aufgeregt.«

»Dann sind es die normalen Leute auch. Gott sei Dank sind wir jetzt nicht in einer Großstadt.«

»Jo. Könnte ungemütlich werden, wenn Panik ausbricht.«

»Denkt ihr, dass das was mit unserer Ankunft hier zu tun hat?«, schaltete sich Lucas in das Gespräch ein. »Ist doch ein seltsamer Zufall, oder? Erst schickt das Alien uns hierher, dann kommen wir an, lassen das Tauchboot – unfreiwillig – zu Wasser, und plötzlich verändert sich wieder was bei dem Raumschiff. Keine Ahnung, was Energieerhöhung sein soll oder wozu, aber dass es genau jetzt passiert, hat einen Grund.«

»Wahrscheinlich«, gab Monica zu. »Aber selbst wenn, hilft uns das nicht weiter.«

»Könnte ja sein, dass unser Passagier mit da oben telefoniert hat«, schlug Usain vor.

»Das hätten wir doch mitbekommen.«

»Bist du da sicher?«

Sie sagte nichts, da sie beide die Antwort kannten. Wenn es mit den Bordsystemen herumspielen, unsichtbar sein und Türen ohne Schlüsselkarte öffnen konnte, dann war das Absetzen eines Signals in den Orbit sicher auch nicht außerhalb seiner Möglichkeiten. Auch derart, dass sie es nicht mitbekamen. Die Sache gefiel ihr immer weniger. Am liebsten hätte sie sich gleich aus dem Staub gemacht.

Aber was, wenn *es* das nicht wollte? Hatten sie überhaupt eine Wahl? Vielleicht sollten sie versuchen, es herauszufinden.

»Olivier an Brücke«, tönte die Stimme des Bordingenieurs aus den Lautsprechern. Monica hob eine Braue und ging zur Funkanlage.

»Monica hier. Was gibt's?«

»Du solltest mal runter kommen.«

»Wohin?«

»Zum Lagerraum«, sagte der Franzose.

Der Lagerraum. Monica spürte, wie sich ihre Nackenmuskeln verspannten. »Ich bin unterwegs.« An Usain und Lucas gewandt sagte sie: »Ihr bleibt hier. Versucht weiter, Funkkontakt mit Xander aufzunehmen und behaltet die *Anzac* im Auge.«

»Geht klar.«

Sie verließ die Brücke und ging das Treppenhaus am Ende des kurzen Flurs hinab. Deck für Deck wirkte die *Medusa* seltsam verlassen und unbeseelt, als gebe es hier kein Leben mehr. Sie war weder Romantikerin noch gefühlsduselig, aber Xanders Verschwinden versetzte ihr einen stärkeren Schlag, als sie für möglich gehalten hätte. Möglicherweise lag es aber auch an den Begleitumständen, die sie nunmehr seit Wochen an ihrem Verstand und der Realität zweifeln ließen. Erst Aliens im Orbit, dann Aliens an Bord – zusammen mit waffenfähigem Plutonium –, Agenten, Militär, jetzt die Welt in Aufruhr, weil das UFO über ihnen sich irgendwie auflud.

Unten im Zieldeck angekommen, sah sie Olivier am anderen Ende vor der versiegelten Tür stehen. Als er sie bemerkte, zuckte er zusammen, als wäre sie ein Geist. Dann winkte er sie eilig zu sich.

»Was ist los?«, fragte sie. »Sag nicht, dass es irgendwie ausgebüchst ist.«

»*Non, non.*« Olivier schüttelte den Kopf und bedeutete ihr, näher zu kommen. »Ich komme regelmäßig, um alles zu kontrollieren. Sieht alles aus wie immer.« Er fuhr mit dem Zeigefinger die Dichtmasse ab, die den Spalt zwischen Tür und Türrahmen versiegelt hielt. »Auf den Kamerabildern ist auch nichts zu sehen. Der Deckel hat sich nicht mehr geöffnet. Es ist also noch eingesperrt.«

»Wo liegt dann das Problem?«

Er hob einen Finger und legte sein rechtes Ohr an die Tür. Als sie ihn irritiert anschaute, bedeutete er ihr, es ihm nachzutun, und trat einen halben Schritt zurück.

Monica seufzte und tat es. Das Metall fühlte sich kühl an auf ihrer Haut, als würde es ihr aktiv ihre Körperwärme entziehen. Sie wollte den Ingenieur schon fragen, was zur Hölle er von ihr wollte, als sie ein dumpfes Pochen hörte.

Tuck, tuck, tuck, tuck, tuck …

Zuerst hielt sie es für einen Rhythmus, doch je länger sie hinhörte, desto mehr fiel ihr auf, dass es unregelmäßig war.

»Was ist das?«, fragte sie und blickte Olivier dabei ins Gesicht. Er hob die Schultern. »Ich weiß es nicht. Aber hör noch mal hin.«

Widerwillig tat sie es. Das Pochen war noch immer da. Es klang identisch in seiner Unregelmäßigkeit. Außerdem … *Moment.* Da gab es vielleicht doch ein Muster.

Tuck, tuck, tuck. Eine kurze Pause? *Tuck, tuck, tuck.* Diesmal war es ein bisschen lauter. Oder länger. Dann wieder *tuck, tuck, tuck.*

»Dreimal kurz, dreimal lang, dreimal kurz«, sagte sie laut. »Ein SOS-Signal?«

Olivier nickte. »*Je ne sais pas.* Aber es klingt ganz danach. Ich frage mich nur, was das zu bedeuten hat.«

»Vielleicht will es raus?«

Statt zu antworten, schüttelte er sich und machte ein Kreuz vor seiner Brust. »Ich höre das zum ersten Mal. Jetzt, wo das alles passiert ist. Ob es was mit dem Raumschiff zu tun hat? Wegen der Energiezunahme? Was ist, wenn unser Passagier Angst hat? Sich verstecken will davor?«

»Das sind alles Theorien«, entgegnete sie mit zusammengezogenen Brauen. »Damit können wir uns jetzt nicht beschäftigen.«

»Aber warum? Was, wenn es mit Xanders Verschwinden zu tun hat? Wir können gerade nichts machen. *Rien. Es* kann uns vielleicht helfen.«

»Das klingt mir mehr nach Wunschdenken.«

»SOS«, erinnerte er sie. »Wenn es bösartig wäre, hätte es bestimmt andere Wege, zu bekommen, was es will. Das hat es doch mehr als deutlich gezeigt, *mais non?*«

Monica schürzte die Lippen und überlegte. »Xander ist mit einer Agentin eingesperrt und wir mit einem Alien, das plötzlich unsere Hilfe will.«

»Offenbar hat das Einsperren funktioniert«, meinte Olivier und deutete auf die Tür. »Fragt sich nur, ob es immer noch so kommunikativ ist, wenn wir es herauslassen.«

35

Die *Triton* knarzte und knackte, als sie in die bathypelagische Zone vorstießen. Der Tiefenmesser zeigte bereits eintausendeinhundert Meter Tiefe an. Ab und zu quietschte es in der Hülle, die bereits einhundertzehn Atmosphären Druck standhalten musste, was in etwa derselben Anzahl Bar entsprach.

»Titan und hochfeste Stahllegierungen«, sagte er, um Jones zu beruhigen. Sie war so still und in sich gekehrt, dass sie ihm beinahe leidtat. Er kannte dieses Verhalten von anderen Gästen, die er mit in die Tiefe genommen hatte. Es gab kaum etwas Furchteinflößenderes, als in die endlose Dunkelheit abzutauchen, die mit jeder verstreichenden Sekunde versuchte, einen zu zerquetschen. Die Einsamkeit und Abgeschiedenheit, die dieser Ort ausstrahlte, waren für die meisten Menschen nur schwer auszuhalten. Das schwarze Nichts vor dem Cockpit bot eine schier endlose Projektionsfläche für die eigenen Ängste und an Hilfe im Falle eines Notfalls war nicht einmal im Traum zu denken.

Für Xander war es anders. Er blühte in dieser Umgebung normalerweise auf, wenn sein ganzer Körper nicht schmerzen und sein Fuß sich anfühlen würde, als stünde er in Flammen – auch wenn die Schmerztabletten sie ein wenig abgelöscht hatten. Das Adrenalin und die Anspannung befriedeten seinen Geist, weil sie keinen Platz für die Vergangenheit oder Zukunft ließen. Er war zur Gegenwärtigkeit gezwungen, weil jeder Fehler den Tod bedeuten konnte.

»Die Geräusche werden zunehmen bis unten«, fuhr er fort, obwohl sie nicht antwortete. »Aber das ist nur das Material, das sich den Gegebenheiten laufend anpasst. Kein Grund zur Sorge.«

»Danke«, antwortete Jones jetzt. »Ich habe keine Angst.«

»Also haben Sie das hier wirklich schon mal gemacht?«

»Ja.« Sie zögerte. »Es ist nur sehr lange her.«

»Und da wollten Sie allen Ernstes allein da runter?«

»Ich hätte schon einen Weg gefunden.«

»Klar«, entgegnete er lakonisch und hörte ein tiefes Seufzen der Pneumatik. »Was hoffen Sie überhaupt, da unten zu finden?«

»Ich möchte nichts finden. Ich möchte etwas verschwinden lassen.«

»Also wissen Sie, was da am Grund des Grabens liegt?«

»Ja«, sagte die Agentin. »Ich weiß es. Und im Gegensatz zu anderen, möchte ich nicht, dass es gefunden wird.«

»Also wissen die Behörden davon!«, entfuhr es ihm. »Ich *wusste* es. Deswegen kommen sie alle hierher. Sie haben sich abgesetzt, stimmt's?«

»Das habe ich.«

»Wieso?« Ein lautes Knacken ging durch die *Triton*. Sie hatten die eintausendfünfhundert Meter unterschritten. »Alles in Ordnung!«

»Warum haben Sie das gemacht?«, fragte Jones auf einmal. Sie schien alles andere als beunruhigt. »Auf das Tauchboot zu springen und sich selbst zu verletzen, meine ich.«

»Ich wollte Sie aufhalten.« Er versuchte gar nicht erst, sein Unverständnis über die Frage zu verbergen.

»Aber aus welchem Grund?«

»Das ist mein Tauchboot.«

»Also wollten Sie lediglich nicht, dass jemand anders Ihren *Besitz* benutzt?« Die Agentin klang weder verständnislos noch höhnisch oder irritiert. Wenn überhaupt, dann eher mitleidig.

»Ich brauche die *Triton*«, erklärte er. »Sie hat mich nicht bloß reich gemacht, sondern sie wird mich noch reicher machen.«

»Verstehe. Sie mögen Geld«, gab sie zurück.

»Äh, ja? Wer nicht.«

»Geld ist sehr nützlich. Was bedeutet es für Sie?«

»Freiheit«, antwortete Xander sofort.

»Und was bedeutet Freiheit für Sie?«

»Zu tun und zu lassen, was auch immer ich möchte. Mir von niemandem etwas vorschreiben zu lassen.«

»Von anderen Menschen, meinen Sie«, hakte Jones nach.

»Ja. Was wird das hier? Ein Klassenkampf auf engstem Raum?«

»Nein. Ich bin auch reich. Sie sagten, dass Sie bereits reich wären. Also nehme ich an, dass Freiheit für Sie bedeutet, dass Sie als Krimineller und von den Behörden gejagter Mann über die Weltmeere fahren und um ihr Leben fürchten müssen«, sagte sie ohne jede Spur von Ironie in der Stimme.

Xander musterte sie. Von ihr ging eine Ruhe und Überlegenheit aus, die ihn verunsicherte. Sie war äußerst wach und selbstbewusst aufgetreten, als sie mit ihm das Schiff inspiziert hatte. Aber jetzt war es, als hätte sie eine ganz neue Maske aufgesetzt. Eine, unter deren Blicken er sich unterlegen und unbedeutend fühlte. Normalerweise war das etwas, das ihn wütend machte, aber jetzt war es anders. Nur wusste er nicht, weshalb.

Er wollte etwas erwidern, öffnete den Mund, schloss ihn jedoch gleich wieder. »Was wird das hier? Ein Life Coaching oder irgend so ein Scheiß?«

»Ich bin bloß interessiert daran, was Sie sich am Ende von alledem hier erhoffen. Sie sagten im Grunde genommen, Freiheit. *Freiheit* ist bloß ein Wort, das von der Bedeutung abhängt, die wir ihm geben.«

»Konzentrieren wir uns erstmal darauf, dass wir diesen Punkt am Grund des Grabens erreichen«, schlug er enerviert vor. Das Gespräch irritierte ihn und machte ihn gleichzeitig wütend, weil es sich um ein Thema handelte, mit dem er schon lange innerlich rang. Vermutlich ging das jedem Menschen so; *warum tue ich das alles überhaupt.*

Jetzt war aber nicht der Zeitpunkt für eine Nabelschau. Sie unterschritten bereits die zwei Kilometer und näherten sich immer mehr der aphotischen Zone, wo kein einziges Photon mehr existierte. Auch wenn es für seine menschlichen Augen bereits komplett finster war vor dem Cockpit, erreichten immer noch einzelne Lichtteilchen diese Tiefe, was sich bald ändern würde.

Der Wunsch, die Scheinwerfer einzuschalten, war geradezu übermächtig, weil sein Verstand wenigstens den subjektiven Eindruck von Kontrolle über seine Umgebung haben wollte. Aber er wusste, dass es dumm wäre. Verschwendung. Hier unten gab es nichts zu sehen. Die wenigen Kaltwasserfische, die hier lebten, verließen sich nicht auf Licht, sondern auf andere Formen der Sensorik und wussten, dass sie hier waren. Und selbst wenn sie hier und da welche zu Gesicht bekommen würden – was unwahrscheinlich war –, änderte das nichts. Sie konnten mit nichts interagieren und es bestand auch nicht die Gefahr, dass sie mit etwas kollidierten. Auch wenn es sich anfühlte wie ein Sturz mit verbundenen Augen, bewies das Sonar, dass sich keinerlei Hindernisse zwischen ihnen und dem Meeresgrund befanden.

Außerdem hatten sie ja noch das gedimmte Licht der Kabine, was den Eindruck von einem Mindestmaß an Normalität vermittelte und wohl das Einzige war, was sie davon abhielt, den Verstand zu verlieren. Menschen konnten hier unten nur überleben, weil sie durch Maschinen eine gewisse Kontrolle über sich und ihre direkte Umwelt besaßen, obwohl alles in ihm schrie, dass er hier nicht hingehörte und wieder an die Oberfläche zurückkehren sollte.

36

»Mach es auf«, sagte Monica und deutete auf die Tür. Olivier schüttelte jedoch sofort den Kopf.

»*Non,* das geht nicht.«

»Was soll das heißen, *das geht nicht?*«

»Sie ist versiegelt. Ich kriege das nicht hin, ohne die Tür dabei zu zerstören. Wenn ich das mache, können wir sie nicht mehr schließen.« Der Franzose machte ein unglückliches Gesicht. »Der Boss war sehr eindeutig mit seinen Befehlen: Nichts und niemand soll da noch durchkommen. Nicht einmal ein Staubkorn, hat er glaube ich gesagt.«

»Dann gehen wir über die Ladeluke auf dem Deck rein«, entschied Monica. »Das geht doch, oder?«

»*Oui,* das geht.«

»Gut. Ich gehe schon mal vor. Bring Usain mit und bewaffnet euch.« Sie machte auf dem Absatz kehrt und ging ein Deck nach oben und von dort aufs Achterdeck hinaus. Suparman und ein Mitglied seiner Mannschaft standen am Heck und schauten mit Fernstechern über die Reling in Richtung der *Anzac.*

Die australische Lenkwaffenfregatte leuchtete schwach in der Ferne. Ihre Deckbeleuchtung war minimal, aber ausreichend, um sie klar vom Nachthimmel abzugrenzen. Ihr Anblick hatte beinahe etwas Friedliches.

»Chief«, rief sie und Suparman drehte sich um. Er senkte den Feldstecher und kam auf sie zu.

»Monica. Gibt es was Neues vom Boss-man?«

Sie schüttelte den Kopf. »Nein, aber wir müssen die Ladeluke öffnen.«

Der Bootsmann schaute auf den schmalen Schlitz im Boden, wo sich die beiden hydraulischen Platten trafen, und schüttelte sich.

»Ich weiß, dass du es weißt«, sagte sie mit gesenkter Stimme. »Aber ich denke nicht, dass du es der Mannschaft gesagt hast?«

Nun war es an Suparman, den Kopf zu schütteln.

»Gut. Dann solltest du dafür sorgen, dass sie besser nicht aufs Achterdeck kommen, bis du sie wieder rausholst.« Monica seufzte und straffte sich. »Ich würde es lieber nicht machen, aber irgendwas geht da drinnen vor und wir können es uns nicht leisten, es nicht zu wissen.«

»Ich ... verstehe. Ich kümmere mich darum. Braucht ihr mich?« Dem Blick seiner Augen nach zu urteilen, gab es für ihn nur eine willkommene Antwort auf diese Frage.

»Nein, bleib ruhig drinnen.«

Suparman nickte erleichtert und rief dem Matrosen an der Reling etwas auf Indonesisch zu, woraufhin der zu ihm kam und Monica zunickte, ehe sie beide im Schiff verschwanden. Jetzt war sie allein auf dem weiten Achterdeck, umgeben vom Gluckern der Lenzpumpen, die konstant Wasser zurück ins Meer pumpten, und dem hintergründigen Grollen der Motoren.

Sie legte den Kopf in den Nacken und schaute hinauf in den klaren Nachthimmel. Der angekündigte Regen von Südwesten hatte sie nicht erreicht und bildete eine pechschwarze Front schräg über ihrer Backbordseite, als hätte Gott selbst eine Decke über das Firmament gezogen. Direkt über ihr glitzerte das scheinbar endlose Netz der Sterne. Einer von ihnen schien deutlich heller als alle anderen und war ein wenig größer.

Monica wusste es nicht mit Sicherheit, aber sie nahm an, dass es sich um den Besucher handelte. Das Raumschiff befand sich weniger als zweihundert Kilometer direkt über ihnen.

Was hast du vor?, fragte sie den hellen Punkt in der Ferne. Ihr fiel auf, dass er leicht flackerte. *Und was befindet sich da unten?*

Ob es eine dumme Idee war, den Laderaum zu öffnen? Vielleicht war das SOS-Signal des Aliens nur ein Versuch, sie in die Falle zu locken. Offensichtlich konnte es nicht mehr entkommen, also hatte es wohl seine Strategie verändert. Aber es stimmte auch, dass es ihnen bisher nichts getan hatte. Niemand war zu Schaden gekommen, das Schiff funktionierte einwandfrei – von der Kameraüberwachung und Türsicherheit mal abgesehen. Wie wahrscheinlich war es also, dass es ausbrechen und sie alle töten würde? Wahrscheinlicher als die Möglichkeit, dass es sich ihnen endlich zeigte und kooperierte? Und dann war da schließlich noch eine ganz andere: dass ihr unsichtbarer Passagier *wirklich* Hilfe brauchte.

Monica hatte sich immer als ein berechnender Charakter gesehen und sich nicht dafür geschämt. Ihre Umwelt – und besonders die Menschen darin – einzuschätzen und so zu handeln, dass sie ihre nächsten Schritte voraussehen und steuern konnte, empfand sie als Stärke. Alles andere wäre schließlich naiv und kam dem Versuch gleich, als Schiffbrüchiger durch Schwimmbewegungen in eine beliebige Richtung Land finden zu wollen.

Über das Alien wusste sie jedoch nichts. Keine Informationen, nichts, das sie lesen und interpretieren konnte. Es blieb nur der Fakt, dass es seit seinem Ausbrechen keine Opfer, Verletzungen oder andere gefährliche Vorkommnisse gegeben hatte – abgesehen davon, dass es seither spukte, es den Bordcomputer gehackt und das Plutonium hatte verschwinden lassen. Ironischerweise hatte ihnen das aber womöglich die Ärsche gerettet.

Usain und Olivier kamen heraus. Der Hüne trug ein G36-Sturmgewehr locker in der Hand, Olivier hatte sich eine Pistole genommen. Monica winkte ihn zu sich und nahm ihm die Waffe ab.

»Ich mache das mit Usain. Du kannst dich an die Steuerung stellen.«

»Keine Einwände«, sagte der Franzose, während sie die Glock durchlud und auf Usains Zeichen hin auf die andere Seite der Bodenluke ging, sodass sie einander gegenüberliegend nach unten zielen konnten.

»Nicht nervös werden am Abzug«, meinte sie zu dem Deutschen, doch er wusste vermutlich genauso gut wie sie, dass sie eher mit sich selbst sprach. Schließlich war er so etwas wie ein sprechender Stein, der wie ein Mensch aussah. »Olli?«

»Bereit, wenn ihr es seid«, rief Olivier von dem Steuerpult neben dem Hangar, das sich unter einem kleinen Regen- und Sonnenschutz befand. Auf einer Schalttafel befanden sich mehrere Kippschalter und ein Joystick.

Sie sah zu Usain, der gelassen nickte, dann gab sie Olivier ein Zeichen, damit er die Luke öffnete.

Zuerst quietschte es unangenehm, dann ging ein Knacken durch den Stahlboden unter ihren Füßen, als sich das Salz mehrerer Wochen löste und die Hydraulik zu ächzen begann. Die beiden Hälften der Luke fuhren langsam auseinander und öffneten sich nach oben wie zwei rechteckige Blüten. Darunter kam der Laderaum in Form eines breiter werdenden Streifens zum Vorschein mit dem Sarg in der Mitte. Das silbrig glänzende Metallgebilde wirkte matt im fahlen Licht von Mond und Sternen, da das der Achterdeckbeleuchtung nicht bis nach unten reichte. Trotz der Motorengeräusche glaubte sie, das sonore Summen der Maschine zu hören, die sich irgendwo in dem Sarg befinden musste, und die so viel Strom fraß wie kein anderer Bereich der *Medusa.*

Mit gezückter Waffe suchte sie jeden Bereich des Laderaums ab, den sie vom Rand der nun offenstehenden Doppelklappe sehen konnte. Aber nichts bewegte sich. Die Schatten der vollen Paletten und Kisten blieben starr, die wenigen Lichter an der linken Seite des Sargs blinkten unaufgeregt vor sich hin.

Aber sie hörte etwas: *klopf, klopf, klopf.* Dann wieder dreimal, aber länger und stärker, ehe es wieder dreimal kurz klopfte. Diesmal klang es nicht gedämpft wie durch die versiegelte Tür zuvor, wenn auch nicht so stark, wie sie erwartet hatte.

Und es kam von dem Sarg. Kein Zweifel.

»Ich gehe runter«, sagte Monica zu Usain. »Gib mir Deckung, ja?«

»Jo.« Der Sicherheitsoffizier hob den Kolben seines Sturmgewehrs gegen die Schulter und zielte nach unten. Monica kniete sich derweil an den Rand der offenen Luke und sprang behände nach unten.

Mit federnden Knien kam sie am Kopfteil des Sargs auf und

erhob sich langsam, ehe sie die Waffe wegsteckte und an den Deckel trat.

Klopf, klopf, klopf, klopf.

Diesmal folgte das Hämmern aus dem Inneren keinem Muster mehr. Es klang jetzt erratisch und drängend.

»Ich glaube, es will raus«, sagte sie und erschauderte. Ihre Hände fassten den Rand des Deckels. Eine Stimme in ihrem Kopf warnte sie davor, dass es ein großer Fehler wäre, ihn zu öffnen, eine andere sagte ihr, dass sie ihn nicht *nicht* öffnen konnte. Was, wenn das Alien verstarb? Wenn es das Einzige war, was zwischen ihnen und dem Raumschiff im Orbit stand, das sicher nicht ohne Grund Energie aufnahm. Irgendetwas lag in der Luft und sie hatten keinerlei Anhaltspunkte, herauszufinden, was es war.

Sie schluckte und öffnete die Verschlüsse, ehe sie den Deckel ruckartig hochhob und vor Schreck zurückwich.

»FUCK!«

»Oh«, hörte sie Usain über sich sagen.

Aus dem Sarg erhob sich langsam und mit gegen das plötzliche Licht erhobenen Händen Ava Jones. Sie sah aus wie ein Vampir, der plötzlich der Sonne ausgesetzt war, die Augen halb zugekniffen und blinzelnd.

»*Sie!*«, sagte Monica halb ungläubig, halb vorwurfsvoll.

»Wo bin ich?«, fragte die australische Agentin mit zitternder Stimme.

»Sie sind auf der *Gulliver.*«

»Ja, aber wo?«

»Im Laderaum in einer ...«

»Scheiße, das ist die *Kammer!*« Jones kletterte ungelenk aus dem Sarg und hob vorsichtig die Hände, als sie die Pistole in Monicas Hand sah.

»Sorry, wir dachten ...« Sie steckte die Waffe weg. Sie hatte nicht einmal bemerkt, sie gezogen zu haben.

Die Agentin sah ihr ins Gesicht. Sie wirkte blass, obwohl sie nicht krank oder halb verdurstet wirkte, wie sie es erwartet hatte. Schließlich war der Laderaum seit Tagen versiegelt.

»Ich verstehe.« Jones wirkte verwirrt. »Ich ... bin nicht sicher, was passiert ist. In einem Moment war ich dabei, über eine der

Leeklappen in den Maschinenraum zu schleichen, dann war da plötzlich ein ... *Schatten.*«

»Ein *Schatten*?«, wiederholte Monica und erinnerte sich an die Berichte der Besatzung, die Suparman an sie und Xander herangetragen hatte. Und die Aussagen der Assistentinnen von Fakwa und Camillo, die einen Schatten gesehen haben wollten.

»Ja.« Jones schluckte und nickte langsam. »Ich wollte weglaufen, aber plötzlich wurde mir schwarz vor Augen. Als ich sie das nächste Mal aufgemacht habe, war es immer noch schwarz.«

Sie drehte sich zu dem Sarg um. Monica trat neben sie und schaute ebenfalls hinein.

»Das muss Tage her sein. Wie konnten Sie das überleben?«

»Es gibt Luft da drinnen. Und einen Nabel, durch den Wasser fließt. Ich habe nicht einmal Hunger«, antwortete die Australierin. Sie roch unangenehm nach Schweiß und ungewaschenen Haaren.

Monica musterte sie von der Seite und zwickte sie dann, so fest sie konnte, ins Handgelenk.

»Aua!«, protestierte Jones und machte einen Schritt zur Seite. Auf ihrer Haut bildete sich eine rote Stelle, durch die ein Tropfen Blut drang.

»Sorry, ich musste sichergehen.« Monica sah nach oben zu Usain, der das G36 gesenkt hatte und sie besorgt anschaute. »Wir haben ein Problem.«

»Also ist es wahr«, murmelte Jones. »Es gibt wirklich ein Alien, das die Amerikaner in Vietnam gefangen haben.«

»Ja. Und wenn Sie *Sie* sind, dann hat es Ihre Gestalt angenommen und taucht gerade mit unserem Captain auf den Grund des Tiefseegrabens.«

37

Die Digitalanzeige des Echolots sprang von viertausend Metern auf viertausendundeinen Meter, begleitet von einem mächtigen Knacken der Hülle.

»Wir befinden uns jetzt im Abyssal«, sagte Xander und leckte sich über die spröde gewordenen Lippen. Er war ein halbwegs erfahrener U-Boot-Pilot, aber in diese Tiefen war selbst er erst dreimal vorgedrungen. Es kam schließlich nicht oft vor, dass er in einen Tiefseegraben abtauchen musste. Meistens handelte es sich um Schmuggel unter nichtsahnenden Schiffen hindurch, oder in Fjorden, Meerengen und Buchten. Dementsprechend musste er sich eingestehen, dass er nervös war. »Das ist die Zone von viertausend Metern bis zu den Tiefseegräben. Machen fast sechzig Prozent der Erdoberfläche aus.«

»Das ist interessant«, antwortete Jones. »Sie wirken nervös.«

»Das sollten Sie auch«, gab er zurück. »Ein Auto würde in dieser Tiefe zerquetscht werden wie eine Cola-Dose in Ihrer Hand. Karosserie, Motor, der gesamte Innenraum würden durch den vierhundertfachen Druck im Vergleich zur Oberfläche so zusammengedrückt, dass es keine Hohlräume mehr gibt. Das hier ist kein Ort für Menschen.«

»Und doch sind wir hier. Technik ist schon etwas Erstaunliches«, sagte die Agentin, schien jedoch immer noch nicht beunruhigt. Sie hatte Nerven, das musste er ihr lassen.

Offenbar konnte er sie nicht beeindrucken und sich dadurch besser fühlen, dass er sie mit technischen Details beruhigte wie ein Pilot jemanden mit Flugangst. Gleichzeitig hasste er es, in dieser Phase zu schweigen und mit seinen Gedanken daran allein zu sein, was alles schiefgehen und mit ihm passieren könnte, sollte irgendein System versagen. Normalerweise hätte er in dieser Phase ständigen Funkkontakt mit der *Medusa* gehabt und Monica das Ohr abgekaut.

»Was denken Sie, werden wir da unten finden?«, fragte er in beiläufigem Tonfall.

»Eine Lösung«, antwortete sie etwas nebulös.

»Im Sinne einer Rettung?«

»Vielleicht.«

Xander drehte sich leicht zur Seite und musterte die Australierin. »Was denken Sie, will das Raumschiff hier? Der Besucher?«

»Es sucht etwas. Die Frage wird sein, was es findet.«

»Ganz offensichtlich.« Er schielte auf das Echolot. Ihre Sinkrate war nach wie vor konstant. »Ich glaube, dass wir beobachtet werden. Wahrscheinlich sammelt es Informationen über uns.«

»Mag sein.«

»Sie scheint das alles nicht zu beunruhigen«, stellte er fest.

»Sollte es das?«, fragte Jones.

»Ein außerirdisches Raumschiff im Orbit? Ein Tiefseegraben mit irgendwas auf dem Grund? Ich denke schon.«

»Woran fehlt es Ihnen denn jetzt gerade?«

Xander runzelte die Stirn. »Wie meinen Sie das?«

»Sie haben gerade keinen Hunger oder Durst, hier drinnen ist es warm und Sie sind in Sicherheit. Woran mangelt es Ihnen jetzt gerade?«

»An Antworten«, gab er zurück.

»Ich verstehe.«

»Ich nicht. Ich habe viel darüber nachgedacht, was die Aliens sehen, wenn sie uns beobachten, wissen Sie?«

Jones sah ihn aufmerksam an. Abwartend.

»Vielleicht haben sie unsichtbare Sonden oder so, die längst überall herumschwirren. Die ganzen Ufologen reden schon ewig davon. Und das A...« Xander klappte den Mund zu. Beinahe hätte er von dem Alien an Bord der *Medusa* erzählt, das sich auch unsichtbar machen konnte. Aber sie glaubte immer noch, dass sie nur eine Fälschung, eine Ablenkung an Bord hatten. Zumindest hoffte er das. »Jedenfalls glaube ich nicht, dass wir ein besonders gutes Bild abgeben. Was denken Sie?«

»Von außen betrachtet wirkt die Menschheit vermutlich etwas verloren. Wahnsinnig, vielleicht«, gab Jones überraschend redselig zurück.

»Wie meinen Sie das?«

»Ich bin vor langer Zeit mal in der Londoner U-Bahn gefahren. Der Wagen war sehr stark gefüllt, aber auf einer der Sitzbänke saß lediglich eine einzelne Frau. Offenbar wollte niemand neben ihr sitzen, obwohl die Plätze so rar waren. Ich setzte mich also neben sie und bemerkte schnell, dass sie in ständige Selbstgespräche vertieft war. Sie schimpfte ständig über *die Anderen*, über irgendwelche Personen, die ihr offenbar oder angeblich Unrecht getan hatten und ihr das Leben schwer machten. Es wirkte wirr und unzusammenhängend, aber ganz offensichtlich wie etwas, das sie emotional sehr mitnahm, denn die Frau machte einen sehr wütenden Eindruck.«

»Ich glaube nicht, dass die Aliens die U-Bahn beobachten. Und wenn doch, schließen sie hoffentlich nicht von den typischen Metro-Irren auf alle Menschen«, meinte Xander.

»Wieso nicht?« Jones schien die Frage ernst zu meinen.

»Äh, weil die verrückt sind. Aber nicht alle Menschen.«

»Weil die meisten anderen stumm in dem Wagen standen oder saßen?«, fragte sie.

»Ja.«

»Haben Sie sich noch nie dabei ertappt, etwas vor sich hin zu sagen? Vor allem, wenn Sie wütend sind?«

»Schon, aber das ist nicht das Gleiche.«

»Wieso nicht? Haben Sie nicht eine Stimme in ihrem Kopf, die ständig alles kommentiert? Andere verurteilt für das, was sie tun? Oder jemanden wegen seines subjektiv sehr guten Aussehens lobt oder sich gar in sexuellen Fantasien versteigt?« Die Agentin musterte ihn interessiert.

»Das sind Gedanken, die hat doch jeder.«

»Gedanken sind doch nichts anderes als eine Stimme und Bilder in Ihrem Kopf. Der einzige Unterschied zwischen der angeblich Verrückten und den anderen U-Bahn-Fahrern war, dass sie alles laut ausgesprochen hat, was ihr durch den Kopf ging.«

»Aber Sie haben gesagt, dass sie wirr vor sich hin geschimpft hat«, entgegnete er.

»Haben Sie noch nie vor sich hin geschimpft, als sie zum Beispiel am Steuer Ihres Autos saßen und sich über die zu große Langsamkeit des Wagens vor Ihnen geärgert haben?«

»Schon.« Xander winkte ab. »Ich habe vielleicht ein bisschen Auto-Tourette, aber das hat doch jeder.«

»Dieser Mistkerl sollte gar keinen Führerschein haben. Was für ein Arschloch! Er hat mich geschnitten. Jetzt fahre ich dicht auf, um ihm zu zeigen, dass ich das nicht mit mir machen lasse. Am besten überhole ich und werfe ihm einen aggressiven Seitenblick zu.« Sie hatte ihre Stimme verstellt, es klang merkwürdig hölzern, als spreche sie eine ihr fremde Sprache, auch wenn ihr Englisch nach wie vor perfekt war.

»Hm«, machte er bloß.

»Wie oft haben Sie sich schon mit jemandem gestritten und den Streit auch danach noch in Ihrem Kopf weitergeführt? Überlegt, wie Sie es ihm oder ihr heimzahlen können? Was Sie anderes hätten sagen können, um mehr oder weniger Schaden anzurichten?«

Xander dachte an Sarah und schluckte. Sein Blick verlor sich für einen Moment in den Displays vor ihm. Heiser sagte er: »Zu oft. Wollen Sie sagen, dass ich auch verrückt bin?«

»Nicht mehr oder weniger als diese Frau in der Londoner U-Bahn. Allerdings ist eine Sache schon erstaunlich«, bemerkte sie. »Wenn Sie zu einem Psychiater gingen und ihm sagen würden, was Ihnen so den ganzen Tag durch den Kopf geht, aber sie würden nicht sagen, dass es die Stimme in Ihren Gedanken ist, die all das sagt, so wie es bei allen Menschen passiert. Was würde er wohl sagen?«

»Dass ich Wahnvorstellungen habe wahrscheinlich«, sagte er scherzhaft. Das Gespräch hatte sich in eine merkwürdige Richtung gedreht, aber er hieß die Abwechslung von der gruseligen Finsternis vor dem Cockpitglas willkommen.

»*Pathologische* Wahnvorstellungen«, korrigierte Jones ihn. »Hätten Sie aufgeschrieben, was Sie allein gestern gedacht haben zu jeder Situation, jedem Mitmenschen, jedem Gedanken, der Ihnen aufkam – wie hätte sich das angehört für einen Außenstehenden?«

»Keine Ahnung, ich habe viel über die Zukunft nachgedacht. Scheiße, warum erzähle ich Ihnen das überhaupt?«

»Also waren Sie gar nicht anwesend?«

»Wie bitte?«

»Sie haben gesagt, dass Sie viel über die Zukunft nachgedacht haben. Also waren Sie im Kopf gar nicht anwesend, sondern in der Zukunft.«

»Das ist doch normal. Wir denken über die Vergangenheit nach und lernen aus ihr für die Zukunft.«

»Aha.« Jones wirkte amüsiert.

»Was ist so witzig?«

»Sie haben gefragt, was die Aliens wohl über die Menschen denken würden, wenn sie sie beobachten«, erklärte die Agentin.

»Ja, und was ist daran so amüsant?«, fragte er irritiert.

»Sie haben gesagt, dass sie über die Vergangenheit und Zukunft nachdenken. Ich schätze, das ist für die meisten ganz normal und niemand würde es in Frage stellen. Vor langer Zeit habe ich mal die folgende Frage in den Raum geworfen: Wenn wir einen Vogel sehen, geht er seinem Tagwerk nach. Er zwitschert, fliegt auf einen Ast, schaut sich um, fliegt wieder ab. Stellen Sie sich jetzt einmal vor, dass der Vogel einen menschlichen Verstand hätte. Was ginge wohl in ihm vor? *Oh, das ist ein bequemer Ast. Ich hoffe, dass niemand von diesen Neidern ihn mir streitig macht, oder an ihm sägt. Soll ich hierbleiben oder abfliegen? Vielleicht gibt es ja noch bequemere Äste, auf denen ich sitzen kann. Aber die sind womöglich schon besetzt oder zu hoch für mich. Und wenn ich jetzt wegfliege, dann finde ich vielleicht keinen besseren, aber in der Zeit nimmt mir jemand diesen hier weg.*«

»Ha!«, machte Xander. »Scheiße, da haben Sie wahrscheinlich recht. Genauso würden wir wahrscheinlich denken. Wir sind wirklich verrückt, oder?«

Jones zuckte mit den Schultern. »*Verrücktheit* ist auch nur ein Konzept. Aber die Aliens würden sich vermutlich schon wundern, dass eine ganze Spezies gar nicht präsent, sondern immer nur mit den Narben der Vergangenheit und den Chancen und Risiken der

Zukunft beschäftigt ist. Obwohl beide gar nicht existieren – außer hier drinnen.«

Sie tippte sich gegen die Stirn und gluckste wieder, als sei das alles ein großer Witz. Vielleicht hatte *sie* ja den Verstand verloren?

»Hatten Sie schon einmal die Zeit, Enten bei einem Kampf zu beobachten?«

»*Niemand* hat für so etwas Zeit.«

»Sie schwimmen aufeinander zu, schnattern laut und picken nach einander«, erklärte Jones, als hätte er nichts gesagt. »Danach schlagen sie mit den Flügeln, um ihre überschüssige Energie wegen des Streits loszuwerden und schwimmen wieder fort.«

»Klingt wie ein Gleichnis«, befand Xander lakonisch.

»Das ist es auch. Es stammt aus einem Buch. Für die Enten ist der Streit beendet, aber hätten sie Menschenverstand, würde die Geschichte in ihrem Kopf weitergehen. Sie wären voller Groll, obwohl die Situation längst beendet ist: *Was fällt ihm ein? Wie konnte er nur auf meinem Weg schwimmen? Das ist mein Teich. Ich werde ihm das schon heimzahlen.*«

»Ich sollte Sie aufzeichnen, dann könnten Sie unser Gespräch als New Age Philosophie verkaufen.«

»Vielleicht habe ich das ja schon?« Jones lächelte vergnügt, als er sie fragend anschaute.

»Toll, dass Sie so gute Laune haben, nachdem Sie mein Tauchboot kapern wollten und in einen Tiefseegraben absinken«, sagte er und schnaubte. »Ich wollte eigentlich wissen, wie die Aliens uns als Spezies sehen würden. Aber wahrscheinlich denken die ganz anders als wir. Ich schätze eher, dass sie uns langweilig finden.«

»Warum denken Sie das?«

»Na ja, die meisten Menschen auf der Welt haben ein Scheißleben. Charles Bukowski hat das wahrscheinlich besser als jeder andere formuliert. Die genauen Worte aus *Factotum* weiß ich nicht mehr, aber es ging ungefähr so: *Wie soll man es verdammt noch mal genießen, morgens um acht Uhr von einem Wecker geweckt zu werden und aus dem Bett zu springen, sich dann anzuziehen, Essen runterzuwürgen, zu pissen, die Zähne zu putzen und sich dann durch den Verkehr zu kämpfen, um an einem anderen Ort gezwungen zu sein, viel Geld für jemand anderen zu verdienen und dann noch dankbar sein zu sollen, dass man die*

Gelegenheit dazu bekommen hat.« Xander schnaubte verächtlich. »Nach acht Stunden frustrierender, meist monotoner Arbeit geht es nachhause, wird gegessen und dann Fernsehen geschaut, um sich zu entspannen und zu hoffen, dass sich der Abend lang anfühlt, damit der nächste Scheißtag nicht so schnell kommt. An dem sich natürlich alles wiederholt.«

»Fernsehen«, wiederholte Jones und nickte. »Das dürfte auf die Außerirdischen ganz sicher verrückt wirken.«

»Ausgerechnet *Fernsehen* haben Sie sich aus der Aufzählung herausgepickt?«, fragte er und schüttelte den Kopf. »Sie sind wirklich merkwürdig.«

»Menschen schauen sich im Fernseher an, wie andere Menschen sich gegenseitig betrügen, verfolgen und töten. Das nennt sich *Drama* und wird dann – wie Sie ja sagten – als *Unterhaltung* betrachtet. Klingt das nicht ein bisschen verrückt für Sie?«

»Wenn Sie es so sagen, ja. Schon. Scheiße, ich glaube, die halten uns wirklich für Irre. Und über Klimawandel, die wieder grassierenden Kriege und Umweltverschmutzungen haben wir noch gar nicht gesprochen. Glauben Sie, dass sie uns heute noch auslöschen werden?« Er meinte es als Scherz, doch als Jones nicht antwortete, sah er sie über seine Schulter an und sie wirkte nachdenklich.

»Vielleicht. Ich weiß es nicht.«

»Na toll. Jetzt auf einmal werden Sie düster. Ausgerechnet.« Xander sah wieder nach vorne und auf seine zahlreichen Displays. Sie näherten sich der Hadopelagial-Zone, dem Tiefseegraben. Auf dem Sonar war zu sehen, wie er geformt war: Eine Art breite, nach unten spitz zulaufende Scharte im Ozeanboden, der größtenteils aus dickem Sediment aus Schlamm und Sand bestand. Es war, als würden sie auf eine Fuge in der Wand zusteuern, mit schroffen Seiten und unbekannten Gegebenheiten. So weit er wusste, waren die tiefsten Tiefen des Neuhebridengrabens komplett unerforscht wie viele Tiefseegräben weltweit.

Und genau dorthin sanken sie hinab. Sechstausend Meter und sie hatten den umgebenden Grund des Pazifiks hinter sich gelassen.

38

Monica brachte die Agentin widerwillig auf die Brücke. Es hatte keinen Zweck, Ava Jones einzusperren oder gar über Bord zu werfen. Wenn sie es irgendwie schaffte, die *Anzac* zu kontaktieren, oder ihre Leiche gefunden würde – nicht, dass Monica einen Mord über sich gebracht hätte, aber Usain vermutlich schon –, wären sie erledigt.

Also hoffte sie darauf, dass das gemeinsam geteilte Geheimnis sie miteinander verband. Das, zusammen mit der Tatsache, dass sie beide die Anwesenheit eines Aliens erlebt hatten und dementsprechend etwas wussten, das ihnen niemand glauben würde.

»Jetzt wissen wir wenigstens, wie es uns die ganze Zeit an der Nase herumführen konnte«, meinte Lucas, als Jones vor ihm, Olivier, Usain und ihr ihre Geschichte wiederholte.

»Es kann seine Gestalt nach Belieben ändern.« Olivier bekreuzigte sich.

»Und sich unsichtbar machen«, fügte Monica hinzu. »So viel wissen wir jetzt.«

»Hat auch ein Gewissen.« Alle wandten sich Usain zu, der gelassen die Schultern hob. »Hätte Miss Jones auch töten und über Bord werfen können.«

Monica nickte langsam. »Du hast recht. Es hat Sie in den Sarg verfrachtet, wo Sie offenbar Luft und Wasser hatten. Und ist damit ein Risiko eingegangen. Immerhin haben wir Sie entdeckt.«

»Glücklicherweise, ja«, stimmte die Australierin ihr zu. »Es war wirklich unheimlich, aber ich lebe ja noch.«

»Aber warum ist es nicht einfach unsichtbar geblieben?«, fragte Olivier. »Es muss ja direkt wieder aus dem Laderaum verschwunden sein, nachdem es Miss Jones im Sarg versteckt hat – übrigens konnte es offenbar auch sie unsichtbar machen. Auf den Kameras war nichts zu sehen. Jedenfalls wäre es doch viel leichter gewesen, unsichtbar über das Achterdeck zu laufen und in der *Triton* zu verschwinden. Dann hätte der Boss sie vielleicht gar nicht erst gesehen.«

»Keine Ahnung, wie ein Alien denkt«, sagte Lucas. »Aber ich hätte es gemacht, damit mich niemand verfolgt.«

Alle Anwesenden wandten sich dem Wartungstechniker zu.

»Überlegt doch mal: Wenn ein Alien unser Tauchboot klaut, was wären unsere Optionen gewesen? Nichts tun, oder der *Anzac* melden, was passiert ist, in der Hoffnung, dass wir im Trubel danach abhauen können. Aber mit der vermeintlichen Agentin – also, äh, Ihnen, Miss Jones – an Bord, könnten wir rein gar nichts tun. Wir würden der *Anzac,* oder irgendjemandem, ja wohl kaum mitteilen, dass wir eine Agentin ihres Landes bei uns hatten, eingesperrt in einem Sarg.«

»Aber wir hätten auch nicht verschwinden können, weil wir nicht riskieren dürften, dass Jones irgendwo wieder auftaucht und uns verrät«, meinte Monica. »Das hätte uns nervös gemacht. Vielleicht sogar zu Fehlern verleitet. Wir hätten geglaubt, dass sie unterwegs zur *Anzac* ist und uns verrät.«

»So wird man ungebetene Begleiter los.« Lucas nickte.

»Ziemlich dünn«, befand Usain.

»Alien«, erinnerte Lucas den Hünen.

»Haben Sie wirklich nichts gesehen?«, wandte sich Monica wieder an die Agentin. Ihre Haare sahen zerzaust aus, als wäre sie gerade erst aufgestanden nach einer durchzechten Nacht.

»Nein. Wirklich nicht. Nur einen Schatten, wie ich schon sagte. Dann wurde mir auch schon schwarz vor Augen und das erste Licht, was ich wieder gesehen habe, war das, als Sie den Deckel geöffnet haben und ich dachte, ich würde zu Asche verbrennen«, antwortete Jones. »Ich nehme nicht an, dass Sie mich auf die *Anzac* fahren könnten, oder?«

»Woher ...?«

Die Agentin deutete auf den Radarschirm. »Ich habe gute Augen.«

Monica mahlte mit den Kiefern. »Sie verstehen sicherlich, dass wir in einer schwierigen Lage sind.«

»Das tue ich.«

»Was würden Sie an unserer Stelle tun?«

»Ich weiß es nicht. Ich bin keine Kriminelle«, entgegnete Jones und ihre Blicke trafen sich wie Feuer und Wasser. Es fehlte bloß noch, dass es laut zischte. Irgendwann hob die Australierin die Hände. »Hören Sie: Ich weiß, dass bestimmte Quellen behaupten, die vietnamesischen Streitkräfte hätten ein Alien festgesetzt und die Amerikaner hätten es sich geschnappt und aus dem Land geschafft. Bei den Geheimdiensten gibt es kein heißeres Thema seit Wochen. Alle versuchen, herauszufinden, wo es ist. Offensichtlich hat man Sie damit beauftragt, es ungesehen in die USA zu bringen. Auf gewisse Weise können Sie also gar nichts dafür und handeln für einen staatlichen Akteur.«

»Jetzt kommt das obligatorische *Aber*«, sagte Olivier. »*Mais non?*«

»*Und*«, sagte Jones demonstrativ, »das heißt nicht, dass wir ein Alien frei herumlaufen lassen können, nur damit Sie nicht auffliegen.«

»Wenn wir auffliegen, sind wir erledigt.« Monica schüttelte den Kopf.

»Ich bezweifle, dass das Pentagon sich noch für ein Schmugglerschiff interessiert, das ihre Ware nicht mehr besitzt, während die ganze Welt von Washington wissen will, was die US-Regierung weiß und vor der Welt verheimlicht. Diese Sache ist zu groß für eine einzelne Nation und geht uns alle an. Die werden also ganz andere Probleme haben.«

Sie dachte darüber nach und erkannte die Logik hinter Jones' Argumentation. Allerdings war Logik die eine Sache und die geballte Macht des US-Militärs und der Geheimdienste im Nacken zu haben eine ganz andere. Im Prinzip war es eine Wette – der

Einsatz wären ihrer aller Leben. Aber Monica spielte nur dann gern, wenn Sie wusste, dass sie ein gutes Blatt hatte und der Sieg so gut wie sicher war.

»Hören Sie: Wir wollen keinen Ärger mit den Five Eyes und mit Ihnen persönlich schon gar nicht. Sie mögen uns als Kriminelle sehen ...«

»... was Sie objektiv betrachtet sind ...«

»... *und* wir sind auch diejenigen, die Sie befreit haben. Wir transportieren Ware ungesehen und an den Behörden vorbei über die Ozeane, ja, aber wir sind keine Mörder oder Terroristen«, fuhr Monica ungeachtet der Unterbrechung fort. »Unser Captain befindet sich gerade auf engstem Raum eingeschlossen mit einem Alien tausende Meter unter der Wasseroberfläche – einem Alien, das sich als *Sie* ausgegeben hat. Wir können ihn jetzt nicht im Stich lassen.«

»Davon redet ja auch niemand«, widersprach Jones und deutete auf den Radarschirm. »Es geht darum, dass wir Hilfe in Anspruch nehmen und mit mehr Ressourcen versuchen, das Problem zu lösen.«

»Was sollte die *Anzac* denn schon tun?«, fragte Olivier. »Sie haben kein U-Boot, *non?*«

»Vermutlich nicht, aber vielleicht befindet sich längst ein U-Boot der Marine in der Nähe und könnte helfen.«

»Das bezweifle ich.« Der Ingenieur schüttelte den Kopf. »Kriegs-U-Boote sind dafür gebaut, den Feind unter Wasser zu vernichten und nicht, um andere U-Boote zu bergen. Wahrscheinlich können sie nicht einmal so tief tauchen wie die *Triton.*«

Ava Jones war anzusehen, dass es hinter Ihrer Stirn arbeitete. Monica nahm an, dass sie genau wusste, dass Olivier recht hatte. Von Interesse war für sie wohl eher, was sie *nicht* wusste und das war, wie die Crew ihr Dilemma aufzulösen gedachte: Sie konnten Jones nicht frei herumlaufen lassen, weil sie sonst die *Anzac* informieren würde. Aber sie konnten sie auch nicht einfach über Bord werfen, oder sie schlecht behandeln, weil das im Falle eines Aufgreifens durch die Behörden nur noch mehr Probleme mit sich brächte. Das Problem war, dass Monica nicht genügend Informationen besaß. Sie wusste nicht, ob Xander überhaupt noch lebte und jemals zurückkehren würde. Sie wusste nicht, was das Alien vor hatte und sie wusste nicht, was es dort unten in der ewigen Dunkelheit des Meeresbodens suchte.

»Zwanzig Stunden«, sagte sie schließlich.

»Was ist in zwanzig Stunden?«, wollte Jones wissen.

»Geben Sie uns zwanzig Stunden. So lange hat die *Triton* Atemluft bei zwei Personen an Bord«, erklärte Monica. »Wenn sie bis dahin nicht zurück ist, gibt es keine Überlebenschance und wir setzen Sie mit einem Zodiac aus, damit die *Anzac* Sie einsammeln kann.«

»Smart«, befand die Agentin, nachdem sie kurz darüber nachgedacht hatte. »Ich schätze, dass Sie den Motor abbauen werden. Dann fahren Sie davon, die *Anzac* kann Sie aber nicht verfolgen, weil sie mich retten und dafür langsamer werden und stoppen muss, damit sie mich aufnehmen kann. Bis sie wieder bei voller Fahrt ist, sind Sie längst weg.«

Monica zuckte mit den Schultern. »Und wenn schon. Wir haben nicht mehr, was Sie suchen. Sie haben es selbst gesagt: Was interessiert Sie eine Ware, die wir nicht mehr haben?«

Jones lächelte freudlos. »Die Kammer.«

»Sie meinen den Sarg? Den können Sie haben.«

»Schlechte Idee«, befand Usain und warf ihr einen eindringlichen Blick zu. Er war nicht einverstanden. Zwar war sie der Erste Offizier hier an Bord, aber sie machte sich keine Illusionen darüber, wie es laufen würde, wenn Xander nicht zurückkehrte. Er war der Dreh- und Angelpunkt auf der *Medusa* und wenn sie Entscheidungen traf, die den anderen nicht gefielen, würden sie ihr in den Rücken fallen oder verschwinden. Vermutlich war es das Los der Kriminellen, dass sich letztendlich jeder selbst der Nächste sein würde, wenn es hart auf hart kam.

»Ich weiß, dass wir den Sarg dann nicht abgeben können, aber was bringt es uns, wenn er leer ist?«, fragte sie in Richtung des Deutschen. »Du glaubst doch nicht, dass sie nicht reinschauen, bevor sie uns auszahlen. Dann verpassen die uns noch an Ort und Stelle eine Bleivergiftung.«

»*Oui,* sie hat recht«, stimmte Olivier ihr zu. »Ich glaube, wir haben bessere Chancen, wenn wir Madame Jones hier den Sarg mitgeben und ihn ein für alle Mal los sind. Dann tauchen wir unter und lassen den Rest der Welt darum kämpfen.«

»Sie wollen den Sarg als Verhandlungsmasse gegenüber den Amerikanern, nehme ich an«, sagte Monica zu Jones.

»Das muss Sie nichts angehen, oder?«, gab die zurück. »Haben wir einen Deal?«

»Bis dahin versuchen Sie nicht, die *Anzac* zu kontaktieren, oder uns in irgendeiner Form zu sabotieren.«

»Sie haben mein Wort.«

»Gut.« Monica nickte und deutete auf Usain. »Weich ihr nicht mehr von der Seite, bis es so weit ist.« Sie zwinkerte Jones humorlos zu. »Sicher ist sicher. Sie wissen schon.«

39

Der Tiefseegraben war beinahe anderthalb Kilometer tief. Xander schaltete jetzt die Scheinwerfer ein, da sie sich relativ nahe an der Felskante befanden. Die Wassertemperatur lag mit einem Grad Celsius knapp über dem Gefrierpunkt.

Als er das Licht einschaltete, reichte es etwa fünfzig Meter weit, denn das war laut Echolot die Distanz zur Grabenwand vor ihnen, die wie eine Steilklippe in die unvorstellbaren Tiefen hinabreichte. Die beiden Lichtkegel offenbarten dunklen, schroffen Fels, frei von Bewuchs oder Sand. Dass sie so weit sehen konnten, lag vor allem daran, dass es hier unten im Vergleich zu den höheren Zonen weitaus weniger Schwebeteilchen gab. Da waren zum einen die marinen Schneeflocken, organisches Material, das von der biologisch viel aktiveren oberen Wasserschicht herabsank und den wenigen extremen Lebensformen hier unten als Nahrung diente. Zum anderen handelte es sich um Mikroplastik und andere anthropogene Verunreinigungen, die das Licht streuten und so die effektive Reichweite der Scheinwerfer begrenzten. Aber fünfzig Meter waren eine ganze Menge und es fühlte sich gut an, etwas Helligkeit in die endlose Dunkelheit zu bringen.

Andererseits kam es zu einem anderen, weniger schönen Effekt, den er von seinen anderen Graben-Tauchgängen kannte: Die Angst, dass plötzlich etwas aus dem schwarzen Nichts auftauchen und ihm einen Schrecken einjagen würde. In der Tiefsee gab es unheimliche Lebensformen wie den Kolosskalmar, auch wenn der bislang eher in antarktischen Gewässern gefunden wurde. Trotzdem hielt sich seine Lust in Grenzen, einem fünfzehn Meter langen Kraken zu begegnen, der die *Triton* mühelos zerstören konnte.

Aber es blieb ruhig vor dem Cockpit. Ein paar Schwebeteilchen, hier und da ein kurzes Aufleuchten, vielleicht auch nur die Reflexion eines der kalkweißen Kleintiere, die hier unten lebten.

»Sechseinhalbtausend«, sagte Xander nach einer langen Phase der Stille zwischen ihm und Jones.

»Ich sehe dort etwas auf dem Sonar«, antwortete die Agentin und deutete auf den Sonarschirm.

Xander runzelte die Stirn und beugte sich vor, um die grafische Darstellung in Falschfarben besser erkennen zu können. Tatsächlich fingen die Sonarwellen eine Unregelmäßigkeit nahe dem Boden des Grabens auf. Sie befand sich auf einem kleinen Plateau unter ihnen, etwa zweihundert Meter über dem tiefsten Punkt. Es ragte aus der Felswand wie ein ausgeklappter Tisch.

»Die Daten sind sehr ungenau, könnte ein Felsbrocken sein, der sich weiter oben gelöst hat und auf diesem Vorsprung gelandet ist«, sagte er.

»Ich denke, das ist es«, erwiderte sie.

»Das ist *was?*«

»Die markierte Stelle.«

»Was macht Sie da so sicher?«

»Ich bin nicht sicher. Aber es sieht aus wie eine Unregelmäßigkeit. Und die Dimensionen würden stimmen.«

»Die Dimensionen?«, wiederholte er. »Was wissen Sie, das ich nicht weiß? Jetzt wäre ein verdammt guter Zeitpunkt, um es mir zu sagen.«

»Ich denke nicht.«

»Was verschweigen Sie mir?«, beharrte Xander und spürte Wut in sich aufsteigen. Die ganze Zeit über benahm sie sich schon merkwürdig. Jones schien in sich zu ruhen wie ein stiller See und gleichzeitig hatte sie etwas sehr Bestimmtes an sich, so als habe sie die

Kontrolle, ohne dass sie es sagen oder einfordern müsste. Im Prinzip stimmte das auch, da er mit seinem verletzten Fuß und seinen vielen Prellungen alles andere als ein würdiger Gegner wäre, sollte er versuchen, sie zu überwältigen. Andererseits war er es, der die *Triton* steuerte und zwischen Leben und einem Tod durch Implosion und Zerquetschen stand. Das schien aber nur er so zu sehen.

»Ich weiß, was wir suchen«, antwortete sie zu seiner Überraschung.

»Ach ja? Und was ist das?«

»Ein Raumschiff.«

Xander drehte sich zu ihr und blinzelte. »Was? Ein Raumschiff? Was für eins? Und woher wissen Sie das?«

»Ein kleines Raumschiff«, erklärte Jones mit dieser merkwürdigen Ruhe, die ihr offenbar zu eigen geworden war, seit sie sich unbemerkt auf seinem Schiff versteckt hatte – wie ihr das gelungen war, hatte sie ihm nach wie vor nicht verraten. »Es ist beschädigt und liegt dort seit Jahrtausenden auf dem Meeresboden.«

»Und das wissen Sie woher? Geheimdienstinformationen?« Er runzelte die Stirn und schüttelte dann den Kopf. »Wenn Sie sich mit dem Alter so sicher sind, würde das heißen, dass jemand schon mal hier war und Materialproben entnommen hat – zur Altersbestimmung. Aber wenn das so wäre, wieso wurde es dann nicht längst geborgen? Und warum weiß es dann die US-Regierung nicht?«

»Weil nur ich davon weiß.« Jones schaute an ihm vorbei auf das Echolot. Die Distanz zu ihrem neuen Ziel war um beinahe die Hälfte geschrumpft. Das Sonar bot jetzt einen viel besseren Eindruck von Größe und Form des Objekts auf dem Felsplateau.

Es durchmaß etwa dreißig Meter an seiner breitesten Stelle, besaß die Form einer Linse – zumindest sah es von oben so aus –, aus der ein Stück herausgebissen worden war. Das Objekt schien entweder aus dem Boden herauszuwachsen oder schräg im Stein zu stecken.

»Also falls das ein Raumschiff sein soll, ist es ganz sicher abgestürzt«, murmelte er und veränderte die Position der *Triton*, damit sie weiter westlich absanken. Sonst würden sie in wenigen hundert Metern mit dem Objekt kollidieren. Xander starrte konzentriert auf seine vielen Anzeigen, behielt die Trimmung und die Ballasttanks im Auge, schaute auf die Sinkrate und die Sensoren für die strukturelle Integrität. Alles wirkte stabil. Der Sauerstoffgehalt in der Luft gegen über dem CO2 befand sich in der Norm, das Tauchboot verlor nicht mehr Energie, als der Computer als normal berechnete, und die Temperatur war ebenfalls gleichbleibend. Unter ihnen gab es keinerlei Hindernisse und das Plateau war keine zweihundert Meter mehr entfernt.

Xander wurde nervös. Hatte er zuvor bereits mit zunehmender Tiefe das Gefühl gehabt, nervös zu sein, war das hier ein ganz neues Level. Seine Hände lagen schweißnass auf den Steuerelementen und seine Armbeugen waren feucht. Die gefährliche Umgebung und der fehlende Funkkontakt nach oben waren eine Sache, aber Jones' Aussage, dass es sich um ein – wohl havariertes – UFO handelte, dem sie sich gerade näherten, machte die ganze Sache noch unheimlicher. Er hasste es, wenn er nicht wusste, was auf ihn zukam, und gleichzeitig konnte er sich eben diesen Dingen nicht entziehen. Er war wie eine Motte, die willenlos wurde, wenn sie eine Lichtquelle entdeckte. Er musste darauf zu, auch wenn er wusste, dass er sich verbrennen würde.

Die Minuten zogen sich ins scheinbar Unendliche. Ihm gingen dutzende, gar tausende Fragen gleichzeitig durch den Kopf, die er seiner Begleiterin stellen wollte. Wieso sie von einem Raumschiff wusste, weshalb sie so ruhig war, was sie gemacht hätte, wäre er nicht an Bord gekommen, was wirklich vor sich ging bei den Geheimdiensten, wie sie hatte wissen können, dass sie nach Port Moresby kommen würden, was die Amerikaner wussten und ob sie eine Ahnung hatte, wie das UFO hier unten mit dem im Orbit zusammenhing.

Aber sein Mund blieb geschlossen, seine Augen auf die vielen Anzeigen und immer wieder auf die Dunkelheit da draußen gerichtet, in der sich die Lichtkegel der Scheinwerfer verloren, als würde die Tiefsee jedes einzelne Photon verschlucken wie ein Schwarzes Loch.

Als sie sich dem Plateau näherten, drosselte er ihre Sinkrate auf wenige Meter pro Minute, bis das Objekt von unten in ihr Sichtfeld kam, als würden sie mit einem gläsernen Fahrstuhl daran vorbeifahren. Die Scheinwerfer glitten über eine glatte, silbrig glänzende

Oberfläche, Reflexionen, beinahe grell, blendeten für einen Moment seine Augen, ehe er die Lichtintensität etwas drosselte, ihr Sinken stoppte und sie vorsichtig näher heranfuhr.

»Heilige Scheiße«, murmelte er. »Das ist wirklich ein verdammtes UFO.«

Das Objekt war ganz offensichtlich havariert. Es steckte schräg im felsigen Boden des Plateaus, hatte eine kleine Wulst aus Schlamm und Steinen aufgeschichtet, wo die Kante im Grund steckte, als hätte jemand eine Untertasse mit Wucht hineingerammt. Die Ränder waren flach, die Mitte erhaben. Es gab keinerlei sichtbare Öffnungen oder Fugen. Das vermeintliche Raumschiff sah vielmehr aus, als wäre es aus einem Stück glänzenden Stahls in eine Form gegossen worden. Durch sein Glänzen unter den Lichtstrahlen machte es den Eindruck, es wäre frisch aus einer Fabrik gekommen. Kein Bewuchs – falls es den hier unten überhaupt geben konnte – und keine Kleintiere, die sich in seiner Nähe aufhielten. Boden und Felswand dahinter wirkten im Kontrast matt und farblos.

Es war, als schaue Xander durch das Cockpitglas auf einen Schwarz-Weiß-Film, der auf einer unendlich großen Leinwand abgespielt wurde.

»Das Ding bedeckt einen großen Teil des Plateaus«, sagte er und steuerte die *Triton* seitlich an dem Objekt entlang, hielt exakt zehn Meter Abstand und versuchte, so viel zu erkennen, wie nur irgendwie möglich. Doch es sah von überall gleich aus. Keine Löcher, abgebrochene Stücke an der schmalen Kante des äußeren Kreises, nicht einmal Kratzer, die er dank der Scheinwerfer leicht hätte erkennen können. Falls es havariert war, wie Jones behauptete, dann konnte er äußerlich keine Anzeichen dafür erkennen. Abgesehen von dem Teil, der im Boden steckte. Womöglich war der jedoch gar nicht zerstört, sondern befand sich im Gestein.

Auf einmal passierte etwas. Das UFO schien zu leuchten. Zuerst hielt er es für die Reflexionen, aber dann erkannte er einen sanften Schimmer, der auch an den Rändern auftrat. Sanft nur, aber doch klar erkennbar. Etwas davon strahlte sogar auf die Felswand im Hintergrund ab.

»Da passiert was«, sagte Xander mit trockenem Mund und drehte sich zu Jones herum, die nachdenklich nach draußen schaute. »Und jetzt wäre ein verdammt guter Augenblick, mir zu verraten, woher Sie hiervon wussten, was das ist und vor allen Dingen, was *ich* nicht weiß.«

Die Agentin sah ihn ruhig an. »Das ist mein Raumschiff. Ich bin damit hierhergekommen und zwar vor sehr langer Zeit.«

40

»*Gulliver, Gulliver,* hier *Anzac,* kommen, over«, wurde Monica jäh von der Stimme Captain Antilles' unterbrochen, die aus den Lautsprechern schallte. Sie war gerade dabei gewesen, mit Lucas und Olivier eine Strategie für ihr Verschwinden auszuarbeiten. Usain und Jones waren vor einer guten halben Stunde von der Brücke verschwunden, damit sie Zeit hatten, eine Lösung zu finden.

Monica ging zum Funkgerät und zog das Mikrofonstück aus seiner Fassung, ehe sie mit dem Daumen den »Senden«-Knopf drückte.

»*Anzac, Anzac,* hier *Gulliver.* Over.«

»*Gulliver, Gulliver,* was auch immer Sie mit Ihrem Tauchboot zu finden hoffen; Sie sollten es zurückrufen und dieses Seegebiet verlassen. Over.«

»*Anzac, Anzac,* negativ. Wir haben gerade Probleme mit der Funkverbindung zu unserem Tauchboot, over«, antwortete Monica wahrheitsgemäß.

»*Gulliver, Gulliver,* das ist eine gut gemeinte Warnung. Vielleicht sollten Sie mal den Fernseher einschalten. Over.«

Sie wechselte einen Blick mit Lucas und Olivier und bedeutete dem Bordingenieur dann mit einem Wink, den Fernseher einzuschalten.

Es lief gerade Werbung bei *News Nation.*

»Das ist merkwürdig«, befand Lucas. »Muss irgendwas mit dem Objekt zu tun haben, schätze ich.«

»Oder mit den ganzen Marineeinheiten, die hierher kommen wie die Motten zum Licht«, sagte Olivier mit finsterer Miene.

Sie hatten auf dem Radar bereits die beiden französischen Korvetten gesehen, die in spätestens einer Stunde hier sein würden und vom Norden her der Flottenverband der Amerikaner, bestehend aus vier Schiffen, die auch nicht viel länger auf sich warten lassen würden. Schon bald war dies die größte Ansammlung von Kriegsschiffen auf kleinstem Raum, da hatte Monica keine Zweifel.

Und wir mitten drin mit der Medusa, dachte sie und es war kein Gedanke, der ihr gefiel. Sie waren Schmuggler und gehörten immer dort hin, wo die nächste Staatsmacht weitestmöglich entfernt war. Olivier hatte recht: Sie kamen wie die Motten zum Licht, und die *Medusa* war das Licht.

»Die Werbung ist vorbei.« Lucas zeigte auf den Bildschirm und sie sahen zu, wie Laura Sinclair eingeblendet wurde vor einer riesigen Displaywand, auf der verwackelte Aufnahmen – laut Untertitel live – liefen, die einen silbernen Punkt am dunklen Himmel zeigten.

»Willkommen zurück bei News Nation«, sagte Sinclair mit ernster Miene und der für sie so typischen Gravitas. *»Für alle Zuschauer, die gerade erst eingeschaltet haben: Der Besucher hat sich wieder bewegt. Diesmal aber nicht entlang verschiedener Orbitalbahnen um die Erde, sondern vertikal nach unten. Nachdem verschiedene Bodenstationen und Spionagesatelliten der NASA festgestellt haben, dass es eine Energiezunahme innerhalb des Raumschiffs gibt, hat die offenbar vorerst ihren Höhepunkt erreicht. Die Temperatur des extraterrestrischen Objekts wird anhand von Infrarotaufnahmen auf annähernd dreihundert Grad Celsius geschätzt. Wie neue Radardaten zeigen, befindet sich der Besucher seit Erreichen dieses Peaks auf dem Weg nach unten in Richtung Pazifik. Dabei bewegt er sich auf einer geraden Linie nach unten, auf jenen Punkt südlich von Neukaledonien zu, den seit Tagen Marineschiffe vieler Nationen ansteuern. Offenbar haben die Admiräle den richtigen Riecher gehabt, denn nach Wochen der Untätigkeit und des Schweigens scheint sich etwas verändert zu haben. Das Raumschiff setzt zum Atmosphäreneintritt an und die ganze Welt schaut zu. Die große Frage, die jetzt im Raum steht und*

Medien und Internet in Aufruhr versetzen, lautet: Warum? Was hat es vor und wie wird das Militär reagieren?«

Sinclair ging mit grazilen Schritten zu ihrem Tisch und setzte sich. Die Kamera zoomte heraus und zeigte einen älteren Mann im dunklen Anzug, der auf der anderen Seite saß. Er hatte graue Schläfen und einen ansonsten kahlen Kopf. Sein Gesicht war das eines Asketen mit eingefallenen Wangen und tiefliegenden Augen.

»Zu Gast bei mir ist Admiral a.D. Thaddeus Sorkin, ehemaliger Kommandeur der Sechsten Flotte und des Pacific Command. Herzlich willkommen, Admiral.«

»Vielen Dank für die Einladung.«

»Admiral, was sehen Sie, wenn Sie diese Teleskopbilder von einem außerirdischen Raumschiff sehen, das zu einer Landung – oder zumindest einem Flug in unsere Atmosphäre ansetzt?«, fragte Sinclair ihren Gast.

»Zuerst einmal sehe ich eine Gefahr für die internationale Sicherheit, aber keine direkte Gefahr für die nationale *Sicherheit. Ich möchte betonen, dass der vermutete Zielpunkt des Objekts sich weit entfernt von den Vereinigten Staaten befindet«*, erklärte der ehemalige hochrangige Offizier. *»Die Entscheidung des Präsidenten, eine Flotte auszuschicken, um vor Ort zu einer Einschätzung der Bedrohungslage zu gelangen, war meiner Einschätzung nach genau richtig.«*

»Viele Zuschauer haben ihre Sorge zum Ausdruck gebracht, dass das Aussenden einer Militärstreitmacht das falsche Signal sei und einen Konflikt mit den Außerirdischen überhaupt erst heraufbeschwören könnte. Was sagen Sie diesen Stimmen?«

»Ich denke, dass viele Zivilisten – verständlicherweise – ein falsches Bild von unseren Streitkräften und ihren Missionen haben. Es ist in niemandes Interesse, einen Konflikt heraufzubeschwören, weder mit anderen Nationen noch mit potenziell Außerirdischen. Die Hauptaufgabe der Streitkräfte ist Abschreckung. Darauf folgen Verteidigungs- und Beobachtungsfähigkeit. Die initiale Einleitung eines Kampfes wird immer vermieden, außer es gibt direkte Befehle vom Pentagon und damit vom Verteidigungsminister und dem Präsidenten.« Sorkin lehnte sich ein wenig vor und faltete die Hände vor sich. *»Denken Sie nur einmal an die vielen Provokationen durch Russland und China, denen unsere Aircrews und Schiffsbesatzungen ständig ausgesetzt sind, sei es im Baltikum oder in der südchinesischen See. Selbst wenn strategische Wider-*

sacher uns zu einer Reaktion zu drängen versuchen, geschieht so gut wie nie etwas. Unsere Offiziere sind hervorragend ausgebildet und wissen genau, wie wichtig die Konfliktverhütung ist und welchen schmalen Grat sie zu gehen haben.«

»Das klingt beruhigend«, befand Sinlcair. *»Was denken Sie, werden unsere Einheiten dort draußen beobachten? Was könnte der Besucher vorhaben?«*

»Nun, das ist eine Frage, die sich aktuell wohl die ganze Welt stellt, und ich bin kein Orakel. Ich kann nur analysieren, was ich selbst in den Nachrichten sehe und was mir meine Quellen im Pentagon mitteilen. Was ich sagen kann, ist, dass die USA und ihre Verbündeten, und ich nehme stark an, dass das auch für die anderen gilt, keinerlei Interesse an einem intergalaktischen Konflikt haben. Es liegt auf der Hand, dass wer auch immer den Weg zu uns gefunden hat, uns technologisch so weit voraus ist, dass man einen modernen GI mit einer Ameise vergleichen könnte.«

»Also sind Sie der Meinung, dass wir nur zuschauen und beobachten können?«

»Ich fürchte ja.« Der Admiral im Ruhestand schien kurz zu überlegen. *»Allerdings sollte auch niemand unterschätzen, über welche Fähigkeiten wir verfügen.«*

»Sagten Sie nicht gerade, dass die Außerirdischen uns technologisch weit enteilt sein müssten?«

»Ja, aber bleiben wir bei dem Bild der Ameisen. Wir haben es hier mit einem kleinen Raumschiff zu tun. Feuerameisen sind dafür bekannt, dass sie Kleintiere töten können, es wurden sogar Fälle dokumentiert, in denen sie Kälber töten und zerlegen.« Sorkin schüttelte den Kopf. *»Aber es geht hier nicht um das Ausmalen der schlimmsten Szenarien. Ich rechne damit, dass der Besucher weiterhin friedlich bleiben wird. Erinnern wir uns daran, dass er selbst nach den aggressiven Handlungen Russlands keine Anstalten gemacht hat, einen Angriff auf die Erde zu starten.«*

»Aber er hat auch keine Anstalten gemacht, in die Atmosphäre vorzudringen.«

»Nein. Das muss aber noch nichts heißen.«

Sinclair schien gerade etwas sagen zu wollen, als ihr Blick kurz abwesend wurde und sie sich direkt in die Kamera wandte.

»Wir haben so eben erfahren, dass es neue Live-Aufnahmen gibt, offenbar von einem australischen Marineschiff, das sich bereits am vermu-

teten Ort der Landung im Pazifik aufhält.« Ein Bild wurde eingespielt, das einen rot glühenden Feuerball am heller werdenden Nachthimmel zeigte, der sich langsam den Morgenstunden näherte.

»Fuck, das Ding sieht aus wie ein Meteor«, befand Lucas.

»*Putain!* Wir müssten es von draußen sehen können«, sagte Olivier und lief zur Tür des Seitenauslegers der Brücke. Monica schloss die Zugangstür des Korridors ab und folgte den beiden an die frische Luft.

Olivier und Lucas hatten bereits den Kopf in den Nacken gelegt und starrten nach oben. Monica tat es ihnen gleich und musste nicht lange suchen. Am dunkelblauen Himmel schien eine neue Sonne aus dem Nichts aufgetaucht zu sein, nur ein wenig kleiner. Ein dunkelroter Fleck dominierte die Dunkelheit und das nachlassende Glitzern der Sterne wie ein loderndes Feuer. Es hatte etwas Drängendes, Zorniges an sich, das ihr einen kalten Schauer über den Rücken sandte.

Vielleicht war es der Anblick von etwas so Fremdartigen, vielleicht ihr Wissen darüber, dass es sich um etwas Außerirdisches handelte, aber sie bekam Angst. Etwas in ihr schien zu wissen, dass das, was da aus dem Himmel auf sie zustürzte, nichts Gutes im Schilde führte und möglicherweise sogar ein Ende einläuten würde.

Oder *das* Ende.

»Leute, ich habe kein gutes Gefühl bei der Sache«, wisperte sie.

»Scheiße, nein«, stimmte Lucas ihr zu. »Ich scheiße mir gleich in die Hose. Das Ding kommt direkt auf uns zu!«

»Aber *pourquoi?«*, fragt Olivier heiser. Durch seinen überstreckten Hals klang seine Stimme kratziger als sonst. »Es bleibt die ganze Zeit im Orbit und jetzt auf einmal entscheidet es sich, hierher zu kommen? Genau dahin, wo das Alien einen Punkt im Tiefseegraben markiert hat? Ausgerechnet jetzt, wo es mit dem *Capitán* dorthin aufgebrochen ist?«

»Oder *angekommen*«, meinte Lucas. »Sind ja schon ne ganze Weile unterwegs.«

»Er hat recht. Das wäre ein doch etwas großer Zufall. Denkt ihr, dass sie irgendetwas aktiviert haben? Oder irgendetwas gemacht haben, das den Zorn der Aliens im Orbit auf sich gezogen hat?«, fragte Monica.

»Werden wir nie erfahren.« Lucas senkte den Kopf und schaute sie an, bis sie seinen Blick erwiderten. »Das werden wir doch nicht, oder?«

Sie atmete tief ein und aus. »Nein. Wir verschwinden. Machen wir den Sarg bereit und setzen Jones aus. Keine Ahnung, wie wütend das Pentagon wird, aber wir haben mehr Chancen aufs Überleben, wenn wir abhauen, als wenn wir hier bleiben, wo sich Militär und verdammtes UFO treffen.«

41

Xander starrte Ava Jones ungläubig an.

Nein, nicht Ava Jones, korrigierte er sich in Gedanken. Sein Mund fühlte sich an, als hätte er stundenlang auf einem staubtrockenen Lappen gekaut. Selbst das letzte bisschen Speichel schien vertrocknet zu sein. In seinen Handflächen dagegen sammelte sich der Schweiß und ihm wurde heiß. Ein Alien? Die ganze Zeit? Ob sie – es – für all das verantwortlich war? Die seltsame Warnung von Tony in seiner Krypto-App, die sie überhaupt erst in diese Richtung geschickt hatte?

Ist das ein schlechter Witz?, wollte er fragen, doch etwas an der Frau – oder Nicht-Frau –, die ihn mit unendlicher Ruhe musterte, verriet ihm, dass es sich nicht um einen Scherz handelte.

»Sie sind verwirrt«, stellte die Gestalt der Frau fest. »Das ist gut.«

»Gut?«

»Nach meiner Erfahrung ist es ein großes Geschenk, nicht zu wissen, was man glauben soll. Der Schein trügt fast immer. Das erkennen Sie jetzt gerade, nehme ich an?«

»Wie … wie machen Sie das? Sind Sie überhaupt eine Frau? Was ist mit Agent Jones geschehen? Haben Sie sie getötet?« Xander schluckte. Angst stieg in ihm auf, aber nur kurz, ehe sich eine merkwürdige Ruhe von den Rändern seiner inneren Wahrnehmung näherte. Sie vertrieb nicht die rasenden Gedanken in seinem Kopf, aber sie war da, wie eine aufgehende Sonne in weiter Ferne. Ob es sein Gegenüber war, die etwas damit zu tun hatte?

»Nein, das habe ich nicht. Ich habe noch nie einen Menschen getötet. Auch kein Tier, so weit ich das weiß. Ava Jones geht es gut.«

»Deswegen haben wir Sie nicht gefunden. Sie können jede Gestalt annehmen.« Er schüttelte den Kopf. Etwas in ihm beruhigte sich weiter. Vielleicht lag es daran, dass er dem Alien glaubte, dass es ihm nichts tun wollte. Möglicherweise hatte es ihn auch auf irgendeine Art beeinflusst wie manche Schlangen ihre Beute.

»Ja. Dies ist nicht meine wahre Gestalt, denn ich habe gewissermaßen keine wahre Gestalt. Das, was ihr am nächsten käme, würde Ihnen vermutlich Angst machen.«

»Und ... das möchten Sie nicht?«

»Nein.«

Xander schwieg eine Weile und sah wieder auf. Noch immer fühlte er sich wie eine Maus in der Falle. Die Kabine der *Triton* war eng und es gab kein Entkommen. Entweder er glaubte seinem fremden Passagier, oder er war ohnehin verloren. »Haben Sie ... einen Namen?«

»Nicht nur einen. Aber Sie können mich Mahakashyapa nennen.«

Mahakashyapa, wiederholte Xander in Gedanken. Der Name klang fremdartig. Weitere Fragen tauchten in seinem Kopf auf, erst einzelne, dann Dutzende, hunderte, bis er kaum noch klar denken konnte.

»Ich muss dieses Schiff betreten«, sagte Mahakashyapa und deutete hinter ihn auf das UFO vor der Cockpitscheibe, dessen silbrig glänzende Hülle im Licht der Scheinwerfer schimmerte. »Das wird leider die *Triton* tauchunfähig machen.«

»Wie meinen Sie das?«

»Das ist schwer zu erklären. Ich muss uns andocken und diese Prozedur wird Probleme nach sich ziehen, da die *Triton* dafür nicht gebaut worden ist und die Materialien und Systeme fremd sind. Es wird leichter sein, wenn ich Sie betäube.«

Xander zog sich zurück, doch die Stuhllehne hielt ihn auf. »Äh, was?«

»Es ist leichter so.«

Mahakashyapa hob eine Hand in seine Richtung.

»Warten Sie!«, protestierte er und tatsächlich hielt das Alien inne. »Ich habe Fragen.«

»Es ist nicht mehr viel Zeit.«

»Was meinen Sie?«

»Mein Schiff«, erklärte Mahakashyapa. »Es wird bereits aus dem Orbit hierher unterwegs sein, weil sich die Systeme meiner Landungsfähre durch meine Anwesenheit aktiviert haben.«

»*Ihr* Schiff? Also ist der Besucher im Orbit *Ihr* Schiff?«, fragte er.

»Ja. Ich kam damit vor sehr langer Zeit her und bin damit«, es zeigte auf das UFO am Grund des Plateaus, »gelandet. Später habe ich es hier versteckt. Meinem Schiff habe ich befohlen, sich im Kuipergürtel zu verstecken. Offenbar ist es zurückgekehrt, um mich aufzuspüren.«

»Es? Das klingt, als hätte es einen eigenen Willen.«

»Das hat es auch. Sie könnten es mit einer KI vergleichen, auch wenn es etwas ganz anderes ist, kommt es dem wohl am nächsten.«

»Was hat es vor? Das Raumschiff, meine ich?«, fragte Xander.

»Es will den Kern meiner Landungsfähre auslesen – genau wie mein neurales Stratum«, antwortete Mahakashyapa. »Das möchte ich verhindern.«

»Wieso?«

»Weil es danach die Erde vernichten wird.«

»Was?« Er schluckte. »Aber warum?«

»Weil ich ursprünglich hierhergeschickt worden bin, um zu ergründen, ob dieser Planet bewohnbar ist für meine Art. Anders als ihr Menschen benötigen wir keinen Sauerstoff, aber Biomasse und bestimmte Metalle, die hier sehr häufig sind.« Es war merkwürdig, diese Worte aus dem Mund von jemandem zu hören, der äußerlich durch und durch wie ein Mensch aussah, aber sprach wie ein Alien. Beinahe so befremdlich, dass ein Teil von Xander glaubte, einen Fiebertraum zu haben oder doch der echten Agentin Jones gegenüberzusitzen, die sich einen makaberen Spaß mit ihm erlaubte.

»Ihr Raumschiff wird uns vernichten, weil es uns als Bedrohung interpretieren wird, wenn es alle Informationen besitzt, die Sie gesammelt haben«, fasste er zusammen und nickte benommen.

»Das kann ich verstehen. Wir sind eine destruktive Spezies aus egoistischen Affen mit zu großen Gehirnen.«

»Ist das so?«, fragte Mahakashyapa und wirkte nach wie vor wie die Ruhe selbst, trotz der drohenden Gefahr.

»Ja. Wir wollen das Beste für uns selbst, wenn es gut läuft auch für die Familie, aber wir denken tribalistisch, wir gegen die. Es gibt immer einen Feind, etwas das fehlt, oder wir noch brauchen. Hitler wollte alle Juden ausrotten, der kambodschanische Diktator Pol Pot und seine Roten Khmer haben alle Brillenträger töten lassen, weil sie angeblich Klassenfeinde waren, die Bourgeoisie. Joseph Stalin hat über zwanzig Millionen seiner eigenen Landsleute töten lassen, weil sie seiner Meinung nach Feinde der kommunistischen Idee waren. Es ist aber eine allgemeine Fehleinschätzung, dass das die Taten einzelner Wahnsinniger waren. Sie hatten abertausende Helfer und Helfershelfer, die genau wussten, welches Leid sie anderen zufügen. Es ist fast so, als würden alle Jahre wieder mentale Seuchen grassieren. Aber daran glaube ich nicht.« Xander winkte ab. »Es ist nur die Weiterführung des Kleinen im Großen. Die Konflikte im Alltag, das Schreien im Auto über andere, der Hass in den sozialen Netzwerken. Wir haben alle das Potenzial in uns, Andersdenkende zu verurteilen und ihnen schlimmstenfalls etwas anzutun. Wahnsinnig sind auch unsere widersprüchlichen Verhaltensweisen. Manche Tiere, wie Hunde oder Katzen, finden wir niedlich und behandeln sie besser als Freunde und Familie. Wir machen alles für sie. Andere behandeln wir wie nützliche Gegenstände und sperren sie in Massenlager, um sie industriell zu schlachten und zu zerlegen, um sie dann zu essen. Wir sehen aber keinen Widerspruch darin, uns gleichzeitig als tierlieb zu betrachten. Klar, es gibt auch Veganer, aber die vergessen nur allzu gern, dass für den Anbau von Gemüse Felder gepflügt werden. So ein Pflug tötet massenweise Insekten und Würmer im Boden. Offenbar wiegt für sie das Leben eines großen Tiers mehr als das eines kleinen.«

Er sah auf, als ihm auffiel, dass er vor sich hinredete wie ein Verrückter, weil er den Moment hinauszuzögern versuchte, der unweigerlich kommen musste. Als sein Blick den von Mahakashyapa traf, glaubte er, einen mitfühlenden Ausdruck in den menschlichen und doch überaus fremdartigen Augen erkennen zu können.

»Das spielt alles keine Rolle, oder?«, fragte er.

»Das kommt darauf an. Relativ gesehen, tut es das. Absolut gesehen, tut es das nicht, nein.«

»Ich habe noch eine Frage.«

Mahakashyapa nickte.

»Sie haben gesagt, dass die *Triton* bei der Kopplung zerstört wird.«

»Ja.«

»Also werde ich sterben.« Es war nicht einmal eine Frage, wie ihm jetzt auffiel. Es war eine Gewissheit. Oft hatte er sich vorgestellt, wie es sein würde, wenn es so weit war. Dass er flehen und betteln würde, anfangen zu beten und über sein Leben nachzudenken, alles in Frage zu stellen. Aber es war ganz anders. Die Erkenntnis, dass dies das Ende war, löste eine Mischung widersprüchlicher Gefühle aus, zu denen neben Angst auch ein gewisser Gleichmut gehörte, den er nicht für möglich gehalten hätte.

»Ja«, bestätigte Mahakashyapa mit der gleichen Ruhe wie zuvor, als sei sein Tod nichts weiter als eine Belanglosigkeit. »Wir beide werden sterben. Das ist das Los aller lebenden Dinge. Für uns ist jetzt die Zeit gekommen. Es war nicht meine Absicht, diese Entscheidung für dich zu treffen.«

»Aber ich habe versucht, dich aufzuhalten und bin jetzt hier.« Xander nickte wie betäubt.

»Ja. Bevor es so weit ist, kann ich dir noch zeigen, wie du dir ein Geschenk machen kannst. Ich kann dir zeigen, wie du stirbst, bevor du stirbst.«

Xander blinzelte verwirrt. »Das verstehe ich nicht.«

»Noch nicht. Aber vielleicht wirst du es und es wird das Einzige sein, was jemals gezählt hat. Du möchtest jetzt vielleicht die Augen schließen. Es ist Zeit.« Mahakashyapa griff nach dem Rucksack, der hinter ihm an der Wand gelehnt hatte, und er folgte seiner Aufforderung. Aber er konnte nicht widerstehen und öffnete sie ein wenig, um zu sehen, was vor sich ging.

Das Alien zwängte sich an ihm vorbei und die *Triton* setzte sich kurz in Bewegung, ehe ein Ruck durch das Tauchboot ging. Dann ging Mahakashyapa in die Mitte der Kabine und Xander keuchte auf.

Der falsche Körper der Agentin verwandelte sich, löste sich auf in einen Sturm aus schwarzen Partikeln, die so klein waren, dass sie wie Sehstörungen aussahen. Er sah eine Art Rumpfbereich, in dem die Partikeldichte höher war und mehrere Fortsätze, die aus ihm herauswuchsen in Richtung Boden. Es waren sechs oder sieben. An der Oberseite waberten andere, dünnere Stränge durch die Luft wie Tentakel. Es war, als hätte sich ein Schatten in winzigste Teile verwandelt, die zufällig und ständig im Wechsel Formen annahmen und sich wieder veränderten.

Nackte Angst kroch durch Xanders Glieder und schnürte ihm die Kehle zu, obwohl er schreien wollte. Dann raste das Schattenwesen unvermittelt auf ihn zu und ihm wurde schwarz vor Augen.

42

Monica nahm den Feldstecher von ihren Augen und drehte den Kopf in Richtung der offenen Tür zur Brücke. »Lucas! Drück auf die Tube! Das Ding wird schneller!«

Die letzte halbe Stunde war äußerst merkwürdig gewesen. Zuerst die Warnung der *Anzac,* was zeigte, dass man auf der australischen Lenkwaffenfregatte wegen des in die Atmosphäre stürzenden Raumschiffs nervös war. Dann hatte das Objekt plötzlich in den oberen Atmosphärenschichten verharrt und hatte sich kurzzeitig hin und her bewegt, wie ein riesiger silberner Golfball am Himmel, der offenbar von Schwerkraft und Luftwiderstand unbehelligt nach Belieben seine Position ändern konnte.

Der Funkverkehr, den sie zwischen den verbündeten Schiffen der drei Nationen abfingen, ließ keine Zweifel daran, dass nicht nur die Australier nervös waren. Die erratischen Bewegungen des fremdartigen Raumschiffs versetzten die Radaroffiziere in helle Aufregung.

Danach geschah eine ganze Weile nichts. Die sechs Schiffe der Amerikaner kamen näher und waren bereits mit bloßem Auge gut zu erkennen. Laut AIS handelte es sich um drei Zerstörer der Arleigh-Burke-Klasse, ein Kommandoschiff, ein Versorgungsschiff und eine Fregatte der Constellation-Klasse. Monica war eine echte Navy-Liebhaberin und hätte eine Menge dafür gegeben, diese Schiffe einmal in echter Aktion zu erleben. Doch jetzt, wo es so weit war, hätte sie nichts dagegen einzuwenden, wenn es sich noch vermeiden ließe.

Sie stand die ganze Zeit über auf dem Seitenausleger der Brücke und beobachtete sowohl das Objekt in vierzig Kilometern Höhe als auch die *Anzac.* Dabei gab es gar nicht viel zu sehen. Das Schiff hielt seine Position und an Deck waren nur wenige Soldaten zu sehen. Trotzdem wurde sie das Gefühl nicht los, dass Gewalt in der Luft lag.

Die Welt mochte sich an die silberne Kugel im Orbit gewöhnt haben – auf eine unkomfortable Art und Weise –, aber jetzt, wo es so nah war, dass es mit dem Feldstecher erkennbar war, hatte es eine neue Qualität bekommen. Keine, die ihr gefiel. Nun war es *echt,* unmittelbar. Kein abstraktes Bild aus dem Fernsehen mehr. Es machte einen Unterschied, etwas mit den eigenen Augen zu sehen, auch wenn ihr Verstand ihr sagte, dass es bloß ihr Reptiliengehirn war, das den »Beweis« brauchte.

Was auch immer hier in der Luft lag, sie sollten verschwinden. Und zwar schnell. Es tat ihr leid um Xander und sie würde an dieser Entscheidung noch lange zu knabbern haben. Aber sie waren über dreißig Menschen an Bord, die alle ein Recht aufs Überleben hatten. Sie stand als vorübergehender Captain in der Pflicht, für die Sicherheit aller zu sorgen – und so lange sie keinerlei Lebenszeichen von Xander hatte, musste sie vom Schlimmsten ausgehen. So waren *seine* Regeln schon immer gewesen. Sie würde sie befolgen.

»Monica?«, rief Lucas von drinnen, über unverständliches Stimmengewirr im abgefangenen Funkverkehr hinweg. »Ich glaube, da passiert was.«

Sie hob den Feldstecher wieder an die Augen und schaute sofort zum Raumschiff hinauf. Es bewegte sich wieder. Diesmal senkrecht nach unten. Auf sie zu. Zumindest sah es danach aus. Es raste nicht, sofern sie das beurteilen konnte, aber die Bewegung war klar zu erkennen.

»Was sagen sie?«, rief sie zurück, ohne das Objekt aus dem Blick zu lassen.

»Offenbar fällt es direkt auf die *Anzac* zu. Die glauben, dass sie angegriffen werden.«

»Scheiß die Wand an«, fluchte Monica.

»Die Waffen sind freigegeben!«

»Volle Fahrt! Bring uns hier weg!« Sie hatten den Abstand zu der Fregatte zwar bereits auf sechs Meilen erhöht, doch wenn es zum Kampf kam und hochexplosiver Scheiß durch die Luft flog, wollte sie so weit weg vom Epizentrum der Gewalt sein, wie sie nur irgendwie konnte.

Monica lehnte sich eng an die kühle Metallreling der *Medusa*, ihr Blick unverwandt auf den Horizont gerichtet, wo das Morgenlicht den Himmel in ein Kaleidoskop aus Gold und Purpur tauchte. Doch die Schönheit des Anblicks verblasste schnell vor dem größer werdenden Raumschiff hoch oben in der Luft. Kugelförmig, mit einer glänzenden silbernen Oberfläche, brach es durch die friedliche Stille des Morgens und die oberen Stratokumuluswolken. Es stürzte mit atemberaubender Geschwindigkeit herab, zielstrebig auf die unruhige Wasseroberfläche scheinbar und direkt auf die *HMAS Anzac*, die erst jetzt begann, Fahrt zu machen. Das Röhren ihrer Maschinen war bis hierher zu hören. Weiße Gischt spritzte von ihrem Heck auf und schob das monströse Kriegsschiff nach vorne in die zunehmenden Wellen.

Die *Anzac* reagierte zuerst auf die Bedrohung. Zahlreiche SM-2 und ESSM-Raketen, beides Meisterwerke moderner Kriegsführung, wie Monica wusste, verließen mit sichtlichem Getöse die Vertikalstartanlagen auf dem Vorschiff. Monica konnte den scharfen Geruch des Schießpulvers in der Luft fast schmecken, als die Raketen wie Drachen emporstiegen. Ihre feurigen Plasmaschweife erhoben sich aus den wallenden Abgaswolken. Das laute Zischen der Raketen traf ihre Ohren Sekunden später, während sich das halbe Dutzend Lenkwaffen immer schneller in den Himmel erhoben. Monica verfolgte sie mit den Augen, bis sie nur noch Punkte gegen das zunehmende Morgenlicht waren.

Die französischen Korvetten *La Fayette* und *Surcouf*, elegant und tödlich, ließen im Nordwesten ihre Exocet-Seezielflugkörper und Crotale-NG/VT1 Luftverteidigungsraketen auf die Außerirdischen los. Die Exocet-Raketen, berüchtigt für ihre Präzision und Zerstörungskraft auf See, zischten durch die Luft, ihre Flugbahnen erinnerten an ferne Glühwürmchen, die auf langgezogenen Wolken ritten. Die Crotale-Raketen webten ein dichtes Netz der Zerstörungskraft in den Himmel, das sich dem Objekt entgegenwarf wie ein explosiver Schutzschirm für die *Anzac*.

Unterdessen eröffneten die amerikanischen Schiffe das Feuer. Die SM-3 und SM-6 Raketen, beides Säulen der amerikanischen Raketenabwehr, schossen in den Himmel, ihr Aufstieg ein wunderschönes Ballett am Himmel, wären die Umstände nicht so furchtbar gewesen. Die Harpoon-Seezielflugkörper folgten in einer dreifachen Salve. Der Lärm erreichte Monicas Ohren viel später, da der Schall viele Seemeilen zu überwinden hatte.

Doch auf jede Rakete, jedes Geschoss, das mit tödlicher Genauigkeit auf das außerirdische Raumschiff abgefeuert wurde, schien eine unsichtbare Macht zu wirken. Raketen, die ihr Ziel hätten treffen müssen, explodierten in langlebigen Feuerbällen, lange bevor sie ihr Ziel erreichten, als wären sie gegen eine unsichtbare Wand geprallt.

In diesem Augenblick der Verwirrung und des zunehmenden Grauens, als das außerirdische Raumschiff nur noch wenige Kilometer über der tosenden See schwebte, bereiteten sich die Schiffe der irdischen Flotte auf einen letzten, verzweifelten Versuch vor, den Eindringling abzuwehren. Die Hauptgeschütze der Schiffe, die für den Kampf gegen konventionelle Feinde konzipiert waren, richteten sich mit mechanischer Präzision auf das silberne Objekt. Die schweren Kanonen der *HMAS Anzac* donnerten in einer ohrenbetäubenden Salve, die die Luft mit Pulverdampf sättigte. Grelle Mündungsblitze zerrissen die Morgendämmerung, als die Geschosse mit einer Geschwindigkeit, die das menschliche Auge kaum erfassen konnte, auf ihr Ziel zurasten.

Gleichzeitig brachten die amerikanischen Zerstörer und Kreuzer ihre Phalanx-CIWS-Nahbereichsverteidigung in Stellung, eine letzte Verteidigungslinie gegen anfliegende Bedrohungen. Die Phalanx-Systeme begannen ihr tödliches Werk mit einem metallischen Kreischen, das an das Sägen von Stahl erinnerte. Tausende von Geschossen wurden pro Minute ausgespuckt, eine unerbittliche Flut aus leuchtenden Explosivgeschossen. Die Projektile bildeten lange Fäden aus leuchtenden Strichen vor dem Himmel, die nach der außerirdischen Kugel leckten.

Das Raumschiff, nun im Zentrum eines wahren Infernos aus

Feuer und Blei, schien für einen Moment zu zögern, als wäre es von der Wucht des Angriffs überrascht. Doch es war nur eine optische Täuschung, wie Monica bald erkennen musste. Geradezu spöttisch setzte es seinen Sturzflug fort, unbeeindruckt von der Gewalt, die ihm entgegenschlug. Die Geschosse der Phalanx-Systeme, so tödlich sie gegen irdische Technologie auch sein mochten, prallten von der glänzenden Hülle ab oder explodierten nutzlos in der Luft, als würden sie gegen eine unsichtbare Barriere treffen.

Das Objekt blieb unversehrt.

Monica, die dieses Spektakel mit einem Gefühl der Hilflosigkeit beobachtete, erkannte in dem ungleichen Kampf eine ernüchternde Wahrheit: Die Menschheit stand einer Technologie gegenüber, die ihre eigenen Fähigkeiten bei weitem überstieg. Trotz der brachialen Gewalt, die die Morgenstunde in ein künstliches Tageslicht tauchte, hatten sie keine Chance. Was auch immer das Raumschiff vorhatte, es gab nichts, was es noch aufhalten konnte.

Als es Sekunden später hinter der *Anzac* in den Ozean krachte und eine riesige Gischtfontäne auslöste, wusste sie nicht, ob sie erleichtert oder noch verängstigter sein sollte.

43

Als Xander zu sich kam, waren seine Augen geschlossen. Er spürte, dass er mit überschlagenen Beinen auf weichem Untergrund saß. Die Luft roch leicht nach Zedernholz – oder zumindest ähnlich. Sein Körper fühlte sich leicht an, keine Schmerzen, die ihn zuvor noch geplagt hatten, nicht einmal die leichteste Verspannung.

Er war immer noch aufgewühlt, aber das spielte sich in seinem Kopf ab, seinen Gedanken, die wild hin und her rasten. Wo befand er sich? Was war passiert? Warum roch es nach Natur.

Warum muss ich sterben?

Xander öffnete die Augen und fand sich auf einem kleinen Hain wieder. Der Boden war mit sattgrünem Gras bedeckt und vor ihm saß im Schneidersitz ein indisch aussehender Mann mit leuchtenden Augen, in denen er eine unauslotbare Tiefe sah, die ihn in den Bann schlug. Er trug ein einfaches weißes Leinengewand, das um seinen Körper gewickelt war und sah Xander gleichmütig an. Direkt hinter ihm stand ein imposanter Feigenbaum mit ausladenden Ästen und Myriaden von Blättern. Um den kleinen Hain herum war alles dunkel, als würde die Welt dort enden. Zwischen ihnen lag ein Rucksack. Es war der von Ava Jones – beziehungsweise der *falschen* Ava Jones. Er wusste, was darin war. Angst breitete sich in ihm aus.

»Wo bin ich?«, fragte er. »Träume ich?«

»Ja und nein.« Der Mann kicherte. Es klang hell und kindlich.

»Ich verstehe das nicht.«

»Wir befinden uns in meiner Landungsfähre.«

»Mahakashyapa.«

»Ja.« Der Außerirdische neigte den Kopf. »Ich nahm an, dass dir diese menschliche Form angenehmer ist, da meine wirkliche Gestalt euch in der Regel Furcht einflößt.«

»Wer bist du?«

»Das ist eine sehr gute Frage«, befand Mahakashyapa und kicherte wieder. »Vielleicht die beste Frage, die ein denkendes Wesen stellen kann. Um sie auf einer Ebene der Form zu beantworten: Dies ist die menschliche Gestalt, die ich am längsten genutzt habe. Über achtzig Jahre lang. In gewisser Weise ist sie genauso sehr ich wie meine ursprüngliche.«

»Aber wenn wir auf deinem Schiff sind, warum ist hier alles grün? Warum sehe ich nur Dunkelheit um uns herum?«, fragte Xander.

»Wir befinden uns in meinem Kopf«, erklärte das Alien. »Dies ist eine durch meinen Verstand geschaffene Umgebung, in die ich dich aufgenommen habe, ähnlich wie eine Traumwelt. Die Zeit vergeht hier anders.«

»Langsamer, nehme ich an?«

»Das ist richtig. In weniger als zehn Minuten wird mein Schiff hier sein und versuchen, die Daten zu extrahieren. Das ist also die Zeit, die uns bleibt.«

Xander deutete auf den Rucksack zwischen ihnen. »Das ist das Plutonium, richtig?«

»Richtig.«

Er schluckte. Ein Teil von ihm wollte den Rucksack schnappen und davonlaufen, aber es war ein dummer Gedanke, kläglich und verzweifelt. Das Plutonium wäre nicht einmal real, weil sie in Wirklichkeit in einer ganz anderen Umgebung saßen.

»Ich hätte mir gewünscht, das hier allein zu tun, aber nun ist es nicht vermeidbar«, fuhr Mahakashyapa fort. »Darum möchte ich dir, bevor es so weit ist, ein Geschenk machen. Es wurde mir vor sehr, sehr langer Zeit von einem Menschen gemacht und wenn du es mit offenem Geist öffnest, wird es keine Rolle spielen, was mit deinem Körper geschieht. Es ist eine Einladung an jenen Ort, an dem ich lebe und an dem auch du lebst, ohne es zu wissen.«

»Das verstehe ich nicht.«

»Noch nicht. Aber ich werde versuchen, dir zu zeigen, was du schon längst hast, bist, und weißt. Gib dir keine Mühe, es zu verstehen. Du musst es fühlen. Wissen. Und nicht nur du. Wir haben eine Chance, sie alle zu befreien.« Mahakashyapa deutete auf eine Reflexion rechts von uns. Es war die Kamera, die aus dem Lager verschwunden war.

»Nimmst du das gerade auf?«

»Ja. Und ich übertrage es über euer Satellitensystem an jeden Fernseher und jedes Telefon auf der Erde.«

Xander verstand noch immer kein Wort, ertappte sich jedoch dabei, dass er nickte. »Was ist das Geschenk?«

»Ich werde dir meine Geschichte erzählen. Von dem Moment, in dem ich zum ersten Mal auf die Erde kam, vor zweitausendfünfhundert Jahren«, erklärte Mahakashyapa.

»Du bist zweitausendfünfhundert Jahre alt?«

»Ich bin noch deutlich älter in irdischen Jahren. Aber in gewisser Weise begann mein Leben erst an jenem Tag, an dem ich am Fuße des Himalaya gelandet bin und diese Welt das erste Mal betrat. Du wirst es verstehen. Aber höre nicht mit dem Verstand zu, sondern mit deinem Herzen. Was ich dir sage, ist nicht interessant, sondern wahr. Versuche nicht, es zu verstehen, sondern seine Wahrheit in dir zu fühlen.«

44

DIE DIMENSION DER TIEFE

Meine Landung auf der Erde war viel weniger eine Landung als ein Absturz. Vermutlich durch einen leichten Schaden in der Hülle kam es beim Eintritt in die Atmosphäre zum Eindringen von Plasma. Ich war nicht allein. Meine Lebenspartnerin, mit der ich den eintausendjährigen Flug hierher angetreten war, kam dabei ums Leben. Gerade noch hielten wir uns gegenseitig die Dorsalfortsätze und schenkten uns einen Schwall liebevoller Emotionen über unser Frequenznetz, als ein Strahl ultraheißen Plasmas durch ein Leck schoss und sie auf der Stelle tötete.

Meine einzige und größte Liebe starb direkt neben mir, von einem auf den anderen Augenblick. Es war, als hätte mich jemand vom Leben selbst abgeschnitten. Ich funktionierte, weil ich die Landungsfähre sicher nach unten bringen musste, aber ich war nicht mehr als eine leere Hülle, die sich langsam mit einem unbeschreiblichen Schmerz füllte.

Die Fähre reparierte sich selbst und das Loch war bereits wieder versiegelt, als ich die Kontrolle zurückgewann und sie auf ein großes Bergmassiv zusteuerte. Wir hatten aus dem Orbit heraus bereits gesehen, dass es eine sehr einfache Zivilisation auf der Oberfläche gibt, und die Erde für eine Besiedelung nicht in Frage kommt. Aber wir wollten uns ungesehen ein eigenes Bild machen. Nach eintausend Jahren – auch wenn die für uns ein subjektiv viel kürzerer Zeitraum sind als für euch Menschen – war es uns ein Anliegen, selbst die Umgebung zu erfahren und Erinnerungen zu sammeln.

Doch jetzt fühlte sich all das wie ein ferner Traum an, der sich in einen Alptraum verwandelt hatte. Wie eine Maschine landete ich die Fähre am Fuße des Gebirges, dessen Zinnen schneebedeckt waren. Rechts befand sich ein großer Fluss, der sich in Richtung endloser Ebenen erstreckte.

Ich stieg aus und verfiel in eine katatonische Starre, die mit einer Art Nervenzusammenbruch oder schwerer Depression bei einem Menschen vergleichbar ist. Bis heute weiß ich nicht, wie viel Zeit verging, während ich dort im kühlen Gras lag.

Irgendwann stand ich auf und sah mich um, weil mich ein Windhauch streifte und mir zum ersten Mal wirklich bewusst war, dass ich auf einem fremden Planeten stand. Dieser Moment konnte mir nichts von meinem emotionalen Schmerz nehmen, der auch meinen Körper zu etwas zu machen schien, das nicht mehr mir gehörte. Ich sah, dass ich sehr nahe an dem großen Fluss gelandet war, oberhalb einer sanft abfallenden Böschung. Über den Bergen im Norden brauten sich dichte Wolken zusammen, aber sie waren weit entfernt. Neben mir gab es eine weite Busch- und Baumlandschaft, jenseits eines kleinen Streifens aus Gras und Sträuchern.

Vor mir befand sich ein kleiner Hügel mit einem großen, ausladenden Feigenbaum, darunter saß ein Mensch mit überschlagenen Beinen in weißem Gewand und sah mich direkt an. Erst jetzt wurde mir klar, dass ich mich nicht getarnt hatte, wie es das Protokoll vorsah. Meine Katatonie hatte offenbar dazu geführt, dass ich mich selbst vergessen hatte.

Ich sah mich um und erkannte, dass weit und breit niemand zu sehen war. In der Ferne erkannte ich Rauchsäulen jenseits der Bäume, vermutlich von einer Siedlung. Aber hier draußen waren wir allein. Bis heute frage ich mich, was genau es war, das mich dazu gebracht hat, zu dem Mann zu gehen, der dort unter dem Baum saß. Vermutlich die Tatsache, dass er keinerlei Anzeichen von Angst zeigte, obwohl meine Gestalt für ihn furchteinflößend und fremd gewesen sein musste, so wie seine für mich. Die Festigkeit der menschlichen Haut, ihre Farbe, das Haar auf dem Kopf und den Gliedmaßen und die Zähne – es gab Zeiten, da habe ich mich gefragt, wie die Evolution so etwas Hässliches hervorbringen konnte. Aber das waren schwache Momente gewesen. Wir sind als Wissenschaftler gekommen und waren uns bewusst, dass wir uns über solcherlei simple Regungen würden erheben müssen.

Ich ging also auf diesen Mensch zu, näherte mich ihm vorsichtig, innerlich noch immer aufgewühlt und vom Schicksal zutiefst verletzt. Obwohl ich mich sorgte, dass er Angst bekommen würde, wenn ich auf ihn zuging, geschah nichts dergleichen. Er betrachtete mich bloß mit einer aufmerksamen Präsenz und interessierten Abwesenheit – besser lässt es sich nicht erklären – und lächelte schließlich sanft. Von unseren wochenlangen Beobachtungen und Computeranalysen wusste ich, was diese Art von Mimik bedeutete und stand eine Weile einfach nur da.

Keiner von uns sagte etwas. Irgendwann setzte ich mich hin, weil mich die Präsenz des Menschen auf eine schwer zu begreifende Art und Weise beruhigte, obwohl er nichts sagte.

»Wer bist du?«, fragte ich irgendwann.

Der junge Mann mit den dunklen Augen kicherte bloß und wirkte dabei nachdenklich. »Das ist eine gute Frage. Wer bin ich?«

Ich war verwirrt, glaubte, dass er sich über mich lustig zu machen versuchte, aber ich sagte nichts. Der Gedanke schien mir absurd.

»Mein Name ist Siddhartha Gautama, aber das ist nicht, wer oder was ich bin.«

»Das verstehe ich nicht.«

»Wer bist du?«, fragte Siddhartha mich. In seiner Stimme lag Neugierde, in seiner Miene Wärme.

»Mein Äquivalent zu einem Namen ist Rrrhollorrhaarrharrhirr«, erwiderte ich und die Fremdartigkeit des Geräuschs, das ich machte, schien ihn zu faszinieren.

»Ist das so? Das *bist* du?«

»Ist das eine Fangfrage?«

»Nein. Du stammst nicht von hier.«

»Offensichtlich.«

Siddhartha schaute hinauf in den Morgenhimmel. »Das ist interessant.«

»Warum hast du keine Angst vor mir?«, fragte ich.

»Sollte ich denn welche haben?«

»Nein.«

»Ich habe keine Angst, weil ich weiß, was ich bin. Und was nicht«, erklärte Siddhartha ruhig. »Ich weiß, dass ich *bin*, aber ich weiß auch, dass dieser Körper und *ich* nicht dasselbe sind.«

Wieder begann er, zu kichern und zu glucksen, als wäre das alles ein großer Spaß. Die Absurdität der Situation war kaum zu beschreiben.

Ich antwortete nicht, wusste auch nichts zu sagen. Also saß ich einfach da mit meinem Schmerz und meiner Verwirrung. Warum, kann ich nicht sagen, aber ich wollte nicht weggehen. Ich hatte das Gefühl, ich würde mich auflösen oder vor Kummer sterben, wenn ich jetzt umdrehen würde.

Siddhartha Gautama schien meinen Zustand instinktiv zu verstehen, denn ich wusste in diesem Moment nicht, wie er ohne jegliches Verständnis meiner Physiologie und Mimik – wir haben so etwas nicht einmal in diesem Sinne – sonst seinen nächsten Satz hätte sagen können: »Ich sehe viel Leid in dir.«

»Das ist wahr«, murmelte ich traurig. »Ich habe meine Lebensgefährtin verloren. Am liebsten wäre ich mit ihr gestorben.«

Siddhartha nickte mit ernster Miene und stand unvermittelt auf. Er deutete auf einen Berg in der Nähe vor dem großen Gebirge. »Das ist Griddhrakūta, die Adlerspitze. Dorthin bin ich unterwegs. Möchtest du mich begleiten?«

Ich stimmte zu, noch ehe ich darüber nachdachte.

»Dort werden andere wie ich sein.«

Ich verstand und änderte meine Form, um so wie er auszusehen. Hastig veränderte ich ein paar Details und besann mich auf ein Äußeres, das ich zuvor ausgewählt hatte, um unerkannt unter den Menschen wandeln zu können.

Wieder kicherte Siddhartha und ging los. Der Marsch zu dem großen Berg dauerte den ganzen restlichen Tag und führte durch immer hügeligeres und bergigeres Terrain. Am Ende kletterten wir hunderte Stufen hinauf zu einem Kloster auf dem Gipfel eines schroffen Felsens. Die Anlage war sehr einfach gebaut, bestand aus mehreren Häusern und Mauern mit einem atemberaubenden Blick auf das Umland.

Als wir ankamen, war es bereits finstere Nacht und ich sah durch Fenster und halb geöffnete Türen Männer und Frauen in einfachen Betten aus Stroh und Leinen schlafen. Siddhartha führte mich in eine kleine Kammer, in der sich ein Bett befand.

»Hier kannst du dich ausruhen. Morgen früh werde ich meinen Schülern eine Predigt geben.« Er schaute mir in meine falschen Augen und zwinkerte.

»Eine Predigt?«

»Ich werde mein Wissen weitergeben. Ich zeige ihnen das, was sie längst haben.« Wieder schien er äußerst amüsiert zu sein. Nicht aufgeregt belustigt, sondern von einer stillen und gleichzeitig fröhlichen Heiterkeit ergriffen.

Ich war zutiefst verwirrt, nickte jedoch, wie ich es bei ihm gesehen habe. Dann hörte ich mich sagen: »Ich weiß nicht, ob ich diese Nacht überlebe.«

Es war ein ehrliches Eingeständnis meines inneren Vernichtungsgefühls, genauer gesagt einer Mischung aus Furcht und gleichzeitig dem Wunsch nach Auslöschung, weil mein emotionaler Zustand zur reinsten Qual geworden war. Ich befand mich unendlich allein über einhundert Lichtjahre von meiner Heimat entfernt unter Aliens, dem wichtigsten Teil meines Lebens beraubt, auf einem fremden Planeten, der für meine Sensorik trist und unheimlich aussah.

Siddhartha Gautama setzte sich neben mich und schaute mich lange an, ehe er zu sprechen begann. Diesmal wirkte er nicht nur sehr tief in sich ruhend, auch seine Miene blieb unbewegt, während seine Stimme mitfühlend klang.

»Du leidest«, stellte er fest.

Ich nicke.

»Woher kommt dieses Leid?«

»Meine Lebensgefährtin ist während unseres Landeanflugs gestorben«, erkläre ich mit zitternder Stimme.

»Wo ist deine Lebensgefährtin jetzt?«, fragte Siddhartha.

»Das sagte ich doch: Sie ist gestorben.« In mir regte sich Wut.

»Das habe ich verstanden. Du leidest, weil sie nicht hier ist, oder weil du weißt, dass sie nie wiederkommen wird?«

Ich dachte darüber nach. »Beides.«

»Aber ihr wart nicht zu jeder Zeit eures Lebens zusammen.«

»Nein. Wir haben viel gearbeitet.«

»Wenn ihr nicht zusammen wart, hast du da genauso gelitten wie jetzt?«

»Natürlich nicht.«

»Warum *natürlich*?«

»Weil ich wusste, dass ich sie wiedersehen werde.«

»Ah. Also kennst du Situationen wie jetzt, in der sie nicht da ist. Aber du hast den Gedanken, sie nie wiederzusehen«, fasste Siddhartha zusammen.

»Ja.« Ich wusste nicht, worauf er hinaus wollte.

»Also ist es der Gedanke, der dich leiden lässt. Nicht die Tatsache, dass sie nicht da ist. Ich frage dich: Ist es wahr, dass du sie nie wieder sehen wirst?«

»Ja.« Diesmal war ich empört. »Natürlich.«

»Warum?«

Ich schluckte, bevor ich antworten konnte. »Weil ich gesehen habe, wie sie starb.«

»Siehst du sie jetzt gerade sterben?«, fragte er.

»Nein. Aber ich erinnere mich daran.«

»Also ist es der Gedanke an die Vergangenheit, der für dich ein Beweis ist.« Siddhartha nickte, aber eher so, als verstehe er meine Täuschung, nicht meinen Schmerz. »Was passiert, wenn du stirbst?«

»Ich weiß es nicht. Niemand weiß das.«

»Könnte es sein, dass du sie dann wiedersehen wirst?«

»Vielleicht. Ich hoffe es. Ich weiß es nicht«, erwiderte ich der Wahrheit entsprechend. »Niemand weiß, was nach dem Tod geschieht. Es ist vermutlich das letzte Rätsel des Universums.«

Siddhartha zwinkerte. Er schien diesen Gedanken erheiternd zu finden. »Also könnte es sein, dass ihr euch wiederseht. Aber du weißt es nicht mit Gewissheit. Also stimmt der Gedanke vielleicht gar nicht, dass du sie nie wiedersehen wirst und damit auch nicht der Grund für dein Leid.«

Ich dachte darüber nach, war verwirrt.

»Du verbringst deine Zeit an einem toten Ort, mein Freund«, fuhr er fort und tippte mir mit dem Zeigefinger leicht gegen die Stirn. »Die Vergangenheit ist ein Friedhof. Warum möchtest du bei den Toten wohnen? Was fehlt dir hier und jetzt, am einzigen Ort, wo es Leben gibt?«

»Ohne sie ist mein Leben ...«

»Geh auch nicht in die Zukunft. Es hat sie nie gegeben und wird sie nicht geben. Auch in einhundert Jahren ist es immer jetzt.« Siddhartha lächelte, als sei ihm etwas Lustiges eingefallen. »Wenn du einen Ochsen fragtest, welche Zeit wir haben, was denkst du, würde er tun? Den Stand der Sonne ermitteln oder eine Sonnenuhr zusammenbasteln?«

»Ich ... ich denke nicht.«

»Er würde sagen: Was für eine Zeit? Es ist doch jetzt.« Siddhartha faltete die Hände in seinem Schoß. »Ich werde dir vier Wahrheiten mitteilen, mein lieber Freund von den Sternen. Vielleicht kannst du ihren Wahrheitsgehalt in dir spüren. Denke nicht über sie nach, denn sie sind nicht interessant in dem Sinne, dass sie deinem Verstand etwas zum Nachdenken geben. Ihre Bedeutung kann nur jenseits deines Denkens entdeckt werden, indem sie in dir anklingt. Du weißt all das nämlich schon. Fühl dich also nur daran erinnert.«

Ich nickte stumm.

»Um dein Leid zu überwinden, musst du den weglosen Weg gehen, der bei dir beginnt und bei dir aufhört und keine Länge hat. Ihn zu gehen, ist ganz einfach: Erkenne die vier Wahrheiten zur Überwindung des Leidens, dem Grundzustand eines jeden Menschen – und offenbar auch dir. Die erste Wahrheit ist *Dukkha,* die Wahrheit des Leidens. Alles Leben beinhaltet Leiden. Das bedeutet nicht, dass alles Leben nur aus Leid besteht, sondern dass Unzufriedenheit, Schmerz, Verlust und Enttäuschung zu den alltäglichen Erfahrungen gehören. Krankheiten zeigen uns, dass unser Körper leiden kann, Verluste, wie der Tod deiner Geliebten, oder das Ende einer Freundschaft zeigen uns, dass unser Geist leiden kann. Die zweite Wahrheit ist die Wahrheit der Ursache des Leidens, *Samudaya:* Leid entsteht durch unsere Wünsche und Anhaftungen. Erforsche diese Erkenntnis in dir. Du leidest, weil du Dinge willst, die vergänglich sind, oder weil du Situationen und Gegebenheiten ablehnst und ihnen Widerstand leistest, obwohl sie immer sind, wie sie sind. Du erwartest etwas vom Leben, aber das Leben ist immer, was es ist, nicht das, was du dir wünschst. Darum musst du leiden. Die dritte Wahrheit ist die Wahrheit der Beendigung des Leidens, *Nirodha:* Es ist möglich, das Leiden zu beenden, und zwar immer *jetzt.* Gib dein Verlangen und deine Anhaftungen auf und du wirst *Nirwana* sein, der Zustand des Friedens und der Befreiung. Du kannst nie mehr oder weniger haben, als jetzt in diesem Moment und das zu erkennen, befreit dich. Aber nicht in der Zukunft. Sondern nur jetzt. Erkenne, dass *jetzt* immer alles ist, wie es ist und sehne dich nicht nach mehr oder weniger. Dann bist du frei. Die vierte Wahrheit ist *Magga,* die des Weges zum Ende des Leidens.«

Ich wartete, aber Siddhartha fuhr nicht fort.

»Was ist die vierte Wahrheit?«, fragte ich. Ich glaubte nicht, alles verstanden zu haben, aber ich war von seiner Weisheit fasziniert und seine Worte klangen eine Saite in mir an, von deren Existenz ich zuvor nicht gewusst hatte. Das schreckliche Leid in mir schien meinen Verstand so weit unterdrückt zu haben, dass ich leer war wie ein Rohling und spüren konnte, dass etwas in mir *wusste,* dass der Mensch recht hatte.

»Die brauchst du nicht.« Jetzt kicherte er wieder vergnügt. »Sie ist für die Fleißigen bestimmt. Diejenigen, die überzeugt sind, für ein Ziel arbeiten zu müssen. Für Erleuchtung, die Erweckung. Dabei sind sie das alles schon längst, aber sie können es nicht sehen, weil ihr Verstand so viel schnattert und sie ihm glauben.«

Siddhartha lachte nun so sehr, dass ich fürchtete, er würde das ganze Kloster aufwecken. Er hielt sich den Bauch und gluckste noch eine Weile.

»Jeden Tag sitze ich vor einer Schar Erleuchteter, die sich alle einreden, sie wären es nicht. Wirst du einer von ihnen sein? Oder sparst du dir den Weg und erkennst, dass du schon am Ziel bist?«

Mit diesen Worten ließ er mich allein. Er stand auf und verließ die Kammer. Meine Art schläft nicht so, wie eure Art, aber wir haben eine Art Stasiszustand, den wir einleiten, um unsere neuralen Funktionen zu sortieren. In dieser Nacht blieb ich jedoch wach. Ich saß einfach da in meiner Menschengestalt und weinte abwechselnd mit Phasen von tiefer Innenschau, während ich die drei Wahrheiten von Siddhartha in mir bewegte und über sie nachdachte.

Irgendwann, als das erste Morgenlicht des hiesigen Zentralsterns das Kloster erreichte, tauchte er wieder in meiner Kammer auf. Er sah genauso munter und gelassen aus wie am späten Abend zuvor.

»Wie geht es dir?«, fragte er.

»Ich bin verwirrt.«

»Gut.«

»Warum ist das gut? Deine Worte haben mich aufgewühlt, ich habe das Gefühl, nicht mehr zu wissen, wer ich bin«, erklärte ich niedergeschlagen.

»Das ist die beste Voraussetzung, um alles zu vergessen, was du nicht bist.« Siddhartha setzte sich mit überschlagenen Beinen vor mich hin. »Wenn du deinen Gedanken glaubst, bist du gezwungen, deinem Form-Sein unterworfen zu sein.«

»Was ist Form-Sein?«

»Es besitzt drei Merkmale. Ich nenne sie die drei Daseinsmerkmale: *Annica,* Unbeständigkeit. Alles ist vergänglich, entsteht und vergeht irgendwann. Das können Dinge sein wie ein Stein oder Sandkorn, ein Brotlaib, dein Körper, aber auch Gedanken und Gefühle. Alles, was ist, ist unbeständig. Dann ist da *Dukkha,* Leiden, über das wir gestern bereits sprachen. Es entsteht nicht etwa nur durch körperliche Leiden, oder das, was geschieht, sondern vor allem durch unsere Gedanken darüber. Das dritte Daseinsmerkmal ist *Anatta,* das Nicht-Selbst. Was du als dein *Ich* wahrnimmst, ist genauso flüchtig wie alle Dinge. Wenn du denkst, dass du dein Verstand bist: du wirst ihn irgendwann verlieren. Wenn du denkst, dass du dein Körper bist: du wirst ihn irgendwann verlieren. Wenn du glaubst, dass du ein unabhängiges Selbst in einer von dir getrennten Welt bist, dann musst du leiden, weil es sich um eine Illusion handelt. Du glaubst einem falschen Zauber. Während du schläfst, denkst du nicht. Während du schläfst, ist dein *Ich,* deine Kontrolle, deine *Person* nicht mehr da. Und trotzdem geht das Leben weiter. Das kannst du also nicht sein. Gestern sagtest du zu mir, dass du nicht wüsstest, ob du die Nacht überleben würdest. Wieso?«

»Weil der Schmerz über meinen Verlust zu groß ist«, murmelte ich. »Ich habe das Gefühl, mit mir selbst nicht mehr leben zu können.«

»Ah.« Siddhartha hob einen Finger und kicherte. »Wenn *du* mit *dir* nicht mehr leben kannst, wer bist dann du?«

»Das verstehe ich nicht.«

»Etwas in dir sagt, dass es nicht mehr mit dir leben kann. Dann muss es ja zwei in dir geben. Dein leidendes Ich und das, was damit nicht mehr leben will. Natürlich ist es dein Bewusstsein, deine unsterbliche Präsenz, die sich mit deinen Gedanken, deinem Verstand gleichsetzt. Aber du bist nicht deine Gedanken, nicht dein Verstand. Sie haben nur jene Macht über dich, die du ihnen zusprichst.«

Ich dachte darüber nach, hatte erneut das Gefühl, dass etwas von dem, was dieser Mensch sagte, in mir anklang wie eine Glocke, die schon so lange nicht mehr erklungen war, dass ich den Ton vergessen hatte, der von ihr ausgeht.

»Du bist der Ganges, sein Wasser, das kleine Wellen bildet, jeder Tropfen untrennbar von den anderen Tropfen, die zusammen den großen Fluss ausmachen.« Siddhartha tippte mir sanft auf die Brust. »Aber du hältst dich bloß für eine der Wellen, die ihrem Wesen nach flüchtig sind, auftauchen und vergehen. Aber es ist eine Illusion, dass die Welle getrennt vom Ganges existieren würde. Welle und Ganges sind eins.«

Nach einer langen Stille zwischen uns, sagte ich: »So könnte man auch das Universum betrachten. Kein Atom existiert ohne das andere. Alles steht in ständiger Wechselwirkung. Es lässt sich kein Anfang und kein Ende beobachten. Anfangs dachten wir, es hätte eine Singularität gegeben, die alles gestartet hätte, aber das war ein Trugschluss. Alles entsteht und vergeht, ändert seine Form, ohne zu verschwinden. Mein Körper und dein Körper waren einst das Material von Sternen.«

»Du atmest die Luft deiner Umgebung ein, ernährst dich von ihr, gibst an sie zurück.« Siddhartha nickte. »Aber die Untrennbarkeit der Dinge zu *verstehen,* ist eine Sache. Sie wiederzuerkennen, ist eine andere. Erkenne dich selbst und dein Leid kann nicht mehr existieren. Erkenne zutiefst, dass auch Gedanken flüchtige Formen sind, die du beobachtest. Wenn du sie beobachten kannst, bedeutet das nicht zwangsweise, dass du nicht deine Gedanken sein kannst? Du musst etwas anderes sein. Erkenne es und du bist frei wie die Lotusblumen auf dem See. Sie begehren nichts, sie fürchten nichts, sie sind einfach, was sie sind. Formen im großen Spiel des Formlosen.«

Jetzt kicherte er wieder und stand auf. »Komm mit, Freund. Meine Schüler warten auf mich. Sie möchten meine Predigt hören.«

Ich folgte seiner Aufforderung und verließ nach ihm die kleine Kammer. Wir gingen zu dem großen Steinhaus am Rand der Klippe. Im Inneren saßen mehrere Dutzend Personen in einfachen Wickelgewändern auf dem Boden. Am hinteren Ende befand sich ein kleines Podest mit einer Matte und frischen Blumen. Siddhartha ging darauf zu. Ich setzte mich auf einen freien Platz und überschlug meine Beine, so wie die anderen Anwesenden, die mir kaum Beachtung schenkten und mit gleichgültigen Mienen nach vorne in Richtung Podest schauten.

Als Siddhartha sich auf die Matte setzte, schloss er kurz die Augen. Ein tiefer Ton erklang, dann öffnete er die Augen und schaute in die kleine Menschenansammlung, ehe er nach vorne griff und eine der Blumen in die Hand nahm. Er hob sie hoch und schaute sie gleichgültig an.

In meinem Kopf schien sich alles zu drehen. Siddharthas Worte klangen in mir wieder, während ich in mir nachforschte, was sie für mich bedeuteten. Ich versuchte nicht, sie zu verstehen, sondern zu erspüren. Ich beobachtete die Regungen meines Geistes, ohne sie zu bewerten, versuchte hinter den Schleier der Gedanken zu blicken, indem ich mich auf das konzentrierte, was sie wahrnahm, worauf sie projiziert wurden. Dabei schaute ich auf die Blume, die Siddhartha hochhielt.

Da geschah etwas in mir. Alles, was ich zu sein glaubte, löste sich auf. Ich war kein ich mehr, sondern das, was die Blume wahrnahm, in all ihrer Schönheit. Ich war die Blume selbst, die nie existieren könnte, ohne das Bewusstsein, das ich bin, das sich ihrer bewusst ist. Jegliche Grenze verschwand und ein tiefer Friede breitete sich in mir aus, weil ich wusste, dass ich alles bin und alles nichts ist. Nichts ist jemals geschehen, nichts wird jemals geschehen, es gab nur das Jetzt. Die Lippen meines Körpers teilten sich zu einem Lächeln. Ich war frei.

»Er hat meine Lehre verstanden«, sagte Siddhartha und deutete auf mich. Dann kicherte er und auch ich musste kichern, denn seine Belustigung war meine: Es gibt keine Lehre, nur das allumfassende Bewusstsein. Ich hielt mich die ganze Zeit über für den Film, dabei war ich nie etwas anderes, als die Leinwand, auf die er projiziert wurde, zu nah dran, um zu erkennen, dass ich nicht das Lichtspiel war.

»Wer ist dieser Mann?«, fragte jemand und alle Gesichter drehten sich zu mir um. Ich sah den Wunsch in ihnen, zu bekommen, was ich gefunden hatte. Aber sie können es nicht bekommen, weil sie es längst hatten, es längst *waren.* Sie müssten es nur erkennen.

»Das ist Mahakashyapa.«

Nach diesem Erlebnis widmete ich meine Zeit auf der Erde der Weitergabe dessen, was ich gefunden habe, was mir gezeigt wurde. Ich reiste nach Norden, was heute China ist, und wurde später als Gründer des *Zen* bekannt. Ich berichtete von Buddha, dem Erwachten, dessen Name im Chinesischen noch heute am ehrlichsten ist: Er besteht aus zwei Schriftzeichen; jenem für *Mensch* und einem, das so etwas wie *nicht* bedeutet. Ich verschrieb mein Leben allen Leidenden, also jedem, der noch nicht zu seiner Formlosigkeit erwacht war. Ich trug unterschiedliche Namen in unterschiedlichen Teilen der Welt. Doch jetzt ist es an der Zeit, diesen Körper zu verlassen, um deiner Art ein Geschenk zu machen. Ich höre dein befreites Lachen, Xander Fisher, ich sehe das Erkennen in deinen Augen, dein Erwachen. Wer bereit ist, wird es sehen, und sich vom Leiden befreien.

EPILOG

Bevor alles begann, bist du reines Bewusstsein.
Du bist die Fülle der Liebe in der Liebe
und die Leere des Gewahrseins.
Du bist Existenz und der Frieden jenseits des Friedens.
Du bist jener Bildschirm, auf dem alles projiziert wird.
Du bist das Licht des Wissens,
derjenige, der dem Schöpfer das Konzept der Schöpfung gab.
Vergiss, was vergessen werden kann, und erkenne dich selbst
als das, was niemals vergessen werden kann.
Du bist das Substrat, auf dem sich alles bewegt, lass es sich bewegen.
Du bist Jetzt, du bist Jetztsein:
welches »Ich« gibt es, das außerhalb dieses Jetzt sein könnte?
Du bist Wahrheit und nur die Wahrheit Ist.

Du bist Inaktivität.
Aktivität ist dein Spiegelbild, dein Spiel, deine Welt.
Die Sonne ist Inaktivität, die Spiegel sind Aktivität.

Du bist dieser kostbare Moment, Präsenz selbst,
jede Brise, die dich berührt, wird sogar Dämonen heiligen.

Du bist der Eine, der sich des Gewahrseins von Objekten und Ideen bewusst ist.
Du bist der Eine, der noch stiller ist als Gewahrsein.
Du bist das Leben, das dem Konzept des Lebens vorausgeht.
Deine Natur ist Stille und sie ist nicht erreichbar,
Sie Ist immer.

»Raum« war deine erste Vorstellung
und du nahmst Sat-chit-ananda als deine erste Form an.
Die Welt ist dein Geist
und alles entsteht aus deinem Herzen.

Hier und Jetzt ist dein Herz. Als Liebe
verweilst du in der Höhle dieses Herzens
von wo aus alle Zeit und Raum entstehen.

Du bist das Innere, das weder innen noch außen ist.
Geist, der nirgendwo landet, ist Innen, keine Wände ist innen.
Du bist die Existenz in allen Atomen,
erkenne dies und du bist Glückseligkeit.

Du bist Leere, die ultimative Substanz:
Leere aus der Leere entfernen
lässt nur Leere übrig, denn es gibt nichts jenseits davon.
Alles entsteht aus ihr, tanzt in ihr und kehrt zu ihr zurück.
Wie der Ozean als Welle aufsteigt, um zu tanzen,
so bist du diese tanzende Leere!
Nichts ist außerhalb dieser Leere, daher ist sie die Fülle.
Leere ist zwischen Ist und Ist nicht.
Um frei zu sein, benötigst du die feste Überzeugung,
dass du dieses Substrat, diesen Frieden, diese Leere bist.

Du bist das, worin alle Geschehnisse geschehen.
Was geschehen muss, wird geschehen, also bleibe unbeeinflusst als Frieden.
Sei friedlich und dieser Frieden wird sich ausbreiten.
Was aus Frieden entsteht, ist Frieden und
was aus Verwirrung entsteht, ist Verwirrung.

Sei also Frieden und schenke dies dem Universum,
es ist alles, was du tun solltest.
Selbst das Denken »Ich bin Frieden« stört diesen Frieden,
also sei einfach still, sei wie du bist.

Du bist Sein, du bist nicht »gewesen«,
und nicht »wird sein«, sondern »Sein«.
Du bist die Zeitlosigkeit, in die kein Tod eintreten kann
denn wo es keine Zeit gibt, gibt es keinen Tod.
Diese Zeitlosigkeit ist Jetzt, und Das ist Sein.

Sein leuchtet immer, Ich Bin ist das Licht des Seins.
Dieser Diamant kann nicht verstecken und kann nie versteckt werden.
Wenn kein Geist da ist, leuchtet das Gesicht mit Schönheit und Unschuld.
Sei einfach still, sei einfach wie du bist.

Du bist der Raum, der sich niemals bewegt und niemals reist.
Innerer und äußerer Raum ist nur aufgrund von Namen und Form.
Entferne diese Form aus dem Geist, indem du Anhaftung entfernst
an jedes Objekt, jeden Gedanken oder jede Handlung.

Du bist der Garten der Freude,
um glücklich zu sein, brauchst du niemand anderen.
Du bist im Garten der Freude,
aber wenn du an alte Dinge denkst, wirst du traurig.
Diese Freude, dieser Moment, wird Geist und Leiden zerstören,
denn dieser Moment ist Glück.
Höre also auf, in die vergangenen Momente zu gehen, um zu leiden.

Unbedingtes Bewusstsein ist Glück
und Stille ohne wann, wo, nur Jetzt.
Dieses Glück, bedingt durch Denken, wird zum Geist.
Sogar das »Ich«, die erste Bedingung, ist eine Störung im Glück.
Aufgrund der Wünsche und Hoffnungen des Egos ist niemand glücklich.
Also, um zum Glück zu kommen, denke nicht, oder hege einen Wunsch,
sei einfach still, denn Denken ist der Friedhof.
Um glücklich zu sein, solltest du nichts haben und halten,

sonst werden deine Taschen wie tote Fische riechen.
Mein lieber Freund, Glück ist keine Erfahrung,
Es ist deine Natur, also musst du nichts dafür tun.
Nur Selbstwissen bringt Glück, weil
Glück die Natur des Selbst ist.

- H. W. L. Poonja (»Papaji«) in: »Der Gesang des Seins« // zitiert aus dem englischsprachigen Original »The Truth is«, erschienen 2000 bei Weiser Books (ISBN: 978-1578631759)

»Der Gesang des Seins«:
Verlag/Jahr: NOUMENON 2013
ISBN: 3-941973-02-9
Neue ISBN: 978-3-941973-02-2

NACHWORT

Lieber Leser,

ich hoffe, dass dir »Die Dimension der Tiefe« gefallen hat. In dieses Buch sind diesmal nicht so sehr harte Fakten und Recherchen geflossen, sondern meine ganz persönlichen Erfahrungen in der langjährigen Meditationspraxis und der Auseinandersetzung mit spiritueller Literatur der letzten Jahrhunderte und Jahrtausende. Ich war schon immer ein »Sucher« des Sinns hinter meiner Existenz und habe alles verschlungen von der Bergpredigt Jesu, über die Schriften Buddhas und Lao Tzes, die vedischen Schriften des Hinduismus, aber auch christliche Mystiker wie Meister Eckhart, modernere Weisheitslehrer wie Ramana Maharshi, Nisargadatta Maharaj, Papaji (ich liebe seine direkte Anrede aus »Der Gesang des Seins, die du im Epilog gelesen hast), Eckhart Tolle, Byron Katie und Adyashanti. Sie alle kommen aus unterschiedlichen Zeiten, Traditionen und kulturellen Hintergründen und doch wurde mir eins sehr schnell klar: Sie alle lehren mit anderen Worten, die immer vor ihrem historischen und zeitlichen Kontext gesehen werden müssen, exakt das Gleiche. Sie alle weisen auf unser wahres Wesen hin, die Rolle des Bewusstseins und dem Eins-Sein von allem. Das hat mich schon früh in meinem Leben »umgehauen«. Wenn alle diese weisen Männer und Frauen über die Jahrtausende versucht haben, auf dasselbe hinzuweisen, dann muss da doch etwas dran sein? Ich habe mich also auf die Suche gemacht, zu finden, was nicht auffindbar ist und durch tiefe Meditation Einblicke bekommen, die im Zen-Buddhismus als »Satori« bezeichnet werden, ein (häufig flüchtiges) Erlebnis des Erwachens zu seiner wahren Natur. Wer einmal ein Satori hatte, *weiß*. Es ist nicht mit Worten zu beschreiben, doch ich kann jedem von euch nur empfehlen, die Reise nach innen anzutreten. Es ist die einzige, die sich wirklich lohnt und jenseits von allem entlohnt wird, was die Welt zu bieten hat. Ich wünsche dir von Herzen alles Gute und genügend Momente der Stille und Innenkehr in unseren turbulenten Zeiten.

Wenn dir dieses Buch gefallen hat, würde ich mich sehr über eine Bewertung mit Sternen am Ende dieses E-Books oder eine kurze Rezension auf Amazon freuen. Das ist die beste Art und Weise, Autoren dabei zu unterstützen, auch zukünftig spannende Bücher zu schreiben. Falls du direkt mit mir in Kontakt treten möchtest, kannst du das tun: joshua@joshuatreeautor.com – ich beantworte jede Mail!

Wenn du meinen Newsletter abonnierst, plaudere ich regelmäßig ein bisschen aus dem Nähkästchen – über mich, das Schreiben und die großen Themen der Science-Fiction. Außerdem erhältst du als Dankeschön mein E-Book *Rift: Der Übergang* exklusiv und gratis: www.joshuatreeautor.com

Herzliche Grüße, *Joshua Tree*

Korrektorat: Andrea Kaldonek

Besonderer Dank: Viktoria M. Keller

Cover: Elementi Studio

1. Auflage, 2024